U0609557

中国 2021 生态文学年选

李青松 —— 主编

天津出版传媒集团

百花文艺出版社

图书在版编目（CIP）数据

中国 2021 生态文学年选 / 李青松主编. -- 天津：
百花文艺出版社，2022.1
ISBN 978-7-5306-8199-2

Ⅰ.①中… Ⅱ.①李… Ⅲ.①随笔–作品集–中国–
当代 Ⅳ.①I267.1

中国版本图书馆 CIP 数据核字(2021)第 280158 号

中国 **2021** 生态文学年选

ZHONGGUO 2021 SHENGTAI
WENXUE NIANXUAN

李青松　主编

出　版　人：薛印胜
责任编辑：王　燕　徐　姗　装帧设计：郭亚红
出版发行：百花文艺出版社
地址：天津市和平区西康路 35 号　　邮编：300051
电话传真：+86-22-23332651（发行部）
　　　　　+86-22-23332656（总编室）
　　　　　+86-22-23332478（邮购部）
网址：http://www.baihuawenyi.com
印刷：山东临沂新华印刷物流集团有限责任公司
开本：787×1092 毫米　　1/16
字数：300 千字
印张：19.25
版次：2022 年 1 月第 1 版
印次：2022 年 1 月第 1 次印刷
定价：55.00元

如有印装质量问题,请与山东临沂新华印刷物流集团有限责任
公司联系调换
地址:山东省临沂市高新技术产业开发区新华路 1 号
电话:(0539)2925886　　邮编:276017

版权所有　　侵权必究

生态文学的立场(代前言)

◎ 李青松

《中国 2021 生态文学年选》和读者见面了。

此书,乃历史以来,中国首个生态文学年度选本,具有特别的意义。百花象征着自然,也象征着美好。在出版界享有盛誉的百花文艺出版社委托我来主编这个选本,我当然没有理由说不。这是百花文艺出版社对我的信任,也是我从事生态文学研究与创作生涯中的荣耀。然而,我也深切地感受到了一种压力和责任。

这是对我的眼光、学识、审美、理解力、感受力和判断力的考验。生态文学是以自觉的生态意识,反映人与自然关系的文学。强调人的使命和担当。它不仅反映人与自然的关系是怎样的,而且还要反映人与自然的关系应该是怎样的。

从海量阅读中沙里淘金,并非一件简单的事。好的生态文学作品,一定是思想性、艺术性和生态性兼具的作品。在我看来,美是生态文学追求的境界。生态文学的一个重要功能,就是呈现自然之美,诠释自然何以为美,以及为了实现美的目标和达到美的境界,人所付出的努力。因而,从这个意义上说,生态文学选本,也一定具有美的品质和美的价值。

生态文学是一个现代文学概念,生态问题催生了生态文学。如果说,文学从来都有自己的立场,那么生态文学也不例外。生态文学的立场就是敬畏自然,尊重自然,主张大地的完整性和生态的整体性,主张自然是生命的共同体,人也在其中。当然,这也是我判定生态文学作品不同于一般意义的文学作品，所遵循和考量的一个重要标准。

这个选本内容相当丰富，几乎涉及了山、水、林、田、湖、草、沙，以及动物植物等生态系统和生物多样性的方方面面。人与自然，对抗与融入，坚韧与脆弱，思想与情感，灵魂与精神，昨天与今天，历史与未来，在这里相互凝望，共存共荣。

就这个选本整体来说，它可以代表2021年度中国生态文学的水准和高度。读者通过这个选本，不仅能了解本年度生态文学创作的总体概貌，而且能集中阅读和欣赏这一年里出现的最优秀的生态文学作品，从作品中感受自然万物的奇妙，感受四季的变化，感受人性的温暖，感受爱的传奇，感受人与自然之间不同于以往的一种新的关系。

我们已经步入新时代，新时代是绿的时代，也是美的时代。新时代的文学多姿多彩，生态文学正以鲜明的特征和沛然的气象，展现着文学的新视野和新空间。虽然生态文学不能改变生态现状，但改变人的思维和观念，甚至改变人的生活方式是完全可能的。事实上，改变已经发生或者正在发生，即便每个人看不到，也能够真切地感觉到。

生态文学注定会成为新时代的标志性文学。

我相信，在建设生态文明的进程中，生态文学必将立足大地，并以自己独特的方式，向世界向人类讲述中国的生态故事，为展示可信可爱可敬的中国形象发挥不可替代的作用。

目 录

煤海上有棵勿忘树

◎ 梁　衡

　　神东煤炭集团现在已经是世界上当之无愧的最大矿之一，年产煤两亿吨。其煤田横跨晋、陕、蒙三个省区，是一片黑色的地下海洋。可是它的地表却是另一个绿海。汽车飞驰，怎么也跑不出油松、山杏、白杨、柳树和沙柳织成的屏障。

　　工程师王义是学沙漠治理的，他也没想到林学院一毕业就来煤矿上班。我们传统的观念是挖煤先要砸破地壳，或竖井、斜井、露天开采，总之是开肠剥肚，煤块、矸石、黄土、黑尘，一片狼藉。我的家乡就产煤，小时就记得村里人下井弯腰背煤，被称为"煤黑子"。几十年后倒是现代化了，但破坏力更大，把个秀丽和小山村子搅得天翻地覆。河也干了，泉也枯了，房也歪了，地也裂了。农民耕地时，牛腿踏进地缝里拔不出来。那时我已到京城工作，他们就来找我，到煤炭部告状。煤农矛盾、开发与环境的矛盾不知闹腾了多少年。终于有一天我们觉悟了。三十年前当神东矿开发时，地下还在规划，地面上就考虑着怎么保持水土了，同步成立了环保绿化保护中心。王义就是踩着这个锣鼓点来上班的，现在已是老资格的主任了。

　　这三省区交界处本来就是风沙苦寒之地。是毛乌素沙漠的边缘，又是多年洪水切割的黄土高原沟壑区。风沙起时遮天蔽日，行不见路；洪水来时，滚滚而下，直灌井口。井之不存，焉能挖煤？原先煤炭开采的老规矩是一掘进，二开采，现在变成了一绿化、二掘进、三开采。原先准备用工程治理，筑坝护井，修渠引水，得花600多万元，还不能从根上解决问题；后改用生物治理,才花了170万元,平安无事,还走上了良性循环。当年王义上班的第一件事就是规划栽树。先拣那些最耐旱、抗沙的"先锋树种"——樟子松、沙柳、沙棘开路。几年下来,它们虽其貌不扬却已携手连片,绿盖高原,蔚为壮观,初步压住了沙老虎,水猛兽。又30年,共植树500万株,灌草58万亩,现在这里已是林涛滚滚,水草丰美了,远处竟有悠闲的羊群。外来者怎么也想不到这里曾是荒漠,更不知下面就是煤矿。

矿区采过煤后会地面下沉。你想,每年从地下挖走两亿吨煤,那是多大的一个空洞,难免地塌土崩,裂缝纵横。大地变成了一件碎布袍,这时需要有针线来缝补,而修补大地的最好的针线就是林和草。老王领我到林子里去看他们的修补功夫。虽然绿风吹过,已经芳草绵绵,树影婆娑,但还是能依稀见到裂缝纵横的蛛丝马迹。有些裂缝宽能踏进一只脚,长则蜿蜒游走直到望断之处。但是所有的缝隙都有树根穿过两边,正努力将这已分家的泥土拉紧,令人想起手术后缝合的伤口。人常说地上有多大的树冠,土里就有多广的根系,这是多么大的缝合力?要知道一棵耐旱树种的根可以伸出去几百米长,一丛沙柳的毛根能覆盖500平方米。就这样,下面飞针走线,上面落叶填塈,接着水和着泥土弥缝,绿草盖野,还有了小动物,大地渐渐复苏如初。地球的活力只有靠动植物的生命才能恢复。我感叹这13个矿井,一千多平方公里,下面机声隆隆,乌金滚滚,上面却平静祥和,绿意盎然。

为了能够俯视全景,老王领我们登上一座海拔1188米的山头。就取这海拔数的吉利谐音,他们在这里修了一条"1188生态大道"。走在这条大道上不只是看绿化,更是看文化,看人类文明史。大道全长7公里,两边杨柳夹道,野花铺路,脚下按时间顺序,每隔百十米就钉有一条金灿灿的铜踏板,上面刻着一行字。起步的第一块上刻:46亿年前地球形成。以后有:古生代泥盆纪出现成片森林;距今3—4亿年前森林陷埋,煤炭形成;一七八五年蒸汽机使用,煤炭工业兴起;一八七八年中国开始机器采煤;一九九六年中国《煤炭法》颁布；二〇一五年神东建成第一个亿吨煤炭基地；一九六二年美国生物学家蕾切乐·卡逊《寂静的春天》一书敲响生态危机的警钟；一九七二年公布《联合国人类环境会议宣言》；一九八三年后中国颁布《森林法》《环境保护法》《生态法》；二〇一八年中国成立生态环境部……，共 150 条铜踏板。而路两旁的太阳能路灯箱上则按"山水田林湖草沙"分类，彩绘着相关的诗词，把你带入一个人文之旅，如"山中何所有，岭上多白云""水满平川月满船，船身撑入藕花边""田舍清江曲，柴门古道旁""湖光秋月两相知"等等。其余还有很多与生态有关的节气、习俗等内容的诗词绘画。一时绿风荡漾，神清气朗，仿佛回到唐宋在陪王维、苏轼悠游于山林。你能觉得这一座矿山吗？在这样一条大道上走着，不用讲解员你也明白，煤炭是地球给人类的珍贵馈赠，是多少亿年前由树木变成的，现在我们应该再报之以森林。

这几年我一直致力于一门"人文森林学"的研究。树木不但给人提供了物质利用，还承载着人类文明，它是一部有生命的史书，记载着人类活动的每一个细节。神东矿这样的世界大矿，必定有一棵树见证了它的成长。于是，下午在去机场的路上，我就让老王绕路领我去看看他们最早栽的那一片林子。在一条矿区公路边我们选中了一棵最有代表性的油松。它已有碗口粗，两丈高，劲枝穿绕，松针浓密，像一个英气勃发的小伙子。正好树身的后面还保留了一小块未治理前的原生地貌，一片裸露的沙坡，让人没有忘记过去。我建议将这棵树命为"勿忘树"，它是这座世界级大矿的活的纪念碑。树前可扩一个小广场，供游人停车凭吊。树下可勒石铭文：

勿忘三十年前建矿之初栽下的这一棵树。

勿忘三十多年前我国首次通过《森林法》和《环境保护法》。

由此上溯三亿年，勿忘地球上由森林形成了煤。

杭州味道

◎ 劳　罕

　　游杭州，不但要充分调动视觉、嗅觉、味觉，还要调动听觉和触觉。如果粗枝大叶、浮光掠影，那就真真有点"唐突佳人"了。

　　杭州一年四季开满了花，一年四季都是香的！因为花不同，香味也迥异：或淡雅或浓烈，或清幽或馥郁，或鲜爽或甘腻，或缥缈或沁悠……

　　春天对人的嗅觉冲击最大的，恐怕当数香樟了，小米似的花朵，躲在浓密、碧绿的树叶中，不怎么显眼。香樟是杭州的市树，路边河畔，房前屋后，随处可见。

　　香樟花，大约在四月底五月初开。花的香味不浓也不淡，单独一棵，大多不会引起注意。但当整个城市都被这种香味包裹着的时候，也就有了气势。这种香，很有韧性，也很有诱惑性，你总想张开鼻张开嘴，甚至张开眼睛、耳朵狠命地吸。到了五月底，梅子成熟了。一走到灵峰脚下，空气中铺天盖地都是馥郁的芬芳，肆无忌惮直冲鼻腔——那是一种甜甜的、香香的味儿，因为浓烈而令人沉醉，如果深吸一口，脑子立马会有种晕晕乎乎的感觉。

　　待到了树跟前，看到枝头绿中泛黄的果实，一股酸酸的、酥酥的感觉会不由自主直击味蕾，于是，视觉、嗅觉、味觉混为一谈，嘴里面禁不住津液横流，小溪般漫涌漫涌，霎时间，甜丝丝、酸溜溜、香喷喷、辣乎乎、咸津津……口腔里各种味道争先恐后交织杂陈。

　　梅雨刚过，含笑、栀子花、白兰花相继开了。这几种花，在其他城市的园林里也能看到，但像杭州这样当树篱、当行道树来种的，还是很少见——这也许是杭州气候适宜的缘故吧。

在三台山路一家停车场,四周种的全是栀子花,每一边都有几百米长,在这里停车,你会不会醉了?会不会担心香味浸透了你的车?就我个人而言,总觉得这种香味浓了点,太冲。

也许是萝卜白菜各有所爱吧,早些年,化妆品少,许多爱美的女子会在衣襟别上一朵白兰花或栀子花。还有的人,把这些花撷来当生意做。这多是些老大娘,挎一个蓝印花布盖着的篮子,街头巷尾拖长声音悠悠地喊:"白兰花——""栀子花——"当然,在这个季节,西湖里的荷花也值得观赏,宋人杨万里这首咏西湖荷花的诗,不知道的人恐怕不多:"毕竟西湖六月中,风光不与四时同。接天莲叶无穷碧,映日荷花别样红。"

杭州园林部门在西湖的各个角落种满了荷花,如果留心去看,你会发现:这些荷花,会因为山势高低、水面大小、离岸远近,品种各有不同。我认为,最风致的,当数断桥桥堍"云水光中亭"前的那一片,荷叶出水有一人高,花朵硕大无蓬,花瓣似乎也较其他品种更多一些。

秋风一起,桂花开了。桂花是杭州的市花。我敢这么说,单凭数量论,任何一座城市的桂树,都比不过杭州。我的办公室两侧,种满了桂树,卧室窗下并排长着的6棵有碗口粗细。整个秋天,我都打开窗子办公、睡觉,让香味可着窗子漫天漫地灌进来。

睡梦中,在桂花香气中飘啊飘,那是何等的惬意!

杭州有几处赏桂的绝佳地,值得推荐:

首先是花圃的那条桂花大道,有几百米长,路两旁全是古树,一棵紧挨一棵,把天空遮得严严实实。我查过一份资料,这里的树,树龄大都在四百年左右。盛开的时候,举头,天宇全是小黄星;树下走过,须臾,满身净是桂花雨。

十多年前的一个中秋夜,写完稿子已是凌晨一时许,我信步沿西湖走,不知不觉竟走到了花圃。似乎是被桂花的香味拖拽着,我在桂花大道上流连忘返,不知疲倦地走了好多个来回。

意犹未尽,又坐在一棵桂花树下的条凳上歇息。那夜月光如水,透过桂枝斑斑驳驳洒在石板路上,因为是下半夜,尘嚣已散,空气清冽,阒寂无人,秋虫唧唧。我简直醉了,闭目做着深呼吸,不觉竟睡着了。醒来,已是旭日东升,衣裤已被秋露浸透。

植物园里有一大片桂花也值得一赏。从玉古路进植物园,直行不到百米,就是那片桂林。这里的树龄,也至少在几百岁。因为树又高又大又密,这里的桂花香好像浓缩了一般。每年桂花盛开的时候,我都会和几个文友相约在树下谈天说地。按照事前分工,有的带茶点,有的带茶水,大家倚树而坐,邀月共谈,妙语连珠,逸兴遄飞,几乎每次都是"不知东方之既白"。

有趣的是,每次起身,除了我们坐的这一块,周围都铺满了厚厚一层落桂。"到底难磨秋富贵,一庭香粟万黄金"说的大抵就是这个境界吧。

赏桂,很多人会忽略了杨梅岭。那条通往西湖的垭口没有打通以前,尽管翻过一道山梁就是西湖,但它与杭州几乎是隔绝的。这也使这里的植被保持了原生态。除了前文提到的楠木林,再就是崖畔地头随处生长的桂树。这些桂树,可能是得了野趣的真传,全都长得无拘无束,树冠比其他地方的都大。尤其是崖畔溪边那些,依着地势,四仰八叉的,似乎在向来人示威:我就这样长了,你奈我何?!

推荐去杨梅岭还有一个原因,这里几乎家家都开起了农家乐,桌凳就放在大桂树下,你可以一边品尝农家菜,一边赏桂。

杭州的农家乐,大都有这个特点,吃饭与喝茶连成了一体。哪怕生意再多,你不用担心饭还没吃完,店家就催着你离开。吃完了饭,你可以要上一壶龙井,斜倚在躺椅上,慢条斯理品尝,任凭日头悠悠西去。

其实,四季里,我更喜欢冬日的杭州。

"三面云山一面城"的地理特点,使得这座名城上午或傍晚总笼罩着一层若有若无的雾。雾,总是富有诗意,会让人浮想联翩,会让人神思缥缈,撩拨得你想掬一捧在手中,甚至想植入心底。

如果,雾里再飘来幽幽的梅花香呢?

冬日里,杭州两种花最多,一种是茶花,一种是梅花。

据说,全国属杭州茶花的品种最多。这可能与杭州的地理位置有关,南北的植物品种,大多都能在这里繁衍。茶花,花期很长。孤山"放鹤亭"两侧那种开红色花的品种,花朵有碗口大,能从初冬一直开到次年的初夏。

有个有趣的现象:茶花无论开得多么艳,都没有香味。凑近了闻,也没有。蜡梅的香味,你躲都躲不开,"遥看不是雪,为有暗香来"。只要附近有一棵蜡梅,不管你注意还是不注意,它都把那种若有若无的香味往你鼻孔里塞。"香花无色,色花无香。"花,尚且如此,人生,又怎能没有缺憾呢?!

常听有人说,杭州的冬天不好过——阴冷。这种评价不对!太不对了!这是因为没有真正了解杭州。你想一想,冬日的杭州,温度很少有低于零摄氏度的,能冷到哪里去?西伯利亚吹来的风,经过万山阻隔,等到了这里,早就是柔柔的、软软的、温温的。因为不太冷,这里的家庭,冬天一般都没有取暖的习惯。这让在烧着火炕、装着双层玻璃的房间里猫冬惯了的东北人,踏上杭州的土地一下子不适应,发出"好冷哟!好冷哟!""比我们那疙瘩还冷!"的感叹!

一个是朔风怒号、风雪连天,一个是暖阳嗤嗤、柔风拂面,哪个更冷?还用得着多说嘛!北方人说杭州冷,是因为一时不适应;而杭州人说杭州冷,就很有点撒娇的味道了。

这些年,越来越富的杭州,日子也越过越精细。许多新建筑,都铺设了取暖设备。有的楼盘,甚至用上了新科技,终年保持恒温。即便是老建筑,不少家庭住房装修时,都装了壁挂炉或是地暖。条件差一点的,也有了电取暖器。

所以,杭州的冬天,惬意得很呢!其实,都不装,有茶花、梅花做伴的冬日杭州,心里也会充溢着暖意。

有个朋友老家在临安一个山村，永远记得那次和几个朋友大雪天到他家围炉夜话的情景。那位仁兄是搞艺术的，很有些情调——百年祖屋装旧如旧，橡木挑檐，古色古香的阁楼，踩上去"咯吱咯吱"作响的楼梯，都像在向我们讲述着这个家族的沧桑故事。

堂屋里有一盆燃烧正旺的炭火——现在用的炭很高级，没有丝毫的烟味。关了灯，蓝莹莹的火苗跳跃在大家脸上。

朋友用雪水泡了九曲红梅，还未沾唇，香味早钻进了心里。

堂屋的窗前，是一株百年老梅，开得正盛。茶香、花香，弥漫在身前身后、颊齿唇间。几盏过后，大家额头冒汗，喉头生津。

喝透了茶，大家不约而同来到室外。那夜有些薄雾，上弦月若隐若现。山里气温低，院里青砖地上前一日下的雪还没有化，疏月挂树梢，窗前映梅影，暗香动静空，大家都不说话了，寂寂地站着，生怕打破了山村这份清幽，生怕惊扰了那轮疏月和那株蜡梅……

在杭州，我总在思考这样一个问题：全国适合种梅、种桂的地方不少，为什么数江浙一带种得最多？思考久了，便有了这么一个心得：恐怕与经济基础有关。当生产资料匮乏、温饱难以为继的时候，院里好不容易有块空地，还不赶紧种些桃、李、柑、杏去集上换几个钱？或者种棵杨、榆、柳、桐去做房梁、家具？哪有闲情逸致去种这种劳什子！

"钱塘自古繁华"，这恐怕是家家有条件植梅、种桂的原因。龚自珍在《病梅馆记》里这么说："江宁之龙蟠，苏州之邓尉，杭州之西溪，皆产梅。或曰：'梅以曲为美，直则无姿；以欹为美，正则无景；以疏为美，密则无态。'"

是啊，"赏"得以一定的物质基础为前提。《红楼梦》里，薛蟠的夫人夏金桂家"有几十顷地种桂花"，人称"桂花夏家"。而刘姥姥家，恐怕不具备这样的条件。

这些年，北方一些乡村，在"最美农家"建设中，也开始大量植梅、种桂，这不就是明证嘛！

蓝色万掌山

◎ 王子君

万掌山是蓝色的。

一落地万掌山,"蓝色万掌山"的形象竟一下子在脑海里定格。

万掌山刚刚下过一场大雨,空气清新得令人陶醉。放眼望去,泥土是红色的,潺潺溪水也带着红色的波纹;绿树连绵,鸟鸣声声也在唱着绿色的歌。但是,天空是那么近,那么蓝,纯净地铺向天际的蓝色,衬着一团团白云,与这红的绿的白的等一切的色彩形成强烈的对比,强烈地冲击着我的视觉,带给我极为震撼的感受。

就如法国艺术家克莱因所说,"只有最单纯的色彩才能唤起最强烈的心灵感受力"——克莱因创造了"克莱因蓝"的艺术概念,崇尚回归单纯。他认为蓝色本身象征着天空和海洋,象征着没有界限,高贵而静穆——此刻,正是这样。

而且,在青山连绵壮阔的森林怀抱里,居然安卧着一个湖泊。那湖,似圆非圆,波光粼粼。湖畔,一座座风格各异的小木屋,红色的,橙色的,黄色的,咖啡色的,青灰色的……环湖而建,繁花翠草相依,青青树木掩映,像一幅森林中的童话。此刻蓝天映在湖水中,硬是将湖水染成了蓝色。那么蓝汪汪的湖水,那么纯净的蓝色,就像是蓝色的明珠镶嵌在万掌山。"山泼黛,水挼蓝,翠相挽。"我想起宋朝黄庭坚的词,心倏地掉落入湖,融化。

万掌山不是一座山的名字,是云南普洱市的国有林场,是思茅城北部郊外东至大尖山下、北至与宁洱德化交界的萝卜山、西至弯转山东坡的方圆十几公里的大片广阔山林的总称,地理区位非常独特,森林资源非常丰富。二○二一年七月,亚太森林组织普洱基地落地万掌山,万掌山因此成为亚太森林经营与发展的一个平台,一个窗口,一山成万山,万山纵横,万木芃芃,世之瞩目。

我在万掌山的风景里随意地走。

心中荡漾着欢喜,看什么都是美的。鹅卵石铺就的小路是美的,雨过天晴便清澈了的渠水是美的,葱茏的树木和掩映在树下的木屋是美的……瞧,那盛开的木槿花好美!几只蝴蝶正在花上采粉,黄色的、黑色的、白色的蝴蝶在红色的花朵间飞舞,轻盈灵动,生动了整片树林。

最爱那一树高高的、红色的花开满整个树冠的树,那是火焰花树,花朵像火焰一样红,在层层青绿中特别耀眼。

路边一丛芭蕉树下,坐着一个小女孩。她正看手机,见有人来,抬起头,大方地笑着点头。她黝黑的皮肤,眸子清亮。我顺口问,小姑娘,你是这林场的吗?你怎么一个人在这里?她说不是。她是跟着妈妈来的。

原来,小女孩今年十二岁,小学就要毕业了。妈妈是园林工,常年在普洱市四处打工,几个月前来到万掌山林场。她跟着妈妈四处漂泊。但是她喜欢这样的生活,单纯自由,无拘无束,还可以开阔眼界,增长见识,认识的植物也多。说到植物,她的嘴角、眉眼间全是笑意。她最喜欢的是可可树,因为可可是制作巧克力的原料,而她曾经尝过巧克力的味道,美极了。她还喜欢无花果树和红毛丹树,无花果的果实软软的,很好吃;红毛丹则外表毛茸茸的,非常可爱,可爱得她不敢吃它们。她的爸爸是彝族,在乡下老家,妈妈出来打工,很辛苦,中午都是自带干粮,收入也不高,但比在乡下强。眼下妈妈和几个同事正在主路那边栽树苗,他们是一个团队。现在,万掌山是她和妈妈的生活源泉,心安之地。"我们家不富裕,也不知什么是大富大贵,但我们有我们的快乐。我们可以看到很多漂亮的植物,看到很多的花开。天天与这么美的生态相伴,心情非常好,也感到幸福,感到生活有希望。"

听着小女孩的话,我的眼角发热。希望,就是蓝色,蓝色象征着希望。

我往主路拐去。果然,两男七女正在山路边栽树苗。我没有去猜哪一位是女孩的妈妈。我觉得他们每一个人都是为人父母,都是可敬可爱的劳动者,他们和一代一代的林场人一样,用汗水滋养树木花草,用心血照抚美化森林,已然是森林的一分子,平凡而伟大。我见那树苗好生眼熟,便问是不是巴西洋牡丹。他们却说,不是的,我们叫紫牡丹。紫牡丹其实就是巴西洋牡丹,但他们的语气有几分自豪。在紫牡丹边上,还有新植不久的紫荆、大叶藤黄、桢楠等乔木,和已经十分茂盛的树林连成一片。想象一下,当这些不同形态的树木长开,当它们的花期到来,高高低低的树上开满鲜花,这山道旁的风景,该有多么惊艳?

和小女孩这样的偶遇,令我心愉悦。晚餐后,我仍去散步,去亲近森林傍晚的风,亲近那些叫得上叫不上名字的植物的芳香。

却在山道边,猛然看见采风团的画家赵宝坤正在画画。油画上方,表现天空的两道写意的蓝色色块一下子攫住了我的心。

蓝色,又是蓝色!

因为这蓝色,画中万掌山的白云、黛青的树林、碧绿的芭蕉叶、褐墙青檐的木屋,都显得安宁、悠然。蓝色在这里的运用,尽显艺术家自由的灵魂。

我非常认真地问赵宝坤:"如果用一种颜色来形容万掌山,形容我们所来到的这方水土,你觉得是什么颜色?"

"蓝色。"赵宝坤不假思索。

"为什么是蓝色?!"我惊喜万分。

"蓝色更通透,更纯粹,更能代表这里的一种气质。虽然满眼是绿,我也最喜欢绿色,但我的感受是蓝色。我们对一个地方的印象,往往就是第一眼的感受,是这个地方长久以来形成的独特气息传递给我们的。"

我明白了,为什么蓝色会成为他画面上的主色调,那是万掌山让他一

见倾心的安详宁和、沉静美好的气质。"表达这种感觉,不用解释,也无须语言,就能让心灵感知。"(克莱因语)

见到画家李青林的画作时,我又一次被震撼了。

李青林将自己为万掌山所作的画命名为《风·度》。乍一看,真是"七彩万掌山",明黄、青柠、大红等丰富的色彩张扬着热烈恣情的美。但冲击力最强的,是画面中的蓝色,那些笔触任意而有序、质感清澈明净的蓝色。因为这种蓝色,万掌山在整个画面的意境通透起来。

李青林解释说,这蓝色代表房子。房子是人居之所,而人是生命的主体。蓝色寓意人类的希望和未来。

两位画家对于蓝色的认知与解读,高度契合着我对万掌山的感受,让我有一种他乡遇故知的感动。

我在无处不在的蓝色意象里漫步。仿佛有一种神秘的力量,引我到明珠湖边。

此时的湖水和天空真的并成了一色,蓝的水,蓝的天,天在水中,水在天上,仿如蓝色的梦幻。

我久久不想离去。

蓝色的夜幕中,我独坐在湖边的木色长椅上,开始与森林对话。此刻,有多少树木在悄悄长高?又有多少花朵在为明天绽放凝聚芳香?那些白天歌唱了一天的鸟儿将在什么树上睡觉?还有那些长翅膀喜爱光的昆虫,又会扑进哪位宾客的木屋?那些只在夜晚出没的精灵,有没有一只是蓝色的?……

啊,夜空似穹窿,显现出最大密度的蓝色,群山边缘处,氤氲着微微蓝光。有人说,蓝色也是忧郁的颜色。但在万掌山,忧郁的蓝色早已被森林净化过滤。请由着我在静美中,再一次感受蓝色,感受人与自然共呼吸,感受万物周而复始的自然美和生活生生不朽的壮美……

耳畔,也响起了《蓝色多瑙河圆舞曲》的旋律,流淌的音乐,蓝色一样明净。

　　我曾在散文《多瑙河流过罗马尼亚人民的心》中写道："多瑙河并非蓝色……但在人们的心里,多瑙河河水湛蓝,两岸风光绮丽,就是一幅蓝色的画。"多瑙河是多彩的,而用蓝色形容它,意在歌颂它给流域两岸国家和人民带来的和平美好。我说蓝色万掌山,就像人们说蓝色多瑙河一样。万掌山的意境,是多彩的,更是蓝色的。它用蓝色调开启了普洱基地的宏大叙事,要给亚太地区乃至世界的森林和人民谱写一曲和平与梦想交响的乐章。

　　从蓝色形象的瞬间定格到克莱因蓝的联想,再到画家画布上的艺术蓝,到自然生物的蓝,再到博大永恒的象征,所有的一切,丰盈着我的"蓝色"感受。

　　白天,万掌山褪去了夜晚的神秘,将高耸入天的思茅松的壮丽、森林步道上数不清的动植物群落、棕榈园弥漫的南亚热带风情、茶马古道的风云历史等等奇特、多样、秀丽、清幽的人文自然景观一一呈现在我们面前,让我们从具体物象上获得了深刻的森林体验和生态享受,生出重返自然、拥抱自然的意愿。

　　人走近自然,就能产生智慧与思想。走出森林,此次同行的作家们均已激情迸发,思绪纷纭。李炳银认识到人与自然相互依傍的关系,将万掌山看成是一个"栖心之所";王必胜认为,是森林的大、广、深,生物的多样性,构成了魅力四射的"万掌风情";陈长吟看到一只绿得发亮的虫子,心动不已,把自己想象成一只虫子,说"这绿色的精灵,如果是雌性的,我会爱上它";徐峙要把西番莲带回去,以时时回味它的香味与色彩,感知大自然内在的生命;黄风原本就认识很多树和花,但是在万掌山,却有很多花不认识。他进一步体验和认识了森林,说,"只有体验和认识它,才知道它的价值所在,才知道怎样和它相处";樊国安,这个"大山的儿子",万掌山给了他新鲜感,感悟到"森林不仅孕育人类,还保护人类"……柳忠勤则对

"绿水青山就是金山银山"的生态文明理念有了更深刻的理解,表示要用实际行动去践行;李青松总是不经意地传播他的生态学知识,叮嘱大家把路边倒伏的小树枝、自己吃过的水果核扔进林子里去,因为"每一片腐烂的叶子、树枝或者须根都有独特的作用,且都会聚集在森林的整体中"……

而我,"蓝色万掌山",已深入意念,就像"蓝色多瑙河"的比喻深入世界人民的心,就像"蓝色的星球"深入我们的宇宙概念。

"无山不绿、有水皆清、四时花香、万壑鸟鸣,替河山装成锦绣,把国土绘成丹青。"这是新中国第一任林业部长梁希理想中的生态蓝图,这应该也是一代代中国人对共和国绿化事业的理想蓝图。

如今,这幅丹青蓝图,色彩、意象已日益丰富。

而蓝色万掌山,正在这幅丹青里闪光。

这蓝色的光,也正穿透重重青山,灼灼耀四方。

大河侧畔的倾听

◎ 施战军

想不到黄河有这样的平稳安宁。我知道这肯定是我的一时之见,或叫第一印象,那么在尚无第二印象的时候,她有着我所亲爱的风度。

桥上风呼呼地横吹,无尘无影,撩扬头发,飘起衣角。风不许你瞪大了眼睛带着惊惧地下望,也不容你张大嘴巴胡言乱语,风激荡着你深邃的想象,却封住你浅薄的嘴唇,让你在秋光流荡的空气中怀着一腔灼热去细细地慢慢地望着河水如指纹一样静悄悄地聚拢着伸向远方。那是人的细腻的肤表,没有古老的褶皱,却似孩童的肚皮,光滑可人,真想跑过去亲吻一下呢。

从桥上跑到岸边,御风而行,接近黄河的刹那,明显地感到了那风拂来的温软,依然撩扬头发,飘起衣角,又分明多了几分相知的暗示。黄河的风才是柔柔的,在这柔柔的风的爱抚下,她宽容地拥抱着细细的沙粒,那可是高原的无数难以哺育的弃婴,一代又一代的孩子寄养在她的怀里,他们睡着、爬着、走着、跑着,巨大的家族和睦地漂流,不易觉察的波纹中荡漾着默默的天伦之乐。

河岸有很宽的沙滩。走上去,并不疏松,留不下足音,也难留下脚印。在靠近河水的湿润的地方,平整而坚实地显出昔日河水漫熨的痕迹。有人在这里写下许愿的话,"大河保佑×××长生不老",我端详了许久。河水流过,那些字会被冲刷得如同从未有过,它倒给我们提供了"逝者如斯"的明证,大川长生人易老,短短的生命在这条长长的河流身边诞生了多少不可名状的失落与忧愁!

无语凝噎的河，我加入了你的流泻；不谙世事的河，我仰卧在你的边上；坦坦荡荡的河，我倾听着你的诉说……

　　天空并不晴朗，云烟如粉，均匀地搽在辽阔的面皮上，缺少表情，没有色彩，无声的状态近于死寂，不如黄河那样有着令人倾心到忧伤的文静。远处，黄河两岸的薄雾里一南一北立着两座特别的山。南岸是小华山，即华不注山，奇险陡峭，为著名的古战场，细听依稀回响着齐晋鞌之战的战鼓咚咚，流血的故事点缀着黄河的沧桑。北岸是鹊山，全山由一块块巨大的石块鬼斧神工般地垒成，巅峰处的巨石似鹊儿回首凝眸，灰白的天空中，它深深地伏着，仿佛在嘲笑我的卧态。

　　飞来一只鹰，在空中旋着旋着，忽儿一头扎下去。那里是大片白杨树，微颤的金叶好似一只只小手朝这边不停地挥动。我跳起，跑向那个迷人的景致。

　　白杨的树干只有碗口粗细，一棵棵直直地站着，望不到尽头。这大概是黄河侧畔最常见的去处了。从树下往上看，树冠青盈盈的翠绿，只在外边的一层泛着水灵灵的嫩黄，更多毫无枯态的黄叶依依不舍地牵着枝条，显得健康而妩媚。风淡淡地滑过顶叶，摩挲着那些不甘沉寂的树梢。树枝间没有吹着口哨梳理羽毛的鸟儿，没有用残枝败叶搭设起来的窠臼，骄骄傲傲的，让人想到十五六岁的女孩假小子式的短发。自由无束的纯然烂漫的活力在林中弥散，化为树与树之间似有似无的雾气。没有蜻蜓飞舞，只有几缕游丝细细地织在树干之间，一动不动地斜挂，也许那是夏天里一只小小的蜘蛛怀着热切的期待创作的第一件艺术品，一个幼稚的可爱的梦。

　　脚下松暄地铺着落叶，灰褐的底色上偶有新鲜的黄叶如花般开放。陈叶保持着完好的形状，叶梗叶脉清清楚楚，翘着身子让小草顶着它们上升。最鲜最绿的就数这些从叶缝里探出头来的草儿了，它们以为春天到了，微乎其微却自有殊秀，对芸芸众生满怀温馨亲切的关爱。

　　倚在树上，我觉出了树与人之间的无限暖意。灰白的天被枝叶遮掩分割，前后左右，清清爽爽地站立着可以依靠的伙伴。

在这盛满自然形态的树林里,我移动自己的脚步,放纵自己的心情。

这自然的空气把我带回了故园,那个叫科尔沁的草海。童年的大甸上有的是无垠的草和蒲苇密密匝匝的沼泽,草丛中开着红艳艳的卷莲花,邻家的小华姐采来一束插在瓶子里,在那花影后面,背着大人,我们做"住家看狗"那种相亲的游戏。草原上的树是孤单的,就像找不到家的外地人。去年回去时,看那原上的草也变得稀疏了,哪还有卷莲花的影子?大多数的住家已迁居别处,剩下的人居然一个也不认得了。

故家依稀隐去,我的心疤似有再揭之痛,那就把纷纷飘起的心绪献给我之所爱吧!昔日火热的书信,恰似林中的叶子,落下来,不再有当年的色彩,却可以化作心血,滋润余生的想念。

我让自己像孩子那样奔跑,也盼望着一个孩子蹒跚地跑过来,紧紧抱住我的膝盖,她是我小小的女儿,我喊着她的脆生生的名字迎上去,脚步和泪水一同打响干燥的落叶,视野中,这大片树林变成一道长长的栅栏,在眼前吱吱呀呀地晃动。

黄河在几百米外的地方凝脂般地存在,在最后这一道杨树的间隙,我停住自己的步子。

我在理解卢梭的痛苦和激动,这位孤独老人散步返思时的清高,正是仰仗着大自然的精神力量。还有屠格涅夫,这位胸怀里生长着最美丽的草原和树林的大师,似乎就在这里,与他的挚友别林斯基携手漫行,我听见一棵充满生命热情的老橡树由衷地赞美俄罗斯思想的大船:"漂泊,在这些涌来的波涛,不会撼动他的根基,即使在最遥远的'漫游'里面,他仍然保持本色。"伟大的灵魂。从透明的云团里,射来了沉甸甸的阳光。

林边有一片坟地,恰处于济水之阳,或多或少给我带来了对于归宿的早虑。老来的那天,我不奢求给世界留下什么。翻开随身带着的书,乔治·吉辛如是说:死者,在绿荫下的寂静中,似乎对尚留在世上的人,耳语着鼓励之词:我们这样,你们也将这样,瞧瞧我们安息得多么宁静!

乌镇的味道

◎ 刘汉俊

乌镇是一个有味道的地方。

她的历史文化像一坛老酒,韵味醇厚而绵长。她的故事耐人寻味,禁得起咀嚼,像一缸陈酱。她的景色多样颜值高,各种色彩在这里绽放,可是打印给你的,却是一幅古青色的画,像乌镇染坊里的蓝印花布,一种古朴朴的味道。

是的,乌镇是一口酒缸、酱缸、染缸。

一

早起看乌镇,天光澄碧,空气澄净,河水澄清。放眼车溪河上,只见水阁相连、梁柱错落,曲曲折折不见尽头。

窗是乌镇的眼,枕水人家晓窗半开,民宿客栈街窗半掩,沿河一顺望去,水上满是鳞次栉比的窗棂户牖。落地长窗、滑板短窗、对开推窗、半开天窗,窗连窗、格对格,或闭或启,有呼有应,乌镇是窗文化的博物馆。驻足细看,家家窗扉上是胶漆桐油,户户槅扇里有雕花画图,花草虫鸟尽入画,神鬼人物毕显灵,进一样的门,看不同的窗,千姿百态各呈风景。

庭院深深,窗含吴越千年史,门涌秦楚万里客,珠帘暮卷春秋雨,画栋朝飞战国云,乌镇的窗为中国的历史按下过快门、记录过画面。微风穿堂过,斜阳依窗尽,梦觉隔窗残月冷,五更秋虫依稀鸣。谁家的深秋帘幕千丝雨,谁家的落日楼台一笛风,谁家的寒窗先知春乍暖,谁家的蝉声早鸣绿窗纱？乌镇的窗为中国的乡愁打了一个结，乌镇的故事尽在窗眼里。

古山云树密，雪水风帆稀，双溪皓月白，两墩苍烟青，南郊春色尚浓，西林秋高气爽，忽闻仙桥野笛远，又听佛寺晨钟近，这是宋代的乌镇；光明莲社梵音杳，芙蓉旧浦忆当年，车溪祖关释子在，上智鼋潭鱼伏渊。昭明书馆文在选，绿野遗庄诗正觅，双溪浸月低头看，二塔凌云抬眼望，这是明代宣德年间的乌镇；砥柱危洲分水墩，通泉古甃深，文石流觞犹兰亭，解嶷丛桂香。双潭舞凤，一水回龙，万竹秋声急，长林石径斜，这是明代万历年间的乌镇；梁苑胜迹书声琅，丛林古道幽思长，六桥风景今安在，九曲回澜不兴波，溪亭幽涧深，禅阁梵音渺，萧寺钟声晨起，灵水山居晚红，这是清代顺治年间的乌镇。不同的时代同一个乌镇，同样的乌镇有不同的味道。

车溪河有数不清的河埠，沿河有走不到底的帮岸，帮岸上有望不到头的廊棚，廊棚下有算不过来的靠背椅、靠背凳，那叫"美人靠"。船行的码头、人走的渡口是水乡的河埠，归航的船要有帮岸，远行的人要有廊棚，归去来兮需要美人靠，一憩解百忧。河埠、帮岸、廊棚、美人靠，是乌镇的风景，是乌镇人的撑篙点。如此这般，假如感觉乌镇好有诗情画意，那你一定是观光客、路人甲。日子是用来过的，不光是供欣赏的，乌镇人家没有艺娱的闲心，只有素朴的本心，觉得一切是那么自然、舒适、妥帖，无须雕饰、夸张、炫耀，这是艺术和生活的最高境界。你是画外音，他们是画中人。

乌镇美，乌镇的夜更美。灯光秀，秀出了她的轮廓、她的线条、她的亮点，柔化了你的心性，温暖了你的心灵，让你的眼里秋波荡漾。乌镇的夜晚是水之梦、梦之乡，是灯的夜市、船的港湾、桥的今宵。邀一位船娘，渡你在西市河上的夜里，橹声欸乃，桨声咿呀。你在看夜，窗在看你，桥在度你，你会有穿越时空、翻越梦境的幻觉。夜深人静，天光未暗，我独自走在青石板路上，一遍遍地听自己的《有一个故事，叫乌镇》，沉浸在乌镇的语境与心境、情境与环境里，文不醉人夜醉人。听着南梁昭明太子与民女慧娘的缠绵故事，自己给自己当惆怅的解说员、伤感的倾听者。正好迈进昭明书院，一脚便踏在一千六百年前的温柔乡里了。

月光下的乌镇，有脚步声响起，在街的那头或者河的彼岸。嘀嘀嗒嗒，或急或缓，不是踩或者踏，轻轻敲着青石板，节奏像贝多芬《月光奏鸣曲》中的慢板、急板或者小快板，声声慢，影幢幢。不知道走着的是唐宋诗人、明清商贾，还是民国女子。秋分看月，那是分不了的月、尽不了的秋。你在月中央，月在水中央。移目天地间，天上月看水中月，月在水底看自己。等到乌镇从黎明中醒来，情景便真切起来，弯月勾勾，挂在蓝天，淡远而静安，留你一个昨晚的念想。听自己的《乌镇的早晨》，感觉每一个清晨都美好，太阳正从东栅的河水里起浴。

乌镇处处可回眸，时时能前瞻，街巷到处分岔，道路随时交会。混沌中迷途于老街古巷，随便问路，都有热情的应答或者温婉的向导，甚至陪你走一程。急急匆匆走一圈，发现回到了原点，但天色已明朗，青天亮闪闪。镇里风景无限，镇外风光无边，田园牧歌，万木葱茏，景物在疯长。荷塘宽宽起，莲叶亭亭立，不知道是朱自清的荷塘，还是周敦颐的莲花。蓬荜秾艳之间，有水牛悠闲地踱着持重的步，等你来参观或者合影，抑或旁若无人地低头吃河边草，偶尔抬头高看你一眼，等着你对它弹琴。

二

车溪河一贯到底，风雨长廊一贯到底，青石板路一贯到底。其实都没有到底，比底更深的是根，比道路更长的是乌镇的历史。

乌镇地处杭嘉湖平原的中心、桐乡的北端。乌镇先民加入这个名为马家浜文化的朋友圈已有七千年了，但取名"乌镇"，却是在一千一百多年前的唐朝咸通年间。属于马家浜文化的谭家湾遗址，离今天的乌镇仅有一千五百米，从考古发掘的釜、罐、盆、钵等陶器标本和麋鹿、水牛等动物遗骸看，乌镇在新石器时代早期就绽放出了文明的曙光。

春秋无义战，天下竞争霸。春秋时期是乌镇的第一个发展期，这里是吴越两国的边境，是交锋交战地，更是交流交融地。吴国在乌墩驻兵防越，越国在青墩引兵对峙，上演战争大片。吴国自从周太伯创立勾吴，到公元前四七三年被越国所灭，存活近六百年；越国为夏朝君主少康之庶子无余所创立，越人作为大禹的后裔，固守越地、剑指东吴，到公元前三三三年被楚国所灭，吴越之间交集六百年。在最后的七十年间，两国"以船为车，以楫为马"，金戈挥舞、铁马嘶鸣，打得不亦乐乎、精彩纷呈、惨不忍睹，上演了中华史记中争霸战的高潮部分和精彩片段，留下一堆成语典故。

最高光的战争就发生在乌镇一带，卧薪尝胆的越王勾践最终打败吴王夫差，成为春秋五霸之后崛起的最后一个霸主。从那时起，乌墩、青墩就先后分属于会稽郡、苏州府、湖州府、嘉兴府，被今天浙江、江苏的桐乡、石门、秀水、乌程、归安、吴江、震泽七个县所统辖，直到一九五〇年两墩合一镇，再次定名"乌镇"，归属嘉兴桐乡。乌镇是历史的切片、文化的乡愁，是中国的从前。

历史的厚度决定了乌镇文化的高度，积淀的丰富成就了乌镇文化的多样。乌镇是错壤交接之地，风物民俗丛生之地，形成了开放、包容、自强、博大的文化性格和丰富多彩的文化方式。

三

乌镇爱过节。乌镇人月月有节日、天天像过年，美食是节庆的主题。走进一家名曰"羊肉烧酒"的小店，点一盆红烧湖羊肉，斟两杯黑白老酒，羊是本地的羊，酒是乌镇的酒，一杯是用本地黑糯米酿造，以纪念为平定叛乱、护佑百姓而战死的唐朝乌墩守将乌赞将军的"乌酒"，一杯是用本地白米、白面、白水酿制，受到明朝开国皇帝朱元璋青睐的"三白酒"。黑酒黑得乌紫泛亮、甘醇醉人，白酒白得晶莹剔透、清香沁心。两杯老酒下肚，半部史记穿越，美在唇齿间，醉在眉眼中，有道是不知有汉、无论魏晋。

醉眼回看，那门联上分明写着：盛唐乌酒晚清窖，宋时湖羊明时灶。"明月楼"的肚包鸡、酱凤爪、手工香肠，卤制酱腌，咀嚼啃啮有味；"江南徽宴"的臭鳜鱼、毛豆腐、炭烤鸡、太白鱼头，文火慢炖，鲜香弥漫无边。嘉兴粽子青团子，萝卜丝饼姑嫂饼，桂花方糕定胜糕，小吃胜大餐。

在水上早市油煎铺买一份油条油墩，或者沈记花生糕、茅老太豆腐，边吃边走边看船；再在木码头上寻个座儿，点一份笋尖馄饨、鲜肉烧卖、葱姜豆腐干，或者洋葱鳝丝面、猪油渣面、小锅面，赏水中倒影、河上紫烟；然后在永泰米糕店占一处临窗的桌椅，点一碗百合莲子凉汤，要两块鲜肉方糕、豆沙方糕，悠闲地欣赏水上戏台正侬鹅阿拉咿耶啊呀的桐乡花鼓戏以及越剧，唱得有味儿，听得有味儿，吃得更有味儿。寻味乌镇大街，不同的餐馆不同的风味，绝无重样；同一样菜品同一个价格，绝无二价。独特与公平，是乌镇的真味道。

酒入肚，味入心，江南水乡烟入画，乌镇茶香味入肠。"水包皮"泡澡堂，"皮包水"喝茶忙，是乌镇的市井风情。闲淡之人茗中品味，忙碌之家茶里悟道，都是时光的节奏、岁月的颜色、生活的况味。茶楼茶肆生意兴盛，茶商茶客心诚意切，茶香茶道韵味绵长。

传说茶圣陆羽曾两次造访乌镇茶馆老板卢仝，"访卢阁"因此而得名、成名，众多茶馆亦是宾朋满座、香溢四方。绿茶红茶乌龙茶，白茶黑茶青砖茶，在这里找到最好的井水、最好的时辰、最好的茶客，以及最美的茶具。

客从南北来，话分东西说，茶在一桌喝，茶越喝越淡，情越聊越浓。舟子喝茶温中有暖，君子品茗情中有性，仕子寻味苦中有甘。要想苦尽甜来，可以酌一杯菊茶，乌镇人会告诉你，杭白菊的原产地其实是在嘉兴、在桐乡、在乌镇。隐菊东西栅，黄花分外香，乌镇是菊花的家乡，菊花是乌镇的女儿。寒夜客来茶当酒，竹炉汤沸火初红，一壶煮三江，片叶知春秋。菊茶温润在口，馥郁醇浓在心，喝的是茶，养的是心，品的是人生。当然，最具特色的是乌镇三道茶，"镬糍茶"甜甜蜜蜜，"熏豆茶"香香咸咸，"淡水茶"清清爽爽。客进乌镇家，请喝三道茶，先甜后咸终平淡，这是乌镇告诉你的生活哲理。

乌镇的味道是喝出来的,也是晒出来的。农历六月初六,是天贶节,从宋代流传至今。"六月六,晒红绿",烈日当空,热力四射,适合曝晒万物。仕人晒书,僧尼晒经,舟子晒桨,乌镇人家晒衣物,晒虫晒霉晒一地旧事,洗物洗娃洗一河流光,满镇是阳光的味道。

热烈的季节是晒酱的时光。乌镇最早的酱园是乌镇人陶叙昌创立于清朝咸丰年间的叙昌酱园,先是自产自销,后来远销他乡,在杭州、嘉兴、湖州、苏州一带畅销。同治年间,清军在乌镇围剿太平军,叙昌酱园毁于战火,陶叙昌含恨而殁。两个儿子成人后继承父业,勤扒苦做,重振往昔辉煌,到了民国时期达到鼎盛,分蘖出多家分号,产业链不断拓展。一九三七年十一月日本侵略者进犯乌镇,烧杀抢掠,穷凶极恶,叙昌酱园被烧光捣毁。劫难过后,叙昌酱园惨淡经营,但勉强能维持。新中国成立后,几经改造、几度发展,这家有着一百六十多年历史的老字号老树发新枝、陈酱酿新味。

走进乌镇西栅通安桥南的叙昌酱园,前店后坊大晒场,紧紧挨挨,环环相扣。作坊里摆放着大缸小罐,高高低低挤挤密密。一切的味道、所有的故事,都发生在这光线不甚明亮的神秘园里。清明一过,家家制酱。黄豆制成酱,要经过浸泡、蒸料、拌料、制曲、入缸、晒露、压榨、打磨等多道工序;上好的黄豆磨成面,调好的豆面拌均匀,装入竹匾发酵制曲三十四天,落缸后进入酱醅期,须经过长时间的翻醅,尤其是六七八月份的晒露才能成熟。作坊外有一处三百六十多平方米大晒场,正晒着两百多口酱缸,阵势列队像兵马俑,阳光灼人,满庭生辉。白墙青砖竹栅栏,尖笠纱盖大酱缸,斗笠是为了防雨水,纱盖是为了防蚊蝇,美好的味道需要呵护,阳光的味道最好。

生活是个大酱缸,只要你是一粒豆,就能把你酿成酱,要想成为一个有味道的人,打磨、曝晒、压榨是少不得的过程。乌镇的豆酱有滋有味,家家离不开,顿顿少不了;上得了豪宴,进得了寒门,与山珍海味同桌,与白菜萝卜相伴,是富人家的调味品、穷人家的主打菜。叙昌酱香,是乌镇的味道、江南的味道、乡愁的味道。

四

　　乌镇要晒的，还有乌布乌染乌颜色。镇上有"宏源泰""草木本色"等老字号染坊，以乌镇本地的花草林木为原料，提炼色浆，生产的印花布以蓝色为主。这是乌镇的颜色。采自然万木之精华，集天下颜色之缤纷，化作那一条条一方方花布，从高高的晒布架上垂下，通天达地，铺天盖地，气势豪迈而壮观。给点颜色就开染坊，给点阳光就灿烂，乌镇尽显草木本色。乌镇青睐青色、不慕艳丽，像结着丁香一样愁怨、透着丁香一样芬芳的江南女子，着一袭青色旗袍，撑一柄青色雨伞，袅袅娜娜默默彳亍在青色的石板、青色的桥上，只等待那一抹，那一抹青色的江南雨了。

　　秋天看乌镇，像是读一本有味道的画册。秋雨涂抹，秋云着色，秋风翻页，画册的名字叫《岁月静好》。空蒙蒙，雨霏霏，清冽透着清冽，愁意轻抚愁意，一阵秋雨一阵寒。你若出发，古木为廊、为棚、为亭，给你遮风挡雨；石板做门前阶、河上渡，给你铺路搭桥。在秋风秋雨中启程，在古风古道中行舟，乌镇是通向远方的驿站。你若归来，所有的目光在这里打结，所有的焦躁在这里复归温柔，所有的步履在这里变得舒缓。阁楼不高却有登高的感觉，楼梯不宽却无逼仄之虞，石板路高高低低却不会绊倒你，一切妥帖舒适熟稔，恰到好处，可以温润你那颗游子的心，心上的那个秋。苔痕上阶绿，草色入帘青，不是让你穿越历史，而是叫你尘心复古、秋心滋润、初心不改。你这么想着，迷蒙的街那头，有青衫女也这么想着，低头行走，悄无足音，唯秋声瑟瑟。你沉浸在古境里，把心变静，把岁月看老，把沧桑看尽、长河看冷，乌镇是秋雨的味道。

五

　　文化的味道，是真正的味道。

乌镇物华天宝、人杰地灵。一方水土养一方人,养的是情感、情怀和情结。

据乌镇史志记载,从宋朝到清朝,乌镇走出了进士六十四位、例贡一千零二位、举人一百六十一位、武职七位,另有荫功袭封者一百三十六位。南宋建都临安,乌镇成为后花园,南宋时期长三角经济文化的发展和海洋意识的复苏,使这个江南小镇活跃起来,进入第二个发展期。来乌镇讲学、求学、生活、经商的达官显贵、文人墨客、行商坐贾络绎不绝,这里成了贵人的逍遥宫、商人的交易场,是僧尼的讲经堂、布道所,更是文人的精神家园,文化的芳香弥漫飘远。

江南儒士,乌镇为甚。这里还走出过一门三代拔贡、四代诗人,家风传承百年的吴氏家族,可谓书香门第绵延、文化世家繁衍,诗书传家久;走出过清朝进士、授翰林庶吉士,为官为文为史留下耿耿英名、昭昭业绩的严辰;走出过清末文化学者、翻译过《易经》,在拼音文字改革做出杰出贡献,担任过交通大学、浙江大学、北京大学校长的劳乃宣;走出过我国现代妇女解放运动先驱和著名的诗词家、书法家,国学大师章太炎先生的夫人汤国梨;走出过现代文化名人、中国新闻界前辈,曾授业于张学良、张恨水、秦瘦鸥、蒋经国、荀慧生等人物的严独鹤;走出过现代著名农学家沈骊英。车溪河潺潺,乌青墩穆穆,尽管他们一去不复返,但乌镇没有忘记他们,或设馆以祭,或修史以记,为这些优秀儿女们树碑立传。乌镇,永远是望穿双眼等候他们的老母。

乌镇有老味道,更有新味道;有水网渔网,更有互联网。世界互联网大会把这个江南小镇亮相于聚光灯下。乌镇走在世界的 T 台上,走进第四个发展期。前沿技术在这里角逐,世界巨头在这里论剑,乌镇之光是世界之光。5G 技术、云计算,人工智能、区块链抢滩圈地;智能汽车、数字教育、网上医院、网络公益风生水起;开源生态、数据治理、数据与算法、下一代互联网、网络空间国际规则,在这里切磋探讨;数字减贫、全球抗疫、网络安全、数字"一带一路"，在这里谋求合作。

当今世界，网络相连、命运共通，互联网改变生产关系，计算力决定生产力；新理念、新业态、新模式成为网上新风景，信息化、数字化、网络化、智能化是大势所趋；谁掌握了平台谁就把握了先机，谁占领了终端谁就占据了制高点。网罗天下，天下互网，数字乌镇，是算力小镇、超算中心，乌镇联世界无远弗届，世界看乌镇高光时刻。数字化浪潮拍打的江南水镇，一声鸟叫能唤起世界的嘈杂，乌镇之光点亮世界，网味十足。

有味道的人生，有味道的乌镇。乌镇的味道，越陈越醇，咀久弥新。喜欢乌镇的味道，你就是有味道的人。

麻雀的故事

◎ 理 由

　　麻雀虽小，故事不少。北京麻雀的机灵滑头和逃避捕捉的本领举世无匹。虽然麻雀很接近人的生活领地，却是很疏远人类的一种鸟类。

　　话说回来，早年间的麻雀可没这么精明。我小时候玩过"门可罗雀"的游戏。老北平的四合院大多是青砖铺地，在地上撒几粒小米，到厨房里找一个箩筐、一根筷子再拴上一条长线设置停当；小孩子们趴在门缝里耐着性子，不一会儿就会有四五只小精灵飘落下来。那时的麻雀尚有几分天真乖巧，不疑有诈，只顾从容地啄米。孩子们把线一拉，总能扣到一两只。

　　当时我不知道怎么对待抓到的麻雀，家里人也没有吃麻雀的习惯，握在手里玩一会儿已够尽兴。放走的时候麻雀有点发蔫儿，好不容易才飞上树枝。我猜，下次它一定会长记性。不过，这样的游戏至少玩过两三次，总有些麻雀犯傻。

　　一九五八年我已是成年人，有一天接到自上而下的传达，麻雀与苍蝇、蚊子、老鼠并列为"四害"，因为小小的麻雀竟然与人争夺粮食，要求各行各业男女老少齐上阵，聚而歼之。人们对付后三者早有许多传统方法，唯独对待麻雀们尚无速绝良策。

　　话说这一天，北京市民倾城出动，声势浩大。我所在的群体被指派在西郊一带，马路两边绿树成荫，虽不知麻雀藏在哪里，一群赤手空拳的书生只好站在树下呆看。居住在附近的老百姓随后赶到，他们有备而来，手中拿着破锅、铁铲、铜锣。两边一会合，当即商定战术：他们尽力敲打各自的家伙，我们扯开嗓子高喊。一时间金鼓齐鸣，杀声动天。

这场行动的规模、方法以及期待达到的目标，都是前无古人，后来也难再有，足可震古烁今。奇怪的是虽然动静闹得很大却依然见不到麻雀们的踪影。不久听到来自组织者的传达，说是海淀的麻雀正在飞往西城，已经打电话通知西城，大家都要再接再厉！

于是我们以狂野的本能更起劲地呼喊，每个人的脑海中再无思考活动，而是浮现出一幅诗意的画面——下面是人的海洋，无边无际；天空飞着惊惶的麻雀，不知何处落脚。没有人质疑这个方法灵不灵，更不会怀疑麻雀该不该被虐待。事后《北京日报》刊登一幅漫画，大意是麻雀因飞翔疲劳而摔死。还另有统计说经此一役全国消灭了2.1亿只麻雀，战果辉煌。人们传看一眼，互相微笑，就此把这件事淡忘。

几年以后，有权威者为麻雀之冤平反，说麻雀是益鸟而非害鸟，应加以保护。不过，麻雀虽被正名，数量却少了许多，而且性情大变。人们很难再看见它们在地面觅食，即使落在树枝上也不多停。现如今人们隔着双层玻璃门窗看到树上有几只麻雀，只需你在屋中稍有移动，它们就呼啦啦飞得无影无踪。与其说它们变得更加机警，不如说它们早已果断地自绝于人类生活之外。

又过了许久，我已年逾古稀。有一次与麻雀不期而遇，那是在瑞士度假小镇茵特拉肯，树木茂盛，花繁似锦，百鸟齐鸣而著称。我住在一间民宿，每天清晨要步行到一家酒店去吃早餐。餐厅分为室内与室外，为了阳光和鸟鸣我选择室外。

或许由于瑞士面包烤得酥脆，进餐时不小心把面包屑散落在地，立即引来几只麻雀啄食。这些家伙不但个个肥硕，而且大模大样、憨态可掬。于是我把更多的面包屑撒下去，又招来成群的麻雀，围绕在我两只大号旅行靴的边缘在不慌不忙地啄食，直至干干净净，搞得双脚都不忍心挪动。

这次经历也不经意。众所周知瑞士是中立国，社会相对平稳，只是再次印证麻雀的习性与人文环境相关。

此后又过了许多年,常在读书之余望着北京窗外树上的麻雀发呆。一次受好奇心驱使上网去查麻雀的寿命,答案是五至十年。取其中间值,算来从除"四害"到现如今,北京麻雀经历大约十代的传承,拒人之外的性情依然固化。

那么人又怎样?自春秋战国已降,人们一哄而起又一哄而散,缺少理性思考的折腾循环,经过了多少代的传承是否也会固化?

全富岛上一棵草

◎ 刘醒龙

今天是端午节。

全富岛上发现了一棵草。

光秃秃的全富岛上仅有这一棵草。

上过全富岛的人都不清楚用什么样的俗名与学名称呼这一棵草。

大家伙拿着手机用识别花花草草的软件你一下我一下也没有试探出这一棵草。

昨天下午上过全富岛的人不曾发现达到现有自然美学学说巅峰的沙滩上生存着一棵草。

对这棵草的发现是在今天。

一大早，趁着还没退潮，昨天下午没有上到全富岛的老陈馆长和小贾队长他们，实地见证了那片精美绝伦的沙滩，更用考古学的眼光，一眼就看出一块已经石化的木头。那木头的形状肯定是人类用工具加工过的，至于具体用途，未来的日子也许能考证出来，也许永远是个谜。用浅俗的观点来看，考古工作就是对前人留下的种种文化之谜进行破译。南海庞大的自然属性，不仅没有让文明文化无限落寞，反而使得对一些最细微的文明表达与文化符号的破解，具有更加重要的意义。仅凭肉眼看那石化程度，这块形似石鼓的木头，至少是三千年前的物件。

携带那块巨大的石化木回到船上的老陈馆长平静表示，要将其放在博物馆公开展示。

一棵树生长几百年才能做成这样的器物，之后不知何故来到惊涛骇浪的南海，再来到全富岛上，这当中有多少经历不为发现它的人们所知晓？再想到被同时发现的全富岛上第一棵草，多少年后，全富岛也许会绿荫如盖，嘉木飘香。那时的人们不说如何怀念，至少晓得全富岛植物的起源，可以精确到二〇二一年端午节，如有必要还能检索到证明人都有谁谁谁。

南海这里，人世沧桑，一切改变都以浪涛潮水来表示。

南海离汨罗江何止万水千山，"琼三亚运 86399"号渔船上的船工像汨罗江畔的儿女，同样惦念着端午节，出海之前就备好了清香扑鼻的粽子，一边使人品尝苦咸海水中古老粽子的精气神，一边令人想着屈原怀沙投水的灵与肉。

南海没有离骚九歌天问。

南海自己就是千秋万代传颂的离骚九歌天问。

昨天傍晚我曾经游过泳的那池碧水没有了，连硕大的泳池形状的沙洼都没有了。昨天我们离开不久，南海这里就涨潮了。如果只是给那座天然的泳池注入足够的海水，这事就是月圆月缺、潮起潮落那样普通。如果消失的原因是被海潮带的细沙填平了，那就等同于一场小型的人世沧桑。

昨天傍晚共有十人登上全富岛。

十双眼睛都不曾在一览无余的小岛上见过一片植物。

今天早上的全富岛竟然长出青青翠翠的一丛。

十天前曾经见识过红树林，该不是那胎生的树种漂过两千里，来此全富岛上落地生根？红树林的种子是有这种本领的，只要条件合适，几个小时之内，就能生根发芽，茁壮成长。但相关学说认为这是不可能的，南海这里海水咸度太高，不是红树林的胎生种子不肯来，是它们来了也是白来，那些只能在淡水与咸水交界处扎根的胎生种子，不可能在苦咸的海水中留下任何踪迹。

人在南海，还记得汨罗江上的那段悲情。

早餐餐桌上也有粽子，青青色，清清香，吃完粽子仍舍不得扔下那包着粽子的芦苇叶子。

那天在万泉河畔的留客渡，听闻鼓声激烈，呐喊冲天，一队龙舟正在河上试渡。

从早餐粽子上拆解下来的芦苇叶子，算不得南海这里的植物。

于是就有了端午时节，由寸草不长的全富岛上生长出一簇新草。

在汨罗江畔，乃至相邻湘鄂两省各县市，至今还保有长久以来的习俗，各个村落都有自己的龙舟队，每到端午节，都要在汨罗江上比赛一场。那种盛况，不到现场很难言表。即便是九〇后的年轻人，也在沿袭宁可春节不回家，也要在五月初五这天参加龙舟大赛。端午节到了，哪怕辞工不做，也要赶回老家，在汨罗江中，划起龙舟，与乡邻竞渡，输赢未定，就已经有了来年再战的约定。

南海的永乐环礁，是一片奇异的巨大海塘，值此端午时节，不可以没有龙舟啊！

上午十一点，在小贾队长的沟通下，我们乘小艇去到国家考古队的"考古一号"船上。小贾队长曾被借调到这艘船上工作过，既熟悉这船，也熟悉船上的同行。无论小贾队长还是这条船上的人，都将"考古一号"称为全世界顶级的专业考古作业船。大家都在说着专业的话，无人提及今天就是端午节，更不会说龙舟。回到我们的渔船上，隔海眺望同在永乐环礁里的"考古一号"，忽然想到国家重器的概念。在屈原的时代，一艘龙舟就是一样国之重器。那样的竞渡，可以看成是水上实力的检阅。

龙舟的一种竞渡方式和一百种竞渡方式，都是乡邻兄弟之间的事。输和赢都是为了将自家的事情办好。三千年后的今天，将我们的考古船当作龙舟，还有不约而同汇聚到同一海面的另外三艘考古船，这些抱着相同目的走到一起的同行，在端午节前，在内心发一声呐喊，倒也有几分竞渡的意思。

至于全富岛上新生的那棵无名草，隔礁盘相望的鸭公岛上也有它的乡邻。

据鸭公岛居委会的老叶主任等人介绍，二〇〇三年，面积比全富岛还小一半的鸭公岛，似乎只配得上仅有的一棵树。二〇一六年我们初次抵达时，岛上的草木随处可见，但还不成林。又过了五年，自己再来此岛，绿茵茵的一片小树林，足够给人以荫佑。

东西长 360 米、南北宽 240 米的全富岛，面积为 0.02 平方公里，海拔高度只有 1 米左右，其岛龄最远也只能追溯到清代。正如相隔一夜才上岛的那些人亲眼所见，一场台风就能让小岛形状发生变化。

当然，最大的变化是岛上终于长出一棵草了。

全富岛上的第一棵草，需要竞渡的只有自身。用十倍、百倍、千倍、万倍的青翠，荫蔽五年后比如龙舟的大船小船。一定不要还没有活稳当，就想着能够成为包得了粽子的芦苇。哪怕是贵为全富岛上的第一棵草，也不要自命不凡，将漂洋过海的不易，用来深深扎下自己的根，禁得起这一带曾经达到十八级的台风侵袭，也禁得起这沙洲，或大或小，或高或低的腾挪。

大觉寺的古树

◎ 李朝全

树比人长寿。一座寺庙的历史,常常就镌刻在种植在寺庙里的古树的年轮上。

位于北京阳台山麓的西山大觉寺是一座闻名天下的古寺,既因为其千年的历史、优越的地理位置和皇家寺庙显赫的地位,因为寺内保存着从辽金至明清各代的遗迹、遗存、遗物,更因为这里拥有一片令人肃然起敬、心心念念的古树名木。在大觉寺,年龄超过三百岁的一级古树有 47 棵,年龄在一百岁至三百岁的二级古树有 67 棵,古树总数达到了 114 棵。

季羡林曾写过一篇散文《大觉寺》。在这篇文章中,他将大觉寺称为世外桃源、人间净土,因为在这里他找到了一种"久在樊笼里,复得返自然"的喜悦,尤其是大觉寺内的这一片古树林,更是令他顿扫尘埃,洗尽俗念。他念念不忘的是"我的苍松、翠柏、丁香、藤萝、梨花、紫荆,特别是我的玉兰和太平花,它们都好像是对我合十致敬"。

三十年前,我最早前往大觉寺,便是慕古白玉兰之名而去的。当时是租车前往的,车费很是不菲,但是当我看见满树挂花一身灿烂光彩照人的古玉兰时,便觉得此行不虚。在春天浓烈的日光下,白色的玉兰花,迎着光朵朵绽放,像一只只飘然欲飞的蝴蝶,又像一盏盏朝天点燃的花灯,如一只只白鸽在空中翩翩,又似一朵朵雪花悬浮在半空中。偌大的院子,四角形的天空都被它照亮。这株穿越了三百年历史的白玉兰,用它那旺盛的生命蕴含灿烂的绽放,点亮了大觉寺整个的春天,也照亮了每一位游客的心。

据说，这株玉兰种植于清朝前期，可能是迦陵禅师所种，也可能是他的后世弟子为纪念他，而从杭州迁移至此。杭州秀甲天下，杭州女子美名远扬，江南水土所浇育的白玉兰移植至千里之外的北国，犹如江南美貌的女子，依旧能够生机勃勃，存活了三百年，带给人以无限的惊喜。这，或许就像是在寒冷的冬季看见一位红装素裹、洋溢着朝气的女子，南方的花草树木移植到了北方，更是格外惹人喜爱。尤其是在春天，那种冰清玉洁的白，那种不染尘埃的纯洁和纯粹，与这古寺青灯、佛音清香相映成趣，更觉有一种独立世外的超脱与卓然。

和这株白玉兰相关的故事太多了。三百年来，不知有多少文人墨客、各界名流佳士都曾慕名前来探访，只为欣赏它那惊艳的身姿。

想当年，以"一片冰心在玉壶"自许的作家谢婉莹，把她一生中最重要的日子——新婚之夜便安排在了这株白玉兰旁的僧舍中。一九二九年六月，她和社会学家吴文藻喜结百年之好，在北大燕园举办过婚礼之后，二人便携手驱车直往西山大觉寺，投宿于此。虽然彼时的僧舍十分简陋，床是木床，桌子是三条腿的，还有一条腿则用砖石垫起，但是家具的简陋和古朴，丝毫没有影响这一对新人的新婚喜悦。他们在此度过了甜蜜的两个夜晚。听着初夏的虫鸣、婉转的鸟声，赏着院子里盛开的太平花、七叶花，更喜有着身姿绰约、冰清玉洁的古玉兰相伴。如此独特的新婚之夜，自然是终生难忘的。而他们这样的夜宿郊外古寺，亦从此传为文坛佳话，近百年来都为人们所口口称道。

与冰心同时代的散文家朱自清，曾为大觉寺玉兰花赋诗一首，读来似乎有些打油诗的味道，但是诗句抒情，形容生动，从中亦可见作家对这株古玉兰喜爱至极：

大觉寺里玉兰花，笔挺挺的一丈多，仰起头来帽子落，看见树顶真巍峨，像宝塔冲霄之势，尖上星斗森罗。花儿是万支明烛，一个焰一个嫦娥；

又像吃奶的孩子，一只只小胖胳膊，嫩皮肤蜜糖欲滴，眨着眼带笑涡。上帝一定在此地，我默默等候抚摸。

如今的玉兰树经历了三百年的风霜雨雪，已然显示出疲乏衰颓的趋势，就像一位耄耋老者，佝偻着腰，但却依旧顽强地站立着，用它的绿色，用它的白色，用苍劲的树枝，述说着历史，打捞着岁月。在它身上，每一片叶子，每一条树枝，都写满了曾经每一个日子的沧桑，写满了过往的故事。树干呈黑褐色，并处处有虫咬和风雨留下的伤疤，那是岁月所赐予它的记忆。今夏，这棵百年老树还闹了一场真菌病，园艺技师们及时给它涂抹黄色的药水，让它免遭病害。即便如此，岁月终不饶人，树也会衰老。尽管近些年来，寺庙和园林管理者千方百计为它疏通土壤透气，为它浇水施肥、除虫除害，为它加固和浇筑身上的伤口，采取了种种复壮措施，但是，一江春水向东流，无可奈何花落去，三百岁的玉兰树已然老矣！就像一位生育了多个子女的老妇，虽然还顽强地屹立着，但是和种植在它东边的那株名为望春的玉兰相比，它无疑已是祖母，无疑已如烈士暮年。

每到春天，望春花先开，然后才是白玉兰花开。望春就像它青春活泼的孙女，提前去把春天召唤来。待到白玉兰花开之时，必定惊动京城。每年春天清明前后，便成了大觉寺的一个节日。古玉兰享誉天下，成千上万的人慕名前来踏青赏春，为的就是欣赏这一树的白，一树的纯洁，一树的清香。但愿人长久，祝愿这份美丽的春天能常驻人间，祝愿这棵老树老骥伏枥，能够再历百年千秋。

对于大觉寺，坊间有一说法，叫作"一春一秋两棵树"。春天去赏白玉兰，秋天就去看"银杏王"。银杏是生物界的活化石，历经数亿年的岁月，依旧青春常在。这种树的存在本身就是一个奇迹，而偏偏它又是一种长寿树，在全国许多地方都有已存活上千年的银杏树。而在京城，最有名的便是大觉寺的这株银杏王了。据说这棵树可能比潭柘寺的帝王树和配王树还要古老。在大觉寺无量寿佛殿前，有两棵银杏树。左为雄树，右为雌树，那雄树，便是人称"银杏王"，古朴苍劲，胸宽体阔，树干须六七个人才能抱拢，树高三十余米，树枝直逼天际，树冠遮盖了前面的整座大雄宝殿。从春至夏，树叶婆娑繁茂，绿意盎然，庇荫得整个院子都清凉宜人；而到了秋季，秋风渐起，树叶转黄，整棵树上就像长满了翩然欲飞的黄蝴蝶，又像是打开了无数把小小的扇子，汇聚成了一片黄金般的世界，整个天空都被映照得金灿灿的。散落在殿前台阶和地面上的叶子，犹如碎金铺地，光彩照人。各路游客，汇聚于此，长枪短炮，都瞄准了这棵老树，以它为背景，将自己摄入其中。仿佛如此，自己便能沾到这棵古树的仙气与美丽，就能让自己更加靓丽夺人。而古树却依旧泰然独立，仿佛一位遗世孑立的仙人，沉默无语，笑看人间风卷云舒。这棵已经历了千年历史的古树，见识过太多的人间悲欢、酸甜苦辣，也领略过太多的风雷冰雹，身上早已是伤痕累累。但是，它依旧站立在秋季的阳光中，笑对秋风，笑看世人，带给人以美的熏陶、美的震撼，让人感觉自己渺小，同时又让人感受到生命是如此的灿烂、如此的珍贵，经历岁月的淘洗与淬炼，生命终将升华成一片金灿灿的辉煌。

乾隆曾为这棵老树题诗："古柯不计数人围，叶茂孙枝绿荫肥。世外沧桑阅如幻，开山大定记依稀。"这棵银杏王或许是在辽代初建这座寺庙之前就已栽种于此，与大觉寺同在了一千年，一直守护着这座香火旺盛的寺庙，守护着一方安详。

在大觉寺的北跨院内，也有一丛闻名遐迩的古银杏。树丛中间是一棵枝干粗大的主树，周围簇拥着一圈粗细不一的银杏，数一数，正好是九棵。而恰巧，这棵老银杏又是一棵雌树，因此有人便给它起名为"九子抱母"。本来，这只是树木特有的一种蘖生现象，从银杏主树周围滋生出了一些小树，但是，由于众多的子树簇拥着主树，便形成了一种自然的奇观，即"独木成林"。以往我们所见的独木成林多为榕树，榕树因为有硕大的气根，插入土里便会繁衍成株，很容易造成独木成林的景象。而像银杏，类似的情况并不多见。生长在大觉寺里的这一棵银杏主树，已有五百多年的历史，而那些小树树龄则从几十年至上百年不等。它们就像一大家子,紧紧地环抱在一起,相依为命,相互守望,母子连心,母子同心,九子报母,让人观之,不由心动:人间天伦至乐,不过如此尔尔。

一九五四年,因为夫人于立群患了严重的神经官能症,郭沫若便带着孩子们从大觉寺林场移去了一株小银杏树苗,种植于自家的宅院中,祈愿夫人能够像这棵活化石一样坚强地战胜病魔。果然,后来于立群身体逐渐康复。周恩来总理还亲自安排在《人民日报》头版刊发消息,登出了郭沫若和康复后的于立群接见外宾的照片。这张照片在当时曾引起了轰动。待到郭家举家搬迁至新院时,移栽的银杏树这一家庭的特殊成员也随之被迁移落户到了新居。在今日郭沫若故居的院内,甬道右起第一棵参天的银杏树被精心地保护了起来,这便是从大觉寺林场移栽的那棵树。郭沫若一家人亲切地称它为"妈妈树",因为它曾给他们的妈妈带来了安康。郭沫若生前对银杏情有独钟,一九四二年曾发表散文《银杏》,将银杏树称赞为"中国人文的有生命的纪念塔",并作有一诗:"亭亭最是公孙树,挺立乾坤亿万年。云去云来随落拓,当头几见月中天。"

在大觉寺东边的跨院里,在养正堂前还有一棵奇树。这棵银杏兼具雌雄二株,雄树开花,雌树结果。其实,这是两棵银杏树,一雄一雌,相互紧紧搂抱,慢慢地便长到了一起,浑然一体,你中有我,我中有你,谁也离不开谁,谁也舍不得谁。只有到了秋季结果,人们才发现,一半的树枝挂满累累硕果,而另一半的树枝却颗粒无收,由此方知此乃雌雄合体。因之,又有人称之为"龙凤树"。这棵树树干粗大,树冠庞然,金秋时节,树叶金碧辉煌,灿若云霞,遮蔽了小半个院子。千年修得同床睡,千年岁月造就了龙凤树这一树木界的天然奇观。树犹如此,人何以堪?在这样一双对爱情如此坚贞、如此执着的树木面前,多少的人间爱情,多少的美满婚姻,都显得脆弱不堪、无足称道。试问,人世间,有谁的爱情能像这样一棵连体树一样,朝夕相处须臾不离、生死相许性命相托?

在大觉寺，树都不是孤独的，都有自己的亲人、友朋相伴左右。从山门外，甬道上肃立两旁的古侧柏，宛如两列相向而立的卫兵；到山门内，功德池畔的古楸树，都有同伴相依。再到后院，小山坡上的松柏抱塔，右有古柏，左有青松，共同护卫着白色的佛塔。当那棵古松遭遇天灾夭折之后，后人便在它站立的原地重新种上了一棵青春的松树，来和柏树做伴。

大觉寺号称有"八绝"，其中五绝皆为古树，包括千年银杏、古寺兰香、鼠李寄柏、老藤寄柏和松柏抱塔。另外三绝则是：二龙戏珠、碧韵清池和辽代古碑。功德池前，曾有老藤寄柏、柏身生构的奇景。八九百岁的老侧柏，古拙而遒劲，身上布满疙瘩，像一个向上张开双臂、顶天立地的巨人。曾几何时，一簇扭扭曲曲盘旋而上据说是蛇葡萄的老藤，攀附寄生于苍劲的古柏树上，共度百年风霜，故而得名"老藤寄柏"。后来，那簇老藤不见身影，柏树上竟又长出了碗口粗的构树，形成了树上树、一树两叶的奇观。如今，构树亦已不复存在，只有那株历经近千载岁月的柏树，依旧生命勃发，犹如如来佛张开了粗壮的手掌，直指天际。

同样是树上树，那棵神奇的"鼠李寄柏"更是一绝。在四宜堂前，古白玉兰树西侧，有一棵三百岁以上的挺拔雄伟的柏树。那柏树在一米多高处居然天然地分成两杈直指天穹，在两杈交接处的缝隙中，居然寄生着一株青翠欲滴的鼠李。或说是天然形成的，是鸟儿衔来的种子或拉出的粪便，或说是人为的、故意种上去的。究竟如何，天不知地不知。只有鼠李记得，只有柏树记得，它们究竟曾经历了怎样的一段传奇，又是怎样的一种缘分，让他们紧紧地结合在一起，几十年，上百年，永不分离。如今的鼠李树已经完全长进了柏树身内，二者浑然一体。鼠李是一种小叶阔叶树，是北京西山一带的特有树木。其木质坚硬，常被用来制作盆景或烟斗。其根部形状奇特，俗称"麻利疙瘩"。因其难以种植，又被称为"下山死"。这株百年鼠李年年都青春勃发，生机无限。生命力是如此的顽强，令人叹止。

让人叫绝的，还有那方丈院内的两株七叶树。一株在西，一株在东。西面的一株，天然地向南微倾，伸展出它的枝干，犹如一匹老牛，又似一只高挑的驼鹿，粗壮的树枝向南生长，仿佛一个巨人，张开一双硕大的手臂，要去拥抱它南边的那个兄弟或是姊妹——那棵更年轻的七叶树。而那棵年轻的七叶树亦稍向南倾，似乎有意要躲避开前者的拥抱。七叶树属于落叶乔木，叶子似手掌，分为七瓣。那株老牛状的七叶树植于明朝，树龄已愈五百岁。树高十余米，周长近三米，枝干遒劲，树叶繁茂。到了夏初，七叶树上白色的圆锥状花争先怒放，像烛台，像火炬，更像一座座小小的宝塔，一簇簇朝天而立，皆向南面的佛殿倾斜，仿若万千虔诚弟子朝佛顶礼膜拜，堪称大觉寺一大奇观。

在方丈院北侧的后院，还有一株高大的白皮松，挺拔俊俏。整棵白皮松就像是搽开的巨大的五指，在枝干上又生出了更多的赘枝繁枝，枝枝伸展开去，有如无数把巨大的松针扇子，又似孔雀开屏，遮蔽了半个天空，令人赞叹。白皮松树皮远望像蛇皮，故而又名蛇皮松。其树皮会像鳞片一样，老化时便逐一脱落，露出其内浅白色的新干，亦犹如蛇蜕皮一般。在十余米高处，这棵白皮松层层分蘖出了无数的枝杈，繁盛无比，就像一个子孙满堂热热闹闹的家庭一样。那些枝条，或粗或细，绿意沛然。尤为让人称绝的是，在北侧的一根粗大的枝干上，居然赫然地长出了一大丛碧绿的枝叶，很可能是附生了一株油松。那油松，叶子更绿更浓更密，和白皮松舒朗的叶子形成了鲜明的对比，恍如一白一黑，判若两人。这，或许也是一种寄生树。但亦有专家称，这可能是白皮松生病了，在枝头上衍生出了一丛畸形的树枝。谜底究竟如何，至今无人能够探知。

大觉寺还有一绝，便是那些金镶玉竹。在天王殿的左侧前方，功德池的西面，那么一大丛的金镶玉竹，就像一个庞大的家族，挨挨挤挤地生长在一起，终年青翠碧绿。仔细打量，每一根竹竿上又有一些独特之处，竹干是金黄的，而在主干中间略凹下去长出竹叶的地方，却镶嵌着一道碧绿，就像黄金似的竹竿上天然地镶上去一块块碧玉。在北京这座北方都市能够见到金镶玉竹这样一种极其珍贵的竹种,当然是一件出人意料的事情。但是,细细想想,大觉寺这座千年古寺,它福荫了一方百姓,也福荫了这上百株的古树名木,那么,这一片珍贵的竹林能够在这里惬意存活,生机勃发,也就不足为怪了。

牦牛与野牦牛

◎ 李青松

　　远处的祁连山,抛出硬朗粗粝的弧线,在弧线与弧线交叉的缝隙间,野牦牛的两只犄角微微晃动几下,便把草原上起起伏伏的弧线扯断了。弧线隐没处,出现了野牦牛巨大的头,继而,出现了寒光闪亮的野牦牛的眼睛。

　　野牦牛的身体是黝黑的,身上的长毛被强劲的风狠狠地撕开,腹部的长毛几乎可以垂地。远看,就像披着一件巨大的蓑衣。它的眼睛孤傲冷峻,似乎可以蔑视一切。它的犄角坚硬无比,能将惹怒它的动物戳得非死即伤。但野牦牛最厉害的武器还不是它的犄角,而是舌头。它的舌头上长满尖刺,任何东西经它舔过,必碎裂成粉。藏人用晒干的野牦牛的舌头当梳子,梳马鬃梳马尾,也梳马背。——马,舒坦着呢。

　　动物学家夏勒说,野牦牛才是青藏高原的象征符号。雪豹不是,羚羊不是,旱獭不是。是的,大块头的野牦牛伟岸雄壮,表面看起来有些鲁莽,实际上,它相当谨慎,本能地拒绝人的靠近。哪怕是善意的靠近,甚至是讨好。

　　通常,野牦牛活动于三千米至六千米的高原上,虽是食草动物,却比食肉动物还要强悍。野牦牛食量惊人,以粗劣的草、有刺的灌木为食,高寒荒漠的针茅、苔草、莎草、蒿草从不嫌弃。不知道它吃不吃大象喜欢吃的甘蔗,吃不吃大象喜欢吃的香蕉,但它肯定不吃肉,不管是多么鲜美的肉。

　　也独处,也聚群。不过,野牦牛聚群一定是为了护犊。小牛犊哺乳期常有狼打主意,野牦牛便七八头聚在一起,头朝外,围成一圈,将牛犊护在圈里,用犄角对抗狼的袭击,直到将其赶走。

野牦牛皮厚且硬,胜过铠甲,长矛刺不透,子弹也很难打穿。二十世纪三十年代,瑞典探险家斯文赫定,曾在高原上遇到一只野牦牛。他向野牦牛连续开了七枪,可那只野牦牛抖抖长毛,毫不理会地照旧在荒原上漫步。当他开第八枪的时候,激怒了野牦牛——"牛角挑起地上的沙子,尾巴狠狠地抽打空气,血红色的眼睛疯狂地翻滚。"

藏民也常用野牦牛皮做案板,在上面剁肉,剁骨头。藏书中,有用野牦牛皮做鼓面的记载。擂之,声如响雷。闻之,令人惊悸。

地球上,大块头野生动物,似乎均难逃灭绝的厄运。恐龙灭绝了,猛犸象灭绝了。总之,大,意味着生存的艰难。然而,专家研究发现,也不尽然,大块头不是问题的全部,繁殖率低,才是根本原因。比如大熊猫,比如华南虎,比如北极熊,比如长颈鹿。

然而,青藏高原正在发生着的悄悄变化,已是不争的事实了。冰川退缩,物候改变,湖泊水位上涨,降雨量增加,绿色的面积似乎在一寸一寸扩张着。这一切,对野牦牛来说,悲耶? 忧耶? 喜耶?

在青海草原行走的日子里,我想要搞清的是这样一些问题:牧民、牲畜、及以野牦牛为代表的野生动物是怎样适应和调整相互关系的? 今天的草原生态系统到底处在一种怎样的状态呢?

举目望去:围栏——草原——围栏。

闭目凝思:围栏——草原——围栏。

或许,传统意义的草原已经成为遥远的故事和传说了。我的心情颇有些复杂。

草原生态问题的本质是人的问题。人的问题,比人还多。

无数案例证明,人类活动给野生动物带来的影响不都是正面的。道路、围栏、管线等设施,在一定程度上阻隔了野生动物的移动和觅食,甚至是将它们孤立,从而使得它们遗传交流的机会大大减少。也许,这就是文明和现代化的悖论。对于野牦牛及其野生动物来说,它们不需要高速路,不需要围栏,不需要石油和天然气管线。它们需要的是自由自在的草原,需要的是可口的草,可以痛饮的水和尽情呼吸的清新空气。

不断延伸的路网、围栏和管线,将野生动物栖息的草原空间不断切割成碎片,加之牦牛群、马群、牛群、羊群的数量日日剧增,野牦牛及其野生动物种群几乎难觅属于自己的安宁角落了。生态既是空间的分布,也是时间的积累。当空间遍布问题,当时间徘徊于空间之外,当问题取代了空间,草原生态系统的完整性就会面临坍塌的危险了。

撇开路网和管线不说,近年来,草原围栏遭受声讨的声音不绝于耳。然而,青海省林草局巡视员徐生旺说,围栏也不都是负面的。从经济学角度看,还是有积极意义的,至少它明晰了产权,控制了过度放牧,降低了牲畜对草原生态系统的危害。

过去,青海草原围栏的标准是,十米长立一个桩(材料有水泥的,有木头的,也有三角铁的),两个桩之间构成一个单元。围栏高度是一米二,每个单元纬线八条,经线二十条。最上面一层往往加一道刺丝。一般野生动物是很难跳过去的,常有岩羊、羚羊、野兔试图跳过去,结果被刺丝刺破肚皮,难以挣脱,就被挂在了围栏上。食肉野生动物对食草野生动物发起攻击时,由于围栏的阻隔,使得它们无法逃跑,就乖乖被擒的情况时有发生。

也有例外。

当我真正面对草原围栏时,才知晓,对于野牦牛、马鹿等体形高大的野生动物来说,围栏根本不起作用。它们略略跳跃一下,就可以跨过去。即便跨不过去,猛力一撞也就把围栏撞倒了。特别是野牦牛,无论多么坚固的围栏也拦不住它,它的犄角可不是可有可无的摆设,破坏能力极强呢。

在争议和质疑中,草原管理部门已经认识到了围栏的一些负面问题,若干年前就有计划分批次地开始对围栏进行改造了。门源县林草局副局长王菊庆说,主要是降低了围栏的高度,由过去的一米二降至一米,甚至不足一米,最上层那道刺丝也去掉了。这样呢,牛羊照旧跳不过去,但是岩羊、羚羊、狐狸、狼野兔等野生动物就可以轻松跳过去了。草原上偶尔会出现有趣的场景:人、牲畜、野生动物和谐共生。也许这样描述还略有些抽象,换一种表述吧:具体到一块草场围栏里,常有七八十头牦牛、四五十只岩羊混在一起吃草,互不相扰。而牧民呢,就眯着眼睛远远地看着,也不去驱赶。

然而,问题也来了。这些年,草原上的狼明显多起来了,青海湖边的甘子河乡每年都有几百只羊被狼吃掉,甚至有时狼也攻击人了。经上级有关部门批准,甘子河乡曾多次组织猎手捕杀,但终究收效甚微。当地一位官员抱怨说:"狼的捕食活动一般是在凌晨,而公安部门规定,枪支出库时间是早晨八点半,入库时间是晚上六点,白天出去打狼怎么可能打到狼呢?"

保险公司也叫苦不迭,仅仅一个乡每年因狼患给牧民赔偿保险费就在二十万元以上。但狼患实际情况更严重。牧民无奈地说,保险公司规定,狼吃羊要留下七成的尸体才能赔偿。可是狼吃羊,往往是几只狼一起出动,一只羊被吃得只剩下几根骨头,有时候,甚至连骨头都叼走了,哪里还能找到尸首呢?唉,自认倒霉吧。

不过,也有牧民认为,狼吃羊不是什么坏事。狼的牙齿上是有毒的,此毒既能致病,也能治病,还可以驱邪消灾。狼毒能够预防羊群里的各种疾病的发生。早先,羊群发生了疫情,牧民就把羊群赶到狼洞附近,引狼出洞,让狼咬羊。羊被狼咬过之后,狼毒就能有效阻止疫情的传播。狼也吃老鼠、旱獭、鼢鼠等野生动物,故而,有狼出没的草原,从不发生鼠疫。草原上流传着两句话——其一,"草好的年景,狼不吃羊;草不好的年景,狼才吃羊"。其二,"没有狼就没有健康的羊。"这两句话中透着朴素的哲理,也道出了狼在草原生态系统中所起的平衡作用。

瞧瞧,狼与草原的关系就是这么奇妙!

刚刚下过一场小雨,草原上弥漫着青草的鲜味。

在门源县苏吉滩乡苏吉湾村村委会,我遇到来办事的藏族牧民洛桑(汉名唤作贾东珠)。洛桑脸上透着明显的高原红,汉语说得还算流利。我说:"八〇后吧?"

洛桑挠挠脑袋,认真地回答:"我不是八〇后,我是八〇年出生的。"闻之,我们在场的人都笑了。

洛桑似乎意识到什么,用左手不断地拨弄头发,自己也笑了。拨弄头发时,左手手指上的两枚戒指闪着亮亮的光。我问:"你带两枚戒指是什么意思?"

他说:"一枚是金的,一枚是银的。"

"怎么个头那么大?"

他下意识地用右手捂住左手上两枚戒指,一脸害羞的样子,不回答,只是嘿嘿笑个不停。

洛桑家里六口人,父母,妻子,还有两个女儿。妻子也是藏族,名叫阿优毛。他与她是经人介绍认识的,花了六千块彩礼,他把她娶到了家。我唯恐把名字搞错,就把笔递给洛桑,洛桑接过笔,在一张纸片上一笔一画地写下了"阿优毛"三个字。阿优毛,在藏语里是什么意思呢?我却忘问了。洛桑只读了五年小学,就跟着阿爸放牧了。洛桑告诉我,小时候,在山里他经常看到野牦牛的头骨,两只巨大的犄角之间可以坐上三个人。洛桑家里养了一百四十头牦牛,一百只羊,六头奶牛。每年卖牲畜的收入在三十万元左右。草好的年景,收入就多些;草差的年景,就少些。

我故意说:"多养牲畜,收入不就更好吗?"

洛桑说:"不行,政府有规定,五百亩草场养牦牛不能超过二百五十头。超过数量就要罚款。"

我说:"政府的人不会一头一头数你的牲畜吧?"

"不会,但每年两次给牲畜打的疫苗,是政府按牲畜头数免费提供的。数字假不了,如果假了牧民拿不到疫苗,发生疫情,吃亏的是我们牧民自己。"

"呃——"

洛桑家里有六间瓦房,四间仓房。一辆四轮农用车,一辆夏利轿车。

我问:"家里有多少草场呢?"

洛桑说:"一千亩,冬牧场五百亩,夏牧场五百亩。秋天的时候,要转场——冬牧场在山下,夏牧场在山上。"

"冬牧场和夏牧场是按照什么划分的?"

"主要是按照地形和水草情况划分。冬季牧场避风向阳,气候温和;夏季牧场阴凉避暑,少有蚊蝇叮扰。冬不吃夏草,夏不吃冬草,这是我们严格遵守的祖训。"

"呃,转场的目的是什么? 是因为牲畜没草吃了吗?"

"不是,季节一到必须转场。——还不是为了保护草原嘛! 夏季,牲畜转移到夏牧场放牧,冬牧场就静下来了,没有一头牲畜,牧草就不受干扰地充分生长。冬季,转到冬牧场,让夏牧场休养生息。"

我问他:"你放牧是骑马吗?"

他说:"开车。"说着,他用手指了指那辆银灰色的夏利。我很惊讶,该怎么定义今天的牧民呢?还真是不好说呢,我只知道如今的牧民已不是传统意义上的牧民了。

每天早晨,洛桑起床后第一件事就是打开圈门,把牦牛和羊赶到草场上,然后清理牛圈里的牛粪。牛粪不是垃圾,不是垢物,不是草原上多余的东西,它是牧民的燃料。其火焰是蓝色的,煮奶茶,煮手抓肉,有一种浓郁的烟火气息。升腾的烟,驱蚊蝇,驱寄生虫。在洛桑家后面的牛圈旁边码了一垛牛粪饼。为防止雨天被雨淋了,就用塑料布苫起来了。

牛粪燃过后,就成了灰了。牛粪灰,细细如面。其实,牛粪灰也是草,被火烧过的草——灰是草的另一种存在形式。累了,乏了,牦牛就倒仰在灰上,四脚朝天,滚动身体。左一下,右一下,左一下,右一下,滚起一片灰尘。

滚毕,牦牛站起来,身体用力抖几抖,尾巴用力甩几甩,身上的灰尘就掉了。

牦牛为何喜欢在灰堆里打滚呢?

洛桑说,牛粪灰有止痒、消炎之功效。牦牛在灰堆上打滚,可以驱除体表和毛发里的寄生虫。小孩子发烧咳嗽,就让小孩子也在灰堆里,滚几滚,居然也能神奇地退烧止咳。

唉,牛粪与牛粪灰真是好东西呀!

说到牧民忧心的事,让我意外的倒不是草原问题,而是吃水问题。怎么可能呢? 青海是"三江之源",是"中华水塔"呀! 然而,在它的一些角落,牧民确确实实缺水吃。

洛桑居住的苏吉湾村没有一口水井,牧民吃水是从祁连山深处引来的泉水。每户出资两千伍百元,村里架设了一条二十五公里长的塑料管线,蜿蜒曲折地把泉水引到村里。每家每户又接通了支线水管,把泉水各自引到自家的水缸里。夏天还好些,冬天就难说了,泉眼干涸,就断水了。断水怎么办呢? 就开车去很远很远的老虎沟运水。老虎沟,是距离苏吉湾村几十公里外的一条河。冬天结冰很厚,用冰镩凿开冰层,舀出冰层下面的水,装到桶里再用农用车拉回村里。

对于苏吉湾村的牧民来说,水,异常珍贵。

在洛桑家里,我掀开水缸盖子,看到水缸底部只有浅浅一层水了。拿起舀子,本想舀出一口喝下去,却又作罢了。

临别时,我向洛桑问了最后一个问题:"每晚睡觉之前,你手指上的两枚戒指是摘下来,还是一直戴着? "

一副窘态的洛桑看看我,挠挠脑袋不作回答。

哈哈哈! 在场的人都笑了。

次日,在青海湖岸边的草原上,我还结识了另一位叫昂青的蒙古族牧民。他出生于一九七二年,黑红的脸膛,结实的臂膀,一看就是一个勤劳朴实的人。

我一跨进他家的门槛，迎面见到的就是一幅挂在墙壁上的成吉思汗画像。那幅画像是绘制在牦牛皮上的，栩栩如生，很是传神。我开玩笑说："我是来走亲戚的，我姥姥家是蒙古族呢。"小时候，我在内蒙古东部生活过若干年，会几句简单的蒙语。于是，我用蒙语问候昂青："塔赛音拜努？"（家里都好吧？）

昂青一边回答"赛音！赛音！塔赛音拜努！"（好！好！家里都好！）一边伸出手，与我伸出的手紧紧握在一起。

我："博力车日乌苏赛努？"（牧场里的草长得怎么样？雨水丰沛吧？）

昂青："赛音，赛音，呼日宝喏额勒博格。"（好，好，入夏以来雨水充足。）

昂青，在蒙古语里，就是猎人的意思。早年间，牧民家里都有猎枪，后来都被政府收缴了。昂青告诉我，放牧不是牧民的工作，而是牧民的生活。他家有两千亩牧场，冬牧场九百亩，夏牧场一千一百亩。牧场都进行了围栏。围栏的成本一米二十元左右，包括木桩、铁丝等材料费，也包括雇人安装劳务费等。如果是自己是动手安装呢，劳务费就省下了。那样的话，围栏一米只消七块钱就够了。他家养了一百多头牦牛，一百多只羊。经济收入还算不错。

在青海，牦牛被称为"高原之舟"。

牦牛是由野牦牛驯化而来，经历了漫长的历史。对牦牛的赞誉至少应该有这些词汇：力气大，耐寒冷，善爬山，能载物，御风雪。牦牛产的肉、奶、骨、皮、毛、绒等，为牧民提供了基本的生活所需。牦牛还是牧民不可或缺的最便捷，最靠得住的运输工具。

一个牧民的财富有多少，主要看家里养了多少头牦牛。

一头牦牛散养三年，第四年进栏育肥，出栏时一头牦牛能卖一万三千元。去掉成本，一头牦牛净赚三千元。牦牛主要销往重庆、四川那边。牦牛肉涮火锅深受渝人川人青睐。

昂青总共有三处住所:常住的是村里的瓦房;前些年在海晏县城买了一套两居室的楼房,进城办事就不用住旅店了;山里的牧场还有一处蒙古包,夏季放牧就住在蒙古包里。

说话间,昂青的女儿端出奶茶招待我们,桌上还备了炒米、奶皮、奶酪、糌粑、牦牛肉干。当我问及野牦牛的一些情况时,昂青说,他小时候,家里养过三头野牦牛。我问道,野牦牛有哪些特征呢?昂青说,野牦牛的特征还是很明显的,一眼就可以看出来。其一,嘴巴宽;其二,鼻孔大;其三,眼睛圆;其四,尾巴散状明显;其五,性格生猛,野性十足。

我问昂青:"你见过野牦牛的舌头吗?"

昂青笑了,说:"当然见过了,它的舌头厉害极了,装草料的纤维袋子,它用舌头舔一下,就能舔出一个大窟窿。有硝土的地面,它舔几下,就能舔出一个大坑。"

昂青认为,野牦牛与牦牛交配,可以优化牦牛种群。他告诉我,大通县有个牦牛配种场,就是用野牦牛跟牦牛交配,使得繁育出的牦牛具有了一定的野性。昂青说,早年间,祁连山上的野牦牛很常见。有时候,牧民就把牦牛赶到山上,故意创造牦牛与野牦牛遗传基因交流的机会。

虽然,草原围栏对野牦牛活动并无多大妨碍,但却大大减少了牦牛与野牦牛的接触机会。我隐隐意识到,对草原的保护来说,用永久围栏之法一围了之,或许真的不是解决问题的根本办法。

二〇一二年,海晏县草原站用围栏搞了一块面积十亩的样地,绝对禁止牲畜进入,结果怎么样呢?——披碱草和冰草疯长,而其他草种不见阳光,无法返青,便渐渐退化了。时至今天,那块草场全部退化掉了,成了一块废地。

青藏高原是世界上牦牛主要分布区,拥有牦牛一千五百万头,其中青海草原承载量就占七成以上。保护草原的关键,不是围栏,而是控制承载量。物无美恶,过则成灾,牲畜的数量要控制一定的度。不能过度,过度就会对草原造成损伤。伤了草原的元气,再去修复就难了。

从草原站的围栏十年试验样地情况来看,草原不围栏不行,围栏时间长了也不行。围栏往往是草原承包到户的四至边界,拆除围栏,意味着边界消失了,放牧就会回到无序状态,矛盾和纠纷就会不断,从而导致对草原的恶性利用。草原专家杨有武认为,围栏三年到五年时间最合适,否则,时间长了不但不能保护草原,反而会导致草原退化。

草原放牧是完全必要的,一方面牛羊在食草和行走的过程中可以传播种子;另一方面,一些草的种子落地后,经过牲畜的踩踏,才能进入土壤里,从而促进草的种子发芽。

牲畜的嘴巴,牲畜的脚步,可以唤醒草原,使其在动态中保持活力。

草原,广大而美丽。

草原上的植被、景观与分布,取决于它所处的纬度、经度和高度三种因素,以及由此形成的气候水热关系。草原从来不是孤立的,它是独特的生态系统,并与森林、荒漠等其他生态系统保持着特定的联系。

草原的概念可不光是草的集合,它时刻充满着生命的律动。在草原上,鼠是鼠,兔是兔,鼠兔是鼠兔。鼠兔是打洞的高手,胜过鼠,胜过兔。似鼠非鼠,似兔非兔,全身圆溜溜的鼠兔,总是无忧无虑。它,生性胆小,却又极其好奇。它不愿闷在洞里睡觉,而喜欢趴在洞口的小土堆上观望。当空中猛禽的暗影划过,它便迅速窜进洞里,不见了踪影。有人曾把草原的退化归罪于鼠兔,这是多么愚蠢的认识。准确地说,不是鼠兔打洞造成了草原的退化,而是鼠兔更喜欢在退化的草原上打洞而已。

事实上,鼠兔可不是可有可无的。栖息在草原上的鸟类和爬行类野生动物,都是依赖于鼠兔的洞穴应对恶劣的天气和天敌袭击的。有了鼠兔,草原上的猛禽、狐狸和狼,才有丰富的食物。鼠兔洞穴里,那些借宿的动物们排泄的粪便,又是促进草原植物生长的好肥料。而粪便里未能消化的种子,又得以持续传播和扩散。

在草原上，我惊奇地发现，越是有鼠兔打洞的地方，草越是长得丰茂。然而，鼠兔打洞搞得草原某些部位到处是窟窿，扒出的土，一滩一滩堆成了堆，黑乎乎的，牧民称其为"黑土滩"。"黑土滩"无规则，无逻辑，东一堆，西一堆，南一堆，北一堆，突地一下，某个不经意的地方又冒出一堆，着实不怎么雅观。也许，正是因为这一点，鼠兔才不怎么讨牧民喜欢。

青海省林草局退耕办主任樊彦新说，过去对草原的认识偏重它的经济价值，而忽略了它的生态功能。近年来，青海省加大了草原生态修复力度，光是退耕还草就达三十余万亩。经过人的努力，治愈了草原，也就修复了草原。

草原兼具生产、生态和文化等多重功能。草原，创造了陆地上最大的生态系统，草原，也生长着坚韧与野性，丰沛与复杂，脆弱与简单，信仰与爱情，神秘与传奇。

中国是世界上草原面积最大的国家。草原占国土总面积约四成以上。在国内，草原面积排名是西藏第一，内蒙古第二，新疆第三，青海第四。青海及青海草原对于中国来说，到底意味着什么呢？当我仰望祁连山那若隐若明的雪线，并置身草原深处的时候，似乎对牦牛与野牦牛又有了另外一层理解。

六月的风，掠过草原，也掠过我的面颊。风，提醒我，草原，原本就是开放的。草、野生动物、牲畜、牧民每日都在不断沟通，相互交流。草原也是有根的。根在，希望就在。只要一切按自然法则行事，美好就会如期而至。

闪亮的阳光下，一头野牦牛拖着自身的影子，如同拖着一朵云，出现在祁连山脚下的草原上。一群牦牛埋头吃草，并不理会它的到来。那头野牦牛走向牦牛群，甩了甩尾巴，抛出了几条弧线。弧线划过的空中，飘下六只白鹭。三只落到野牦牛的背上，两只落到野牦牛的犄角上。还有一只，并不落下来，而是扇动翅膀，上下翻飞。

远处，苍茫的祁连山看着草原上那些灵动的生命，沉默不语。

千山归一山

◎ 陆 梅

掐头去尾,我在信宜待了四天。这四天,留在我脑中的记忆,就是围着山转。第一天,从山脚到山坡,看到满山坡的李子树,李子正披红挂银,蓄积能量等待最后的成熟,深浓绿意中裹藏着一个产业的秘密;第二天,由山麓到山腰,沿石根山台阶一级一级往上攀,停下来喘息回望,眼前青山连绵,千峰叠嶂,村落点点;第三天,继续山中行行复行行,见识松林下的南药经济;第四天,车子盘山绕行数十里,直达海拔最高峰大雾岭,登顶之际,山雾弥漫,山风浩荡,好比山的隐衷,云开山脉不轻易露峥嵘;中午,缘山而下,在一处简易茶场停留,不意邂逅一款神奇石崖茶,给短暂的山行留下一缕清劲余音。

如果不是朋友邀约,地处粤西的信宜,于我大抵是一个盲点,中国有多少这样的县级市养在深闺待人识?说是城市,从属于广东茂名的信宜,更像是散落在青山绿水中的村和镇。我就是这么走近信宜的。这是一座被青山环抱也被青山涵养的城市。时间护佑了它,一切都刚刚好,绿水青山就在那里,没有因为走得太快而来不及刹车,整新如旧推倒重来。

先说李子。我在无锡吃过甜如蜜的携李,熟透了的果肉破一点皮直接吸,甘美如饴。我也吃过李子的阔亲戚布林,个头超大,颜色深黑,摆在超市里很诱人。据说布林是中国李和欧洲李的杂交,混血儿都好看。我也吃过母亲栽植的江南土李,宅前屋后随意长,个头参差,吃到甜的那是鸟口留情。信宜的李子有名有姓,姓三华李,名银妃。"三华"原是个村名,但不在信宜,在韶关翁源。翁源县的三华李是"中国国家地理标志产品"。二十世纪七十年代初,三华李"嫁"到信宜钱排镇,历经试种、扩种、改良、再扩种和品牌升级,一路风雨,终成正果。名唤"银妃"的三华李,有自己的颜值和个性,身价也由"三块一斤"涨到"三块一口"。钱排地处云开大山腹地,平均海拔超过 500 米,是典型"八山一水一分田"地区,气候高寒,平均气温 18 度,比邻近乡镇和信宜市区低四五摄氏度。因着早晚温差和山间缭绕的云雾,生长在钱排镇的三华李,表皮天然裹着一层薄薄的银色果粉——银妃就这样被形象地叫开了。

但是银妃很低调。如果不是身处信宜,恐怕我这辈子都无缘谋面。眼前这坡那坡满山翠绿的李子林,据说绵延 10 万余亩,总产量 13 万吨,产值近 17 亿元,带动全产业链产值过 21 亿元。每年收获季,钱排的三华李银妃悄然火热,也只有周边地区的游客趋之若鹜,因为他们知道,去晚了,餐饮住宿一房难求,养眼的银妃都直奔电商物流,定向发货。三华李供不应求,产品深加工方面只好暂时"难展拳脚",虽然产业链的辐射早就启动,一个名为"信宜三华李现代农业产业园钱排园区"的规划也在推进建设中。假以时日,依托产业园,钱排的三华李就不只是一个银妃、一片山林、一颗果子。因三华李而受惠的,也不只是一时一地的小富。

接着说茶。不管你爱不爱好喝茶,对中国茶,大抵都如数家珍。喝过的好茶,也难计其数。所以走进大雾岭自然保护区的天池茶缘,但见水泥平台上一排两层简陋砖房,我实在没把它当回事。作为制茶重地的大敞房一览无余,清晨采摘的一芽两叶厚厚一层散布在筛网上,趋近看,叶片大而黄,黄中透一点绿,叶片太老的缘故?一台炒茶机轰隆隆响,几个旋形火炉摇来摆去正烘炒杀青,屋里弥漫着一股烤茶的香。两个老茶工一站一坐,坐着的,闭目养神看护茶炉;站着的,负责出炉、冷却、晾青,偶尔双手一抄,竹篓里的熟茶上下抖搂,人工散温。上前探问,站着的和坐着的都没什么话,偶尔吐出一两个听不真切的词,心思只在茶上。

那就喝茶吧！屋外几个姑娘已泡好了茶，茶汤金黄澄绿，倒在一次性小杯里，阳光下闪出翡翠般的色泽。提起一杯，茶汤入口，一股甘甜清香顺着喉咙、落胃、沁脾，身体的每个角落都被惊醒了——这茶真香！脑海里搜索比对，竟找不出一款同它接近的茶。"姑娘，这是绿茶吗？"我问了个傻问题。姑娘含笑举起一个茶罐给我，明前"天池崖茶"，茶叶已揉捻成紧致颗粒状，罐口的茶香扑鼻而来。眼见她一泡又一泡，每出一泡茶汤都不变色，一样的滋味甘甜，齿颊留香。这香也奇异，前一秒还似幽兰，瞬息间，鼻翼里又析出一股馥郁，裹挟着山野的清劲、超拔，和……和什么呢？竟然寻不到一个能准确形容的词。总是差一点，接近了，又不尽像。耐冲泡像半发酵的高山乌龙，苦尽甘来的狠劲像苦丁茶，层叠的茶香又像……哎，哪样都不像，就是它自己。

我是回家后看到石崖茶的介绍才恍然大悟的——信宜人可真能沉得住气，原来生长在"粤西第一峰大雾岭"的野生石崖茶，属茶中珍品，是目前发现在自然植物中黄酮类含量最高的植物——黄中透绿是其本色，清香甘甜源自明末清初珍稀黄瑞木古老茶科植物采枝培育。"我们不是重技术制茶，只是地道传承古人自然法则。"这句话好似一个宣言——沉得住气的，是信守自然、尊崇山野的朴素哲理啊。老茶工的寡言笃定，茶主人的隐身不知处，茶姑娘含笑以茶相待，原是他们心知肚明。在他们的身后，6万株山茶苗氤氲在海拔1200米的云雾里，滋养浇灌它们的，是高山莽荡云海和云海间的两个天池。

我有点好奇，这天池崖茶以怎样的频次进入人们的视野？如果不上大雾岭，我大概这辈子也无从知晓，人间还有一种茶，如此惊醒了我。

再来说说山吧。我其实是被山吸引才来信宜的，朋友说起"大雾岭原始次生林"，我脑海里跳出的是密林深处无处不在的苔藓、灌木、高树……以及隐秘的眼睛。然而山有千种万般表情。倘若从高空俯瞰，信宜整个被群山环绕，云开山和云雾山两座山脉跨过其境，境内七成多为山地。其中云开山脉由罗定市延伸入信宜市,呈东北—西南走向,连绵 200 公里。周边与广西北流、岑溪等交界,山脉错杂,万壑纵横,原始次生林、箭竹林、高山草甸隐现其中。从历史博物馆里看到的信宜,是古代山地俚僚人生活的家园。虽历史古久神秘,但我更感兴趣的是现在,住在山林间的村民,他们的今天怎么样?他们的孩子怎么看自己的家乡?现代文明给了都市人去山林或海边小隐的便利,大自然慷慨地献出一切,山川、草木、鸟兽、河流、村庄、古道……可是行色匆匆的旅人,被山水治愈的同时,有没有从山民的角度,感受他们的迫切?甚而从山水的角度,维护文明对它们的规训?

沿盘山路,我看到坡地边很多新砌的水泥楼,两层或三层,还停留在半拉子,钢筋森然扎向天空,屋顶平台裸露,黑漆漆的砖墙不知是资金短缺留下的沧桑,还是此地雨水丰沛朝夕催老了新房?很多窗门洞开着,人不知去向,主人或建筑工人,一个都看不到。偶尔闪过几个低头弯腰的老妪,在山间坡地侍弄瓜果蔬菜。如果不是有几个奔跑着的孩子活跃了空气,我以为这是一片荒村。我们都向往更好的生活,如果赚不到钱,绿水青山只能先行搁置,村民们就这样前呼后拥跑向了城市。这是我看到的现实。

可现实还有另一面。我在平塘镇马安村的村委会看到第一书记、书记和村主任的照片,都很年轻爽俊,模样居然神似电视剧里的演员。办公室墙上贴着一些条约、责任书,其中有一条说是解决了邻里之间的纠纷,谁家踢了谁家的篱笆之类,一些家长里短被斯文简白地填写在了公告栏里,这让我感受到村庄的日常和乡约传统的气息。马安山有大片竹海,森林覆盖率 85%,属热带湿润型季风气候,冬暖夏凉。穿行在苍翠欲滴的竹林里,阵阵清凉的风扫去燠热,很多游客徜徉其中。登顶海拔 1300 多米的马安山时,又看到一群游客,兴致勃勃带来了全套茶具,凉亭里,茶香呼应着笑声引得我驻足观望。原来他们中的一拨人爬到了对面山头,凉亭里的人正用手机遥控拍照的表情。山就在对面,那么远又那么近。

这真是一个有趣的时间游戏:城里的人跑到山里来,山里的人栖居到城里,他们互相建设,绿了青山,兴了家园。当年的知识青年跑到乡村,扮演的是文化启蒙者的角色,今天的都市青年跑向乡村,是希望乡村的山山水水拂去身心疲惫,以短暂地安放自己。乡村提供了一个精神寄托的功能。多么好啊,礼失求诸野,行进中的中国大地正重拾和恢复着过往因为走得太快而丢失了的东西。

自然有它生生不息的创造力,尽管拥向城市的村民带不走山水,但是山水不会辜负任何一个主动拥抱它的人。这也是时间的秘密——终有一天,那些呼啸着奔来跑去的孩子要长大,那一幢幢窗门洞开的半拉子楼房要封顶,还有山林从未止息过的生命与生机,我在洪冠镇看到漫山遍野的"林下套种",数千亩套种在松林下的益智、八角、砂仁、巴戟、南肉桂、土茯苓、草豆蔻……正以"一村一品"的规模推动着南药的发展。精神功能和物质生活互为表里,也痛痒相关,有些变化在不知不觉中,你看到的,只是行进中的一个局部。

邀请我的那位朋友正是信宜人。他从信宜的池洞镇走出,读书、考学,安营扎寨在了广州。当他以"重新发现故乡"的心情面对千山万壑时,想得更多的,是时间和命运吧? 千山归一山,眼前所见,就是我们心灵里的故乡。

走进热带雨林

◎ 杨海蒂

1800 公顷森林覆盖着的霸王岭，是海南热带雨林国家公园交响乐中一段宽广如歌的行板、一首充满诗情画意的交响曲。

二十年前，我在报社当记者时，兼任海南省歌舞团报幕员，经常随团"送文艺下乡"，数年的演出生涯，给我留下最深记忆的是"三月三"上王下乡那次。王下乡地处霸王岭腹地，为昌江黎族自治县的最偏远山区，被称为"中国第一黎乡""黎族最后的部落"，一直保留着最本真的民族风情。农历三月初三是海南岛少数民族地区黎族、苗族同胞的传统节日，简称"三月三"，每年的这一天，黎族、苗族同胞要举行各种节庆活动，省歌舞团总是忙得不亦乐乎只恨分身乏术。

"大篷车"在崎岖山路上盘旋颠簸，我有些晕车，但奇美的自然风光不断映入眼帘，又让我兴奋不已，舍不得闭眼休息。山路一旁是奇、险、峻的溶岩地貌，崖岸上有奇形怪状色彩缤纷的各种图案，仿佛亨利·马蒂斯的狂野线条和马克·夏加尔的梦幻色彩；山路另一边"河水清且涟漪"，河岸繁花似锦水鸟成群，美得让我意乱情迷，曾经钟情过的那些河流，一下子就黯然失色了。越往深山里走，景色越发奇绝，我仿佛来到《绿野仙踪》中的奇妙世界：古木参天，藤萝密布，奇花斑斓，异草芳香，彩蝶飞舞，小鸟啁啾。童话般的美景告诉我，安徒生童话世界里的森林就是这儿：霸王岭。我贪婪地看着眼前的一切，想起阿尔卑斯山谷中那句著名的广告语："慢慢走，欣赏啊！"真想对司机也大喊一声：慢慢走，欣赏啊！

傍晚到达王下乡政府所在地三派村。三派村,一个宁静古朴的村庄,一片黎族人世代繁衍的土地。简易舞台早已搭好,台下坐满了身着民族服装的观众,妇女衣裙花色图案多是山川树木花鸟虫鱼,她们把大自然穿到了身上。没有热情的队列和热烈的掌声,但有衣着色彩和纯真笑容带来的热度和感染力,孩子们的大眼睛里没有丝毫杂质。趁着团友布置音响整理服装的空当,我偷偷开溜四处溜达。村里椰林婆娑竹林苍翠;一只只青涩的小杧果,像一个个害羞的小新娘,挂在一棵棵杧果树上;果实硕大的菠萝蜜,一边开花一边结果,一边还与蝴蝶眉来眼去;芭蕉树很有情调,芭蕉花开分雄雌,更好看的是芭蕉叶,国乐名曲《雨打芭蕉》就是抒写初夏时节雨打芭蕉叶的情景,极富南国情趣。不知为何,在中国古代诗人眼里,芭蕉常与孤独忧愁离情别绪相关,韩愈、李商隐、杜牧、白居易、李清照、李益、吴文英……都为之写下过柔婉动人的诗词,窃以为,数蒋捷"流光容易把人抛。红了樱桃,绿了芭蕉"一句最为出彩。

当晚的演出就有器乐合奏《雨打芭蕉》,乐器中有海南特有的椰胡。黎族歌舞是不可或缺的节目,《久久不见久久见》更是逢演必唱,这是一首来源于黎族聚居区的海南方言民歌,地域色彩十分浓郁,也是琼州大地上广为传唱的经典歌曲。当晚,我奉团长之命请当地黎族青年男女登台表演,他们原汁原味的情歌对唱、犹如天籁的竹枝乐、异彩纷呈的竹竿舞、野性狂欢的"跳木柴",让我如痴如醉。

海南是全国唯一的黎族聚居区,古老的黎族是岛上最早的原住民,热带气候与原始丛林赋予他们以野性的血液与性情:男子身佩弓刀孔武有力,女子头戴巾帕妩媚多情,只要对歌起舞时情投意合,男女双方便手牵手消失在树林里。

第二天,我没有随"大篷车"回海口,跟阿霞去了她老家洪水村。阿霞在省歌舞团管理服装道具,我们相处得亲如姐妹。四面环山的洪水村,是王下乡一个完整的黎族自然村,田野连着雨林,村舍沿着洪水古河道两侧并列排布,别致的金字屋簇拥着掩映于雨林中,带有一种迷人的梦幻色彩。田园如此丰茂,村舍如此恬静,屋前舍后山花烂漫、瓜果遍地、鸡鸭成群、童子嬉戏,洪水村山川、风物、人情都如此美好,真想留下来当一名农妇。

对于黎族人来说,洪水是他们挥之不去的梦魇,在黎族的传说中,洪水题材占有比重很大的篇幅。黎族人钟爱、敬拜葫芦,葫芦成了他们的诺亚方舟,是引领他们渡海、创世纪的神物。相传在远古时期,黎族先民抱着葫芦渡过云谲波诡的琼州海峡,像哥伦布发现美洲大陆般发现了原始、神奇、美丽的海南岛。他们聚居于雨林山地繁衍生息,在悠久的历史中创造出独特的民族文化。船形屋是黎族最古老的民居,被称为"黎族精神家园的守望者",已被列入国家级非物质文化遗产名录;金字屋既保留了船形屋的营造技艺,又融合了汉族传统的榫卯结构建筑艺术,是黎族民居的更高形式,是黎族的文化标本。洪水村的金字屋群落保存得最为完整,成为黎族民居珍贵的"活化石",见证着黎族久远的灿烂文明。

我住在阿霞家,吃地道的黎族竹筒饭,喝香醇的黎家山兰酒,吃山上采来的"黎药"野菜。黎族同胞倍加珍惜大自然的恩赐,与世代相依的雨林相濡以沫,尽情享受这片土地的丰饶,把身边的树木花草运用到极致,让植物成为民族文化的一部分。他们利用"南药"历史已久,黎医黎药与其生活息息相关:家家户户有黎药秘方,他们把黎药泡酒喝、炒菜吃,生病了就采些草药来喝。有很多黎药外人不了解,只有当地人知道它们的功效。在海南岛,多是妇女上山采药下田种稻,对她们来说这是生活也是乐趣。我白天跟阿霞上山采药,晚上向她学制陶器、织黎锦。

大自然深刻影响着黎族人,他们从中汲取宝贵资源,融入民族文化艺术中。黎族只有语言没有文字,口口相传的黎族原始制陶技艺,传承至今已经三千多年,是最古老的不使用任何机械的泥条盘筑法,不用设窑,直接在柴火上烧成。二〇〇七年,它被列入国家首批非物质文化遗产保护名录。黎锦为海南岛特有的黎族民间织锦,纺、织、染、绣均有鲜明的民族特色,黎族女子采用植物作染料,她们是色彩搭配的高手,织出的复杂图案秒杀现代提花设备。绚美的黎锦,连接着往昔的光辉岁月,黎锦改写了黎族的文明史,堪称一部完整的黎族百科全书,二〇〇九年,"黎锦技艺"被列入联合国教科文组织首批"急需保护的非物质文化遗产"名录。

即使在今天,黎族人也保留着原始生活的痕迹,阿霞家就保存着用树皮缝制成的树皮衣,他们也懂得古老的钻木取火技艺。黎族有悠久的文脸文身习俗,民俗学家将其称为"身体上的敦煌壁画",阿霞奶奶脸上的图纹有着奇异的神秘与美感。

阿刚是阿霞的哥哥,擅长制作竹乐器,大竹子小藤竹经他的手一鼓捣,变魔法般就成了奇妙的乐器:口弓、鼻箫、管箫、竹笛、唎咧等等。唎咧这名字逗我发笑,它是黎家特有的乐器。口弓是黎族男子向女子表达爱慕之情的必杀技,唎咧则是他们休闲时用以自娱自乐的宝贝。黎族文化特别接地气,从黎族人的生活习俗中处处体现出来。

这是一个阳光明媚的早晨,阿刚阿霞领我去往霸王岭原始密林,沿途看到一片红艳如霞的木棉花海,在微风的吹拂下如跳动的火焰。步行是亲近土地的美好方式,在一路的交谈中,我感知到兄妹俩对家乡发自内心的热爱,他们怀着感恩之心看待自然万物。阿刚爬起树来敏捷勇猛,他就像山里的土地爷,洞悉这片土地的奥秘,能叫出花草树木的名字,连椰子狸会从哪个树洞钻出来都了如指掌。黎族同胞是"森林之子",对树木有原始崇拜,他们敬天信神乐天知命,与大自然和谐共生,保持与大自然的沟通能力,这种古老的智慧来自对天与地的敬畏。

霸王岭保存着原始的雨林生态,保持着迷人的原始风貌,是海南热带雨林的典型代表:景观层次丰富,有低地雨林、季雨林、山地雨林等,植被类型多样,有木棉群落、桫椤群落、油楠群落、桄榔群落、萨王纳群落、陆均松群落……因为拥有全国最大的野荔枝群落,霸王岭别名"野荔枝之乡",每到果实成熟的季节,沟谷中高大的野荔枝树上红彤彤一片,似灿烂的天边红霞美轮美奂。

雨林虽繁密，却并非不见天日。阳光透过枝丫照射进来，让整个空间生动起来。微风穿过林间，树木暗中兴奋，树脂从大树上滴落，空气中飘浮着淡淡的芳香。一条清溪在林间静静地流淌，溪水缓缓前进深入更深的雨林，最后在一棵大榕树旁一泻而下形成瀑布，令人愉快的瀑布声在寂静的林中格外响亮。霸王岭上，几十米高的参天巨树随处可见，够三四人合抱的大树比比皆是，它们向四周伸展出粗壮的枝条，像一个个要荫庇苍生的巨人。那些"根生冠、冠生根"的古榕树，树冠能长到一千多平方米，上面竟密集着数百只鸟儿，让人看傻了眼。听说昌江有棵树冠覆盖九亩地的"榕树王"，令我惊得咂舌；又听说霸王岭有一种浑身长满刺活像狼牙棒的簕榄树，可惜无缘得见。

骄阳当空烤灼大地，我们在遮天蔽日的雨林中，并不觉得酷热难当。森林中的一切生灵，随着大自然的脉搏，快乐而不动声色地律动。阿刚阿霞教我识别绿楠、坡垒、母生、琼棕、海南木莲等热带植物，那幅画面又浮现于脑海，什么时候想起来都是那么亲切暖心。

长在陡壁上的雅加松，还有树形优雅的海南油杉，是霸王岭特有树种。海南榄仁、毛萼紫薇是霸王岭热带季雨林的标志种，国家一级保护植物坡垒则大量分布于霸王岭热带低地雨林。霸王岭上近 10 万亩以南亚松为主的热带针叶林，是海南最大的热带天然针叶林集中分布区。在霸王岭热带山地雨林中，以陆均松为代表的植物顶极群落保存完好。霸王岭有许多罕见的珍稀名木，如野生荔枝王、陆均松王、天料木王、海南油杉王、古老的赛胭脂和鹧鸪麻树等。二〇一七年，中国林学会评选出 85 棵"中国最美古树"，海南仅有的两棵都在霸王岭，一棵是有 1600 多年树龄的陆均松，另一棵是有 1130 年树龄的红花天料木，两棵树都 30 多米高，都需要七八个人合抱才能抱住。

"霸王岭归来不看树"，可不是浪得虚名。

俗话说"良禽择木而栖",野生动物自会择地而居。霸王岭有野生动物365种,其中50多种被列入国家一、二级保护名录,40多种被列入"中、日候鸟保护协定",10多种被列入"中、澳候鸟保护协定"。

在漫长的地理隔离中,数百种野生动物(特有亚种)渐渐进化成海南特有种,大多能在霸王岭找到它们的踪影。以发现地命名的霸王岭睑虎,属于霸王岭特有种,除了霸王岭,地球上其他地方你不可能看到它们。海南灰孔雀雉极其稀少,也仅见于霸王岭。

霸王岭当之无愧的霸主,是地球上独一无二的海南黑冠长臂猿,它们是海南热带雨林的标志性动物,有个"热带雨林中的精灵"美名,全世界就海南岛才有,海南岛也就霸王岭有。

黑冠长臂猿是仅存的四大类人猿之一,是灵长类动物中最显赫的名门望族。"黑冠没尾"是它们的体貌特征,不长尾巴是它们"类人"的重要标志,它们时髦的"黑冠"弥补了皮毛纯色的不足。海南长臂猿幼时雌雄同色,成年后,公猿是清一色的威武刚猛黑金刚,母猿通体毛发金黄光彩灿灿。

学术界对海南黑冠长臂猿的分类争论不休,这更显出它们的珍贵。

只有在原始季雨林中,海南长臂猿才能安身立命。在森林里,最好的位置就是在树上,高智商的海南长臂猿就是完完全全的树栖动物,对大地不屑一顾,终生脚不沾尘。它们仙气儿十足,只饮树叶上的露水,食物以雨林原生植物的嫩芽、浆果、花苞为主,野荔枝是它们的佳肴,榕树果实是它们的最爱。它们虽然基本吃素,但有时也吃零食解解馋,比如掏几个鸟蛋换换口味,抓几只小鸟打打牙祭,昆虫也上了它们的菜单。它们极其机警,一有风吹草动便迅速消遁,超长的四臂能使它们快如闪电从树梢上飞过。

跟人一样,海南长臂猿也组建家庭,首领是家族的支柱。它们的领地意识很强,每天太阳初升时,首领引吭高歌,悠长的啼声在林间回荡,这是对领地的宣示。

海南岛曾经遍地猿猴,"琼州多猿"——清代李调元在《南越笔记》中写道。曾经由于滥垦、滥伐、滥采、滥猎，海南长臂猿难以适应不断变化的环境，一度濒临灭绝，成为全球极度濒危物种、全球最濒危的灵长类动物。可喜的是，海南人民的环保意识被唤醒了，热带雨林得到了有效保护，自然生态空间得以扩大，加上两个护林员的日夜守护，海南长臂猿现在享受着岁月静好，去年喜添了可爱的新生命，种群数量已升至5群33只。喜讯不断传来：二〇二〇年八月，国家林业和草原局依托海南国家公园研究院，成立国家林草局海南长臂猿保护研究中心，旨在吸引和汇集全球范围内的顶尖人才和科研力量，共同致力于海南长臂猿保护；二〇二〇年十二月十七日，世界自然保护联盟、海南国家公园研究院联合发布《全球长臂猿保护网络协议》，在国内外产生了广泛影响。海南黑冠长臂猿会越来越好运的，祝福它们。

多年没上霸王岭了，多少次在梦里，它"一枝一叶总关情"，因为阿霞，我跟它的缘分一直没断。已经回到家乡安居的阿霞告诉我：二〇一八年，王下乡被国家生态环境部评为全国第二批、海南省唯一的"绿水青山就是金山银山"实践创新基地；二〇二〇年年底，王下乡被评为第六届"全国文明村镇"。真希望尽快再去到王下乡，去探望我的黎族好姐妹，去探访6万年前古人类洞穴遗址钱铁洞，去探寻海南最早人类的生产与生活场景，去探索五勒岭下神秘的皇帝洞。

盛世花岛行

◎ 杨晓升

金秋十月,朋友发来信息,邀我到海上花岛赏花。我问海上花岛在哪儿,朋友回复:上海崇明岛。我立马兴奋起来!

崇明岛,是中国的第三大岛。崇明岛,也是中国第一大沙岛,长江入海口处的一颗明珠,那是作家徐刚、赵丽宏,编辑家张守仁的故乡,我早就心向往之,早就想一睹她的尊容、领略她的风采了。如今又获悉她"海上花岛"的美称,我怎么能不兴奋和激动?

——海上花岛,多么美丽迷人的名字,我脑海里霎时浮现想象中的美景:美丽的长江口,那卧蚕般的沙岛,蓝天白云下被四周的海水簇拥着,岛上鲜花盛开,姹紫嫣红,蜂飞蝶舞,香飘四溢,游人如织……那是多么令人神往的人间胜景啊! 人未到,心先飞了。

乘坐高铁到了上海,然后乘车前往崇明岛。同车的朋友告诉我,她本人就是崇明岛人,年轻时就到上海市区工作上班了,母亲目前都还在崇明老家生活。 她说相比于上海市区,崇明岛过去就是农村,是贫困落后的代名词,即便已经到市区工作的崇明人都羞于暴露自己的籍贯。我听了大诧,就我认识的几位作家朋友,他们虽身居北京,但印象中与朋友聚会见面,都口口声声说自己是上海崇明人,从未说自己是上海人或上海市区人。看来"腹有诗书气自华",文化真能让人内心强大。不过必须承认,早年的贫困让人自卑,不仅是崇明,在全国确实也是普遍现实。

车过长江大桥,远处的崇明岛渐行渐近,逐渐收入眼底。长江此刻波光粼粼，宛如银色的玉带将崇明岛环绕。江面船只穿梭来往，远远近近，影影绰绰，让人感觉到长江江面交通的繁忙和长江口经济蓬勃发展的生机。

崇明岛屿位于长江口，西迎滚滚长江，南北两侧被上海和江苏隔江联袂夹击，东临广阔无垠的大海。崇明岛，也称崇明沙洲，是中国大陆海岸线的中点，全岛东西长 76 公里，南北宽 13 至 18 公里，形状狭长如卧蚕，面积约一千平方公里，主要由长江输出的泥沙淤积而成。崇明岛是新长江三角洲发育过程中的产物，它的原处是长江口外浅海。长江奔泻东下，流入河口地区时，由于比降减小，流速变缓等原因，所携大量泥沙于此逐渐沉积。一面在长江口南北岸造成滨海平原，一面又在江中形成星罗棋布的河口沙洲。日积月累，崇明岛便逐渐成为一个典型的河口沙岛。它从露出水面到最后形成大岛，经历了千余年的沉积变化。

岛的出现，是对生灵万物的珍贵馈赠。形形色色的植物出现了，飞禽走兽接踵而来。芦苇、关草、丝草、马齿苋、益母草、苍耳草、佩兰、泽漆草，是崇明岛植物中最茂盛的主人。湿润的海洋性气候，充足的阳光，充沛的雨水，让这些主人如鱼得水肆意疯长，它们与桃、梨、橘、杏、枇杷这些果树，还有高大的香樟树、银杏树、悬铃木等乔木一起，把崇明岛装扮成雾气氤氲、生机勃勃的世界。

花是这个世界的天使。崇明岛的花，有我们常见的菊花、桂花、玫瑰花、油菜花等等，也有我们不常见的旋复花和芦花。在崇明的众多的花卉中，旋复花，曾经是一种十分有名气、饮誉沪上的野花。它生命力旺盛，开花时金色一片，一朵一朵，密密匝匝，像极了小小的野菊花，属菊科植物，是夏秋季节乡间一道不可多得的美景。旋复花又叫金佛菊、六月菊、金佛草、天人菊。旋复花在炎热的夏季开得热烈，开得灿烂，开得满地金黄，开得激情奔放、赏心悦目。相比之下，崇明岛的芦花要低调得多，它偏居一隅，齐刷刷集结于江边滩涂湿地，一簇簇，一排排，一片片，将偌大的崇明岛沿岸紧紧簇拥，俨然如纪律严明的天然卫士，日日夜夜抵御着风潮侵袭,一年四季守卫着崇明岛的生灵万物、父老乡亲。芦花虽出身贫寒,可即便在寒冬,也傲立寒霜;它虽然偏居一隅,却卓尔不群、不屈不挠,料峭春寒时新枝也会破冰而出,生命力异常顽强。无论春夏秋冬,无论风霜雨雪,无论酷暑严寒,芦花都斗志昂扬、坚贞不屈地屹立于崇明岛岸边,向世界宣告着自己生命的独立与存在。我们到中国十大湿地之一的崇明岛西沙明珠湖景区观光时,大片的芦花成群结队矗立江边,傲然挺立,迎风招展。芦花掀起的花浪如潮水般此起彼伏、绵延不绝,直至江边与水天一色的江天连成一片,如梦如幻。我不由得被眼前的景观陶醉了……

不过,如今的崇明岛上,最吸引游人的是并非复旋花和芦花,而是玫瑰庄园那种植面积达千余亩的玫瑰花。玫瑰庄园也即海上花岛,目前是岛上的 AAAA 景区,坐落于上海崇明国际生态岛中北部。时值深秋,我们进入海上花岛景区,满园的玫瑰依然开得灿烂,与姹紫嫣红的其他花卉争奇斗艳,令人赏心悦目。漫步在花团锦簇、蝶舞鸟鸣,游人如织的园区,很难想象眼前这片土地数年前却是贫瘠落后的海岛乡村。假若追溯历史沿革,前卫村这片土地其实是一九六九年人工围垦而成、从大片水域中脱颖而出。由于土地贫瘠,农作物生长基础差,居住在这里的农民一直难以摆脱贫困。海上花岛的开发,不仅让这里的景观改天换地、令人耳目一新,还让这里的农民获得了诸多的就业良机、逐渐脱离了贫困。村民们除了有部分到玫瑰庄园直接就业,游人的到来还带动了周边的民宿、餐饮和购物等消费,让更多的村民有了间接就业的机会。海上花岛集团每月为当地农民工发放工资就达二百六十余万元。难怪我在海上花岛的那两天,当地村民每天都精神抖擞、笑靥如花。那一张张笑靥与海上花岛万紫千红的自然之花交相辉映,将这里装扮成了令人神往的花海和人间仙境。

然而,海上花岛更吸引人、并且更具价值的是民俗之花和艺术之花。

在海上花岛,最亮眼的民俗之花当属中华喜园。中华五千年文明,"喜文化"绵延不断、滔滔不绝。对中国人来说,"喜文化"既是一种生活信仰,亦是一种生活哲学。喜园景区的内容有:"红妆喜事"主题四合院展区、"与子同梦"千工床主题院落展区、"吉市老街"主题民俗互动区。穿过长廊亭榭,展现在我们眼前的是中式传统婚礼仪式广场:迎嫁下娇区,五子莲心广场。广场上可为观众演绎亮娇、侍女傧相引领颠娇、落娇、三箭定乾坤等一系列仪式。

漫步在喜园的长廊亭榭和不同主题的展馆之中,三个四合院是"红妆喜事""与子同梦"和"百子乐园"。民国时期的婚帖是良缘喜结,明清时期的古床是同床共眠,上个世纪的婴儿床是稚子初生……细细欣赏并品味着数千年中华文明喜文化中这些形形色色的历史见证和民俗馈赠,不禁让人沉浸在浓浓的喜庆氛围之中,也让人不由自主地联想起自己人生或亲人中婚庆嫁娶或喜得贵子等一系列欢乐时刻和美好情景……据介绍,喜园旨在打造成为中华婚俗博览园。

海上花岛的艺术之花,盛开在华珍阁。

华珍阁是海上花岛的艺术中心,位于华珍阁古瀛酒店之内。走近华珍阁门口,门内屏风两侧"诚交天下友,文聚天下英"的对联瞬间跃入眼帘。走进门内,右侧墙上的《华珍阁记》有这样的文字:"方寸间而荟萃千里,弹丸地而煌罗万象。于华珍阁,吸天地之灵气,得日月之精华,玩南北之奇珍,悟华夏之慧根……"华珍阁是海上花岛的藏宝之地,收藏着海内外形形色色的艺术品,也是海内外书画家艺术家作品展览交流的难得场所。门内的左侧墙上,则密密麻麻挂满海上花岛董事长陈政与海内外各类艺术名家交朋会友、切磋技艺的合影。以艺会友,以友识宝、鉴宝、藏宝,显然是陈政的艺术收藏之道。华珍阁里收藏的一件件展品,见证着陈政对艺术品和中国传统文化的喜爱,这种喜爱一如芦花对崇明岛的守护。陈政对艺术品的不断求索与收藏,一如集沙成岛的崇明,已经越来越丰厚、坚实、丰富、壮观。

据介绍,华珍阁艺术馆自创办以来,践行"扎根传统,立足当代,放眼未来"的宗旨,秉持"精英、精品、精彩"的理念,在中国当代书画、玉石陶瓷、木雕家具、杂项文玩等领域广泛涉及,华珍阁艺术馆收藏的各类藏品已近万件,常年展示近三千件。尤其是书画收藏,在全国范围内,将不同地域流派的艺术品汇聚于此,其中不乏名流大家的精品之作,弥足珍贵。作为收藏与交流当代艺术名家作品为主题的艺术馆,华珍阁坚持文化自信和文化自觉,以"盛政经典·翰墨华珍"系列活动作平台,举办了一系列的大型活动。二〇一七年举办了"华珍阁"杯《金刚经》书法大展,吸引了万余海内外书法爱好者踊跃参与,收藏了近5000份各类书体的《金刚经》书法作品,同时创造了新的吉尼斯记录;二〇一八年举办了首届上海中国创意藏品文化博览会,109位中国工艺美术大师亲临博览会现场,近300位中国工艺美术大师的作品参加了博览会展出,现场大师们相互交流、切磋技艺,与观众交流,让大众感受工艺美术的艺术价值和收藏意义。

崇明的海上花岛,的的确确已不仅仅是自然之岛,同时也已成为历史文化艺术之岛。此行我所欣赏到的,亦不仅仅是姹紫嫣红、风姿绰约的自然之花,还有美轮美奂、无与伦比的中国历史文化艺术之花。

陪花再坐一会儿

◎ 周华诚

风：十里有多长

春风和煦，遂想起一个叫芭蕉尾的地方。芭蕉尾，这名字多好啊，诗意，清凉。芭蕉尾是一条长长的山谷，有二十多里地长，一条清清的溪流，溪流边多的是这一丛那一丛的芭蕉。

芭蕉是古典的植物，生长在唐诗宋词中。李清照写："窗前谁种芭蕉树，阴满中庭。阴满中庭，叶叶心心舒卷有余情。"吴文英《唐多令》："何处合成愁？离人心上秋。纵芭蕉，不雨也飕飕。"读这样的句子，就不由得让人想在屋后头种几株芭蕉。

芭蕉还生长在丝竹乐中，广东有《雨打芭蕉》，弦上的雨声淅沥活泼。日本有个人，俳句写得好，被人称作"俳圣"，就是松尾芭蕉，他这名字里有芭蕉，也有禅意（在二〇〇七年之前，我一直想买他的书，怎么也找不到。后来买到一本《奥州小道》。这几年，松尾芭蕉的书已经很多了）。

在那条叫作芭蕉尾的山谷里，"芭蕉尾""双溪口"这样的小地名，还有二三十个，一个一个罗列下来，就是一首词了。芭蕉尾的人家不多，只有一百来户，零零散散，隐在山谷中。山谷深处，有一面石壁绝立，如武侠小说中所写"绝情谷"，崖上野百合丛生。上次去时，村里当了三十七年会计的老何陪我，说这绝壁中有仙药，如"滴水珠"，是治蛇伤的良草；"金丝葫芦"，小孩发热不适，服之即愈。传言，华佗曾来此采药，所以这石壁所处之地，就被叫作"华佗坞"。

芭蕉的好处,除了身姿和意境美,也实用。芭蕉的根系繁盛发达,一丛芭蕉扎在溪边,就像一个水泥墩。山洪冲下来,推着数百斤重的巨石轰隆隆滚过,可绿绿的芭蕉还在;雨后青山如洗,芭蕉叶绿得很纯净。

芭蕉尾那个地方,山高谷深,又有小气候,山里比山外的气温要低四五摄氏度。夏天,城里人进山去,吃野菜,睡竹床,梦里都是雨打芭蕉声。

我上次去芭蕉尾,应该还是在二十年前——时光真是一座深渊呀,红了樱桃,绿了芭蕉,人掉下去,一下子老了。后来我一直没有去过芭蕉尾。有一次,我写下一篇短文《芭蕉尾》,刊发在二〇〇七年九月三日《杭州日报》副刊上。谁能想到,又三四年后,我会去那个报馆上班,干的就是副刊编辑的工作。又五六年后,我离开了报馆。芭蕉尾的芭蕉应该还是那样绿的吧。

二禾君,此外我想告诉你的是,在芭蕉尾山谷的外边,有一条江,浩荡且温柔,叫作常山江。关于这条江的故事,我也总是会想起沈从文笔下的边城,想起流经凤凰古城的那条沱江。

——好美的凤凰古城啊,我在沱江畔漫步的时候就这么感叹。常山江,也是这么一条江,只是,没有沈从文,没有秀秀。

这么一条江上,从前也是有来来往往的人,放排的,运盐的,贩卖竹炭和做小生意的,当然还有做官的,写诗的,总之是一条忙碌的江。从安徽徽州、江西婺源,到杭州、上海、苏州,这是一条交通要道,形形色色,三教九流,都在这一条水路上往返,晨夕之间,川流不息。于是,唐诗宋词,也在这条路上川流不息。江面上,当然还有打鱼的人。渔家在薄雾之间隐现江上,辛苦操持着生活。以至于现在,我到那一段江岸上去,就会想起那里的鱼馆与江鲜,真是好吃。

那里有风——说了这么久,终于说到风了——古书上写的是"石门佳气"。

这里说的是"气",其实也跟"水"有关。不管是风气,还是风水,都得有风有水才行。有时候风是静止的,那股气就聚在那里,悬停甚久,如一只鸟栖在山巅。或有时候，风是流动的，从这座山头流向另一座山头，那股气，便也是流淌起来了，丝滑的样子，或是把佳气扯成长长的线条，一直贯穿在半边天空。

我们说看见风的时候，其实看见的不是风，而是风中的旗帜在呼啦啦地响着。我们看见风中的旗帜在呼啦啦响着的时候，看见的也不是旗帜，而是自己的心，在风中呼啦啦地响着。风，就是这样一种奇妙的事物。

譬如说，就在芭蕉尾不远的常山江上，有一个地方，或者说是一种景致，叫作"十里长风"。这个名字就太好了——风是什么样子？是长的。有多长？十里长。

好地方啊，我以前每到十里长风去，就有一种畅快的感受，想到书上说的，"暮春者，春服既成，冠者五六人，童子六七人，浴乎沂，风乎舞雩，咏而归。"暮春时候，我们回到乡下插秧，把自己也像秧苗一样插在泥土之中。插秧之后，我们在十里长风吃饭饮酒，晚间在一座屋子点亮烛光，众人读诗，诗句长长短短，烛光摇摇曳曳，仿佛有风从遥远的地方来，至少是十里长风，或是百里长风。十里是多长，百里又有多长？

我想起，在那样的缠绵的春夜里，那样的浩荡的春风里，会而饮，咏而归。

花：陪花再坐一会儿

柚花开的时候啊，二禾君，如果有空，你可以来找我。在我的家乡，有两种花是非常美的，其一便是柚花。胡柚是一种好水果，世人知之甚少；胡柚花的香是一种好闻的香，世人知之更少。日本人喜欢樱花，樱花易逝，人在樱花树下坐着，风吹来，瓣瓣樱花随风飘逝，使人觉得一切美好的东西都不容易抓住，心中充满惆怅。时有惆怅，倒真不是什么坏事。把每一件事都当作珍贵的最后一次，就会心生郑重。便是赏樱这样的雅事，一年只有一次，一次只有六七天，都市里的人，这一周错过了，吹一阵风，落一场雨，下个周末便无缘得见美丽花颜,再等就要一年,使人忧伤,徒叹奈何。

我由柚花想到樱花,并没有什么缘由,只觉得柚花开时,人也应当坐在胡柚树下赏一赏它。晚春的时候,我若出差回家,从高速路口出来,打开车窗,便有一阵阵幽香飘进鼻腔,真的太好闻了。每一个春天,都能这样闻见一回柚花的香,也是一件幸福的事情,自应当珍惜。

柚花是招贤青石一片为最多。虽然我们这儿家家都有胡柚林,我却觉得招贤青石一片的最多,大概也是一种固执吧。深究起来,其中一个重要原因是,胡柚的"祖宗树"是在青石的澄潭村,现在如果去那里,可以看到常山江的两岸,胡柚林郁郁葱葱。而春天柚花开的时候,便是十里香雪海。

柚花落的时候,厚质的花瓣铺陈一地,也使人心中生起一丝惆怅。柚花的香有一种幽远的力量,花瓣虽落了,空气中犹有花的香。这就使人高兴起来,花落春仍在——花即便落了,胡柚结果便也不会太久。事物相因,一切都值得期待。

"花落春仍在",原是俞樾的句子。

清道光三十年(1850),俞樾中了进士,发榜十天后要进行殿试,殿试过后是朝考。这一年朝考要求考生以《淡烟疏雨落花天》为题写一首诗,并敷衍成文。这个题目,意境虽美,却有一种伤春悲秋的颓废气息。俞樾看到这个题目,写下一句:"花落春仍在,天时尚艳阳。"花落了,春仍在,这里有明朗的一面,充满明媚的气息。几天之后消息出来,俞樾在朝考时中了头名。

后来俞樾才知道,这个头名是曾国藩力荐的。

柚花落的时候,看到白色花瓣铺了一地,不免也会有一点点遗憾,终究会使人想到不久之后,这枝上将有胡柚结果;再过不久,又可以品尝到胡柚的美味。乐观主义者都是这样,世上的事情,本没有什么坏的好的,不过都是过程而已,只要珍惜这个过程,不叫一日枉过,不叫落花流水顾自去,便是好的。

我家乡的花，还有一种是油茶花。油茶花开的时候，树枝上还有未成熟的油茶果。花果同枝，抱子怀春，人皆以为奇观。其实，油茶果的成熟期很长，十月开花，十一月也开花，到了十二月枝上犹有花儿绽放。油茶果要一直到次年的寒露、霜降前后，才可以采摘。这样的山茶树，在高山之上，丛林之中，孕育出饱满的茶籽，茶籽里蕴藏着丰富纯净的茶油。那一滴一滴的油流淌成串，落在苍老的岁月里，滋润着山里人布满皲裂的生活。

有一次我去新昌乡，是在冬天。万物凋零，我们在冬日的暖阳里跟着村书记爬山，在油茶树间穿行。到了山腰上，有女作家童心大起，从坡上折了一根蕨棒，抽去里头的芯子，用这天然的吸管就着盛开的花朵吸起了花蜜。

山路上的油茶花开得真好。这茶花不是那茶花——那茶花美则美矣，怎么都不结果；这茶花默默地开，默默地落，素朴的白色花瓣碾落成泥，唯不同的是，到了秋冬时候，枝头硕果累累。油茶花的跌落，大概也有人觉得怜惜，遂拾取晒干，一小瓶一小瓶地储存好，可以泡水来喝。这是我在别的地方看到的，在我的家乡，尚没有人这样做。

有一年我给远方的友人写信，说完正事，提到一句，柚花开了。

又有一年，我给远方的友人写信，天色已晚，暮色沉沉，他们都走了，我一个人留下，陪花再坐一会儿。

雪：消失了的事物

为什么要说到下雪呢？南方的孩子对雪总是充满神奇的向往——说是南方，倒也不那么南，如果是广东或海南，则一般无缘得见，在我家乡的冬天，倒是能偶尔一见雪的容颜。记得小时候，冬天的雪铺得很厚，屋檐下的冰凌也挂了一尺长。当然，这是三十年前的事情了，冰凌现在几乎是见不到了。

前段时间写过一篇文章《雪天的事情》，提到冯梦祯在他的《快雪堂日记》里记录了很多下雪的天气。譬如在万历二十五年的日记里，冯梦祯记录：十一月二十三，雪霁，甚寒，滴水成冻。次日，雪，晴，寒甚。二十七日，雪尚未消。十二月初四，又是大雪，到夜间方止。十三日，又是雪，又是风。十四日，大雪至午后止，四望俱瑶峰玉树。十六日，雪，晴，寒。十七日，雪，晴。二十一日，阴沉欲雪，下午微飘雪花。

那时候下雪真频繁！而且一下就是十天半个月。冯梦祯把自己的堂叫作"快雪堂"，有人说是他收藏了王羲之的《快雪时晴帖》。其实不然。他孤山的房子上梁的时候，正值积雪初晴，遂取了"快雪时晴"的意思，把堂叫了"快雪堂"。

在这样寒冷的天气里，冯梦祯会怎么玩儿？这个从南国子监祭酒的职位上退隐西湖的文人，以九十金的价格，在孤山买地建房，作为自己生活的一处落脚，植几株梅花，几棵竹子，几棵桑树，再种一塘荷花，赏三面湖山。此外，他还置办了一艘船，花了三十金。这艘船成了冯梦祯一个浮在湖上的家。他买了四名歌姬，加上原有的歌姬一起，组成了一个家班。这个家班水平不一般，技艺超群，让冯梦祯时常流露得意之色。接下来，冯梦祯的日子就是这样的：他在船上贮书，载着歌姬，春花秋月，优游西湖。小船划出去，就漂在湖上了，有时一个月不返回。

不出去的时候，他就在家里读书写字，喝酒听戏。万历三十一年（1603），正月初五，下了一夜大雪，清晨瓦上积雪皎然，午后又大雪。初七，仍雪。一直到十三，晴，夜间月色甚佳。船过岳祠，逢三位朋友，上得船来，一起喝茶，至断桥而别。十四日，天气晴和，月甚佳，微杂烟气，携歌姬于湖上，舟中先后接待了好多客人。他自己呢，就宿在舟中。而此时此刻，船外湖上，雪犹不止。

明朝那时候处于小冰河期，数十年间的冬天，都是天寒地冻、奇冷无比，连广东也狂降暴雪。而现在，则是全球变暖的节奏，下雪自然变得稀奇。下几粒雪霰，大家就一惊一乍大呼小叫。

有雪的时候,人也变得生动有趣。张岱会去湖心亭看雪,高濂守着四时的西湖,在冬天想着法子去玩儿雪。这都是有趣的灵魂,南方的雪,也有一个有趣的灵魂。没有落雪的冬天总觉得少了许多,尤其是在山里,怎么能不落雪呢。一落雪,北京就变成了北平,西安就变成了长安。一落雪,杭州变成了临安,常山就变成了定阳。一落雪,大人就变成了小孩,你也变成了诗人。

我们那里,另外还有一道雪的风景,是"古十景之一",叫作"球川晾雪"。清代的文人说:"幅员数里锦为城,破竹为丝满地明。似月似霜还似雪,一川白得可怜生。"这一种"雪景",并非真正下雪,河滩上全是晒的造纸的原料,一片雪白,仿佛下雪一般。由此也可知,这个叫作球川的地方,古时造纸工艺特别发达。

我家乡常山的造纸业,在中国造纸史上有着重要的地位。宋元明清,常山、玉山、开化一带都是我国的造纸中心。《雍正常山县志》《光绪常山县志》等也有记载,譬如说到这种纸就赞不绝口,"大小厚薄,名色甚众",而且"惟球川人善为之,工经七十二道"。

二禾君,但是你现在若是到球川古镇去,遗憾得很,是完全看不到河滩上晾雪的盛景了。那种古法造纸的工艺,已经从时光的隧道里消失。两年前,我到邻县开化去采访,发现那里有人恢复了古法造纸工艺,复刻出年代久远的"开化纸"。于是有人跟我说,其实这个"开化纸",是一个纸的名称,不唯开化才有,常山人古时造纸也是一模一样。可惜,怎么没有常山人想到这个问题,也去恢复一下古法造纸工艺呢,若是那样,"球川晾雪"便能重现盛况,那也是很壮观的吧。

这种事情,想想简单,做做都无比艰难。有人若是觉得好玩,两手一拍,不管不顾,便也去做了。譬如一场大雪后,张岱会雇人撑船,带上茶壶去湖中赏雪,冯梦祯会把歌姬们带到船上,整日漂泊在那雪湖之上,歌之饮之。有趣的人,或是疯癫的人,才可以做出那不计代价的事情。这样的人，本来就已不多；这样的乐趣，更是极少数人的专享——哪里强求得来的。又譬如说，谁都觉得下雪是一件好玩儿的事情，但在这样的南方冬天，它一直不下雪，你又能怎么样呢？

——你又虚拟不出一场纷纷扬扬的大雪呀。

月：那般月色谁又说得清

月亮的事情，万寿寺的僧人比较清楚。山那么深，寺那么高，距离月亮总是要近一点儿，且也静一点儿，对于了解月亮，有着天然的优势。

二禾君，我要说的万寿寺，它不像灵隐寺、少林寺那般有名，只是默默偏居于浙西一隅，只是平常的泥墙土瓦的建筑几间。既无高大的山门，也无雄伟的宝殿。现在，你若到得万寿寺山门之前，能感受到四面皆是清清寂寂的样子，只有山林里的鸟鸣，偶尔几声人语，为山寺添得几许空灵。

但是你一定会有一种奇妙感受，便是觉得这样的地方，是出高僧的地方。从数据上来说，万寿寺，是浙江省内海拔最高的寺庙，我们这般的凡夫俗子，站在这地方，突然也就成了高人。这样一想，心胸就不由辽阔了许多，有了些许浩然之气。我想，若是隐在这里修行，当也有更多的收获吧。

杭州灵隐寺天下闻名，第一代住持是永明延寿大师。永明延寿大师的师父的师父的师父，也就是大师祖，是桂琛禅师。桂琛禅师的师父，便是常山万寿寺的住持无相禅师，人称"紫衣僧"。这样说来，万寿寺在唐朝末年，真是江南名刹，因它是灵隐寺的"祖宗寺"。无相禅师在当时的江南佛教界，堪称领袖人物，是桂琛禅师的师父，也是贯休禅师的师父。

贯休禅师，兰溪人，我在金华的博物馆里见过贯休的罗汉图，真是状貌古野，绝俗超群，一见之时，不由心生崇敬。贯休有一首诗《对月作》，其中有几句："今人看此月，古人看此月。如何古人心，难向今人说。"我想，贯休想着的事，也是现在人想着的事，只是那时的今人，到现在也成了古人。我们站在黄冈山上，在万寿寺前，想来想去的事情，也不过是古人的古人，早就想过和经历过了的事情。

　　山寺自有山寺的妙处。梵音袅袅，禅意悠深。在寺内用斋，或煮一壶茶，听僧人讲古，也是很好的事情。时间是漫长的。漫长到心静下来，一点儿都没有需要着急的事情了。我是没有机会在万寿寺小住。若是在寺中小住，当可以感受大自然的启发。松风林涛，山泉叮咚，夜鸟啼叫，走兽幽鸣，都是世间好声音。

　　而这样的时刻，月光如水漫过山林寺庙，天地之间，一片清凉。

　　这令人想起苏东坡在承天寺的那个夜晚——

　　　　元丰六年十月十二日夜，解衣欲睡，月色入户，欣然起行。念无与为乐者，遂至承天寺寻张怀民。怀民亦未寝，相与步于中庭。庭下如积水空明，水中藻、荇交横，盖竹柏影也。何夜无月？何处无竹柏？但少闲人如吾两人者耳。

　　万寿寺的月光，沐浴着亘古的山林与岩石，沐浴着万物生灵，当然也照着古人与今人。万寿寺山门前的小路，来来往往，走过不少有名的人，只是现在，脚步声早已消失。等到冬天，大雪封山，大雪将一切足迹也掩盖，山居的僧人从涧中取来泉水煮茶，通红炭火中也可煨芋，这般的日常，有机会时，当可与二禾君一同感受。

　　那寒凉的夜里，也可以走到山门之外，手捧暖芋，抬头望月。

供树神

◎ 冷 杉

谷长生是林区出名的猎手,枪打得十分好。《中华人民共和国野生动物保护法》未颁布之前,父母家、老丈人家、小姨子家每年生活所需肉食,几乎都由他供应。在这一点上,媳妇对他很满意。可媳妇对他不满意的地方要比满意的地方多得多。媳妇嫌乎他性格内向,慢性子,走路迈四方步,火上房不着忙,干事情总是老牛抽筋肉乎乎的。同样的一件事,搁他媳妇身上二三十分钟也就办完了,还能办出点激情来。搁他身上没一个小时下不来,用他媳妇的话说:揉搓得你骨不疼肉疼。为此,两个人经常吵架:他埋怨媳妇干活毛毛糙糙,不注重质量;媳妇埋怨他质量倒是注重了,结果却是没完没了。两口子自打结婚到现在,就这么吵吵闹闹、别别扭扭地过,似乎就没有和气过几天。

作为一个大男人,谷长生心理压力非常大。他琢磨不透自己为什么老是跟老婆整不到一块儿去,甚至怀疑自己心里是不是有什么毛病了,总想找机会多赚点钱,好到城里的大医院好好瞧瞧病去。可是,穷山沟儿里,赚钱的机会不是很多。于是,谷长生整日里闷闷不乐,媳妇也不愿意搭理他。天长日久,两口子就都养成了麻木不仁的习惯,每每两个人各干各的事情,每天同一个门进进出出,也旁若无人似的,除非遇到一个人解决不了的大事情,否则绝不相互商量着办。

眼下来到了春季,山青了,树绿了,湖水也解冻了,鱼虾水鸟儿此时鲜嫩肥胖,野兔三五成群蹦到草地上望青,正是打猎的好时机。

这天清早,谷长生哭丧着脸备足了弹药,饭也没吃,慢吞吞地抓起猎枪,迈着四方步,无精打采地向森林草湖的边上走去。

打猎,其实还是像谷长生这样的慢性子好,走路没声儿,喘气儿也没声儿。野物儿一般都怕人、怕动静,你扛着个猎枪,唰啦唰啦地走,呼哧呼哧地遛了半天也没见着什么猎物,再烦躁地骂几句,别说动物了,就是人,也会躲你远远的。森林里富裕,再加上有这么个草湖,动物到处都有,只要你轻轻地来,隐蔽着走,把身子藏起来,静静地待上几十分钟,再仔细观察,看吧,小动物们也会像你一样,机警地钻出草丛、灌木丛窥探环境。

谷长生今天来草湖边儿没想打别的动物,一心只想打几只麝鼠。据林区原皮收购站经理"韩败家"讲(原名韩白拉,鄂温克族人,自从他当上这个收购站经理以后,人们就叫他"韩败家"了),麝鼠是珍贵的水上毛皮动物,皮的经济价值极高,本地区分三个等级收购:一等属成皮,毛色橘黄色,毛长一寸五分左右,无杂毛,鼠龄三年以上,雌鼠,扒板皮,皮板无伤,整头、整足、整尾,皮长两尺以上,每张皮一百五十元;二等属半皮,毛色青黄色,毛长一寸左右,无杂毛,鼠龄两年以上,雌雄鼠均可,扒板皮,皮板无伤,整头、整足、整尾,皮长一尺五寸以上,每张皮八十元;三等皮属下半皮,是那些发育不良的,带有枪伤或创伤的,灰不溜秋的,灰白相间的杂毛麝鼠,扒板皮、筒皮均可,整尾断尾亦无所谓,皮张的尺寸也没有严格的限制,价格在二十元至五十元不等。当然,三等皮的麝鼠眼下很少看见了,因为它们都是些老弱病残,或者是逃脱猎杀而受过重伤的鼠类,在严酷的自然环境面前无法生存,大多数都在某一个清早或是傍晚死掉了。

此刻,草湖边儿上的谷长生在等待时机,不急不躁,心里有底。他知道草湖里有多少只麝鼠,并且知道这些麝鼠经常喜欢在哪儿出没,它们分别属于几等皮。谷长生枪法没的说,以他的性格,干这事儿还是很轻松的。他端着枪,沉住气,一边蹲在湖边抽烟,一边寻思不能失掉某一个赚钱的时机。他还在幻想着,等攒了足够的钱,好去大城市治病。

麝鼠的洞窝、洞巢均在湖岸上,可是它们的洞门却在水里。湖边去年秋天就已经枯萎了的芦苇和蒲草,此刻正好能为它们进出洞窠做着掩护。谷长生看似漫不经心,其实,他的目光和耳朵早就注意到了湖边的水草处。你别小瞧了他,现在,哪怕只有一点小小的波纹儿荡过来,他都能猜得出弄动水波纹儿的是何等水物。然而,等待麝鼠出现的时光是漫长的,谷长生偶尔也挠挠刺痒了的头皮。

突然,一只潜鸭钻出水面(老乡们管这种野鸭子叫王八鸭。这种鸭子的潜水能力非常强,它一个猛子扎下去,一般一口气就能在水中潜游出去几十米到一二百米远)。当这只潜鸭发现了岸上的谷长生时,就机警地将身体沉入水中,水面上只露出一截儿弯曲的脖颈和一个黑绿色的秤砣一样儿的小脑袋。这只小脑袋灵活地转来转去,那双豆粒般大小的黑亮眼珠,疑惑地盯着谷长生,那张扁平的、看上去像是生了锈的小嘴儿,贴着水皮儿,偶尔还撮几口水皮儿上的绿叶儿。

谷长生不想搭理这只潜鸭,他的两眼在一刻不停地搜索着湖边水草处的水面。潜鸭不肯走,还不时地将身体从水中浮出水面,弄得本来一平如镜的湖水一时间泛起圈圈涟漪。

突然,在谷长生的视线里,又出现了新的情况:一圈圈很细小的波纹儿,从湖边的水草中荡过来,撞在潜鸭弄起的涟漪上,一圈圈地碎了,闪闪发着光,湖面上立刻像撒上了一层碎银子。

这时,谷长生端起了手中的枪,并打开了枪机子,右手的食指牢牢地扣住了枪的"勾死鬼儿",全神贯注地望向水草里那个激起细小波纹儿的地方。

可是,他等了很久,那水草中的物件始终没有出现。但他仍然在耐心地等待着。这要是性子急的人,绝受不了这种等待。而他能等待。他就这么一直等下去,直等到脖颈儿酸了,手指木了,眼睛也花了,可水草里的物件不但没出现,反而消失得无影无踪了。

对此,谷长生没有任何怨言,他反而觉得这是很正常的事儿。不知怎么,这时,谷长生好像忽然想起了什么,他瞟了一眼那边仍在戏水的潜鸭,显得有些不安起来。

他想:两只动物同时出现倒也无所谓,现在,水草中的那只没有了,那留在水面上的这只肯定有危险。与其让其他动物猎获,倒不如打了它,归我。

先下手为强。谷长生想到此,立刻掉转枪口,瞄准了潜鸭。然而,就在这一刹那,潜鸭突然"呱呱"大叫两声,两只翅膀奋力拍打着水面,在水面上向前奔跑。在它的身后,甩下一团橘黄色的东西。但几乎是同时,潜鸭和那团橘黄色的东西,又以迅雷不及掩耳之势忽地潜入了湖底,而后,水面上就平静下来了,再也没有看到这两个动物在眼前出现过。

这回,谷长生的脑袋真的有点发涨了,他不稀罕跑了的潜鸭,跑了潜鸭,只是少吃一口肉而已。而遗憾的是,那团橘黄色的东西在水面伸展开身体潜入水底的一瞬间,叫他看到了那条无毛、扁平的尾巴,他确认出那是一只三年以上的雌麝鼠。可惜,没财命儿,叫它跑了。

然而,谷长生并不感到气馁,因为他知道,在这个岸边,除了这只橘黄色的麝鼠以外,还有三只青灰色的麝鼠。管它什么颜色的麝鼠呢,他想,只要打中一只就算没白来。

谷长生放下猎枪。虽然放下了猎枪,但他是想坐下来抽支烟,歇一歇然后接着守下去。

太阳不久就已挂在了当空,草湖岸边高大的大果橡树,才抖掉满身的枯叶儿不久,鲜嫩的树狗就从脱落的叶柄根儿上冒了出来,鹅黄中透着碧绿,在阳光下熠熠生辉。

谷长生觉得肚子有点饿了,但他不想回家去吃饭,那个家如今对他确实没有多大的吸引力。整点什么东西吃呢?他举目巡视四周围,在湖岸的浅水边儿上,忽然发现了一条鲤鱼。这条鲤鱼足有一斤七八两重,看它那放扁了身体躺在水边儿晒太阳的懒散样子，就知道是一条多年生长在湖里，而且具有了丰富经验和胆识的老鲤鱼。老鲤鱼肉好吃、瓷实，况且又是刚刚开河不久，但可别是一条成精的鲤鱼就行了。

谷长生在端起猎枪把枪口对准了那条老鲤鱼的当儿，思想就这么一闪，但手却扣动了扳机。一声沉闷的枪响过后，水边儿的老鲤鱼带着伤一歪一斜地向湖里冲了好几次，都没能冲出去太远的距离，至多也就三四米有余吧。而后，脑瓜盖儿上冒出的一股血浆染红了一片湖水，它漂上水面，肚皮朝上，一动不动了。

谷长生迈着四方步儿，胸有成竹地去取那条老鲤鱼。他把裤子挽到大腿根儿上，试探着跨进冰冷的湖水里，一步，水到膝盖，他觉得湖水真的好凉啊；两步，水到膝盖以上，他觉得湖水凉得扎骨。他站住了，双手握着枪管儿，打算用枪托儿把鱼钩过来。就差那么一点点的距离，任他怎么哈腰、怎么努力，还是够不着。他又向前迈了一步，这一步正好掉到了一个坑里，水深到了屁股，裤子全湿了。

这时，老鲤鱼好像有了点知觉，身子微微一动。谷长生索性将枪扔到岸上，脱光了上衣，一个饿虎扑食就向老鲤鱼扑过去。

可是，这条老鲤鱼真不是那么好斗的，随着水的波动，它的身子活了起来，开始摆动尾巴，只几下身子就向湖里挺进了一两米远，然后就又躺在水面上休息起来。

谷长生有些生气，第二次扑过去，一下子就抓住了老鲤鱼。可是，老鲤鱼身上十分的滑腻，身子一扭就从他的手中挣脱出去了，然后就一溜儿歪斜地扎入了水中。

谷长生不服气，一纵身跟了上去。这时，溅起的水花儿迷住了他的双眼，他顿时觉得天昏地暗，手足抽筋，斜眼望一眼老鲤鱼亦不是老鲤鱼了，而是一片大果橡树的树叶子而已。他立刻决定放弃追捕老鲤鱼，立即返回岸上去，可是手脚已经不听他的使唤了。

谷长生漂在水中,忽然觉得喘不上气来,身体在渐渐地往湖底下沉。紧急中,他使出全身的水中绝活,向岸边挣扎。可是,自身所有的水中本领此刻好像全都失去了效用。不好!他大叫了一声。然而就在这一瞬间,他忽然想起了小时候练就的童子功——仰浮。于是,他就迅速放翻了身体,仰躺在水面上,露出被凉水浸泡赤红的肚皮。他清楚,如果这一招儿再不管用,那就只有沉到湖底喂鱼了。

　　谷长生忍着肌肉收缩的剧烈疼痛,本能地蹬腿,挥胳膊,只有最后这一搏了。他把眼睛闭得绷绷紧,任冰凉的湖水拍打着脸面和肚皮。他就这么一下一下地蹬腿划水,直到这时,仍然看不出他怎么样的着急。最后,他终于慢慢地浮到了岸边,这才浑身打着哆嗦,长长地出了一口气。

　　命不该绝。谷长生这么想着,在岸边蹦了几下高儿,抖一抖身上的水,舒展一下麻木了的肌肉。林间的微风吹在他的身上,他觉得岸上比水里还凉。他弯下腰去,使劲儿地捶打着尚未完全恢复过来的腿部的肌肉和臀部的肌肉,腿仍在抽筋儿,疼得他一屁股坐在了衣服上。

　　谷长生觉得浑身各处都紧绷绷的,并意识到了一股冷气钻进了皮肤里,通过血肉,直向心脏聚焦。他想:这股冷气要是到了心脏,那血就会凝固,心脏就会停止跳动了。但现在好像离心脏还远着呢,他还是不着急。

　　谷长生上牙嗑打着下牙,不停地颤抖着。他哆哆嗦嗦地站起来,好不容易才穿上衣服。此刻,他的皮肤由赤红变得酱紫,脸色也由酱紫而变得铁青了。他现在什么也不想得到了,一心只想回家,什么橘黄色的麝鼠呀、潜鸭呀、大鲤鱼呀,去它的吧!上路之前,谷长生没忘了扒下鞋子,倒掉鞋窠里的积水;也没忘了使劲儿揉搓几下已经麻木了的泡得发白的脚指头,而后套上鞋子,这才抓起猎枪上了路。

　　说是路,其实湖边本没有路。谷长生踏着湖边的乱草向前走,摇摇晃晃,一瘸一拐。恍惚间,他看到了茁壮成长着的苕条、柞树棵子、桦树条子、杨树条子,还有一眼望不到边的大桦树林。这是哪儿呀?他想。他停下来,回顾了一下四周围的景物：多高的山岭啊！岭上全是树！多宽阔的沟膛啊！沟膛里除了水就是小叶樟草，还有树。这么丰饶的地方，我怎么就不知道是哪儿了呢？瞧这树！这小叶樟草！这无边无际的桦树林！

此刻，谷长生的身心已经全被眼前的自然景象和资源所吸引。激动之余，他不觉浑身增加了许多的热力。他现在想到的是赶快回家换衣服，然后，吃顿饱饭，下午立即套车来这儿砍苕条、打小叶樟草、扒桦树皮……他想，这些都是来钱的道儿啊，这可比打猎容易。那么，这儿究竟是哪儿呢？得好好记一下，别再来时找不着。

谷长生下意识地又转了一个圈儿，但对这儿周围的一切还是没有什么印象。他缓步顺一条像是小路儿似的小道儿向岭上跑，跑到了岭顶那棵橡树跟前，他看见了那个进山的人们用石头块儿堆成的老爷庙，这才恍然大悟：原来，这地方是老爷岭后坡儿。

这样一来，谷长生的身体舒服多了。他想：下了岭用不上三两个小时就到家了。他这么想着就有些兴奋了，亦有些怡然自得起来。此刻，他几乎完全地放松了自己的神经，因为他对老爷庙到家的这段路太熟悉了，在这儿，他闭上眼睛也能摸回家去。

下午，谷长生没有套车到老爷岭后坡儿去砍苕条、打小叶樟草、扒桦树皮。上午的时候，他后脚跟着前脚跟跟跄跄地踏进屋里以后，就一头栽倒在炕上了。他病倒了，头昏、恶心，一会儿冷得打冷战，一会儿又高烧得说胡话、冒虚汗。

谷长生病倒了，媳妇十分心疼。别管平时两口子怎么整不到一起，一旦一方有了病，另一方就会放下一切，百般照料对方，这是人之常情，家家如此。谷长生媳妇还利用这个机会向自己的丈夫说了几句宽心的话儿。她说以后想干什么去就跟我说一声，两个人的想法总比一个人的高明吧，别自己出马一条枪了，有了危险连个搭救你的人都没有；再说了性子过慢的你也别太在意了，只要咱日子过得去，啥也不缺，要啥有啥，我也就心满意足了。

　　别管是真心话还是临时安慰人的几句话，总之，这几句话说得谷长生心里热乎乎的，成串儿的泪珠儿直往枕头上掉。他当时就下定决心，等病好了以后，一定起早贪黑，把老爷岭后坡儿上的苕条砍光、小叶儿樟草打净、桦树皮扒光，通通运回家来，在大门口儿两侧垛三个大垛，中间夹杂着一些柞树棵子、桦树条子、杨树条子，堆得像三层楼房那么高，用苕条编筐出售，用桦树皮做桦皮船、桦皮篓、引火柴，把小叶樟草运到没草的地方，高价出售给人们做苫房的材料，到不了年底到大城市治病的钱就攒够了。

　　谷长生每天都这么盘算着，心情很好，病也好得很快。不知不觉一个月过去了，谷长生病好如初。一日，他跟媳妇说他要上老爷岭后坡儿去砍苕条、打小叶儿樟草、扒桦树皮去。媳妇很高兴，说路过老爷庙时一定要向山神爷磕个头，向旁边的那棵树神磕个头。媳妇还嘱咐谷长生说，你去砍苕条、打小叶儿樟草、扒桦树皮，务必把我给你准备的这些个东西供在庙里，供给树神。接着她就找出檀香、香炉、五谷、水果、馒头、白酒等供品，一样一样装在筐子里，又说你记住，做这些事儿一定要虔诚地去做，否则就不灵验了。

　　有了打水物的教训，谷长生把媳妇嘱咐的话都一一记在心里，带上供品套好车，依旧迈着四方步，不慌不忙地上了路。

　　老爷岭上的老爷庙就坐落在老爷岭的岭顶。老爷岭有三千六百顶，有庙的顶是个大顶，也是主顶，顶上既平又静，高大的树木遮住了天空。南坡儿岭下的人往北面后坡儿去，必经此地。不知是从什么时候开始，有人觉得老爷岭山高林密，谷阔沟深，神神秘秘，就在那棵最粗最老的橡树主干下部刻了一尊神像，然后，又用石块儿将老橡树的底部刻有神像的部分围起来，搭造成庙形，从此就有了这老爷庙和树神。日久天长，人们在获取老爷岭上的资源的时候，就好像与这座老爷庙和树神有了关系。南来北往的过山客们走到这里，也都主动地捡一块石头郑重其事地轻轻地放在庙上，预祝自己此行顺利。

谷长生赶着牛车走上岭来,把老牛拴在一边,从车上拎过供品,毕恭毕敬地摆放在老爷庙里的树神前。然后,他燃着了香,虔诚地三拜九叩,头磕在地上咚咚地响。拜完了树神,怕跑火,临走前还用石板把庙门儿挡严,又站了一会儿,看见香烟从石板缝儿往外冒个不停时,这才吆喝着老牛朝老爷岭后坡儿走去了。

谷长生此刻生怕他心中惦记着的资源没有了,于是就加快了脚步。那片繁茂的桦树林在,苕条也在,柞树棵子、桦树条子、杨树条子、白桦树林都在。他放心了,脸上露出欣慰的笑容。没有人知道这里,没有人来和我争,一切都是我的了!

谷长生沾沾自喜,迫不及待地挥动砍镰砍起树来。什么苕条呀,柞树棵子呀,桦树条子呀,杨树条子呀,全不在话下。林子里充斥着"嚓嚓"的砍树声。

不久,谷长生砍累了,豆大的汗珠儿从额头上滚落下来。他觉得浑身燥热,便放下砍镰,直起腰,扯起衣襟儿擦了擦脸上的汗水。

突然,他的眼睛直勾勾地盯着不远处两棵又粗又大的白桦树,随即抄起砍镰,直奔那雪白的树干,只听"哧——"一声,顺着树干,切开树皮,"唰——"一张褥子般大小的桦皮筒子就拿在了谷长生的手里。这棵不知生长了多少年的白桦树,依然那么默默地站立着,但却从被撕去了皮的地方,无声地浸出了无数滴澄清的泪水。

然而,谷长生兴趣正浓,他哪里懂得自然的感情呢?他更不知白桦树是在哭泣啊!此时,他就像一头凶恶的野兽,只知道蛮横地进攻、发泄、报复。当他用尽了最后一点力气,对今天的收获,才有了一点小小的满足。

该回家了。谷长生把桦树皮装在车底下,上边边儿上装苕条,中间装柞树棵子、桦树条子、杨树条子。这是他一贯的做法,这样装就的车走在路上,人们看到的就是一车灌木——只有苕条,别无它树。

谷长生认真地装着车。装一会儿，上去踩一踩，将起楦处踏实，将不合适的枝子往合适里弄一弄。他装完了最后一捆苕条就开始绞车。他绞车的方法是最具传统的方法，山里人一代代沿用了几百年。

谷长生首先将前跑鞅（一条长绳，穿上牛鞅子，两头儿分别系在车轮子与前车耳子中间留的浮眼儿上）扔上车，再绕到车后头将傻绳（一根又粗又长的绳子，一头拴在车后的大秤上）扔上车去，然后站到车辕子上将傻绳穿到前跑鞅里，再将傻绳头儿扔向车后。车后头有后吊鞅（比前跑鞅短点，形状跟前跑鞅一样，绳的两头儿分别拴在后浮眼儿上）绞棒、绞锥。谷长生捡起绞锥，卡上后吊鞅绳上的牛鞅子，插入车后的树枝子里试了试，之后，使劲儿向高抬，看看较上劲儿以后，绞锥是否会翘起来，如果翘起来了，表示没劲儿，绞不紧车，得重来。还好，谷长生抓过绳头儿，绾了个花儿，插入绞棒，靠紧绞锥、后吊鞅，一使劲儿"嘎吱"就是一圈儿。谷长生一手扳着绞棒，一手将绞棒的枝子向里掖一掖，掖不进去的就拔掉，接着就是第二圈儿、第三圈儿、第四圈儿……眼见得车上的树枝子一点点地向一块儿聚拢，绞锥一圈儿圈儿地缠紧傻绳向外支，绞棒被作用力与反作用力勒得表皮开裂，在这里，你可以充分体会到什么叫杠杆儿的威力。十圈儿过去以后，谷长生就气喘吁吁了。他停下来，看看绞棒所处的方向，横着。这不行，必须得上下垂直，才能把绞棒的一头儿挂在后吊鞅绳的绳上。这时，谷长生倒了一下按住绞棒的手，绞棒在慢慢向回使劲儿。树枝子被紧压后的膨胀力很大。谷长生的手在颤抖。不行，这半圈儿必须得压下去。谷长生憋足一口气，双膀一使力，两脚跟就离了地，只听"嘎吧"一声，绞棒断了，绕在傻绳上的那半截儿绞棒就以迅雷不及掩耳之势"嗖——啪"打在谷长生的右眼上。谷长生当时"啊"的一声扔掉了手中的半截儿绞棒，双手捂住眼睛，疼得他直蹦高儿，鲜血和眼水儿顿时就从指缝里流了出来。

谷长生疼得昏过去了……

当林子里的夜风吹起的时候，谷长生媳妇领着人找到了这里。她唤醒了昏迷中的谷长生,越发感到谷长生生活得不易。她把谷长生抱在怀里,说他准是冒犯了树神。谷长生说没有,上供时都是按照她说的那些个做法做的。谷长生媳妇说我知道你该做的都做了,可是你做完了不应该拿石板把庙门儿堵上。你想啊,那么小的一个小庙儿,树神在里边儿住着,它能架住那香烟熏吗?

哦!原来如此。谷长生听了媳妇的话,好像恍然大悟了。他叫媳妇快去把那石板挪开,媳妇说她来时就已经挪开了。"那,扶我去跟树神好好解释解释?"媳妇说:"应该的,那就走吧。"

谷长生媳妇由着谷长生的性儿,帮他捂着右眼一步步地往前走。老牛在后边"哞"的一声叫,谷长生才想起桦树林里还有他的牛、他的车和他的桦树皮、苕条、柞树棵子、桦树条子、杨树条子呢。

然而,现在在谷长生看来,眼前的这一切都不重要了,重要的是得赶快向树神道歉、谢罪去,解释清楚以前犯下的过错,保证今后绝不再犯。

访茶记

◎ 徐　可

　　我第一次到四川雅安的时候，就沉醉于雅安的茶香了。

　　那已是三年前的事。我去成都出差，忙完了公事，当地的朋友邀我去雅安走走。雅安这个地名，于我是陌生的，但我一下子就喜欢上了。"雅""安"这两个字，都是很美好的字眼，拥有其中一个就很不错了，而雅安却同时拥有了两个，那该是多么美好的一个地方！而让我更惊讶、也更动心的是朋友告诉我，雅安是中国茶的发源地，是著名的茶乡。我也算是一个爱茶之人，知道中国有几大名茶，也就有若干处著名茶乡，比如西湖龙井、洞庭碧螺春、安溪铁观音、信阳毛尖、武夷岩茶、祁门红茶、云南普洱……可是，四川居然还有一个著名茶乡雅安，我真是孤陋寡闻了。

　　从成都出发，向西南行进一百多公里，我们就在雅安的怀抱中了。雅安多山，山坡上层层梯田，被绿色的灌木所覆盖。不用介绍，我都猜到了，那是茶园。目力所及，周围群山上遍布的都是茶园。摇下车窗，空气中都是淡淡的茶香。我这才相信，朋友所言不虚。

　　更大的惊喜在后面等着我呢。到了酒店，进入大堂，鼻息中又是淡淡的茶香。那是在疫情之前，大家还没有戴口罩的习惯，我的鼻子很敏感，没错，那就是茶香，若有若无，若隐若现。等到进入电梯，茶香竟然更浓烈了，鼻息中满满的都是。正疑惑间，忽然看到电梯门两边角落的地面上，放置了两只大竹筐，竹筐里装满了茶叶。酒店的主人真是别出心裁，让浓浓的茶香充溢狭小的电梯中，可以想见，任何一位客人都会对此留下深刻的印象。朋友告诉我，这是一家茶主题酒店，茶的元素无处不在。真心佩服雅安人的智慧，他们把茶文章做到极致了。

那次走马观花，匆匆浏览了一遍茶园。虽然没有时间深入了解，但那浓郁的茶香却一直氤氲在我的鼻息中，令我时时想起。所以今年三月，当我有机会再访雅安的时候，我欢喜至极期待着更加深入地了解雅安的茶，它的前世，它的今生。

雅安地处四川盆地和青藏高原的交汇地带，也就是从平原向高原的过渡地带。到这里，地势不再平坦，绵延不绝的山让大地有了起伏，有了变化。蒙顶山是雅安名山，蒙顶山所在的区就叫"名山区"，也算是名实相符了。暖湿气流在此交汇、交织、交融，缠绵不休，于是有了云，于是又有了雨。一年四季，雨水绵绵，于是雅安落了个雅号，叫"雨都"，"雅雨"是"雅安三绝"（雅雨、雅鱼、雅女）之首。清人杜紫石在《雅州赋》中写道："数小城之'三绝'，缠绵银丝兮，谓之雅雨；江中美味兮，谓之雅鱼；二八俏丽兮，谓之雅女。"其实依我看，还应加上一绝：雅茶。水是万物之源。雅雨滋润万物，万物健康生长：雅鱼鲜美，雅茶鲜嫩，雅女鲜艳。

对，说到茶了。雅安产茶，无疑与多雨密切相关。据说，一年365天，雅安竟有300天在下雨。雅安的雨，如丝如缕，如露如雾。茶树喜水怕旱，绵绵雅雨，滋润了千株万株茶树。雅安的高岭低坡，土壤湿润肥沃，茶树恣意生长。漫山遍野的茶树，满眼是盈盈的绿啊！

据文字记载和史迹佐证，最早人工种茶，是公元前五十三年，雅安人吴理真在蒙顶山上种下七棵茶树，至今已有两千多年历史了。据南宋光宗绍熙三年（1192）蒙顶山所立石碑"宋甘露祖师像并行状"记载："师由西汉出现，吴氏之子，法名理真。""住锡蒙山，植茶七株。"明代熹宗天启二年（1622），蒙顶山甘露寺重修时也立碑记："西汉有吴氏法名理真"，"携灵茗之种而植之五峰"。清代嘉庆二十一年（1816）《四川通志》载："名山县治十五里有蒙山，中顶最高，即种仙茶之处，汉时甘露祖师姓吴名理真所植。"

这些都说明西汉宣帝甘露年间吴理真就在蒙顶山上人工种植茶树，并成为有文献记载的最早种茶之人。

据记载和传说，吴理真十岁时，家中突遭变故。吴理真之父是一药农，识辨草药、就诊看病在当地小有名气，在罗绳岗采草药时不慎坠崖殒命。父亡后，母亲积劳成疾，家里失去了依靠，生活顿显窘迫。吴理真是个孝子，遂别私塾，辍学回家，小小年纪便挑起家中大梁。每当雄鸡报晓，便带上工具，登上蒙顶，割草拾柴，换米糊口，为母亲治病。

一日，吴理真拾好柴，口干得直冒火，顺手揪了一把"万年青"(野生茶树)叶子，放在口里慢慢咀嚼，口渴渐止，困乏渐消，精神倍增，颇感奇异。又摘了些带回家中用开水冲泡，让老母喝下，果有效果。连服数日，病情好转，续饮月余，身体康复。乡亲们病了，他热情地用这种叶子泡水给他们饮用，效果也很好。可惜这种树不多，所生长的叶子远远不能满足治病救人的需求，他决心培育出更多的茶树。为了选择适合茶树生长的地方，吴理真翻越蒙顶的山山岭岭，对野生茶树的生长环境进行分析研究，认定蒙顶五峰之间(今皇茶园)和菱角湾一带最适宜茶树生长。这里雨量充沛，土质肥厚，终年云遮雾绕，为茶树生长提供了得天独厚的自然条件。吴理真在这里移植种下七株茶树。清代《名山县志》记载，这七株茶树"两千年不枯不长，其茶叶细而长，味甘而清，色黄而碧，酌杯中香云蒙覆其上，凝结不散"。吴理真种植的七株茶树，被后人称作"仙茶"，而他是世界上种植驯化茶叶的第一人，被后人称为"种茶始祖"。

吴理真为了种茶，在荒山野岭搭棚造屋，掘井取水，开垦荒地，播种茶籽，管理茶园，投入了自己的全部身心。不知经历了多少艰难困苦，经过了多少次失败。功夫不负有心人，吴理真用勤劳和智慧浇灌出了株株嫩绿茁壮的茶树，他成功了。吴理真把茶叶熬成汤，施舍邻里，普济世人，许多人祛疾去病，不少人健体强身。他以植茶为民众的精神谱写了我国人工种茶最早的历史。

吴理真蒙顶种茶,至今尚存有蒙泉井、皇茶园、甘露石室等文物古迹。现在,蒙顶山有一口龙泉古井。古井又名蒙泉井、甘露井,石栏镌刻二龙戏珠,据说这里是甘露大师吴理真种茶时汲水处,县志载:"井内斗水,雨不盈、旱不涸,口盖之以石,取此井水烹茶则有异香。"

吴理真在蒙顶山种植茶树成功后,人工种茶范围逐渐扩大,产量也越来越多,隋唐时期扩展到以名山为中心的整个四川,并扩展传向东部、南部。其中名山茶区,主要分布于蒙顶山、总岗山和沿山麓一带的乡镇,茶园以山岗坡地为主。至唐代,饮茶习俗风靡全国,其中"雅州百丈、名山二者尤佳"。蒙顶山茶因品质优异价格昂贵,但依然畅销市场,成为茶商和农民收入的重要来源。蒙顶山所产茶叶内含物质极为丰富,加上精湛的制作工艺,使蒙顶山茶具有独特的品质,在我国茶叶史上独树一帜,经久不衰。

开元盛世是中国唐朝文明发展的巅峰时期,唐玄宗开元十七年(729),为庆贺唐玄宗的生日,朝廷发布了天下同庆的千秋节诏令,海内外纷纷进献奇珍异宝。名山以号为天下第一的蒙顶茶呈送,被唐玄宗道家国师司马承祯认定为仙物,受到皇室朝臣的一致推崇,从此蒙顶山茶就有了千秋蒙顶的名号。十三年后的唐玄宗天宝元年(742),蒙顶山茶作为仙方正式入贡皇室。

蒙顶山贡茶品名史载有"雷鸣""雾神""石花""甘露""雀舌""白毫""米芽""芽白"等。唐代有十七个郡有贡茶,蒙顶山茶名列第一。其中石花列入珍奇宝物,每年入贡。贡品虽不多,但采摘、制作更精细,外形、包装更讲究。进贡时,"籍以青蒻,裹以黄罗,封以朱印,外用朱漆小匣镀金锁,又以细竹丝织笈贮之。"

蒙顶山贡茶采制、运送的仪式到明清时期达到巅峰。茶祖吴理真在上清峰所植七株茶树被建石柱圈定为"皇茶园",所采茶叶在智矩寺制作为成品,作为正贡。天子郊天及祀太庙用之。""(皇茶)每岁以四月之吉日祷采,命僧会司领采茶僧十二人入园,官亲督而摘之。"蒙顶山茶从唐代开始进贡皇室,至清代末年(1911)止,长达一千一百六十九年,在中国茶叶贡茶史上是绝无仅有的。

同时,蒙顶山茶还作为珍贵礼品传往国外,还有从朝鲜半岛来的无相禅师在蒙顶山金花村相国寺弘扬佛法,也将蒙顶山茶介绍到朝鲜半岛南部的新罗国等。

青藏高原藏民饮食以糌粑和牛羊肉为主,缺少蔬菜,而茶叶中含有丰富的维生素等,可以弥补其饮食结构的不足。因此,茶自唐朝文成公主带入藏区后,迅速在藏族同胞中传播,成为其日常生活中的必备之物。“宁可三日无食,不可一日无茶。”但是藏区不产茶,而与之毗邻的雅安蒙顶山却是茶叶之乡,茶商就利用双方的特产,做起以茶易马、药材、兽皮等互通有无的生意。后来朝廷因政治经济军事的需要,直接垄断了茶马交易,于是造就了中国历史上有名的“茶马互市”,从而形成了川甘、川藏互利互惠的商业通道,这就是有名的“茶马古道”。至今,雅安还是藏茶主要的生产地和供应地。

在中国传统文化中,茶文化是一个重要而独特的组成部分。中国是茶的故乡,也是茶文化的发源地。

茶文化的精神内涵即是通过沏茶、赏茶、闻茶、饮茶、品茶等习惯,和中华的文化内涵和礼仪相结合,形成的一种具有鲜明中国文化特征的文化现象,也可以说是一种礼节现象。唐代陆羽所著《茶经》系统总结了唐代以及唐以前茶叶生产、饮用的经验,提出了精行俭德的茶道精神。陆羽和皎然等一批文化人非常重视茶的精神享受和道德规范,讲究饮茶用具、饮茶用水和煮茶艺术,并与儒、道、佛哲学思想交融,而逐渐使人们进入他们的精神领域。一些酷爱饮茶的士大夫和文人雅士,还创作了很多茶诗,仅在《全唐诗》中,流传至今的就有百余位诗人的四百余首,从而奠定了中国茶文化的基础。

蒙顶山茶在中国茶叶中的影响和地位,自然也引发了诗人们的诗兴。

唐代白居易《琴茶》就写道："琴里知闻唯渌水，茶中故旧是蒙山。"这首诗是唐文宗大和三年（829）春，诗人辞去刑部侍郎官职，赋闲东都（今洛阳）时所写。《渌水》乃古代名曲，是唐代宫廷和文人雅士中知名度很高的词牌，为诗人所钟爱。白居易精通音律，曾有《听弹古渌水》诗云："闻君古渌水，使我心和平。欲识漫流意，为听疏泛声。西窗竹阳下，竟日有余清。"诗人将最受众人称道的蒙山茶与当时闻名全国的琴曲《渌水》相提并论，视为知己，形象描写了诗人赋闲后把品茗听曲作为最高精神享受的惬意之状，折射出"穷则独善其身，达则兼济天下"的人生信念。

第二次到雅安，我又一次沉醉于雅安的茶香。

早晨醒来，拉开窗帘，满目翠绿掺杂着温暖的春煦扑面而来。站在阳台上，环顾四周，远远近近的山坡上，满布的是高高低低的茶树。雅安人真有福，一年四季，都生活在茶园中，熏陶在茶香中。

暮春三月，春风骀荡，细雨如酥。江南草长，杂花生树，群莺乱飞。山道弯弯，溪水潺潺，鸟鸣啾啾。雅安真是一座绿城、一个绿乡。走在山上坡下，曲曲折折的山道两边，是漫山遍野的茶园。一面面山坡上，一垄一垄的茶树，构成了一层一层的梯田。

茶园的树丛叶间，勤劳的采茶女已经在忙碌着。她们在凌晨日出之前就来到茶园，赶摘带着夜露的茶叶。"须是清晨，不可见日。晨则夜露未晞，茶芽斯润，见日则为阳气所薄。"我们的先人早就知道，带有露水的茶叶质量最好。菜茶女们身穿蓝花布斜襟衣，头裹蓝花面巾，腰扎土布带子，身上斜挎一个竹篓。这一身行头，不知道是否带有表演性质，反正与茶园共同构成了一道美丽的风景，给现代都市人耳目一新之感，仿佛回到了遥远或不太遥远的农耕文明。不知为何，采茶这项活计多是由女性来完成，也许因为女性天生细心，适合干这样的细致活儿？采茶女纤细的手指，上下翻飞如蝴蝶飞舞。一片片芽头，通过她们灵巧的双手从茶树枝头跳入竹篓中。

为了让我们看得更清楚一些，一位清秀的采茶姑娘热情地为我们演示了一遍。只见她将拇指和食指分开，从芽梢顶端中心插下去，稍加扭折向上一提，就将芽梢采下了。为了保证茶叶质量，采茶的讲究很多，采摘时应注意，不带梗蒂，不带老叶，不带单叶。机采叶和手采叶分开，不同茶树品种的原料分开，晴天叶和雨天叶分开，正常叶和劣质叶分开，成年茶树叶和衰老茶树叶分开，上午采的叶和下午采的叶分开。为防止鲜叶变质，采摘时要使芽叶完整，断茶用指甲，而不得用手指，因为手指多温，茶芽受汗气熏渍不鲜洁，指甲可以速断而不揉。在手中不可紧捏，放置茶篮中不可紧压，以免芽叶破碎、叶温增高。采下的鲜叶要放置在阴凉处，并及时收青，每天至少中午、傍晚各收送一次。运青的容器要干净、透气、无异味。运送鲜叶过程中，容器堆放时不可重压。

茶叶的季节性极强。每年正月十五过后，随着气温的升高和春雨的来临，一棵棵茶树上开始钻出密密麻麻的小嫩芽，茶农们叫作"春茶"。春茶中又数第一次钻出来的嫩芽最出色，好像经过漫长冬季的压抑终于可以舒展饱满而坚实的小身体，从繁密的老叶枝丫中迫不及待地探出头来，感受春天的气息。

春茶是一年四季中最好的茶叶，加上春季柔和友善的阳光，对于采茶人来说，此时也就成了一年四季最忙碌的时候。所以，采摘茶叶十分讲究季节，茶农和采茶女在实践中总结了采茶的最佳时间："前三天是宝，后三天是草。""清明茶叶是个宝，立夏过后茶粗老，谷雨茶叶刚刚好。""清明早，立夏迟，谷雨前后最适时。""明前茶叶是贡品，谷雨仙茶为上等，立夏茶叶是下等。""立夏茶夜夜老，小满过后茶变草。"这些谚语都是茶农们在长期实践中总结出的经验。

不同的茶类，有不同的加工程序。在绿茶、黄茶、黑茶、乌龙茶等制作过程中，杀青是必不可少的一道工序，包括炒青、蒸青、烘青、泡青、辐射杀青等方式。我国明朝后普及使用炒青法，世界各产茶国也普遍使用。采茶主要是年轻女性所为，而杀青就是男人的事了。做茶如做人。一片茶叶，从茶树上的一片嫩芽,到人们杯中漂浮的爱物,要经过一道道工序,经受一次次磨难,才能去掉嫩芽中的苦涩,萃取茶叶中的清香,成为人们喜爱的杯中物。做人亦如是。谁没有过稚嫩生涩,谁没有过年少轻狂,谁没有过无知无畏,心比天高。必须经过摔打锤炼,必须经过洗濯磨焠,才能成长成人。

夜宿蒙顶山上,山月如钩,月光似水,蒙顶山静默如初。坐在室外露台上,泡上一杯蒙顶甘露,观茶叶在水中跳舞,看杯口水汽袅袅,邀明月对饮清茶,内心变得无比安宁。

"我道茶人胜酒人,饮中无物比茶清。"茶,是古往今来文人墨客寄托情怀之所在。品茶,作为一种较为优雅而闲适的艺术享受,向为历代文人所钟情。明代杨慎说:"君作茶歌如作史,不独品茶兼品士。"因为饮茶能够清心养性、养气颐神,故向有"茶中带禅、茶禅一味"之说,把饮茶作为修身之道。唐朝著名诗人皎然又被称作"茶僧",他对饮茶颇有心得。他在《饮茶歌诮崔石使君》中咏道:"素瓷雪色缥沫香,何似诸仙琼蕊浆。一饮涤昏寐,情来朗爽满天地。再饮清我神,忽如飞雨洒轻尘。三饮便得道,何须苦心破烦恼。此物清高世莫知,世人饮酒多自欺。"唐朝卢仝也有一首著名的《七碗茶》,诗中写道:"一碗喉吻润,两碗破孤闷。三碗搜枯肠,唯有文字五千卷。四碗发轻汗,平生不平事,尽向毛孔散。五碗肌骨清,六碗通仙灵。七碗吃不得也,唯觉两腋习习清风生。"

我辈凡夫俗子,自然参不透茶中的禅意,但这一点也不影响我们对茶的喜爱,爱喝茶,喜爱与茶有关的物件、故事与诗文。像今晚上,远离嘈杂的市声,忘掉白天的烦忧,泡上一杯清茶,心里似乎什么都没有想,又似乎在漫无边际地胡思乱想。得半日之闲,不是可抵十年的尘梦吗?——这样想来,我也等于修行了。

云上森林

◎ 刘慧娟

生命从不同的方向来,却不约而同地向同一个方向去。呼吸之间,森林是人类最初的记忆,也是人类依赖的殿堂。

——题记

"云,云,看那些云。"

兴奋的惊呼,将所有视线唰地从波浪起伏的草原,扭转向白云变幻的高天。

是啊!那些云,太不同了。一如干净的灵魂,从未濡染任何俗尘和杂念。无论是平面的或立体的,静的或动的,抑或是行走着的,都是那么恣意和纯洁。天空仿佛是被放大的蒙古包。而天际线,就在不远的前面,引导着你,指点着你,激发着你,督促着你,启迪着你。感觉走不了多远,就可以一步登上天穹。

这份辽阔和纯净,是对尘世只可意会不可言传的涤荡。也让人因为没有生出翅膀而遗憾。我终于理解,生活在这块土地上人们的无畏和豪勇,甚至理解马头琴释放出的舒缓悠扬的琴声。

难怪,蒙古族搭建穹隆式的蒙古包,那么像中间高周边低的天穹。各种绣饰是仿照云彩缝制,星星点点的流苏,是天空的彩虹和云霞,所有表达吉祥如意的图案,都表达着天空变幻无穷的表情。其中的心意、概念便是人与天地自然之间的无声交谈,彼此存在暗中响应、对接、意会、聆听……甚至互相都能听见唱和时发出的响声,对待事物的看法、观念、态度。以致人为自然赋予的各种含义,大自然都会心照不宣,心领神会。

一

车过牙克石,直奔东南而去。

地貌由草原渐变进入林区,色彩也由单一的绿,转向光彩夺目的多维斑斓。

虽是八月下旬,这里竟然还有金黄的麦子在阳光下起伏翻涌,油菜花开得正鲜艳,不长穗子的青稞,散发油光的绿色。草原长势充分彰显雨水的充沛,一群群牛羊自由地散落在草地上,一派祥和富饶的北国风光。可以看见远一点的草原,却又将绿色的生机折叠起来,打成了一个个草卷,和大兴安岭波浪起伏的地形相呼应。草卷蓬蓬松松的,像裹着无边的想象,有规则地排放进人们的视野。当地人介绍说,那些草卷是用机器卷起的鲜草,放在地里晒干,等到白雪覆盖大地,这些草卷便是牛羊过冬的饲料。偶尔掠过几处红色屋顶的"木刻楞",诗意地构成一幅幅草原油画,美不胜收。

大美的自然,总会启发和造就具有艺术气质的人们。画家、雕刻家、摄影家如此,就连许多建筑大师,也是自然的崇尚者。美国著名的草原式住宅设计者弗兰克·劳埃德·赖特的草原式建筑,被人们奉为经典并成为建筑样本,深入反映人类企图回归大自然的向往。但无论哪一种艺术家,都出于对生命的热爱,不只是人类的生命,可能是一幅画、一尊雕塑、一棵树、一条河、一座山。但凡我们去欣赏一种事物的时候,只要融入生命的主题,就会有完全不同的感受。

出塔尔气镇往南一拐,一个意想不到的画面冲击了视野。只见层层白云簇拥着不见边际的森林,有的树木隐藏在云雾中,有的站在白云上,你追我赶一起向右移动。不,是整座整座的山在移动。云裹着林,林牵着雾,上连天,下连地,云和树一起滑行,虚实难辨。密密麻麻的树梢,如云海之中的翡翠。当我们越来越接近的时候,各种树木在云雾中渐渐露出,好似悬在半空的天兵天将,又仿佛千军万马,整装奔赴征程。

好气派的云上森林,大兴安岭,大兴安岭原始森林,果然名不虚传。

此种场景,真正呼应了著名史学家翦伯赞先生一九六一年应邀访问大兴安岭写的《大兴安岭岭顶远眺》宏阔意境的诗句:"无边林海莽苍苍,拔地松桦亿万章。久矣羲皇成邃古,天留草昧纪洪荒。"花还在开,鸟还在唱,可是心绪却因林海的壮阔欢腾雀跃。

在触及辽阔庞大的时空一瞬,好多事物全被缩小了,放不下的事情,突然就烟消云散了,所有的纠结,顿时化为乌有。

这一望无际的云上森林,属于绰尔林业局管辖。塔尔气镇是建局于一九五八年九月二十八日的绰尔林业局所在地,林区生态功能区位于广袤的大兴安岭东南麓,地跨牙克石市、扎兰屯市、鄂温克族自治旗三个旗市,行政区划隶属于呼伦贝尔市。生态区总面积 426580 公顷,林地 421996 公顷,名副其实的林海莽原。

平均海拔一千米左右的绰尔林区,云雾缭绕,祥云曼舞。雨后的林海,越发显得精神抖擞,所有的树木都像被洗刷过一样干净、挺立。灌木和花草纷纷举起风的温暖,兀自招展。相比之下,车辆和行人如同几粒大米,撒在了林间,顿时融进了博大精深的森林梦幻。

森林是宇宙间的智者,有两个主要的记忆:一个是形而上学意义上的,它是人居住的外衣,它的内涵是安全的栖身之地;而另一个,则是人固执记忆的表达,因为,人们总是想回到自然中,成为风景的一部分。

于霄辉部长是个知识渊博又幽默诙谐的人,林区是他讲述不尽的话题。他深爱林区的一草一木,并对林区资源了如指掌,每每触及某个话题,他都如数家珍。诸如林区国家一、二类保护动物 35 种;兽类 30 多种;野生禽类 40 种;野生植物 504 种;矿产资源 10 种以及木材资源、山野菜资源、旅游资源、景区"一日四季"的特点等等。

"绰尔河奔流的地方,是我可爱的家乡。茂密的森林长满山冈,绿星在天空闪着光……"令人向往的诗句背后,藏着的是一个原生态主体。林区弯弯曲曲地回旋着一条美丽的生态河——绰尔河,发源于博林线52公里绰源林业局内,向南注入嫩江。

"绰尔"一词,当地人念"chào 尔"。有一种解释,"绰尔"一词是一种乐器,是在新疆的蒙古人最早发明的竖吹管乐器,形似箫,如今属于非物质文化保护遗产。只要齿唇和乐器一起碰撞,就能产生出大自然的和声。或悲或喜,或苍凉或欢快。此种注解,不知是否成立。但"绰尔"作为地名时,意思是"富饶肥沃的土地"。

在这块富饶的土地上,绰尔河贯穿绰尔林区,河水蜿蜒曲折,四季滋润着这片森林及绰尔河流域的居民,从不疲倦。绰尔河曾经多次易名。元代叫"朔木连河",明代称"戳尔河",清代才叫"绰尔河"。古时还有几个称谓"屈利水""啜水""啜河"等。"绰尔河",就是"水流穿峡而过"之意。

林区还有一个状如明珠的绰尔湖,在绰尔湖这个名字中,"绰"字就读"chuò",之所以是这个音,是因为这里的意义和读音是属于锡伯语,却不得而知了。

据载,清政府视东北地区为龙兴之地。大、小兴安岭及长白山林区实行禁伐森林、禁采矿、禁渔猎、禁农牧。蒙古、鄂伦春、达斡尔、鄂温克等少数民族加在一起不过千余人,大部分在呼玛河、盘古河、阿穆尔河上游进行狩猎和放牧活动。光绪六年(1880)清政府宣布东北放荒,有一小部分人进入大兴安岭,在巴林、雅鲁一带过着刀耕火种自给自足的生活,从没有买卖木材的情况。

采伐森林是因为外夷的入侵。一八九八年,中俄在《中俄密约》基础上,又签了《合办东省铁路合同章程》,清政府不得已"允许开采木植煤能、为铁路需要""准许公司在官地森林内自行采伐"。就这样,俄国取得在我国东北修筑中东铁路权，可以任意砍伐成吉思汗至牙克石之间长达六百公里、宽六十里铁路两边的林木，用于修铁路，建房屋，滥砍滥伐树一发不可收。

绰尔林业局建局之前，被掠夺和开采的历史已达半个世纪。俄国人修建"中东铁路"，致使几家俄国公司带着哥萨克远征军余部蜂拥进入大兴安岭地区，修通了沟口至绰尔站的铁路线，便于运输，后又延伸到苏格河、狼峰等地。上万人疯狂采伐，掠夺我国森林资源，砍伐绰尔河流域原始森林 8 万多公顷。后来日本侵略者拥有了中东铁路所属林场的经营权，在海拉尔、阿尔山、扎兰屯、王爷庙、黑河、嫩江设立营林署，从修筑中东铁路到林区解放，大兴安岭被砍伐的林木大约 1500 立方米。生态资源遭到严重破坏。

二

林区是天然的植物园。大自然对人类精神的影响非常大，在绰尔林业局敖尼尔林场。我们见到了比吴齐垡《植物名实图考》中介绍的多得多的植物。

《塔木德》有段叙述：邪恶的冲动不过是人类的一种秉性，它产生于自然的本能……它本质上并不是坏的，因为上帝所创造的是好东西，它邪恶只是因为它易于被滥用。倘若没有这种冲动，人便不会建房舍，娶妻室，生儿女，干事业了。但是，邪恶冲动必须得到遏制，这样，我们才能把握住自己的生命。

正因把握了自己的生命和命运，林区才具有了葳蕤繁茂的生机和活力，几代林业人的坚守和抗争，使得绰尔河长流不息。眼下虽已入秋，绰尔林区仍是万木葳蕤、千山染绿的盛况。森林植物特有的丰腴，用一波一波、一团一团的绿，舒缓着大地的双眼和神经。可谓层层青山含碧，滴滴绿水含情。

在敖尼林场的那一宿，我都不知道从何说起，我们像进入真实的森林童话。夜是藏进树林的暗绿色的帘子，一点点展开、合合。天地之间，一点点地注入墨绿的清凉的香气，我们裹进了森林之夜的芬芳。空气纯净得令人打战，又大有亮的星星与林区宿舍的灯火连成一片，浑然一体，我们几个就在这样的夜幕下数星星。

城市化发展进程注定是对生态环境的巨大考验与冲击，当信仰的群体忙着签署拆迁协议并因拆迁款项的分配而纠纷四起时，谁还有精力关注灵魂的寄托。万事万物都有关联，其实，我们每个人都在寻找自己理想的夜空。这样的夜空多少年之后，在敖尼尔不期而遇。

夜幕打开兼容的思维构架，映照林业员工依山而立的住所，道路两旁的一蓬蓬花卉，和林子里野花的香融合在一起，夜的芬芳更浓了。

夜色里远远过来一个人影，彼此立马就喊出了对方的名字，只简单几句对话，便将白天的工作和同事之间朴实的关怀准确传递了出去。那种和谐与温暖，顿时融化了夜风。人和树一样，相互牵连，安宁祥和，有情有义。

林中的夜晚清幽得像一本打开的书，或者是一部内容丰富的典籍。亲切而神秘、斑斓又具体。无限个页码，又只有一个页码。钩折撇捺，标点章节都潜藏着特有的密码，让人羡慕又让人留恋、感动。

敖尼尔的清晨，又是另外一番样子。不知该向哪里迈步，每走一步，都会有几种甚至几十种植物掠浮人的脚步。如果想低头拍照，那就沉下心来一直躬身或蹲下前行，因为植物和野花卉的诱惑之手，会牢牢地抓住你的好奇，让你没有反抗之力。

往前走了一段，我们在一棵树上见到被称为"山珍"的猴头菇，这一次，才知道美味的猴头菇原来是长在柞树上，也就是我们常说的蒙古栎，可我以前见到的蒙古栎从没长过猴头菇呀，真是奇特。蒙古栎是落叶乔木，少数为灌木。树干奇特苍劲，树形优美多姿，枝叶繁茂。因为经拉片造型后冠如华盖，千姿百态，神韵独具。是风景园林、庭院别墅区造型景观精品树种。材质坚实,纹理细密,材色棕红,供家具或农具用,叶子和树皮供药用。

一股力量催着我一直往林子深处走,我心里固执地想见到一种菌类,那是在地方的早市上见到的一种叫"桦树泪"的菌子。我在想,难道白桦树也有忧伤或者难言之隐?为什么叫"桦树泪"?这个名字让我内心隐隐作痛。我对白桦树有着天然的好感,在蔡伦发明造纸术之前,桦树皮可以用来写字,鱼雁传书。发明造纸术之后,又用它来造纸,北方猎人还用桦树皮覆盖在撮罗子上防风保暖……这么善良和有奉献精神的白桦树,怎么会哭?如果不哭,怎么会流泪?

很长时间过去了,我仍然没有见到"桦树泪",白桦泪又叫白桦茸、华褐孔菌、桦树胆,也是一种菌类植物。生长在桦树皮受伤的地方,吸收桦树浆液渐渐长大,最后导致桦树枯萎死亡。天然桦树泪是淡黄色的透明液体,凝结后会变成暗黄色,是天然保健品。具有浓郁的松香味儿,营养丰富药用价值也高。

倒是桦树还有另外一种泪,才真的是桦树的"泪"呢,这种泪是天然的桦树汁。天然桦树汁是一种非常好喝的饮料,也是公认的营养丰富的生理活性水,它是桦树的生命之源。春天,在白桦树身上割一个口,让桦树汁液往外流,一棵树一天能接一瓶,这汁液,才真正是桦树的泪啊!

说是最具希望的功能饮料之一。又有独特的药用功效。抗疲劳、止咳等作用,被欧洲人称为"天然啤酒"和"森林饮料"。中华五千多年的文明中,除了中药文化本体外,很多载体里,都蕴含着最容易被我们忽视的药性,然而它们却无处不在地疗养着我们的躯体和心智。甚至茫茫人海的人与人之间,谁是谁的药,都是一种可能。

三

阳光洒在树林里,幸福流淌在每个护林人的心里。

眼下又到了森林三年修剪一次的时候了,塔尔气、古营河、河中、敖尼尔等林场,随处可以看见穿着迷彩服,有着古铜色面颊的护林人。风吹日晒,年复一年,日复一日,他们在没有手机信号的森林里作业,带干粮,吃卜留克,听密林深处的流水声。也许,美丽的绰尔河就是他们的远方和心灵喟叹。

森林里的每一棵树,都是一个生命,它们和人类一样,明确彼此定位、定向,期盼着安宁,珍惜着风情地貌和人文情思。

绰尔河好似绰尔林区的代言人,它的清溪,滋润给每一株花草树木和每一位进出林子的人。从发源地牙克石到注入地嫩江,起于地之腹,稳而不滞、缓而不速。听历史的心跳,守时代脉搏,任何时候都在精确孕育。什么时候都临世,往往是水到渠成的工夫。这里的山林,纳山之精魂,吐水之灵气,药性的河流,药性的土地,有情有义的护林人。每一棵树都是岁月的见证,都不容忽视地经历了沧桑征伐,每片叶子都清晰地记载曾经某些人、某些事的存在。只是万物静默,在每一个惊险的关头,它们手中总有大自然赋予打败恐惧和困难的勇气。

森林教会我们思考什么,也教会我们如何思考。它以智慧深邃的思想者身份与我们交谈,用始终如一的声音,教我们如何打开宏观视野的同时,也缜密地穿透琐细的生活,让人感觉真实的智慧和触及万物的力量。森林给我们留下了共同的记忆。它是大自然馈赠给人类的一本书,一本经典的书,常读常新。

当我回望那一望无际的云上森林,回想那片原始森林掩映下的一切及护林人,耳畔又一次响起"献了青春献终生,献了终生献子孙""坚决保持祖国北方重要生态系统的完整性……"的话语。我们为他们骄傲的同时,也被他们的坚守及精神深深地感动。

哦!大兴安岭,那一片祖国北疆的云上森林,它鲜明的个性特征,将恒久地矗立在美的记忆。

与植物恋爱

◎ 祁云枝

去年秋天,乘飞机经过腾格里沙漠,从舷窗看去,包兰铁路两侧,宽达十几公里的黄沙上,飘荡着两条壮观的绿带,是翠生生的绿,如宽屏的无声电影。

一句诗从心底升起:萧瑟秋风今又是,换了人间。

那些沙漠里升腾的绿意,让这段包兰铁路散发出梦幻、诗意与唯美的光芒。

思绪开始在沙漠上盘旋,沙坡头的绿朋友梭梭、柠条和沙蒿们,纷至沓来。它们在荒漠里立足,和晨夕映照,它们穿越一群大学生的目光,把自己长成了黄沙的绿衣裳。

一

时光倒流三十年。

太阳离灰皴皴的香山尺高的时候,汽车泊在一片沙丘上。

带领我们实习的钟老师,用洒满阳光的声音说:再有半小时就到驻地了,同学们在这里先感受一下沙漠。从明天起,我们进入荒漠,正式开启毕业实习。

夕阳下,沙漠像是被人撞翻了颜料罐儿,橘黄的釉彩,染得天地黄澄澄、鲜亮亮的。沙丘,在风与时间的雕琢后,荡起厚重的波纹,逶迤至大漠深处。有诗句在耳畔响起,"大漠孤烟直,长河落日圆"……

不知道谁第一个脱掉了鞋袜,呼啦啦,全班同学很快都变成了赤脚大侠,在细沙里踩踏、蹦跳。滑溜溜的沙子,了无灰尘,沙砾从脚趾缝里一点点溢上来,湮没了脚背,湮没了脚踝,痒痒的、酥酥的。拔脚,迈步,沙砾在指缝里穿梭,摩挲着我们的欢喜。

　　这是二十世纪九十年代初,兰州大学生物系十余人刚抵达沙坡头的一个场景。隔了三十年,初夏傍晚沙漠的质地和我们当时的欣喜,依然清晰。

　　我们到沙坡头毕业实习的内容,是协助中科院沙漠植物研究所的钟老师,完成他们课题组承担的部分治沙项目,面对面了解荒漠植物。实习的具体任务,是在钟老师选定的荒漠地段,画出一个个一米长一米宽的样方,统计样方内植物的品种和数量。

　　早上七点,同学们准时抵达荒漠。

　　晨曦,正把金色的光线,温柔地涂抹在米黄的沙砾上。习习凉风中,稀疏的梭梭,微微颔首,像是在迎接我们。

　　太阳一步步爬高,荒漠开始变脸。

　　热浪,从脚下的沙子里冒出来,在荒漠地表上冲撞,很快颠覆了我们对沙漠早晚的印象。

　　鞋底越来越烫,像是站在逐步加温的烤箱上。我不得不隔一会儿站起来走两步,或者,轮番把腿脚抬起来,甩两下,给鞋底降温,之后,再蹲下来工作。

　　没有树荫,环顾前后左右,最高的植物梭梭,尚不及我的身高,它们,都是枝叶稀疏的灌木,在太阳下蔫头耷脑,自顾不暇,哪里顾得上为我们遮阴。

　　在这爿由黄沙主持秩序的荒漠里,绿色,稀有且弱小。

　　早上十点,我开始在第九个样方里工作。热气,从沙子里升起来,又随太阳的光热,一同压下来。汗水,开始从毛孔里往外渗,不一会儿,便濡湿了衣服,黏糊糊地,成了我的第二层皮肤。汗液在脸上聚集、滚动,我能感觉出汗珠流动的速度和线路,却擦拭不及。大部分汗珠,从下巴滚落,滴在黄沙里,滴在衣襟上。少量汗珠流进了眼里,火辣辣的。仿佛汗液就排队等候在肌肤的毛孔里,喝下去的每一口水,都让同等体积的汗液,快速从毛孔里溢出来。

没有一丝风。风,非常可疑地在太阳出来后,就不知了去向。

这一天,沙漠兀自掀开了神秘的面纱,向我们同时展示了它的美丽和残酷。

我头戴草帽,圪蹴在样方里,左手拿着记录本,右手执笔,一个个统计眼前植物的品种和数量,生怕漏掉什么,也怕弄坏它们。样方里的植物品种,无非是沙蒿、花棒、柠条和梭梭等有限的几种,没有超过十种的样方。和秦岭同等大小样方里,动辄几十上百种植物相比,少得可怜。

钟老师说,这里的年降雨量仅有 180 毫米,蒸发量却高达 3000 毫米。听罢,心訇訇地颤了几下,眼睛停留在低矮的植物上,无法移开,既心痛又钦佩。难怪这里的绿,总有厚重的感觉,叶子表面,也大都覆有一层闪闪发光的纤毛。

除过恐怖的蒸发量,这些弱小的生命,还要忍受大尺度的昼夜温差、高盐碱、严寒、酷暑、飓风等等的胁迫,生活,对它们来说,实在是多灾多难。

十一点,按计划打道回府时,沙漠地表温度升到了 40 摄氏度,已无法继续工作。进到班车里,同学们差点认不出彼此,一个个满脸通红,嘴唇开裂。男生暴露在外的胳膊,多半被晒得起泡暴皮。无论男生女生,头发都趴拉下来,一绺绺或贴着头皮,或直立,全都缀着汗珠,形象尽毁。

钟老师说,中午一点的时候,沙漠地表温度会攀升到五六十度,最高时达到六七十度,可以捂熟鸡蛋。

沙漠实习一个月返校时,沙坡头的风沙和阳光,给我们赠送了最为醒目的礼物——每个人,都比刚去的时候黑了好几度。

二

　　钟老师蹲在一丛三芒草旁,左手捏住一根三芒草的茎,右手持游标卡尺,眯起了双眼,他正在测量三芒草的根系,长度精确到小数点后一位。身旁,是一把闪着亮光的小镢头,一本填满数据的实验记录本、两支铅笔和一大瓶水。测量登记完,他把三芒草重新埋进沙土里,浇上水,让它继续在此安家。

　　带领我们毕业实习的钟老师,河南开封人,眉清目秀,一双眼睛,总是满目含情的样子。硕士毕业后,钟老师进入兰州沙漠研究所工作,一年里有大半年的时间都待在荒漠里。

　　当钟老师专注地看一棵草的时候,在我们看来,那分明是和草恋爱。沙坡头的大部分草木,一定都有过心潮澎湃的记忆吧。

　　第一次和钟老师去荒漠里工作,我很好奇,同样是在高温烘烤下做实验记录,钟老师的脸不红,极少流汗,像是置身于沙漠之外。问原因,钟老师笑说,用进废退吧,在荒漠里待时间长了,我已经变成了一株耐高温的植物。

　　没错。在荒漠里研究植物六年,沙生植物的韧劲和执着,一点一点融入了他的血液,怎么看他,都是一株帅气昂扬的植物,玉树临风。

　　谈起沙生植物,钟老师的眼睛里,旋即闪现出细碎的光芒。对他而言,荒漠是他的后宫,荒漠植物,就是他的三千佳丽。他对沙坡头的众多佳丽都了如指掌。

　　钟老师在一丛梭梭旁边站定,说,植物和人一样,一生面临的最大的不公平,是出生地的不公平。不是这些植物选择了荒漠,而是荒漠选择了它们。求生,是每个生命的原始欲望,植物为了适应荒漠恶劣的生存条件,需要不断演化出相应的生存对策。

比如，叶子越来越小，直至退化掉。你看这梭梭，它身上的绿色，不是树叶，是枝条。梭梭之所以让叶子退化掉，是因为这样可以减少蒸腾。

沙者，水之少也。中国古人造字的智慧里，就隐含着"水"与"沙"的辩证关系。梭梭，恰恰是践行者里最为励志的生物，因为它拥有世界之最的种子萌发速度——一旦遇到雨水，两三个小时之内，就能迅速生根发芽，快速长成一株小梭梭。要知道，发芽最快的蔬菜种子白萝卜和小青菜，需要三天的时间出芽；草莓种子，需要半个月到一个月，才能发芽。

有的沙生植物，会使劲儿长根，譬如两米高的黄柳，它的主根，可以钻到沙土下三四米深，水平根能伸展到二三十米开外，不仅能更好地站稳脚跟，而且可以多方位捕捉稀有的地下水资源；还有，生存在荒漠里的植物，还学会了抗碱排盐，种子在土壤含水量不达标时，会长期处于休眠状态，等等。

沙坡头，沙漠曾以每年七八米的速度蚕食着村庄和耕地，我们实习时依然黄多绿少。钟老师说，如果我们真正掌握了这里每一种植物的生存技能，因势利导，与黄沙对峙的草木，就会越来越多。

为了帮草木一把，寻找更多优良的固沙植物，钟老师他们课题组像候鸟一样，冬春在研究所里分析处理数据，夏秋飞往沙漠。夏秋，是荒漠植物发生爱情的季节，它们会抓住沙漠里难得的雨季，拼尽全力，把生命中精华的部分绽放出来。

对于沙漠植物专家来说，这就像是一个游戏，一个与时间与沙漠奔跑的游戏，很有挑战力。

年复一年，钟老师在漫漫黄沙里，逐步构建起一个属于自己的植物王国——荒漠植物群落，他用这个绿色的生态群落修复漫漫黄沙。

三

兰州大学毕业后，我进入西北最大的植物园上班。一晃，在这座绿色植物的诺亚方舟里,我已经工作生活了二十多年。

我的工作,和钟老师一样,也是和姿态万千的植物耳鬓厮磨,研究记录它们的喜怒哀乐、生死嫁娶和爱恨情仇。

我的名字里有个枝字,我常常觉得这中间似乎有种莫名的宿命,我的上辈子,或许,就是一株草木。

当我走近植物,感知到它们在生存繁衍过程中的深谋远虑或豪迈乖张时,我情绪高涨,开心快乐。每一株植物,都链接着一个神秘的国度。探询一株植物的智慧,甚至是狡黠,会调动起我全部的知识储备和情感。沉浸在对植物的罄竹难书里,我常常忘记生活带来的烦恼、焦虑和忧伤。

当我对一株植物脉脉含情的时候,我觉得对方也认定了我,从岁月深处走向我,并引领我。与它们没有腿无法移动、没有嘴无以言说的外形相反,植物的生命蕴藏着生长的无限可能,也蕴涵着惊人的智慧和哲学。

这么多年,我越了解植物,就越喜爱植物。

我也越来越理解了钟老师,并逐渐变得和他一样,对植物充满了无限的爱恋。

去年秋天,去宁夏开会,在飞机上,包兰铁路旁那段令人欣喜的绿带震撼了我,它们以宁静的姿态,站成铜墙铁壁,成为生命线上最神奇的风景。

我与这片荒漠的距离,也在分别了三十年后,又一次被植物缝合。

乘坐沙漠天梯登上那座巨大的沙丘时,那句"换了人间"的诗句,再次从心底升起。沙丘上有了人工修筑的笔直滑道,黄河上架起了索道和玻璃栈道,设置了蹦极台。

最吸引我眼眸的,是眼前 S 形的河面,被深深浅浅的绿环抱,形成了一个令我讶异的滨河绿洲,所谓惊艳,便是如此吧。阳光披覆的绿洲,与沙漠、黄河和高山神奇相拥,雄奇秀丽。忍不住看一眼,再看一眼。

流淌的黄河水,依旧从天际涌来,沿自己的方向,以亘古的姿态静静流淌。河面上依然有羊皮筏子,似一枚枚纽扣,缀在犹如两块绿色衣襟间的黄河上,让南岸和北岸,从遥遥相望,到心手相牵。

我忽然间觉得自己像是看一部老电影,时间,重新在沙坡头打开,当年的黄沙、梭梭、钟老师和沙坡头,犹如一阵花儿的旋律,从岁月深处流淌出来。

我也陆续关注沙坡头的消息,知道因了钟老师以及许许多多的治沙人,沙坡头的黄沙逐步沉淀,植被逐年增长。钟老师当年用眼眸抚摸过的沙生植物,在沙坡头、在荒漠,已铺开茂盛的绿,迎接一波又一波前来观看沙漠绿洲的眼睛。

一些数字很能说明治沙人对林草的热恋:六十年,253 万亩的造林面积,人和沙的距离从 6 公里扩大到 20 多公里,包兰铁路开通以来,六十年从未被流沙阻断……昔日,黄沙主持的荒漠秩序,如今已遍布柠条、花棒、梭梭等植被,开启了沙坡头由黄绿,变成绿黄的沙漠新秩序。

回想起来,去年的那个夏日,沙坡头,就像一部被我重新翻开的书,书里的内容,多了无数让我爱恋的绿。乔灌草葱茏茂盛,麦草建成的方格沙障,成片向沙漠深处延伸,方格里,绿色星星点点,绿纱般蔓延成片,羁绊止住了黄沙攻城略地的脚步。

关关四野

◎ 傅　菲

　　没有饶北河畔鹭鸟声声的呼唤，没有悠远的蓝色晨光，没有芒草返青，没有野湖上轻轻溅起的水泡，那么四野将丧失灵魂，那么四野仅仅是一块供人种植的土地。我们与四野产生内心共鸣的，不仅仅是粮食、果蔬，更是那些能唤起我们生命萌动、感知岁时节律的美好景物。我们会知道，在匆匆的生命行旅之中，因为某一个晚上的月色，因为高大枫树上一对戴胜鸟的求偶之舞，因为甜瓜种子昨夜冒出的两片嫩芽，因为一场突然而至的暴雨，我们感受了纯真的心灵愉悦，而获得在大地之上永恒存在之感。

　　四月河水初涨，草洲渐渐被淹没，小鸊鷉、白骨顶、鸳鸯、红脚隼等冬候鸟北迁。苍鹭、三宝鸟、小灰山椒鸟、寿带、家燕、黑短脚鹎、黑眉柳莺、灰背椋鸟等夏候鸟，慢慢开始在河边树林、山间灌木林和荒芜的茅草地聚集。它们日夜鸣叫，发出（带有荷尔蒙气息）欢快的歌声。在天光稀薄的清晨，它们的歌声更清亮，更富有情调。我通常在窗外第一声野鸽啼叫时，披衣起床下楼。山峦还朦胧，田野则渐渐清明。这个时候，走向河边或山边林地，我们因为耳鼓被鸟声气流所充盈而感动。

　　所有的人，都会听到鸟声，只是有的人继续在沉睡，有的人去野外干活。可能我是唯一一个因为谛听鸟声而走向野外的人。河边或山边，湿气形成了低回的晨雾，很薄的一层，随风回荡。寒塘边的樟树上，鹭鸟站在枝头，拍打着宽大的翅膀，兴奋地跳舞，"嘎嘎嘎"的叫声，振聋发聩。它们似乎在向我发出邀请：我们一起来跳个舞吧！山川俊美，风和日丽。雾气在我的头发上,蒙罩了细细的水珠。我摇一摇头,水珠并不落下来,手摸摸,湿湿的。山野渐白,草木露出了原色。野樱的白花点亮了我的眼睛。在两里外,我就看见了野樱,在山垄斜深进去的山崖上,满树白。

在冬候鸟与夏候鸟交替换季时,我内心有抑制不住的蠢蠢欲动和狂热。这让我难以安睡。在城市里,我心绪不宁,进入不了生活中的角色,书也阅读不下去,我迫不及待地想返回乡间。即使在乡间,夜色深沉,在房间里,听见赤腹鹰"叽叽叽哩,叽叽叽哩"的叫声,我也会马上激动起来。在白天,很难听到它清晰的啼叫。夜星低垂,旷野四合。我的内心草芽疯长,露水静静滴落。鸟一声一声地叫,我一声一声地听,听了一声,等着下一声。我甚至听出了灰树鹊啼叫的节奏:"嘘——叽叽,嘘——叽叽。"它高声啼叫五声,间歇两分半钟,又叫五声,周而复始,到了深夜两点,啼叫止歇了。我生出了奢望:我的屋舍若能建在高大的树林里,该有多好。

"你要听鸟叫声,听夜风,你去枫林水库夜宿。鸟早早把你叫醒,风吼起来,你还以为山鬼来了。"臣忠对我说。他在水库有个小山庄。山庄呈"U"字形,石墙泥瓦。夏天,他一个人去水库睡觉,避暑气。"蛇敲门,你听过吗?"他说。他听过蛇敲门。他睡到半夜,听到门"嘟、嘟、嘟"轻响。他以为是山鸡啄门,或者山鼠撞门。水库一带,茅草茂盛,山鼠非常多,常来屋舍找吃食,也到水库尾部找死鱼吃。门响了几分钟,他提着一个大手电,拿着一个火钳,开门。一条蛇竖起身子,与他肩部等高,望着他。他也不惊吓,手电照着蛇。蛇吐出芯子,扭了扭身子,溜了。他几次怂恿我去水库夜宿,我答应不下来。我怕蛇,又很心动。他好几次在夜里看见山麂在屋后山冈溜达。他这样说了,我更想去小山庄住几夜。山麂是性情胆怯、谨慎温良的动物,深藏山野。

我没有见过活山麂。我见过的山麂,大多是横在屠案上,剥了皮、剔了骨、剁了趾。山麂的骨头白如玉石,硬如生铁。山里人用大锅熬骨头汤,大木柴架在锅底,沸水噗噗噗把骨头腾起,油珠漂溢,熬一个时辰,再把麂肉余下去。即使是大雪之夜，端一碗余肉汤，啜下去，也全身滚热。"山麂的骨头汤余山麂的肉，这样的吃法太不人道。山麂是一种懂得害羞的动物，它不侵犯人，人有什么权利伤害它呢？"有一次，两个山里的亲戚来我家做客，说起了吃山麂的事，我这样说。亲戚不可思议地看着我，面面相觑。其中一个亲戚质问我："那你以前来我家，也吃山麂呀。"我在他眼里似乎是一个假崇高的人。"以前是以前，我已经六年不吃野生动物了，十四年不吃狗肉了。"我说。我为自己吃过野生动物、吃过狗而自责过很长时间。这是我欠下的债，我无法偿还的债。这也许是一生中很大的过失。在我们的自然启蒙中，"万物为人所有、万物为人所用"的实利主义，深深地影响了每一代人：只要可以吃的动物，皆入锅上桌；只要可以锯板的树木，都砍下山。人把自己凌驾于其他物种之上，主宰它们的生命。人没有把自己当作是其他物种的守护神，而是把自己当作它们的帝王。殊不知，我们只是自然界的物种之一，在生命面前，万物皆平等，人的智慧在于守护生命而非杀夺生命。过了不惑之年，我才慢慢懂得这个道理，并在生活中去实践。我也深信，放下杀夺加害的妄念贪念，一切都还来得及。我也因此获得了生命的慈悲——万物在自然之中，共有共享共生共荣，我尽可能不去浪费，绝不去践踏。在每一种动物每一种植物的身上，我们都可以看到自己的过去、现在和将来，我们的命运与它们的相依存。无论我们的一生如何卑微，我们都需要神性，要敬重万物。在自然中，我们需要学会卑微地自处。

我们不要麻木地活着。麻木是一件可怕的事情，麻木让我们不再敬畏生命，让我们失去对自然的敏锐直觉。这是我们获得知识却缺乏自然文明孕育的巨大损失。而经常到原野中去，沐浴自然的光辉，敏锐的直觉也会慢慢恢复——当大雁飞临我们的头顶，当细雨簌簌飘在眼际，当瀑布的哗哗之声从山谷远远传来，当山毛榉一夜枯黄下去，当秋虫暴死于霜露，当金盏花诉说着凋谢，当雏斑鸠第一次飞出鸟巢——见到这些的时候，我们心中会慢慢翻涌起原始情愫的白色浪花，会由衷发出"生命多么可贵"的感慨。我们会知道，我们所经历的挫折和倦怠，实际上是那么微不足道，我们由他者的生命历程感知到自己生命的宽阔。这就是自然给予我们的智慧的恩赐。

我四季不歇地来到盆地，去无人的山坞，去暴雨中的河滩，谛听荒野之声，观察虫飞鸟舞，在夜色朦胧或星夜平阔之下，感知大地细微的颤动。

即使是在冬天，四野略显荒凉，仍然会发现许多鲜活的、苏醒的事物，让我们欢愉，并且沉醉。去年腊月，按照以往年份，已该是冬雨绵绵或初雪来临，人很少去野外了。但去年是个暖冬，冬雨未来，暖阳高悬。一天中午，我在午睡，我妈对我说："你快去找找你爸，他不知道去哪儿了。"我爸高龄，记忆力衰退得厉害，一个月有那么一两次去了田畈，会找不到回家的路。我去了一里外的菜地找他。阳光蔼蔼，蒲公英发出嫩芽，田野如一把打开的折扇。扇面有一幅水粉画：山峦由低往高收拢并绵延，色彩由枯黄向青黄、青绿渐变，越往高处色彩越浓郁，山顶被一团墨绿堆叠；由西至东的田野，斜缓地低下去，渐渐开阔，阡陌如网织；有着优美曲线的落叶树林，半藏着发亮的河流；不远处的葡萄园有人在拉车，灰白的天空下，葡萄园也是灰白的……我心里有些焦虑，急于找人。菜地没有人。我从废弃砖厂侧边的田埂路，往大片芋头地走，弯过一片绕满了枯藤的西瓜地，去了砂石场。拉砂石的德明见我焦急的样子，说："你找你爸吧？你爸从坡道下河去了，赶着两头牛。"我站在河堤上，望对岸的洋槐林，没看到人，也没看到牛。

洋槐高大，光秃秃的树枝繁密。林下是茂盛的芦苇、芭茅和矮杂的灌木。河水泛着白水花，狐尾藻青油油顺水漂浮。我脱了鞋袜挽起裤脚，下河。河水并没有预想中的冰寒，舔着肌肤，有些痒痒的。河底下是粗粝的砂石，脚踩在砂石上，脚板不由自主地弓起来，脚趾收缩，像一个吸盘。白条在砾石之间穿梭，在斗水。上了岸，我提着鞋子，往芭茅丛走。芭茅半倒伏，却还比我人高。被挖沙人留下的沙坑，成了小池塘，有十余个。小池塘水质清洁，塘底长满了青蓝的水苔，白条、鳈鲅、小白虾在忘忧地游来游去。洋槐上,我看到了两只蓝翡翠,在"嘘咕噜,嘘咕噜"地叫着。它们是河流的衍生者,在这里意外相逢,让我感到无比亲切。它们爽脆的歌喉带给河流明亮之感,与哗哗流水声,合奏了冬之曲。它们是那么娇美、沉静,悠扬婉转地吹着温柔的口哨,享受着煦暖的阳光。这一带,应该有很多伯劳、草鹀、鱼鹰,小池塘是它们丰盛的餐桌。果然,我在一棵矮柳树上见到一群(约十只)牛头伯劳。

北极鸥在河面上,呈"D"字形在盘旋。北极鸥是旅鸟,但每一年,都会有一只或几只,可能是失群了,留在饶北河过冬。它清洁无瑕的白色羽毛,让人觉得它是天外来客。它略显哀伤低沉的叫声,会突然洪亮地响起,仿如河流的背景音乐。我不知道这只北极鸥为什么会失群,它洁白庄严的盛装,使得它在视野里格外醒目。我生出几分隐隐的担忧,失群的旅鸟,存活下来的可能性太渺茫了。

走了百余米荒草地,看见两头大水牛在河边草地吃草。我叫了几声:"爸,爸,爸。"无人应答——我爸有些耳背。一群雀鹀反倒被我洪亮的声音惊吓得四处乱飞。我到了草地,看见我爸坐在一棵冬青树下,搓自己的脚板。我有些责怪他,说:"大冬天,打双赤脚,下到河里来干什么?万一摔倒在河里怎么办?"说着,我搀扶他过河。"你还扶我?不要我扶你就算好了。"我爸说。

"在河滩坐,比在家里坐舒服。河滩坐了,人通透。"我爸斜着眼看我说。我挽着他肩膀,他拉着我的裤带,一起过河。我爸又说:"人还是要多来河边坐坐,河水怎么流,也流不完。我小时候,河就是这样流的。"

送我爸上了岸,我又渡河,回到我爸坐过的冬青树下,坐了下来。我抱着身子,靠着树,眯着眼睛,听着流水声。一个下午就这样过去了。鸟叫声和哗哗的流水声,并没有破坏四野的宁静,与之相反,让人更真切地感受到大地的宽厚、仁爱。是的,大地永远不会老去,每一个人,无论年岁,都是在大地出生的婴孩。

站在四楼的天台上，也可以瞭望整个原野。在家里，我每天早上上一次天台。我把天台改成了半个阳光房，请来木匠老四打了一张写字桌。写字桌是我自己设计的，一米二长、一米二高、六十厘米宽，分两层。坐在这里写字，倦怠了，望一眼原野，或者站起来，远望青山。四野都在我眼里，满目葱茏，或者满目苍黄。燕子栖落在电线上，灰卷尾也栖落在电线上。

燕子是另一个我，溪边的竹林是另一个我，青桐树是另一个我，随风而飞的蒲公英是另一个我，四处找食的黄鼬是另一个我，夏夜的促织是另一个我，堆积不起来的冬雪是另一个我，稀稀拉拉的阵雨是另一个我……无数个另一个我，分布在原野。我无处不在。我是所有的之一，也是之一的所有。我如雨水，渗透了四野，又被分解得无影无踪，被蒸发，回到天上，成为积雨云的一个水分子。

大多时候，四野空茫又繁茂，在任何时候，露出了原色。即使冬雪来临，簌簌簌地下了一天一夜，雪覆盖了山丘，覆盖了田野和屋顶，白鹤鸰还是四处翻飞，草芽还是把雪耸起，枇杷盛开着米黄色的花，河水轰出腾腾白汽，黄鼬闯过公路来到某一户人家的厨房偷食，松鼠在板栗树上荡秋千。

四季都有鸟在求偶、育雏。四季都有草枯草荣。原野有着旺盛的欲望，有着强烈的期盼。我抱有持久的耐心和细腻的情感，等待每一天的到来和过去。这是必须的，也是美好的。我不愿意四野的生命迹象，从我眼中轻易地溜走。溜走，意味着丧失。

动物札记

◎ 玉　珍

马

　　在承德丰宁的坝上草原,我再次看到了马。

　　北方广袤的大地和遥远的地平线,在雨后展开神秘幽深的色泽。云离地很低,但又很遥远,这个时候的天色极其特殊,无限空蒙、抽象、庄严、寂静,云层和雾气营造了一种伟大命运降临的感觉。这是我第一次这么近距离、长时间地凝视一匹马。

　　马在巨大的马场中站着,将它们修长孤独的脖子伸出栏杆,像刚从乌云中降临的矫健战士。周围安静、空旷,仿佛在天上。我望着马的眼睛,像看一件神秘事物。也许从那两扇窗户里我才能看见想看见的,关于马的秘密。

　　那是双清澈的大眼睛,单纯、明亮、深邃,我甚至不愿刻意挑选一个词语去形容它们,因为频繁的想象会失去第一次凝视那美丽双眼时新鲜的激动。无论怎样昂贵高清的镜头也没法重现它眼睛里的东西和站在那儿的美。我看不出那深邃里具体的内容,它的眼睛里没有人的眼睛里那样的波澜。我见到的不仅仅是一匹马,也许儿时在草坡上坐着时想象的那些马也在它身上,我所向往的与马相关的一切都在它身上,尤其在那双眼睛里。

　　一切拥有力量和技术的东西,都曾傲慢地阅读马驰骋沙场的英雄历史,企图从那儿得到另一种笑傲时代的捷径。但没有,从马那忧伤高贵的眼神旁穿过的箭镞和风雨早已归于宁静,马的生存状况发生了翻天覆地的变化。它们的付出全是实实在在的,没有丝毫虚伪的心机和急功近利,马属于一切诚实的英雄中的一员。从战马、马车到马肉，中间是人与马友谊的嬗变，一场虚伪又必然的交易史与血泪史。现在它竟然像个艺术品站在我面前，那上头没有战争、交通、历史之类赋予的意义，它就是一匹马，仅仅是单纯的马。

每匹马都和别的马不一样，却又不同于人与人的差别。马的不同展现在内部。

自己骑马与看人骑马心情完全不同，跨上马背一切就变了，做的准备全部失去效果，与我所想不同。我有些害怕，这或许是因为我没有将它当成一匹马，而是当成了别的骄傲的事物。我与它是在平等而平静地往前走，但又深信它骨子里仍有凛冽的骄傲和纯真，我怕它突然飞奔起来，像个凶猛又充满孩子气的人，将我摔倒在地。我绝不厌恶和恐惧那暴力，仅仅是因为敬畏，是对它高傲灵魂的信任。

马被禁锢在没有自由又无用的广阔中，马与牢笼的关系变得无比尴尬。它可以悠闲自在，去能去的地方站着吃草。虽然它的奔跑只为自己，但剩余一些可以被支付的价值，除了在草原民族当中马的亲切与力量还稳固不变，世上其他地方的马，因为清闲而落得走上餐桌。只能如此。当有一天提及马时只谈到马肉，马将如何生存，马的形象如何存在？

并不是马不适合这个时代，马的铁蹄并没有落后于一切，它一直属于最恬淡的生灵，存在于与世无争的角落，就算最威风凛凛的时代也不曾骄傲地放纵过，马永远如此，波澜不惊。马是永不被淘汰的，我认为这个时代已经配不上马了。就算我现在买了一匹马将它养在院中，但每天看到它我仍然会感到悲哀和痛苦，会难受，为它那俊美的身躯，为它那骄傲高贵的气质，为它站在这麻木的空气一般的院中。我不知道还有什么能装得下它，我们的敷衍与草率是远远配不上它的。而现在的情况是，这不是它的时代，因而将它冷落在黑暗的任何角落都是合理的。还有什么更广阔的天地适合它呢？也许只有野外。

当我骑马绕着马场走着,恍惚的夏日,恍惚的梧桐叶,恍惚的对马的回忆,突然涌上来,我想起曾经对它的惊鸿一瞥。

我从没想过会在这样的情形下与一匹马相遇,预想过的无非是大草原或某个特定的地方,我会提前知道将在那儿遇到马,或专为看它而去。

那是一个冬天,我与亲人穿越十八弯的山路与清晨的迷雾去给邻县的舅公拜年,当我们的摩托车经过寂静的丛林、河流、田野与荒原,一匹马突然出现在虚白的薄雾里。我以为我看错了,错愕后定睛一看,真的是一匹高头大马,它乌黑油亮,矫健从容地走着。

那简直就像一个梦,惊得我差点从摩托车上掉下来。

它是怎么出现的呢?在这种地方怎么会有马?来的路上方圆十几里连个人影都没有,更没有一户人家,前前后后都是崇山峻岭,它从哪儿冒出来的呢?

我看着它离我越来越近,然后很快地擦身而过,那一秒就像个幻觉,太动人了。它看上去孤独又高贵,我扭头继续望着它。还没有来得及跟父亲说停一下车,他就已经载着我绕过去。它的每一次出现都让我惊喜,我曾问我自己,如果生在草原那样的地方,天天与马相见,这种感觉还会强烈吗?我不知道。如果现在让我去草原生活几个月,我的看法是不会变的,这是一种直觉。

我从更多的电影里面去寻找马的踪迹。

多数马的形象在电影中用于辅助人物或场景氛围,给一块看上去静止的风景添上一抹活色,而这活色又是丰富晦涩的。不得不说,马往那儿一站就具备某种气质。安德烈·塔可夫斯基的电影《伊万的童年》中出现了吃苹果的马,那是我见过最动人的吃食物的马。马站在淡淡的光芒和满地苹果之旁,修长的脖子和高贵的侧脸后是一片灰色的虚空,马车正不断远去,画面哀伤、干净,隽永的镜头语言从眼前满地的苹果往前延伸,仿佛通向了永恒。

在《都灵之马》里，马总在弥漫的大雾和灰尘中艰难而抽象地行走，那张叫人绝望而毫无表情的脸几乎总在镜头前移动，永远的灰白黑三色，几十分钟的宁静又绝望的跋涉，慢走或静止，马头和风沙中的马的身躯给人一种压抑之感。而从烟雾般缥缈又虚空的氛围中，马成为一种象征，像简陋昏暗的屋子里的父女俩吃的那颗土豆那样，维系着两个仿佛生于黑洞中的人的生活，重复，死寂，却丝毫不让人觉得厌烦。这马总让我想起尼采，在那场与马的相遇中，他拥抱了可怜卑微的"同类"。伟大的东西分毫毕现却难以形容，马的可怜单纯与伟大得恍如疯癫的哲学家的相遇仿佛是命中注定。它们的永不被理解的孤独和黑夜般骄傲的沉默瞬间被融合，一个人也许毕生无法从另一个人身上看到自己所怜悯的出处，但挨打的马却可以。人就是挨打的马，就是人一生中见过的最心疼的那个苦命人，人的一生就是悲惨的一生，而马代替了那悲惨中无能为力的部分。这无奈体现了最强的单纯和朴素，是苦难最后的承载，是最后的绝望，但永不伤人。

同样的怜悯在西奥·安哲罗普洛斯的电影《雾中风景》中也出现过。弟弟亚历山大与十三岁的姐姐离家去德国，无依无靠地寻找爸爸，天高地远毫无保障。姐姐问，你怕吗？他说不怕。但在雪天里看到一匹被拖着的将死的马，他却心疼地大哭起来。这种善良、悲悯、纯真，让人的心疼跟着他年幼的哭嗓爆发出来。他的痛哭让人想到尼采对马的脆弱的一抱。这是疯狂者与孩童之间相似的爱与无邪，或者越疯狂的人越接近孩子，也更具有常人无法理解的脆弱敏感。

有时候，从动物身上更能看到我们自己，看到人的脆弱、愚蠢、忧愁、暴虐、孤独、悲惨、疼痛、绝望，这些在别的人身上都看不到。

伯格曼的电影《处女泉》中，纯洁美丽的处女卡琳骑着一匹高头大马走向丛林，去教堂送蜡烛。在风光优美的山林原野，马与马上的她更彰显了与世无争的高贵纯洁，仿佛全世界跟她行走在无忧无虑和天真无邪中。越美越反衬出一种寂静与危险，那种绝对的清澈的美和无知极其脆弱，几乎就为了暴露那些丑陋凶恶而存在，直至那美丽无瑕的处女被两位歹人极其残忍地先奸后杀，所有的真善美就像那单纯的马一样，消失，毫无意义了。你不能指望一匹马去救人，理想主义不存在于那样的命运中。在恶的计算中，美与善、沉默与温柔的软弱程度无异于一汪清泉，只要有污浊进入，就立马被毁了。

但清泉必须存在，处女也一样，拯救的意义不会是消灭全部的恶，恶是除不尽的。也不可能为了不被恶伤害而去作恶，就算恶毒遍地仍然需要清澈，需要干净的处女和相信善的人，这是唯一的拯救，痛苦的拯救。处女死去的地方溢出的泉水，便是上帝给出的模糊启示，连那上帝也是模糊的，拯救在人的心中。

尼采对受虐的马的拥抱和那孩子的大哭，都是怜悯，各自采用的方式不同。在哲学家那儿以马慰己，终身思考痛苦而疯，相当于自虐而死。至于孩子，他还小，瞬间痛哭是他对生命、对马这类牲口最大的心疼和尊敬，也是对生命、对人性最初的认识。

马真能成为一种寄托。它总是沉默，催人想象，足够包罗万象。我回想那些电影和记忆里的马，有着相似的高贵，又十足朴素纯真。这两种极端在它身上竟如此相得益彰。恰似那些高贵的灵魂，温柔谦逊。甚至你可以讲，与人都没有办法一起战胜危险，而一匹马却可以，当它冲向战争和炮火时，内心是怎样的？

马的眼睛能回答这个问题，但我没办法形容那双眼睛，人永远只理解一部分的它，另一部分，是为了天生的不被理解而存在。

野猫

有一天我走在路上，花坛里突然钻出一只猫来，我看着它在我不远处走开，走得从容气派、严肃大胆，身形弱小却像世界霸主。

正午的太阳照在它身上，叶片摇曳的影子投射在地上，仿佛为它奏乐。猫的步子带着纯真忘我和天下无敌的随性，却由四肢与尾的律动形成稳重大气的格局气势。我在猫身上能看到虎的威严、鹿的可爱、豹的敏捷、狮的深沉。

但这是野猫，宠物猫我没有养过，只在朋友家和网络上见过。它们站在艺术家的书桌或主人肩膀上，用那骄傲的双眼睥睨穿越了几个世纪的伟大文学，不以为然地悠闲盘坐在诸如《疯癫与文明》或某某作品集上，幽灵般迈着它从不发出声响的妩媚步子，穿过简朴或豪华的屋子去阳台上晒晒太阳。那轻盈的高贵和威严，已轻松赶超曾经的王者老虎，成为这个时代任何阶层的人当中最受宠的新王。它早已吃穿不愁，甩开野生丛林的那套暴力法则，直接参与人类文明，一脸妖媚地迈着猫步走向人类的床榻。猫眼闪亮，可爱迷人，而人类望着它，眼里只有宠溺。

猫的长相是整体绝妙的搭配，是结构完美的艺术品，眼睛与脸相配，脸又与脖子相配，脖子与身子相配，身子与爪子相配，爪子与腿，腿与屁股，屁股与后背，背与尾，尾与头，头与耳，耳与嘴，嘴与脸，脸与身材，身形与四肢，四肢与整体，哪怕发胖也相得益彰，不至于难看、不协调。

我所有关于猫的情感深厚的回忆，全来自野猫，也就是流浪猫。它们是灵魂的钢铁战士，小个子冷漠大侠，阴森的黑暗杀手，迅疾机敏的捕捉高手，独来独往的自闭症患者，挨不着一根毫毛的冷血动物。我甚至发现野猫当中有诸多我能够理解的亲切的东西，人性格中的东西，自我、内向、警惕、高傲、严苛，我能够理解这些。

七岁或者八岁，有一天晚上吃喝太多，半夜起来拿着手电去上厕所，突然发现不远处一对幽绿又带点儿白的圆光在那儿瞪着我。我之所以用"瞪"这个字眼儿，是因为那光仿佛带着情绪，绝不是普普通通的电灯泡或手电之类的光，说白了这个瞪着我的光是有生命的，是特意望向我并炯炯有神的，它甚至在动，在躲避还是准备发动攻击？当时差点把我吓得魂飞魄散，我"哇哇"叫了几声逃回了我的屋子。

如果说牛的眼睛里什么都没有，那么猫的眼睛乍一看什么都有。

回到床上钻进被窝里，蒙头直到满头大汗也不敢把脑瓜露出来。甚至都不敢睁开眼睛，生怕那双绿油油的眼珠子又突然瞪过来。从没有一双眼睛能将我吓得这么屌。它尖锐又锋利地穿透了二十年，直到现在。

其实第二天我的奶奶就告诉我，那是猫。

猫怎么进到屋子里来的，当然是从狗洞，或者二楼，因为二楼堆放货物，窗户总是开着，沿着木质房檐和窗台它们来去自如。二楼常有鸟类和野猫老鼠，我们早习以为常，但大半夜被那种寒光毕现的眼神瞪着，还是第一次。我有时甚至认为它们会缩骨功，那一团柔软灵巧的躯体能变成任何形状。

我不知世上的猫有多少种。我对猫的了解仅仅限于童年见过的那些野猫，它们像幽灵一样从墙头屋檐下掠过，没人养没人管，无一例外地不与人亲近，孤僻，冷漠，独来独往。人们知道它们高傲，也很尊重它们，尽量不打扰它们。相互间没什么感情，各自相安无事地活着。它们吃老鼠或一些剩饭剩菜，像乞丐一样，走到哪算哪，到谁家谁施舍。有时会去人家厨房偷吃的，因为它足够灵巧轻盈，来去无踪又无声，所以猫是饿不死的。只养过宠物猫的人一定不知道野猫有多野。一万只宠物猫大概都差不多一样可爱动人，但一万只野猫至少有九千种野性。

它远离我们，抱着很大的警惕，哪怕我们从没有想过去伤害它们。它生活在野外，不具有被宠爱的生活，每天面临各种威胁和危险，别的动物的攻击，饥饿，寒冷，打扰，居无定所，到处是不确定。因而在我们那里，大家心照不宣地理解并认同这样一种事实，好好生活，互不相扰。

它像个鬼魂。

老人们也常常将野猫讲得幽灵般神秘、冷漠，在那些阴暗与玄妙的传说中，猫与我们愈来愈疏远。侯孝贤的电影《童年往事》中有一段情节在阿孝牯父亲葬礼上用客家话讲的关于猫的灵异事件，甚至以为猫身上带电。

类似的东西还有很多。

童年时,我常常把猫的形象与黑夜联系起来。与不祥、陌生、不吉利、可怕、晦气,甚至不快乐相联系。因为它总是神出鬼没。

我连它的一根毫毛都挨不着。就算背对着我,它也能在察觉到之后迅疾避开,不是我不去靠近它,是压根儿没法靠近。这玩意儿就跟弹子球似的,只要你将要挨着它,它马上就弹出去了,说不定还带点儿不满和怒气。

猫走路永远不会有声音,它那有神的双眼在结实的黑暗中飘荡,而猫身融入了黑暗。在乡下,黑夜是真正的黑夜,完全一片漆黑,没有路灯,没有任何别的灯,当所有的电灯全部都关掉,你就像笼罩在太虚或太空中,被巨大的未知包裹着。

在黑暗中,除了手电那点光,就只有猫的眼睛在移动。尤其是在星星、月光之下,它仿佛吸收了天地日月精华的精怪,坐在浩大天幕下沉思,发觉到声音后便将那些灵气和力气一股脑儿聚集到眼睛,并警惕而有力地朝你投来,比两束超强红外线更加强烈骇人。一会儿在这儿,一会儿在那儿,仿佛会变。你看不见猫的身子,它轻巧,灰暗,融入夜色,只有眼珠子诡异地飘移。

它极有可能时不时出来,因为它那么自由,独来独往,还喜欢安静。你永远不能指望它会提醒你,或躲避你,它有时甚至还要用眼神与你一较高下,看看谁气场更足,它眼神里绝对有这样的好胜心和骄傲感。如果它跑动起来,那移动的大眼珠会像什么呢?如果在这种情况下还要来一声恐怖的猫叫,阴森尖细又故意压低嗓音,那是带着挑衅意味的。

野猫叫春的声音阴冷尖细,拐着你没法形容的弯儿,甚于巨大猛兽的咆哮,尤其在那样的时代,那样的乡村,那样完全漆黑的夜里,只要那叫声耸立于黑夜,一股子寒意就打后脊背升起。白天也叫,嗓音饥饿极端,经常像某种惊骇的乐器一样从屋顶、草丛里响起。你想象不到它的心思和路径,说到底乡亲们害怕它、疏远它,是因为它身上不确定的东西。其实它的可爱温顺远比孤僻更多,但那时没有人与一只野猫单独待那么长时间,也就无从建立感情。

后来,我以为再也见不到那样的野猫了,城里不适合野猫,这里是宠物猫的天下——它们的美妙可爱征服了人类柔软的心。但野猫大量存在。它们蜷缩在小区和郊外,瑟缩着,隐蔽着,艰难地讨生活,有的生一群小野猫,继续这样的命运。

野猫就像《铁皮鼓》里头的奥斯卡,倔得要死,如果你非要招惹它或者来硬的,等着你的首先就是那极具反抗意味的怒目而视,然后它会伸出爪子斗争,或迅疾蹦走。将它们的大眼睛放一块,会发现很像,不信任、执拗、多疑、敏感、顽强、顽固、早熟、早慧,甚至有些惊恐、一根筋,警惕性很高。

后来,我单位的院子里突然出现了野猫,野猫生了孩子,有了更多的野猫,从一个,到三个、四个、五个,无一例外地警惕、孤傲、怕人,跟小时候见到的一样,这是我没想到的。它们总在我楼下溜达。一家几口,其乐融融地晒太阳,但拒绝任何人的靠近。你若要走近去看看它们或者握爪子,它们就往后,再往后,然后一起跑。我经常喂它们,给它们买猫粮。很长时间之后,才能摸着它们的毛。

这一度令我十分沮丧,同时也再次确认了野猫身上具有难以磨灭的野性。它们向往自由,不被驯服,拒绝陌生,在已经具有独立能力的情形下不会接纳任何别的灵魂的收养。它们的头脑没法对一个广大野外世界的陌生人产生稳固的感情。这是野猫与室内宠物的区别,它们生活在无尽的天地间,它们见到的全是陌生人和没有边界的大地。

后来,我能够在一米内给它们拍照,但不能摸它们超过五秒。它们仍然独来独往,我们终究没法成为朋友。喂食或每天见几面的缘分若有若无地联系着我们。它们慢慢长大。我知道它们很勇敢。有天早晨我在楼下见到猫叼着一只小老鼠,真是威风八面,像个战士,三只小野猫在那儿玩。还有只小老鼠在它们爪下,走开一点儿又被猫爪扒拉回来。它们真是长大了，已经能机敏地捕食和营生了。从它们的神情中更看出警惕与霸气。猫是遛不了的，野猫更是，它足够有主见，也有个性。它的步伐像空气，思想也是，你没法琢磨透它。

其中一只偶尔会跟着我，走上楼梯，或走到我二楼的门外面，在外面叫着，我开门让它进来。它实在与众不同、带着一只野猫的危险与颠沛流离、贫穷落魄、饥饿挣扎、患得患失，极其单纯又充满故事地在我屋子里走着，躲在床底下，或在桌子下走来走去，就是不靠近我。当我蹲下去望着它，望着它可怜的勇敢的眼睛，它那么小的年纪，纯洁、幼稚又固执，顽固地保护着自己，用爪子防备着我。它的爪很尖锐，像它的眼睛。

我拿出猫粮给它吃，有时是鱼，也许它已经吃饱，不怎么吃。我不知道它在我屋子里走来走去干什么，一旦我靠近，它就跑了。

我们未来的友谊会怎么样，谁也不知道，但绝不会变得更差，这在我的掌握之中。因为我清楚如何对待天真的幻想或野蛮的暴躁，也适当理解某些没法形容的孤僻与复杂。我知道它倔，但绝不会像奥斯卡的父亲那样强行与他作对，这没什么好下场。大不了逼迫它朝我龇牙或吼叫，哪怕嘶吼声不能震碎玻璃，也会震碎点别的什么。

在那个湿漉漉的平原上

◎ 庞余亮

早春的盐巴草

比起漫长的夏天,漫长的冬天才是这个湿漉漉平原的真相。比如那些破冰而行的捕鱼人,竹篙从水里拔上来,瞬间就结满了滑溜溜的冰。

四面环水的村庄的冬天的确难熬,但比人更艰辛的是那些畜生。鸡好办,它们会去寻找灰堆扒食。狗也好办,因为它们鼻子好使。

猪是最难受的了,它们饭量大,偏偏饲料总是满足不了它们。人都吃两顿了,泔水还能有多少?好久不去机米了,米糠眼见着往下少。稻草轧出的草糠是非常难下咽的。母亲就和上几勺子沤好的芋头梃(父亲深秋时分连夜用铡刀铡出的芋头梃泡出来的特殊饲料)。芋头梃的味道肯定也是不好的,但猪还是吃下去了。

沤泡在瓦缸里的芋头梃也少了许多。村庄里除了公鸡的打鸣声,就是猪们在拼命喊饿的声音。本来可以年前卖掉,可太瘦了,卖掉很不划算。要是在夏天,我可以去拾猪草,一筐又一筐,往猪圈里背。一半被猪吃掉了,一半被猪踩成了肥料。

田野里没有绿茵茵的猪草。父亲却要求我们去捡拾那些枯在灌溉渠边的盐巴草。灌溉渠有浅浅的水,盐巴草长得好。

那是一个特别寒冷的早春天,别人家过年走亲戚,我们一家却在破冰,摇船去田里扯盐巴草。父亲说,猪瘦了,但盐巴草里有葡萄糖!不信,你们可以嚼盐巴草,最后嘴巴里是甜的!

的确有点甜……可又是谁，告诉了文盲的父亲盐巴草里有葡萄糖？也许是父亲猜的。因为我们村庄的人，都迷信葡萄糖。

村庄是满的，田野是空旷的。田野里没有人，那寒风吹得更为猖狂。扯盐巴草的手指都冻僵了，根本用不上力——熬过了冬天的盐巴草的力气比我们还要大！

那一天，我们从荒野中扯了很多盐巴草。好像我们战胜了它们，但到了夏天，还会有许多盐巴草会蔓延出来。

盐巴草，多像穷日子里的那些顽强。

有很多年，我一直想把盐巴草的学名找出来，但一直没找到，后来我终于在乱山似的书房里找到了盐巴草的学名。盐巴草只是它在我们那里的小名，在其他地方它并不叫这名字。它的标准学名叫狗牙根。

有的地方叫它为爬根草。

云南人则把它叫作铁线草。

铁线草，我喜欢这个名字，像铁线一样，扯不断也得用力扯的铁线草哦。只要一想起来，它们就像地球上的经纬线爬满了那片湿漉漉的平原。

最先醒来的虫子

惊蛰时节，在这片湿漉漉的平原上，最先醒过来的是哪只虫子？

有人说"蛰"字下面的"虫"是"长虫"。即蛇同学。也有不同意见，为什么不是蜈蚣同学呢？蚯蚓同学？青蛙同学？或者，蚂蚁同学？要知道，这些睡懒觉的同学都在等待雷公校长的鼓声哦。

比如蛇同学，越冬常常因陋就简，随便将就。在那个湿漉漉的平原上，我竟在土墙缝里摸到一排蛇蛋。如子弹样的椭圆形的白壳蛇蛋，并排在一起。我记得是四枚，我在众伙伴的怂恿下打开了蛇蛋，有蛋清也有蛋黄，蛋黄里已有小蚯蚓一样的幼蛇。这是冬眠前的蛇生下来的。

相比蛇同学的粗心，蜈蚣同学准备更充分，蜈蚣们会钻洞，钻得很深很深,钻到寒冷无法侵入的深度,有时候,能钻到一米深的地方。不吃,不喝,不动。如此沉睡的时候,蜈蚣最怕的是公鸡。公鸡是蜈蚣的天敌,它们的利爪总是在旷野里扒拉。如果蜈蚣冬眠的地点太浅,它们正好成了公鸡的食物。蜈蚣为五毒之一,为什么公鸡不惧怕蜈蚣?父亲说,蜈蚣和公鸡是死仇。

为什么?

父亲说不出原因,就像他说不清他如此地辛苦劳作,却依旧喂不饱他饥饿的子女们。

蚯蚓同学与蜈蚣同学类似,它们的冬眠常常会遭遇钓鱼人的暴力拆迁。很多钓鱼人,在那么寒冷的冬天,将浮到水面上晒太阳的鱼钓上来,总觉得有乘人之危的味道。

作为歌唱家和捕虫专家的两栖界的青蛙和癞蛤蟆,它们冬眠时会异常安静。在石头台阶下,我发现过扁成一张纸的癞蛤蟆,真成了张薄薄的癞蛤蟆纸!它们把喉咙里的歌声也压扁了吗?它们的骨头呢?它们的内脏呢?后来学到“蛰伏”这个词,我一下想到了这张扁成纸的癞蛤蟆:最低的生活标准,最艰难的坚持,还有沉默中的苦熬!

有精品房的蚂蚁们越冬准备超过了人类。在入冬之前,它们先运草种,再搬运蚜虫、灰蝶幼虫等这些客人,请这些客人到蚁巢内过冬。但它们的友情不是无私的,而是实用的,蚂蚁们将这些客人的排泄物作为越冬的食物。等到贮藏的食物吃得差不多了,雷公校长的鼓声就该响了。

但如此精心如此努力的蚂蚁们,如果遇到我们手中的樟脑丸,如果碰上了我们淘气的一泡尿,它们会立即被淘汰,没有惊呼,也没有叹息,连一声悼念都没有。

生存不易,梦想更不易,都得好好惜生。春雷响了,正好九九,久违的温暖总会让这片湿漉漉的平原上的众生感慨不已。

父亲说:“没有闲时了。”

是啊,九尽杨花开,农活一齐来。到了这个季节,就没有闲时忧伤了,也没有闲时快乐了,季节不等人,一刻值千金。

恍惚之间,这世间最忙碌的虫子,是在这片湿漉漉平原上过日子的人。

浩荡的春风吹遍

过了慢悠悠的正月,就是快步奔跑的农历二月了。拿冬天爱睡懒觉的太阳来说,到了春天,太阳这家伙像是和我们比赛似的。每次起床,都不好意思伸懒腰了。才早上七点钟啊,平原上的太阳就升得老高老高的了。一大把,又一大把的暖阳泼在我们的身上。

春风来了。

春天,就是风一阵一阵地刮过来的。我们在减衣服,而我们的视线所及之处,柳树们多了绿辫子,而苹果树桃树们还穿上了花衣裳。在这些绿辫子花衣服之间,最灿烂的就数金黄金黄的油菜花了——向阳坡上的油菜花们率先开始了金黄的合唱。

那些还没合唱的菜,则一个个像长颈鹿。那些长颈鹿,就说的是美味的菜薹。打猪草的我,总是饥饿的我,常常掐一段菜薹,撕去外皮,汁液饱满的油菜薹,比萝卜好吃。相比纯绿色的菜薹,比较有味的是暗红皮的菜薹。往往这样的菜薹,有股野性的甜。有时候我嚼着菜薹,有几只野蜂会出现在我的身边,"嗡嗡嗡"地抗议,抗议我们吃掉了它们未来的蜜源。

但谁怕谁呢?

我怕的是父亲的巴掌:浪费这些菜薹,会响雷打头的!

我还是喜欢风,浩浩荡荡的春风,还给我们带来了去年的老朋友:燕子。

呢喃的燕子们并不怕这春风,回到故乡的它们斜着身子在春风里飞,把自己变成了一把把紫剪刀。这些紫剪刀在田野和我们的堂屋里来回地穿梭,它们比我们在田野里忙碌不停的父母亲还要忙。

母亲说,燕子们只在好人家垒窝。

说到好人，我总是不好意思看在我家飞进飞出的燕子。我感觉自己够不上母亲所说的好人，我不仅偷吃过菜薹，还拔过公鸡的翎羽，捣毁过野蜜蜂藏在屋檐下芦管里的蜂巢。

春风依旧在吹，我们家新燕子窝垒好了。

小燕子们就要孵出来了，春风还在吹，浩浩荡荡的风声中，我还听到了野兔们的笑声。为什么一定是野兔？我没跟母亲说。我怕母亲笑话我：你什么时候听见兔子在笑？

我真的听见了。

有一个晚上，浩浩荡荡的春风把我们家的一个草垛给刮没了。

一根草也没有了。

它们都飞到哪里去了呢？

仅仅剩下草垛的底部，去年的稻草们遗留下的稻粒们已发了芽，像是长出了一簇绿头发。绿头发丛中，遍布了句号一样的黑色野兔粪便。

我真的没听错，春分那天，浩浩荡荡的风吹遍了这个湿漉漉的平原，带走了我们家草垛，还带走了那些跳跃在麦田深处的野兔的笑声。

暮春的平原是最佳的掩体

暮春的平原是最适合躲藏和掩护的。

长高的麦子们，结了籽荚的油菜们，都是天生的掩体，只要愿意，怎么躲藏，都不会被发现的。

不被发现，就会被寻找的玩伴所遗忘。

更多的，并不是遗忘，而是被家长叫走了，打棉花钵，需要下手。

有一次，我就被玩伴彻底遗忘了。本来听到玩伴焦虑的呼唤声，我还紧张，兴奋。再后来，玩伴的呼唤声越来越远了。

先是寂静捆住了我，再后来是不安，我背后的汗渐渐干了，四周全是长大了的陌生的庄稼们：它们什么时候变成巨人了？

好在我看到了正在长大的蚕豆,还有攀缘得好高的豌豆。

那个被玩伴遗忘的下午和黄昏,我吃下了平生最多的蚕豆和豌豆。我得出一个结论:嫩豌豆甜,而蚕豆再嫩,也有一股青草的味道,留在我们的舌根处,挥之不去。

有个这样的遗忘,我开始迷恋如此的遗忘,幸亏蚕豆和豌豆们长得很快,几天的工夫,就咬不动它们了。

于是我开始寻找更多的食源,我尝过类似豌豆的"荞荞儿",又叫野豌豆。野豌豆实在不好吃。我还吃过油菜荚里的籽,那小小的籽还是青绿的,又小,就放弃了。

——饥饿年代的胃啊,有着令人惊诧的消化能力。

蚕豆和豌豆其实都是外来的物种。"荞荞儿"或者野豌豆,倒是我们祖先常吃的,叫作"薇"。古人们常常"采薇"救荒。"采薇"最好的时节就是暮春。但我们也忘记了,就像我们把那个在平原深处躲迷藏的孩子给忘记了。

野鹿荡:暗夜星空

◎ 姜　桦

　　川东闸口南侧的一片宽阔的芦苇荡，因为毗邻世界上最大的麋鹿野放区，茂盛的苇丛里时常有野鹿、牙獐、柴狗、野兔等动物出没，故名"野鹿荡"。四月，天气清明，大地升温，一群有头无脸的虫子从草根下钻出来，爬过那一片片新鲜的树叶。被泥土抬高的野鹿荡的"麋鹤营"中，几头雄性麋鹿屏住呼吸，颤抖的犄角直挺挺地钉在地上，睫毛上挂满了青草种子，一股浓烈的欲望，伴随着扑朔迷离的眼神，正渗入春天的深处。

　　以一条宽阔的复堆河为界，与"麋鹤营"隔着一道河堤，野鹿荡东边一片更大的区域属于野生麋鹿的活动范围，通常被称作"麋鹿野放区"。早些年，这片野放区仅仅是指川东闸口到梁垛河口的一片芦苇滩和沼泽地，如今，随着野生麋鹿在响水灌河口以及东台条子泥滩涂相继被发现，盐城沿海从南到北数百公里的海岸线，几乎成了野生麋鹿的生活区。只是，作为麋鹿活动的核心区域，"麋鹤营"和野鹿荡的地位一直不曾改变，有时候，在这个区域聚居的麋鹿会达到近千头。

　　大地在不同季节里捧出的一束束野花，仿佛一封封写给远方的质朴而亲密的信。十月，滩涂上的风从麋鹿野放区一路吹过，一直吹向野鹿荡，站在那一条条高高的老木船上，水波晃动着一群群麋鹿的倒影。深冬的滩涂大地天寒地冻。正是麋鹿脱角的季节。夜晚，一轮月亮从野鹿荡里升起来，圆圆的月亮被勾出一道白色的霜边。大野安静，一只只鹿角从半空中脱落，也有走着走着就掉了的，但是都会在坚硬的滩涂地上留下空空的回响，那"咔吧咔吧"的声音很远就可以听到。这样的情景是独特的,但你且不急着去管它,等到翌日清晨,一片耀眼的阳光照耀着那片坚硬霜白的滩涂,那块空旷的土地上留下的一只只鹿角一律平稳倒置,犹如一只只坚定有力的手掌紧抓着这一片滩涂。围绕着那一只只巨大的鹿角,滩涂地上布满了麋鹿新鲜的蹄花,一只又一只,一圈又一圈,那是一只只麋鹿围绕着刚刚脱落的鹿角向大地致敬,也是它们就着清冷的月光写给滩涂大地的秘密经文。

四月末,堆满滩涂的油菜花结出了饱满的籽粒,稍晚一些,白色的洋槐花又会在头顶上盛开。紧挨着野鹿荡,一条海堤公路由远及近。这条路是从附近的一座已经有半个多世纪历史的国有林场走出来的。道路两旁,到处是蒲公英、狗尾草和野蔷薇。偶尔会遇见一群野山羊和海仔牛,一个个健壮肥硕,它们身披露水,似乎一夜未归,让你怀疑它们是不是原本就没有主人。身边不时有赶海的人们骑着摩托车经过,有本港人,也有外地人,连云港人、南通人、山东人、浙江人,甚至是河南人和福建人。他们凌晨三点多就出门了。一个多小时后,当海水退去,一片巨大的海滩从海水里裸露出来,一波又一波赶海人用随身携带的长长的竹钩在滩涂上左钩右刨,东奔西跑中就将一只只海蛏和文蛤捉进自己的渔篓里。追逐着浅浅的潮水,这样的劳作一般会从上午一直持续到晌午,在下一个潮汛到来之前,这些赶海人会撤出滩涂。傍晚时分,他们带着满满的收获退回到岸上。装满渔获的蛇皮口袋一般都是扛在肩上,渔篓则会放在滩涂上一路拖着往前走。这活计看似简单实则极其消耗体力,因为刚刚退潮的滩涂上,那潮湿的淤泥总是充满了阻力。为了减少这种阻力,赶海人会在渔篓底下放上一块特制的木板,薄薄的,前面高高翘起,像拱起的船头,又像一只飞扬的雪橇。当然,拖鱼拉货这些活儿基本都是男人们的事,跟在后面的女人,腿上身上沾满了点点泥斑,在春天的风中,那些飘动的头巾五颜六色,依旧被裹得严严实实。这时的野鹿荡更像一个巨大的芦苇城堡,一直跟随在他们的身旁。

走进野鹿荡最好的季节还是在初夏,五月。清晨五点,你起床,跟着一块很有些年代感的木质门牌,走出一条条被风雨剥蚀的已经成了客栈的古船。徒步向前,去往野外。宁静的野鹿荡里,青苇环绕的湖面被一层薄薄的晨雾笼罩着,时而有鱼儿跃起,时而有宿鸟飞过。一轮初升的太阳浮出水面,红彤彤的,美轮美奂。越往前走,芦苇越深。随着云雾逐步散去,一片巨大的草原在滩涂上铺开,那是野鹿荡最核心的部分,已经快到了"麋鹤营"。最早发现这片海边大草原的是摄影师老宋(我们更习惯叫他从然)。二〇一三年深秋,我和老宋一起去滩涂采风。车子开上川东河大桥,迎着川东闸口的方向,老宋从航拍器里意外地发现了这片系着金色腰带的红滩涂,那是一大片盐蒿草滩和大米草滩。棕红的大地火焰喷薄,川东闸口方向,一座座巨大的风电塔伸向蓝天,转动的叶轮要将天空的白云一片片绞碎。

一次贸然又意外的闯入,让我们的内心充满了惊喜。穿行于这片海滨滩涂,仿佛行走在辽阔的北方大草原。几十年的滩涂湿地田野考察中,我曾经在响水陈家港的灌河口和东台琼港的围垦区多次见过盐蒿草滩,却不知道在川东闸口也有这样一片神秘之地。航拍的小飞机在天空转了一圈又一圈,老宋拍了一张又一张滩涂草原的照片,我则为这些照片配上新写的诗,然后在本地的一家报纸以专栏形式推出。

十多年来,这片美丽到惊心的滩涂草原无数次在我的梦中出现,我和老宋也一次次重回野鹿荡,重新走进这片海滨草原。我们还策划了一个个和滩涂相关的采风活动,有几次,我们甚至将朗诵会开到了滩涂上。在高可没膝的红草地和大米草滩上铺下一张巨大的塑料布,一行二十多人,大家或立,或蹲,或卧,或者干脆躺在干净的草地上,一边看着那片湛蓝的天空,一边高声朗诵自己新写的诗。白云飘舞,飞鸟诵唱,天远地偏,万物皆忘。太阳落下,红色的盐蒿草被夕阳抱回家去,我们在一大片空地上燃起篝火,在欢快的舞蹈和歌声中彻夜狂欢,那样的时刻,沉醉于诗歌中的我们，乃是整个世界的中心。

　　也就是在那一段时间，我们有幸结识了这片野鹿荡的主人——地方史研究专家马连义。头发有些花白的老马是一个典型的自然环保主义者。二十世纪七十年代，他曾在西藏的阿里地区工作生活多年。八十年代调回江苏老家后，在当时的县委宣传部做了两年多的副部长，但是很快老马便弃官，非要到海边滩涂去做一名义工。从二十世纪九十年代开始，在相当长的时间里，老马一次次只身深入黄海滩涂的农场、林场和麋鹿野放区，跟踪那一只只野生麋鹿，进行黄海湿地麋鹿生态和滩涂文化的田野调查。十多年间，他精心撰写的一本厚厚的《麋鹿本纪》成为他有关麋鹿文化研究的最重要的成果，一组为祭奠从英国乌邦寺回归祖国的三十九头麋鹿而创作的"十四行诗"，迄今也一直都是中华麋鹿园的"镇园之宝"。

　　从二〇〇九年春天开始，为了更好地研究野生麋鹿种群保护和生物遗民的历史，老马将目光转向了麋鹿野放区以外一处更为偏僻的滩涂地，也就是今天的野鹿荡。据老马和一群志愿者考证，大约一万年前，靠近川东闸口的一大片野芦荡，包括东台的新曹农场、蹲门口（野鹿荡下游三公里）、巴斗村一直到琼港一带，都是古长江的入海口。江河东流，大船出港，小船靠岸，彼时的长江入海口水道宽阔，一片巨大的河口三角洲，两岸居住着一个远古的移民部落。在这里，他们打鱼、捕猎、晒盐，看着那野草蓬勃生长，与身边的芦苇菖蒲、灰鹤苍鹭一起，见证了一片滩涂海岸的千年沧桑。

　　千百年河流冲击，最终造成了长江口的不断南移，这条老河口也变成了一片更大的滩涂地。老马出生在大丰裕华，是典型的本场（本地）人。一百多年前，民国实业家张謇组织大批移民从南通北上盐城，带着上万名启（东）海（门）移民在荒凉的苏北海边滩涂废灶兴垦。作为一个自然生态作家，老马对这一段移民的历史情有独钟，从骨子里认定可以在这片滩涂地上找到更多祖先的足迹。整整两年时间，老马骑着一辆破旧的自行车，起早贪黑,不辞辛劳,从南到北,踏遍了沿海地区上百公里的滩涂,从干涸的淤滩上拉来九条一百多年以前著名实业家张謇兴办"大丰公司"时留下的古老沉船,还将搁浅在海滩的晚清和民国初期的几十只铁锚运到了这里,最终在麋鹿野放区附近,这片芦苇丛生的三角地上,建起了一座生物移民所,并将这片蛮荒的土地命名为"野鹿荡"。起初,老马试图将野鹿荡建成一座专门研究移民史的半开放的工作场所,同时兼及旅游和湿地文化传播,只是事情一波三折,整个过程并不顺利。但是无论如何,因为一个人的努力,一块原本荒寂无人的亘古荒原,最终成为一片面积宽阔、芦苇环绕的野鹿荡,成为一处历史文化遗产。站在滩涂,面朝大海,头顶着暗夜星空,野鹿荡像一个饱经沧桑的老人,讲述着一个个生物移民和滩涂变迁的故事。

六月,面向大海的滩涂晨光熹微。挂满露水的野鹿荡,一群高大壮硕的雄性麋鹿将颤抖的鹿角猛然抬起,一场充满魅惑的鹿王争霸战拉开了序幕。

电视正在直播——

春天,野鹿荡的水位被一棵棵新生的芦苇所提高,滩涂大地上花木生发,槐花飘香,成年麋鹿开始进入发情期。在这个生动的季节里,每一头业已成年的雌性麋鹿身上,都会自内而外、从下而上地散发出一种神秘而特别的气味,即便是没有风,这种气味也会稳定地震颤在空气中,并且沿水平方向朝着四面八方的灌木和草丛间弥漫。

鹿王争霸战说到底就是一只只雄鹿为了争夺嫔妃而展开的角力与较量。开阔的滩涂上,尖锐的鹿角挑起的泥土四处飞散。陶醉于某种浓烈的气味,一群雄鹿渐渐靠向另一群雄鹿。一场充满激情的鹿王争霸战,使得整个城市跟着荷尔蒙上升。你看,大街上的人们脸上都是红扑扑的。几乎所有人都参与了这样一次即将开始的充满激情的狂欢。

麋鹿争霸的滩涂,是一个充满激情和力量的竞技场。电视直播的镜头紧跟着那一群行进中的麋鹿在不停调整着角度。那些雄鹿大口呼吸着雌鹿身上散发出的独特气味，然后屏住呼吸，沉默良久，再舒缓地呼出。而游动机位则给到了那些雌鹿，它们健壮，美貌，站在远处静静地观赏，粗大潮湿的尾巴扬起又落下，神态专注又如醉如痴。

随着体内的荷尔蒙的骤然增多，竞技场上，那些仰头长啸的雄鹿紧张而忙乱。成年雄鹿会突然开始装扮自己，它们往身上涂抹泥浆，用尖锐阔大的双角，挑起地上的泥土和青草、树枝作为装饰，分泌出的液体，也被随意涂抹于高大的树干之上。伴随着身边的草浪，平时看似散淡的雄鹿们突然变得性情暴躁，并且发出一阵阵响亮而怪异的叫声——显然，雄鹿们希望以自己的吼声来震慑住对方，更希望由此博得远处的雌鹿们的青睐。

偌大的滩涂上聚集着一头头雄鹿，他们站在野鹿荡或者麋鹿野放区的纵深处，一双双眼睛看似眯成了一条缝，却是一刻不停地紧盯着那片即将成为竞技场的空旷滩涂，紧盯着迎面而来的一个个对手。

一头雄鹿开始缓步走向一头雌鹿。即便只有短短二三十米的距离，这段旅程也几乎需要耗尽它们全部的体力。因为，在抵达雌鹿的过程当中，几乎每一头身强力壮的雄鹿都要经过一场激烈角逐和生死决斗。

鹿王争霸战，这是麋鹿家族为了争夺王位而进行的最壮观的充满血腥的战斗。

两头体魄健壮的雄鹿走进了画面，双方是那样的激情四射，又那么虎视眈眈。

啊，你看，它们沉默，它们不说话，它们不打招呼，就这样猛然冲向了对方！平时的空旷地带，瞬时成了一只只麋鹿之间争夺鹿王的战场。

一边是一头头雄鹿为了夺取鹿王打得不可开交，一边是大群的雌鹿站在远处静静观望。是的，那些身体里散发着特殊气味的雌鹿，正目不转睛地注视着这场战斗。此时此刻，它们的眼睛里写满了渴望，它们希望有一头最为健壮有力的雄鹿力克群雄，尽快脱颖而出。而那头最终胜出的雄鹿，将是它们最伟大的"王"。

鹿王争霸，是一群麋鹿为了夺取交配权所进行的鏖战。事实上，雄鹿之间为了争夺嫔妃而展开的角逐并非人们描述的这么有趣。那些摄影师偶然捕捉到的所谓鹿王争霸的场景，从未在直播现场的镜头中出现过。根据来自国外的一份资料显示，雄鹿之间为争夺配偶的角斗相对温和，并无激烈的冲撞和大范围的移动，角斗的时间一般也不超过十分钟，失败者只是掉头走开，胜利者一般不再追逐，很少发生鹿与鹿之间相互伤害致残的现象。一头雄鹿占群之后，若遇其他雄鹿窥视母鹿，占群的雄鹿仅会用吼叫和小幅度的追逐赶走对方。

让许多人津津乐道的麋鹿争霸战，说到底只是嵌入人们日常生活的一个楔子。从野放区到野鹿荡，麋鹿家族的上千头麋鹿似乎并不关心这些。它们或跪或卧在高高的堆堤或者浅浅的沼泽里，一边安静地啃食着水边的青草，一边抬起头看一看透明的蓝天，安然自在，气定神闲。

那些胜利者和失败者很快都将再次回到野鹿荡，再次回到麋鹿野放区，回到属于麋鹿、飞鸟和风声的滩涂大地——那绿色无边的草原。

对麋鹿争霸的观察与描述，同样体现出东西方人精神、文化和世界观的差异。

绿色在弥漫，一直弥漫到秋天——秋天，巨大的滩涂正被火红的盐蒿草覆盖。紧接着，那血一般殷红的盐蒿草又将被大米草吞没。

大米草（学名 Spartina anglica Hubb），一种多年生直立草本植物，原产于欧洲，生于潮水能经常到达的海滩沼泽中。因为耐淹、耐盐、耐淤，可以在海滩上形成稠密的群落。

在中国东部黄海海岸地区，大米草的引进始于二十世纪六七十年代。起初只是为了挡潮消浪、保滩护堤，但是没想到这种植物繁殖极快，几年就能把整个滩涂上的其他植物吞噬得一干二净，往往去年还生长在海边的一大片盐蒿草，今年已经被大米草吞噬了大半。在野鹿荡附近，包括更远一些的条子泥海滩,我们带着满腔希望寻找的红滩涂,仅仅几个月就没有了踪影。

但是,这片安静的海滩还在。在一片开阔宁静的天空下,在奔跑着成群麋鹿、留宿着无数飞鸟的野鹿荡,今夜,我们的头顶停留着一片世界上最黑暗也最宁静的夜空。

刚刚被命名的"黄海野鹿荡·中华暗夜星空保护地",是继黄渤海湿地作为世界自然遗产地之后,人类与大自然又一次成功建立契约。盐城黄海野鹿荡,这是中国继西藏阿里、那曲之后第三个暗夜星空保护地,也是中国沿海地区从南到北第一个暗夜星空保护地。面积逾万亩的野鹿荡和更大范围的麋鹿野放区,平时人迹罕至,数十万株茵陈草迎风生长,香味扑鼻,每到夜晚,虫鸣如潮,浩瀚的天空繁星闪烁。在野鹿荡这片面积 26 平方千米的区域内,因为没有光污染,平均每年可观察星空 238 天,夏夜银河、冬季猎户星座清晰可见,仿佛伸手可触,而白茅岛上的茵陈草引来的繁星般的萤火虫飞来飞去,闪闪烁烁,和天上的星海遥相呼应,散发着圣洁之光。"黄海西岸一古船,繁花野草满天星。"在以条子泥为核心的黄海滩涂湿地成为世界自然遗产地之后,野鹿荡的万亩草原又成为无数天文爱好者追逐暗夜星空的最佳去处,于是,在追逐滩涂候鸟的队伍之后,一群又一群人来到了这里,来到了静静的野鹿荡。太阳落下,夜幕低垂,大地宁静,星空喟喟,大家在此静坐相依,抬头遥望星空万物,以手中的镜头记录下头顶的深邃星空,一起分享这独特的、能够看见浩瀚星空又能听见彼此心跳的野鹿荡之"夜"。

滩涂浩大,海生烟波。生活在大海边,大自然赐予我们不断生长的滩涂地,天空之镜般的野鹿荡。不灭的星光下,更多的志愿者加入了野鹿荡的保护队伍,追随高高举起的芦苇穗絮,将目光一直送向头顶的浩瀚天空。大海边的暗夜星空,像一篇古老的神话,更是一首连着天际的大地歌谣。

自然保护主义者马连义还徒步行走在滩涂上。他和他的团队在野鹿荡的田野调查工作已经进行了整整十五年，记录下的野草种子已经达到四百八十五种，发现的鸟类也已超过了三百多种。

摄影师老宋还在滩涂上跋涉。经风历雨，饮霜宿露，一遍一遍走向大海，走向滩涂上的野鹿荡，他的那辆装满器材的车子几乎就是一辆滩涂直通车。河流沧海，火焰滩涂，浅沟深壑，头顶红冠的丹顶鹤，"四不像"的麋鹿，一直都是他镜头中的主角。

而我，面对滩涂，面对野鹿荡，抬头仰望头顶广阔的星空，遥想着千百年前那些居住在长江口的移民部落，追忆那片滩涂大地的前世今生，以及一首诗歌的来历和去处，我发现，身边的野鹿荡，那艘古旧的船头上，不知何时，多了几架天文望远镜。

"暗夜"汹涌，我们在这里仰望星空。

峰巅之上

◎ 贾志红

长坪沟和毕棚沟是两个藏在深闺少人知的寂寞美人。在川西,这样沉睡在大山褶皱里的人间仙境比比皆是。

从四姑娘山大峰峰顶撤下后,我在日隆镇休整了一天。据当地老乡说,从长坪沟至毕棚沟的穿越,难度和强度都大大地高于攀登大峰。最近又刚刚发生了一起山难,两个青年在翻越两沟交界处的海拔4600余米的卡子山时,遭遇大风雪,不幸遇难。这个可怕的消息,让我从成功登顶大峰的沾沾自喜中清醒过来,严阵以待地在日隆镇狠狠地休息了一天。

我住在卢老七家,卢老七是卢三哥的弟弟,那个著名的高山向导——卢三哥,已在一场轰动全国的山难中不幸遇难了。卢三哥的弟弟们,继续像他们的兄长一样,做着这个危险的营生。其间的酸甜苦辣,有多少是出于对大山的热爱,又有多少是出于养家糊口的需要呢? 我下定决心,从此再不和高山向导讨价还价。他们或许纯朴或许狡诈,但所有这些和随时可能失去生命的处境相比,轻微如九牛一毛。更何况,在命悬一线的危难时刻,生命和生命之间的互相依存,怎么又是金钱能计算得清楚的呢?

卢老七的媳妇是个精明能干的漂亮的川妹子,因为老七带领另一支登山队攀登尖子山,被风雪阻隔在营地,无法如期赶回,她答应帮我另找一个经验丰富的至少两次进过这两条沟的向导。直到夜里十一点,才确定由唐大哥做我此行穿越的向导。

四姑娘山景区含一山三沟,其中之一沟就是长坪沟。我凌晨四点起床,收拾好行装,到达沟口的时候,大约是六点钟。由于前一天,也就是我休整的那一天,小雨淅淅沥沥地下了一整天,沟里泥泞不堪。朦胧的晨光中,薄雾还未完全散去,靠着头灯的微弱光线,我深一脚浅一脚地在稀泥里蹚着。当天的任务是徒步10小时约30公里到达卡子山山脚下,休整一夜,确保第二天翻越卡子山,第三天到达位于理县的毕棚沟,从而完成整个穿越。听唐大哥讲,卡子山坡陡路滑,难度强度都很大,尤其是毕棚沟那一侧的下山路,十分危险。为了确保有一整天的时间耗在卡子山上,长坪沟这一侧的穿越要尽早完成,否则,没有足够的时间恢复体力,整个穿越计划就会延期。而卡子山上,虽然在海拔4200米处有一个平台,可以扎营,但风很大,夜里气温很低。唐大哥说这些话的时候,有点轻视地看了看我,用他的话说是:"你个女娃娃呀,哎!"就是那轻轻地一瞥,让我在接下来的行程里,咬着牙,像吃了兴奋剂一样,在长坪沟里飞奔。

长坪沟已经开发的那一段,风景没有什么独特之处,在川西,这样的沟俯首皆是。惊人的画卷是在过了木骡子以后展开的。大片大片的沼泽地和没有任何桥梁的无数次的涉河使普通的游客望而却步。风光总在人烟稀少处显露它不被人类染指的本来风貌,形态和颜色都还原成原始的本真。四姐妹峰尤其是幺妹峰妖娆的背影和风姿绰约的婆缪峰遥相呼应。野人峰、骆驼峰,雄俊的峰峦冲破云霄,皑皑的白雪倒映在幽幽的碧湖里。郁郁的森林,茵茵的草场,同是绿色,却有着那么丰富的层次。

我在唐大哥吃惊和赞许的啧啧声中,提前一小时到达沟尾,一个巨大的漏斗形的山峰,横堵在这里。躺在卡子山山脚下松软的草坪上,听着溪水的潺潺歌唱,舒展开疲惫的筋骨,闭上眼,感觉着白云悠悠地从眼前飘过,那种痛并快乐着的感受真是令人荡气回肠。

知道第二天还有更艰难的路程在等待着我,晚餐后,在清冽的河水里洗漱完毕,便早早地钻进帐篷休息了。

早晨收营的时候,发现头天晚上拾掇得好好的垃圾袋被撕扯得乱七八糟。罪魁祸首一定是昨晚在营地周围徘徊的那几头牦牛。重新收拾一遍，用一块很结实的大石头压好，嘱咐唐大哥回程的时候，一定记着把垃圾带出沟。看着我殷殷嘱咐的样子，唐大哥有一些感动，他可能不懂"走过不留痕"的道理，但一个异乡人对他家乡，对他赖以生存的这一方山水的爱护，他一定是懂得的。

尽管事先早已经预想到了翻越卡子山的艰难，事到临头，随着海拔的升高，呼吸的急促，还是有些让我猝不及防。汗水打湿了头发，打湿了衣服，毒辣的阳光灼着帽檐挡不住的脸。四周已经没有了任何植被，光秃秃的碎石路仿佛无边无际。垭口处的经幡随风舞动着，几只苍鹰在云端翱翔。我寂寞地走着，几乎没有力气说话。坡度越来越陡，积雪越来越深，在垭口处，积雪已深及膝盖，风大得几乎要把我吹倒。艰难过了垭口，属于理县管辖的蜿蜒30余公里的毕棚沟，尽收眼底。

毕棚沟，号称川西最美的沟。远远地遥望，森林、海子、溪流、雪峰，和长坪沟风格很类似。下卡子山时，最先映入我眼帘的植被，是成片的高山杜鹃。当杉树和红松接踵而至的时候，我终于长长地舒了一口气：此行最艰难的一段路，我终于走过了。

那天晚上，毕棚沟里，巍峨的雪峰下，一条清澈的溪流旁，松软的草地里，巨大的木桩上，我做了一顿丰盛的晚餐，燃尽了罐里的气，吃光了包里的粮。回望卡子山，巨大的碎石坡，像一条石瀑，悬挂天际，真是无法相信，我就是从那里一路走下来的。

这么多年，我一次次攀登、一遍遍穿越，踩踩脚下的山、望望走过的路，从不敢称自己战胜了大山、征服了自然。神奇的大自然一如既往地神奇着。并不因几个人的光临而改变什么。我能改变的只能是自己的内心。站在峰巅之上，只感觉人类是如此渺小。一山一石，一木一草，大自然随意的一个进程，就使人类的寿命无法完整地领略。人类除了敬畏，并不能留下更多。

永恒的青春在树林里

——关于森林的诗学

◎ 刘东黎

作为人类学的重要母题和原始场景之一,森林象征着富饶、深邃和遥远,令人油然生出向往之情。茫茫林海,千百年才形成的参天大树、奇花异草、昆虫鸟兽和无尽藤蔓,以及细密微妙的纹理、光影闪烁的动态和高低起落的天籁,将光、水、植物、昆虫和鸟兽连接在一起,将鸟类观察家、地质学家、人类学家、气象学家、植物学家带入不同层面的感知之中,也让诗人、哲学家、文艺批评家都参与到对其繁复时空的反复审视之中。森林,天然是属于诗歌和诗学的空间。抬眼望去,古今中外无数文艺作品中满是森林苍翠欲滴的凉荫。森林诗学,让我们返归于一个由森林撑起的苍穹下。

岚烟散,云树合

山中多有千年树,世上难逢百岁人。根据《辞源》所载,汉语"森林"一词,最早见于《文苑英华》:"素晖射流濑,翠色绵森林。"大自然的山川鸟兽林木,原本就是"天地之心"。"爰采唐矣?沬之乡矣。云谁之思?美孟姜矣。期我乎桑中,要我乎上宫,送我乎淇之上矣。"(《鄘风·桑中》)在古代中国,森林是男女幽会的场所。我们的祖先,就曾在森林的庇佑下劳作、歌咏、生儿育女、相亲相爱。

中国远古神话集《山海经》中有大量关于森林的记载。如夸父追日"弃其杖,化为邓林""蚩尤所弃其桎梏,是为枫木"、伏羲攀登天梯、成汤桑林祷雨……"崦嵫之山,其上多丹木,其叶如榖,其实大如瓜,赤符而黑理,食之已瘅,可以御火",建木、扶木、若木、丹木、白木、灵寿树、甘华树、不死树等神树遍布全书,这些神树被认为是天地间人神交往的工具,或者起着天梯的作用,有的就生长于世界的中心。

相传伏羲氏"因龙马负图而出于河之瑞,故官以龙纪,而为龙师……命栗陆为水龙氏,繁滋草木,疏导源泉,毋怠于时"。"水龙氏",可能是传说中以龙为图腾的时代管理林业的官员。中国先贤拥有多种精细有效的方法,足够处理好人与森林的关系。比如说,中国人习惯于在陵墓与寺庙周围种树,因为他们认定死者的精神与神灵都寄居在树中,这样一来,对寺庙与陵墓起到了双重的保护作用。

在《吕氏春秋》中,详细记有每一时节与森林有关的环保措施,规定正月"禁止伐木,无覆巢,无杀孩虫胎夭飞鸟,无麛无卵";二月"无竭川泽,无漉陂池,无焚山林";三月"命野虞,无伐桑拓";四月"无起土功,无发大众,无伐大树";五月"令民无刈蓝以染,无烧炭";六月"树木方盛,乃命虞人入山行木,无或斩伐,不可以兴土功"等。

"万物莫善于木。"(刘向:《五经通义》)燕之菹泽、宋之桑林、楚之云梦,俱是丛林草泽。菹泽苍苍,云梦茫茫,森林不是一个客体,不是一个人延伸的自我,而是一种苍茫的混沌。在一片看似杂乱的森林里,每样事物都各在其位,各显自身的生存本性。

古人把祭土神的场所叫"社",而以树作社神。闻一多先生对此曾做过考据,"原始时期的社,想必是在高山上一座茂密的林子里立上神主,设上祭坛而已。社一名'丛',便是很好的证据"。可见树木繁茂苍郁之处,常是古人的立社之地。在汉语中,"城狐"与"社鼠"具有同样的暗喻意义,就是因为狐鼠常常粘连了土地神的神性,也常以枝叶浓密、生态性混沌复杂的社林为藏身之所。

唐代柳祥在《潇湘录》一书中,写贾秘在古洛阳城绿野中,曾见七人环饮,自歌自舞,这七人正是松、柳、槐、桑、枣等七种树木之化身。杨衒之《洛阳伽蓝记》载,当"神桑"被围观时,惹恼皇帝,即命人杀之,"其日云雾晦冥,下斧之处,血流至地,见者莫不悲泣"。英国人类学家弗雷泽在其著作《金枝》中也提到:"中国书籍甚至正史中,有许多关于树木受斧劈或火烧时流血、痛哭或怒号的记载。"森林已成为功德之意象,对森林的敬畏之心,成就了一个高古朴拙的上古精神家园。

《离骚》与《诗经》里,触目亦多葳蕤鲜活的森林,储存了先民与自然相依的真实信息。而在中国的文人笔下,则是另外一番气象,人与森林悄然运化,无牵制,无所累,那是天、地、人生命自然朗现的空灵境界。

"空山不见人,但闻人语响。返景入深林,复照青苔上。"(王维《鹿柴》)森林在这里是审美的、非对象性的,林间人语并没有打破静默,相反,倒是自足和圆满了一种万物静观皆自得的宁馨。

地理学家段义孚认为,宋朝的文人画抓住了山林的精髓。如果从现在穿越回宋朝,人们可能看不到类似西方那种背着画夹颜料走向田野的画家。宋朝的艺术家并不是身临其境试图复制某一个特定的景色。"相反,他走进一个世界,在那儿徜徉几小时或几天,以便能够感受和吸收整个氛围,然后,他是回到画室作画的。"艺术家们面对森林,心境与画境相互交织,诗心与自然物象、春风秋日流通无碍、亲切应答,才会有树杂云合、山沓水匝的上乘之作。

北宋画家郭熙《山水训》有记:"真山之烟岚,四时不同。春山淡冶而如笑,夏山苍翠而欲滴,秋山明净而如妆,冬山惨淡而如睡。"春英、夏荫、秋色、冬骨,这是从一个画家的视角,借用森林生长的不同特点来描写四季山林景色,是一种源于中国审美精神的特有的艺术形态,正可谓"心凝神释,与万化冥合"。

浩大的自然文学空间

奥地利作家施瓦布在《与魔共舞》中说:"这个地球上,最高贵的灵魂就是森林之魂,而这个民族就应该将它所蕴藏的力量归功于它的森林。正由于此，我想说的是，所有的文化都源自森林，这并不偶然，因为文化的衰落是和森林的毁灭密不可分的。"森林不仅是可利用的资源或者是需要适应的自然力量，还是安全的保证和快乐的源泉，是深深依附和神往的对象，是繁复浩大的自然文学空间。

《阿达》是纳博科夫全部小说中最具阿卡狄亚特征的一部，许多场景都发生在树荫下，在男女主人公交往时，椴树与橡树之间也会发生枝叶交通的感情："头顶上，一棵椴树的树枝向一棵橡树的树枝伸展过去，像一个绿油油的美女飞着去见她强大的父亲，后者正用脚倒挂在秋千上。"小说中两个夏天的描写，被称为"两首夏季田园诗"和"葱郁的牧歌"。

"在树林里，一个人像脱壳似的脱去了他往昔的岁月，在他一生中的无论任何时期，他都仿佛是个孩子，永恒的青春在树林里"（《爱默生讲演录》）。森林是孩子接受成年仪式的地方，童话的主人公离家之后，脱离父母的庇护，往往会进入森林，此时森林象征着一种自我探索的状态，孩子可能会经历磨难，但那是发现和完善自我的必经之所。从森林中出来后，也许会到达城市或是王宫，甚至是好运连连的秘境。

《格林童话》里的许多场景都是发生在森林之中。如《森林中的三个小矮人》《森林中的老妇人》《林中小屋》《狐狸太太的婚事》《技艺高超的猎人》《森林中的圣约瑟》《丛林中的守财奴》等，标画了森林与人最初相遇的"历史性事件"。"大地泛青了，地里长出了鲜花，森林里的树木都枝繁叶盛，绿荫成片。小鸟的歌声响彻林间，树上的花开始落到地上。"（《杜松子树》）"周围是寂静的森林，当夜晚的一轮满月升起来的时候，他牵着小妹妹的手，循着那些在地上闪闪发光的石头向前走去。"（《亨塞尔与格莱特》）森林在童话中的萌芽和显现，是一个安详、温暖、寂静、唯美的世界，花香溢满四野，是人们与童年岁月保持联系的秘密通道。

在古老的历史上，欧洲大陆和英伦三岛都曾被一望无际的原始森林所覆盖。据说，在英格兰中部的瓦立克郡内，松鼠在茂密的森林里从一棵树跳到另一棵树上,不落地便可横穿整个瓦立克郡。

在莎士比亚的戏剧中,森林往往作为阴冷僵化的宫廷世界的对立面出现。被流放到亚登森林的老公爵就曾触景生情:"这种生活,虽然远离尘嚣,却可以听树木的谈话,溪中的流水便是大好的文章,一石之微,也暗示着教训;每一件事物中间,都可以找到些益处来。"(《皆大欢喜》)在莎翁的《仲夏夜之梦》中,森林同样被赋予曼妙出尘的色彩,那里是精灵的国度,梦幻的天堂。"当月亮在镜波中反映她银色的容颜,当晶莹的露珠点缀在草叶尖上的时候",青年人就会溜出家门,相会在森林中。森林是将所有人归于平等的所在。森林中没有身份、地位之别,万物各显其象,各得其所,一切都是最好的安排。

俄罗斯文学素有"大自然检验人性"这一宝贵的文学传统,普希金、费特、屠格涅夫、布宁、普里什文、阿斯塔菲耶夫,都是俄罗斯大自然和心灵的歌手。他们的作品闪耀着俄罗斯广阔原野与大森林的诗意光泽,那里是他们创作激情的源泉。在拉斯普京的《告别马焦拉》中,有一棵体现土地生命力的"树王",火烧不着斧砍不倒,连油锯都拿它没办法,在居民们眼中,正是"树王"将这座岛固定在河底,连接在一块共同的土地上的,它就是马焦拉岛上的通天树、太阳树,是连接氏族生命血脉的世界之根。只要有它在,也就有马焦拉在,人们的内心就会无比安定。白桦树更是俄罗斯的"仪式之树",这种长着白色树皮的阔叶树木,已经转化为不能泯灭的思想,进入一个民族漫天飞雪的梦境和意念中。

喀尔巴阡山脉和波希米亚山脉以北的广大平原地区,自古以来就是森林茂密、山清水秀之地,所以德意志民族称自己为"森林部落里走出的民族"。德国森林的原始与肃穆,构造了德国文化的奇幻光影。当日耳曼部落中的条顿人在森林里击溃古罗马人入侵后,橡木林就被后世看成是这个民族孔武有力且英勇善战的化身。

森林的深沉、丰富和神秘,也赋予了德意志民族丰富的创作源泉。

一七七二年，一群青年诗人成立了哥廷根林苑社，他们经常在森林中创作吟咏，借此创造出一片语言的丛林：一个"可会可感、深微丰美的心之世界"。四季流转，森林中的微妙化境，更激发了他们对自由的追求以及对自然的向往。如地理学家莱尔弗所说，"某一些地方比其他的地方更真实，而且那种共同感、所属感和'地方意识'只能出现在那些人和地方之联系深深扎根的地方"。

在《尼伯龙根之歌》这部宏伟史诗中，英雄在森林里找到了希望，找到了无穷的力量，然而又在阴暗的、充满危机的森林里迷失了自己，丧失了生命。森林不只是作为"风景"存在，也是对人类特定处境的阐释。

由于森林的边界不易确定，森林便象征着意识与无意识的交接点，是潜意识的象征。这也引发了作家对现实世界中真实人性欲望的追求。大江健三郎的祖母，曾给他讲过森林的故事。森林由众多树木组成，每一棵树都是一个人的生命树，如果你有幸找到了自己的生命树并走到树下，就会遇到将来的自己。在《万延元年的足球队》中，大江写道："虽在这深幽的森林中长大，每次穿越森林回到自己的山谷，我就无法从那沉闷的感觉中超脱出来。窒息感的核心纠缠着已逝祖先的感情精髓。"此时森林就如一种孤绝荒诞的梦境，令人无法自拔，无力醒来。

森林的风景可以是宁静和温暖的，也可以是阴郁和寒冷的，这和内心状态是紧密联系在一起的。"森林"是灵魂或自我的形象，在向上方、向着光明生长的同时，也不断将根须探向黑暗深处。树向上生长的过程也是向下扎根的过程，树的根须不断朝黑暗深处挺进，这在很大程度上类似于人类对黑暗、死亡和深渊的迷恋。在森林中，主人公必须"面对隐藏在无意识中的被忽视了的自性的各个方面"。

如果没有某种特定的自然环境，人们往往不能定位自己的身份。事实上，当置身故事发生的特殊地理环境或具体的地方时，人们对那些悲欢交集的故事才会有代入感。在川端康成的散文中，随处可见森林的踪迹，美丽、安静,然而在纯净与青涩之中,似乎也蕴含了某种神秘的不安。村上春树的《挪威的森林》,则存留着某一时代人类生活与森林之间关联的原初经验,回应着某些历史性的精神境遇。从森林中,作家获取了某种颇为独特的自我意识和创作灵性。

"每个人都是辽阔、不可穷尽的"

森林是人类灵魂的群像,是文明与野性、城市与乡村、现实与幻想、世俗与神圣、意识与无意识的过渡空间,是一个人精神的本源和隐秘的摇篮,是对真理、本源的揭示,是最接近本源之所。"现代性"在世界范围的扩张,造成了现代人"经验的贫乏",人们已经失去了与"自然""森林"进行沟通与对话的能力。而在"森林的诗学"这一扩展开的世界中,人与森林都能够更加自足、开阔地存在,尤其帮我们接近某种完整性,这里面包含了灵魂自身的明暗、生死、幸福和命运。

山河大地,泉源溪涧,稽古述今,穿越千年,森林的本真状态和外在价值,体现了一种从有限进入无限、在瞬间体会永恒的境界,塑造出我们反观现实的能力。"次日早晨,当我们走出森林时,在回程的路上,我们看到,都市的世界像是一大片工业的工场,喧嚣、盲目,就像一个巨大的谎言。我们想重新找回那种心醉神迷的喜悦,我们还记得那种感受的鲜明,但是,我们总要重新找回丢失的钥匙。"(鲍赞巴克、索莱尔斯《观看,书写》)当我们远离现代性的喧嚣,返归于一个由森林撑起的苍穹下,我们就能够与自然和解,与自身和解,让自然和心灵达成相互的抚慰。

遇见原生湿地

◎ 鱼　禾

真正的湿地对人类而言是"反宜居"的,它是特定生物群落的渊薮,而不是人类的"风景区"。

在我近乎偏执的印象里,唯有含水量充分的原生湿地才是湿地。野性的恢弘、混沌与丰沛的元气,那种浑然一体的生命感,强悍的生长性与同化力,都是人工湿地难以模拟的。失了天然气质的野外不叫野外。离开了天然湿度及其造就的泥沼,缺少了与湿地的温度和湿度条件相适应的生物,作为"湿地"的景观就没了灵气。

人类对于湿地,只能珍惜、养护,甚至只能远观。一旦介入过度,"野外"便会退却。黄河中下游潼关卡口以下断续分布的湿地,大多是在人类活动的进逼之下收缩到一角的"荒野",是在行将湮灭的当口,由于生态保护的需要而留下的"特区"。在豫西,由于一系列拦河大坝的兴建,沿河湿地由于偏得了丰盛的水源而连线成片。三门峡水库上下,黄河右岸从潼关附近的三河口到灵宝、卢氏,再到洛阳偃师,沿黄湿地断断续续,延绵数百里。

己亥年冬,在文友叶灵的向导下,趁三门峡库区采访间隙,去看鼎湖湾。我刚刚看了三门峡库区的王官湿地。从会兴渡口到高庙乡一带,是大片人工栽植的杨树林。三门峡水库蓄水期的王官湿地上,地势较低的杨树林根部淹在漫滩的大水中,看上去很是壮观。但我要看的不是这个。我想看看原生态湿地,野生湿地,大自然造的湿地。叶灵笑答,我知道你想看什么,在河南域内的黄河沿岸,不来鼎湖湾,你不太可能看到别的原生态湿地了。

到达鼎湖湾的那天恰逢微雨,野外气温逼近零摄氏度。景区在冬天是不开放的。叶灵解释了我们的来意,我又出示了一份省作协的调研公函,守门人破例允许我们进入参观。

湿地在低处,在陡窄曲折的步道下面。雨后雾气氤氲。站在崖边向北观望,但见前方莽莽苍苍,无尽的芦苇荡里有几道隐隐约约的水汊曲折通向远处。我知道黄河的位置,但看不见河流的轮廓。它隐在薄雾之中,与枯黄的芦苇荡混为一色。

关于鼎湖湾的常识,在我的搜索范围内,所得寥寥。只知道这里有黄河流域最大的水泊芦苇荡。北方芦苇我是熟悉的。与许多喜水植物一样,在北方,这些芦苇的生长期与候鸟滞留本地的时间基本是对错的——它们在清明时节泛青,五月开始疯长,夏秋两季最为茂盛,立冬前后枯萎。

从崖边木道逐级而下,一步步迫近的鼎湖湾让我惊喜不已。这才是我要找的"湿地",是我认得的"野外"。即便在春秋旅游旺季,人们也只能借助小船,沿着有限的几条水汊才能进入芦苇荡深处。眼下,我们只能在边缘步道上走走。

这样很好。我不喜欢侵入。对于人类的冒犯,大自然会以它的方式表达反对。它不多话,不理会,任凭人类作茧自缚。自然的威力蕴含于无声无息之中,由不得人们不在意。如果我们有回顾历史的习惯,那么不难发现,大范围传播的恶性传染病往往发生在人类需求远远大于自然资源供给力的时候。自然之手的平衡强悍而残酷。或许,我们在俯首听命的同时,也真的到了必须寻找人类与他者的生存逻辑共通点的时候。湿地的存在与保护,在某种意义上,可能是一个更广大的合约时代的开始。

鼎湖湾的芦苇荡一望无际。淤泥中生长的芦苇格外茂盛。芦穗高挑,在风中沙沙作响。这声音低沉、干燥,听上去有一种别样的孤清。

这个位置,地处秦岭东端与黄土高原南边缘交界带,差不多正在中国大陆版图的中心,植被区系具有东西交会、南北混杂的特点。芦苇荡中间杂生着大片的蒲草和白茅。白茅密集如织。蒲草的扁长叶片俱已枯槁,长长的茎秆上穿着一截椭圆形的蒲棒。因蒲棒状如蜡烛,所以蒲草有个有趣的别名——水蜡烛。冬天的蒲棒是灰黄色的,它们在风中东摇西晃。这没点燃的蜡烛,仿佛含着潜在的明亮。蒲棒其实是蒲草的雌花,褐黄色的花粉入药,可消炎止血。蒲棒成熟后碾碎为蒲绒,蓬松清香,用以充枕,堪称健体妙物。

这些东西对我而言都是旧相识,偶尔遇见,便如故人邂逅。

幼时的故乡曾是水草丰美之地,村子西边有一片池塘,南北连接着长长的活水。塘边水洼中、低岸上,每年夏天都会长出大片大片的芦苇、蒲草、慈姑、白茅、薄荷,以及其他许多叫不上名字的水生植物。蒲草的叶片长而柔韧,是编织和造纸的上好原料。蒲草是少年的爱物。每到盛夏,池塘边的蒲草常常被我和玩伴们连根拔起,编草鞋,编草帽,编手枪。蒲草的根因为脆嫩,常被弃之不用。那时不知道,被丢弃的蒲根原是可以做成美味佳肴的。淮扬菜系的小清鲜代表作——开洋蒲菜,就是海米加蒲根做成的。蒲草的茎秆和叶子条形优美,截断插瓶,也是十分养眼。

童年记忆里的"毛鱼儿",则是白茅在春天萌生的嫩芽。"毛鱼儿"就在冒出地面不久的茅草尖里包裹着,每个乡村孩子都知道怎么剥开草尖外面薄薄的苞衣,把里面刚刚成形的嫩穗抽出来。那小小的一绺茅穗,银白软糯,鲜甜耐嚼,是天然的清口糖。到了夏天,"毛鱼儿"长大出穗,就成了一绺长长的带籽粒的茅草花。埋在地下的白色茅根一节一节的,柔韧中含着清甜,是副食紧缺时期孩子们可以随地取食的零嘴儿。

至于芦苇,故事就多了。池塘边的芦苇丛里藏着灰鹤,藏着泥鳅、麻虾、三枪、花鲢和小白条,藏着喉儿呱乱叫的青蛙,藏着传说中的水妖。在小孩的眼里,芦苇只是做芦笛的材料,芦苇花则可以背在肩上冒充"红缨枪"。后来——准确地说，是二〇二〇年春天新冠疫情暴发时节——我从药店买回的宣肺中药里面有一味芦根，查了查，才知道这正是以芦苇的根干制而成。和许多水生植物的根茎和果实如莲藕、菱角、蒲菜、茅根一样，芦根食可以品味尝鲜，药可以宣肺清热，是食药同源的典例。在二〇二〇年因新冠疫情来袭而显得格外漫长的春天，芦根一直是我随身携带的小物。除了充作茶饮之外，我还把芦根与甘草、黄芪、川穹一同磨碎装入香袋，放在枕头边、书桌上、衣袋里。在双手暂得解放的间隙，不时拿到鼻子下闻一闻。那是中草药特有的香气，在二〇二〇年的春天，没有哪一种香气，比这种香气更令人安心了。

万亩芦苇荡里自然也藏着各种会飞的生灵。在鼎湖湾一百四十多种野生动物里，鸟类是最触目的部分。这里是白鹭、灰鹤、灰鹭、大雁、野鸭、白天鹅、白冠鸡的栖息地，有各类候鸟和留鸟近百种。走在湿地边缘的步道上，我们的说话声只要稍微高一些，或者仅是轻轻举起相机，便会惊起水面上、残荷上、树枝上的鸟群。远处一棵大树枝丫上正在小憩的群鸟，圆溜溜地挤在一起，被我的近视眼看成了果实。"那是什么树，"我问，"那么多果子，还是灰色的。"随行的朋友大笑。"那是鸟，"她说，"哪有果子啊。"笑声惊动了群鸟。它们扑棱棱飞起，开始有些纷乱，在空中盘旋几圈之后，仿佛镇定下来，慢慢排成一个旋转的"人"字。雨后的天空里，它们的队列只是一个剪影，看不清细节。不知它们是灰鹤、大雁，还是苍鹭？

鼎湖湾栖息的鸟类中，留鸟与候鸟之外，还有一些，是冬居山林、夏迁平野的漂鸟。但这些类别并不是绝对的。有的鸟，会随着生存环境状况变化而改变自己的习性。促成改变的主要是食物。据说有一种繁殖于日本北海道的丹顶鹤，原本是夏候鸟，但由于当地人持续在冬季投喂鸟食，它们便渐渐放弃迁徙的本能，成为当地的留鸟。

鸟儿也是有情的，能感知人类的善意和恶意。就在来鼎湖湾之前经过的王官湿地，我遇见几位负责给迁徙来此的天鹅投食的村民。他们平时负责护林看湖,在天鹅迁徙到本地的冬季,他们兼任了给天鹅投食的差事。据他们说,当地每年要安排几万斤玉米专门投放到天鹅聚集的库区湿地,天鹅湖一带则要投放十来万斤。因为有充足的食物,来此越冬的天鹅越来越多。

　　我曾跟着候鸟保护协会的人去寻找在豫北长垣黄河滩落脚的大鸨。每年初冬至次年仲春,这些大鸨就以这片滩区上的麦田为栖息觅食地。长垣吸引它们的地方在于,这里不仅有丰富水源涵育的鱼虾,还有大片麦田里滋生的虫类。据说,为了给这些鸟儿提供一个安全的栖息环境,有位热心于鸟类保护的人,特意流转了将近三千亩土地,秋天种小麦,夏天种玉米,每逢大批候鸟到来的时候,田野里残留的玉米、破土的麦苗全部任由鸟儿啄食。鸟儿也是聪明的,它们知道这里不缺少食物,便大批大批聚到这里。大鸨是一种神态安详的鸟,它们小头、短尾、细足,却有丰硕的身形,褐色斑纹的覆羽显得华贵而神秘。可惜的是,它们被盗猎者盯上了。有的盗猎者竟绕过拦截,趁着月黑风高,在田野里撒下含毒的药丸。为了保护这些远道而来的鸟儿,当地有一位叫宋克明的人,联络本地一些年轻人,成立了候鸟保护协会。他和他的会员们常常冒着寒风,在野地里一粒一粒捡拾毒饵。那个下午,宋克明陪我们去田野里看鸟群。我们不忍惊扰,就站在田埂边用望远镜看。镜头里的大鸨在麦苗中安静地站立、踱步。它们仪态悠闲,犹如田野上的贵族。大风在耳边呼呼地吹。大风也吹乱了鸟们的羽毛。它们仿佛很享受麦田里的风。有些鸟开始交头接耳。只是有人轻声赞叹了一句,它们便觉察了动静,于是扑棱棱绝地而起,迅速飞向远处的树林。在望远镜的视野里,那些飞逃的鸟儿羽翅扑打,显然有几分惊慌。它们在阳光下变成一个个闪烁的小点,然后消失在远处林中。

　　求生是一切生物的本能。曾有一段时间,我一直不明白为什么郑州市区会突然出现大群的乌鸦。其实,它们并不是突然出现的。它们每到冬天都会从野外迁移到城区来。这些漂泊的鸟儿飞到市区,只是为了食物和取暖。冬天,野外比较寒冷,而且难以找到食物。而郑州市区温度较高,也比较容易找到吃食。只不过,我冬天大部分时间缩在室内,很少遇见它们罢了。

步道旁边野树错杂。树木之间荆棘藤蔓纠缠。虽是冬季,草木丛中已经风干的野菊花枯而不萎,仍自白花花的晃眼。留意看去,附近全是这种白色野菊,只是它们的茎秆匍匐在地,更类似藤生植物。野菊花的品类太多,这种野菊花的单层花瓣像一把把小伞。这是"马兰"。与兰科的马兰不同,菊科的马兰因其嫩叶可食,俗称"马兰头"。我曾在一处山中画室品尝朋友调制的马兰头,其味清鲜,其气如花,端的不是俗物。可能因为大风,面前的蒲草大片倾倒,像是被碾压过。伏地的蒲草中孤零零立着一截黑色木架平台,看结构,大约是简易的瞭望台。风吹草低。从野树的枝丫间望过去,天野一色,凝重苍茫。时间仿佛不曾移动,不曾建构过数千年的人类文明史。自然的宏大浩漫,让我有一种身处负压空间的错觉。仿佛粒盐入海,我被体量巨大的"对方"融化、吸收了。

在真正的野外,人眼所见总是极其有限。人站在无障碍的地平面上,身高与视野半径的比例约为1:2700。以我的身高,最多能看到八九里远的地方。而眼前的芦苇高至三四米。我只是井底之蛙。为了不受这种局限,我早已习惯了借助卫星地图——这是人类设置的"天眼",借助它,可以"看到"这个星球表面的任何地方。

卫星地图上的鼎湖湾,是潼关卡口以下黄河右岸的第三个凹岸河湾,地处秦岭东端延绵山系亚武山与黄河之间一级台地以北河滩,在灵宝市区西北方向,北面对岸是山西芮城。因地理和气候关系,这一带沿河沿湖湿地分布相对广泛,生态环境大致保持着原生样貌。沿河是蓊蓊郁郁的绿色。比例尺放大,鼎湖湾的轮廓渐渐呈现。枯黄的芦苇荡东西绵延数公里。我们立足其上的白色木架平台依稀可辨。我如果在这帧图上,有多大呢?比蝼蚁更微小,连一个斑点都构不成。

人是小的。论体量,人小到可以忽略不计。然而黄河中下游的湿地,还是成片成片地沦陷于人类的开发。近年倡导山林湖草保护以来，河边残存不多的洼地才被分别围合起来，成为名称各具的湿地公园。然而大自然的毁损并不总是可逆的。"湿地公园"的大多数，其实已经不能被称为"湿地"，也已经不具备恢复湿地的条件，而只能是"公园"了。

　　自然从来不是独立于人类之外的，人也处身自然之中。人类为生存必须从自然界索取衣食，是自然生态链的一部分。然而人类加于自然的许多索取，并非出于必需，而是出于奢侈和贪欲。一面索取无度、肆意污染，一面挥霍浪费。生命究竟在怎样的形式上存续才是不悖逆天地伦理的，人们不以为意。人们在意的只是自身的目的。关于成功、幸福、道德等等，所有人类文明积累建树的规范与约定，都或多或少表现出对周遭世界的无视。这是人类的失德，也是人类的隐患。

牧蜂图

◎ 苏沧桑

三十九年后,东海边慈溪城一个临街的院落里,诗人沈建基手捧旧相册,和我讲起了当年扒火车的情景。我的耳蜗里回旋着东海的潮汐声,却清晰可辨三十九年前天山脚下火车提速的轰鸣声,以及轰鸣声中他狂乱的呼吸声和心跳声。

黑色敞皮火车裹挟着寒风和沙砾,试图一把拎起他并掀翻他。他一手紧抓竹壳热水瓶和铝饭盒,一手极力伸向正呼啸向前的火车,伸向火车上一张张被煤灰弄得像熊猫一样的脸。小他十二岁的妻子叶羽琼,一岁的女儿松松,小他十八岁的小弟,还有两个徒弟,都向他拼命呼喊着,极力伸长双手试图将他拽上火车。

他追赶火车,像小兽追赶巨兽,追赶抛弃它的母亲。心脏快要从胸膛蹦出来的刹那,他够上了火车皮某个凸起的部分,一扯,一跃,飞身翻上了火车,差点撞到那一张张乌漆麻黑的脸,那些脸正绽放出一排排雪白的牙。羽琼抱着咿呀学语的松松,呆坐在地上的铺盖堆里,暗夜将一些支离破碎的光亮射进货舱,照见她左下眼睑正中悬停的一颗泪。这是她第一次跟着他穿越千山万水到新疆养蜂。发现他在看她,她一低头,泪珠落入了幽暗中。松松大着舌头说不清话,蜂箱装车时,她的舌头被一只受惊的蜜蜂蜇出了血,还肿着。

天空宛如一只巨大的黑鹰俯冲而下,覆盖在广袤无垠的原野上,天地连接处,一条雪亮的白线,宛如一只正打开银色羽翼腾空而起的飞鸟。从浙江到福建到山东到内蒙古再到新疆，辗转千万里，天山终于近在眼前了！"老虎、狗、神仙"，是二十世纪八十年代初养蜂人的生活写照。带着所有蜂箱、所有家当、所有人手追花逐蜜、转场运输，是靠天吃饭，也是行军打仗，带着五个组二十几号人的沈建基就是总司令，必须得像猛虎下山，而吃喝拉撒有时连狗都不如。

每一次转场，撤帐收拾、关钉蜂门、搬运叠装、绑绳固索、装车卸车，都必须分秒必争。火车不等人，不管你装完了没有，也不管你去上厕所了还是去买饭菜了，说走就走。途中不会随便停车，只有到了编组站，才会停两三个小时或更长时间。货车多为装煤和石子的敞皮车，没有列车员和食物，没有厕所，常常是在车上憋大半天，趁火车临时停靠，大家迫不及待地下车找厕所，找饭馆，有时好不容易找到了，火车早就开走了。幸而他有一手养蜂二十多年被逼出的扒车"绝技"，才有惊无险。如果真掉队了，只能找火车站帮忙搭快车去追他们。

寒风从缝隙直灌进车皮，地上的破棉被一角被风吹得呼啦啦响。沈建基将一小勺蜂蜜水喂到松松嘴里，眼前浮现了一张老人的脸。

他见过很多在火车站失联的养蜂人，但没有见过那么凄惨的一张脸。那是一个特别寒冷的冬天，火车经过一个戈壁风口，夜黑得像掉进了锅底，突然，满戈壁的石头像狼群一样咆哮起来，紧接着，暴雪裹着石头，石头裹着沙砾，贴着地面向着火车正面袭来，整个车身剧烈摇晃，像惊涛骇浪中的船，像一个无助的孩子窝在戈壁滩瑟瑟发抖。据说风暴倾翻火车是常有的事，养蜂人在车上被冻死也不稀罕。一个养蜂人说，有一年他们去西藏养蜂，一个女的才四十多岁，身体不好，因为高原反应吃不下饭，就在火车上活活冻死了，辛苦了一辈子挣的蜂箱什么的全都给了徒弟。

一个叫"红柳"的火车小站门口，一块破旧的小黑板前，一位老人眯缝着眼睛，灼灼的目光搜寻着什么。他整个人像一顶被废弃的破帐篷，破衣烂衫，两只鞋子都露出了一个大口子，脸上已看不出皮肤本来的颜色，胡子上结着冰碴,鼻子和下巴上全是血,干了的和新鲜的血。老人掉队了,也想施展多年练就的扒车绝技,但火车已经提速,太快了,年迈的他被呼啸而过的狂风掀翻在雪地里,他爬起来本能地循着家人远去的呼喊声沿着铁路追,跑不动了,就走,一直走,顶着暴风雪走,不知道走了多久,终于走到了这个小车站。

突然,老人的胡子剧烈地抖动起来,带血的冰碴纷纷掉落,泪水夺眶而出。小黑板上有一行歪歪扭扭的粉笔字:

某某某:爷爷,我们在前面某某处等你。

五月末的天山脚下,一个晨起放羊的哈萨克族少年发现油菜地里出现了一群神秘的黑衣人,他们穿着笨重的棉衣棉裤,头戴面纱,面目模糊,看上去惊魂未定,疲惫不堪,如同从另一个时空穿越而来。

历经长途运输的蜜蜂们也惊魂未定,疲惫不堪,亟须休整,恢复元气,再上天山采草场百花,奇台县农六师 109 团农场的油菜花地,便成了沈建基他们暂时的家。帐篷依水而建,日子总算有了点“神仙”的意思了。

清晨,掀起帐篷门帘,只见远处的天山雪峰像一群雪白的马,栖息在大树般的玫瑰色朝霞下。羊群散落在晨曦中,云朵般安详。草原如同一场即将开席的盛宴,每一朵花每一棵草都在昂首期待着什么,草香和花香浓稠得像能把整个人托浮起来。蜜蜂倾巢出动,千万双小小的羽翅将空气搅成一个个小小旋涡,试图将初春快速解冻。羽琼趴在他挖的地灶前,把火生得呼呼地响,灶口便蹿出一条条红狐狸妖娆的尾巴。

午后,不用摇蜜的时候,沈建基就在帐篷里看书,微风从帐篷底下吹进来,木板床下的青草随风摇曳,让他想起油菜花地尽头的无边麦浪,想起东海之滨的家,想起两年前逝去的前妻和幼儿,想起自己浪迹天南地北的前半生。外面传来徒弟们哇哇哇的叫声,他们正脱了棉袄,在阳光下洗澡,天山清冽的雪水让年轻的皮肤泛起阵阵红浪。

夕阳要到晚上九点才落下,黄昏时分,孩子们最喜欢跑去看农场职工挖野地里的田鼠洞,不出意外,一个洞能找出二十公斤以上的麦子。孩子们追着田鼠跑,田鼠们有灵性,洞一被挖,准备了大半年的口粮没了,熬不过漫长的冬天了,它们就会纷纷跑到水渠边碰死。

常有哈萨克族或维吾尔族牧人过来,打个招呼,说几句听不懂的话,常有扛着铁锹的兵团农场职工来闲聊几句,或叫他们去看露天电影,或参加当地人的婚礼。一个哈萨克族小伙子见羽琼长得美,虽语言不通,老是打手势笑着邀请她跳舞,她飞红脸,飞也似的逃了回来。

有时,他也去奇台县城办换证进山的手续,买点东西,完了找个小旅馆住下,到小饭馆叫二两小酒,就着夕阳的余晖慢慢喝,然后在渐渐冷清的陌生的街上慢慢溜达,一直走到脚下的夕阳变成了月光。街角转弯处的小店里传出熟悉的电影歌曲,小贩在叫卖,孩子们在奔跑,几个维吾尔族姑娘轻轻飘过,那么嘈杂,又那么安宁。他真想躺下来,住下来,永远不再漂泊,多好。

回头,又看到远处天山绵延不绝的雪线。雪线让他想起最多的,是母亲的白发。

三十九年后,沈建基依然觉得,那一晚山林里的月色,是他此生见过的最美的月色。

一切安静下来后,他将蜂箱上的马灯点亮,翻开一本书时,听见山林中传过来仿佛玻璃在滑动的哗哗声。

一轮巨大的金月亮,孤悬在博格达雪峰上,向雪山、幽谷、草场洒下了亿万道银色光芒,群山中了蛊惑般肃然拱卫,天地变成了一个人间异域。如同一声悠扬的小提琴声之于雄浑的交响乐,一涧月光从云杉林深处缓缓淌出,如他刚刚摇的蜜,如从炉火中刚脱胎的琉璃。溪流遇到一块巨石,飞溅起细碎的冰屑般的光芒。他坐到巨石上,将整个身体沁入光芒,亦被光芒沁入,他不知道自己是月光,还是月光是他自己,如同梦里庄周不知是鱼是蝶,或鱼蝶就是庄周,栩栩然,蘧蘧然。月光让风和云都停了下来,让鹰回到了巢里，让他这几天来惊魂未定的心渐渐安定了下来。

从山下的油菜花地，转场到山上百花绽放的牧场，要走盘山马车道，经过一个个悬崖。满载着蜂箱和人马的五辆大汽车，从马车道鱼贯而上，步步惊心。车子经过悬崖拐弯处，沈建基一动不动紧盯着司机手里的方向盘，坐在车身最右侧的羽琼紧紧将松松抱在怀里，一声不吭。没有一个人吭声。

有什么突然攫住了他的手，一阵剧痛。是羽琼抓紧了他，指甲嵌入了他的皮肉却浑然不觉，眼睛和嘴巴都张得大大的，发出了无声的"啊"。

沈建基顺着她的目光侧身去看，只见前面那辆汽车有两个轮子一半悬空着驶过了悬崖。

"跑惯了，出不了事。"当地雇来的司机若无其事地说。事实并非他说的那么轻松，曾经有马队驮着蜂箱上山，马失前蹄，车翻了，受惊的蜜蜂疯狂乱窜，一匹大马竟然被惊慌失措的蜜蜂活活蜇死。翻车要人命，蜜蜂受惊也会要人命。

沈建基几乎每天被蜜蜂蜇，最多一次被蜇了百余下。那年夏天在内蒙古采木樨花，蜂箱放在黄河滩边的大堤上，上游突降暴雨，洪水滚滚而来，眼看要将大堤淹没。本来，搬运蜂箱必须在夜晚等蜜蜂回巢，来不及了，四个蜂箱摞在一起有一百八十斤，不及固定便一担一担赶紧往大坝高处挑。有一个蜂箱掉下来了，天热，蜜蜂脾气暴躁，一下子劈头盖脸蜇上来，他躺倒在地上昏死了过去。一共被蜇了一百多个包，幸而他长期被蜇对蜂毒有了抵抗力，换了其他人，可能已经死了。

悬崖是"拦路虎"，到达天山腹地的牧场时，又来了一个"拦路虎"。一进谷口，只见一匹白马飞驰而来，马上一位哈萨克族壮汉呜里哇啦打着手势，冲到跟前，拦住车头不让进场，语气很是凶狠。他看起来四十多岁，头顶瓜皮小花帽，大胡子，棕蓝色眼睛，像一头胡狼，待沈建基掏出盖着鲜红大印的介绍信晃了晃，他却立即换了个人似的，将马一勒，让到路边，居然还欠身摊开手掌做欢迎状。

来的是看守草场的哈萨克族人呼朗白，与他十五岁的女儿古尔丹住在一个白毡房里。沈建基将自己的帐篷安在离呼朗白毡房一百米处，与这一对有趣的父女成了邻居。每天早晨，当露珠挂满草尖，呼朗白的白毡房上便会升起淡蓝色的炊烟，响起古尔丹咯咯咯的笑声，笑声从百米外一直银铃般一路洒到帐篷前，洒到沈建基的小弟身边。

壮壮的古尔丹、脸上有着两坨高原红的古尔丹、永远在嬉笑怒骂的古尔丹整天围着他们转，瞪着眼睛听他们说话，并不懂。天黑了，古尔丹一手拿着自制的奶酪，一手拿一只手电筒钻进帐篷内乱晃一通，最后总是将手电筒对准小弟的脸，盯着他左看右看，嘿嘿嘿傻笑。

大家问："你是不是喜欢他？"

她听懂了，用夹生的普通话大声说："就是喜欢！"

羽琼在帐篷里洗澡时，沈建基要在帐篷外看着。有个徒弟故意逗古尔丹，说沈建基的帐篷里在放电影。古尔丹便要冲进去看，沈建基自然拦着不让。她便偷偷溜到帐篷后面掀开一角偷看。过了一会儿，她跑出来，涨红了脸，瞪大着眼睛，说不出话。据说，他们一生只洗三次澡，出生、婚嫁、入殓，在她的生命经验里，她从未见过人洗澡。

两匹野马依偎在河边饮水，古尔丹呆呆看了一会儿，突然非要教小弟骑驴。驴一见小弟挨近，便撅屁股扬蹄子又踢又咬。古尔丹叱喝着勒住驴头，总算让他爬上了驴背。驴生气了，故意向着艾蒿似的草丛里钻，草有毒，人的皮肤一触碰便会又痛又痒还起红疙瘩。小弟哇哇乱叫，大家哈哈大笑，古尔丹涨红着脸，直跺脚，大家笑得更响了，一群蜜蜂被吓得轰一声散了。

小弟不仅有果浆般的"艳遇"，还有烈酒般的"奇遇"。沈建基让他下山去供销社联系装蜜的铁桶，太阳下山了，他没回来，吃晚饭了，他没回来，月亮出来了，他还没回来。迷路了？摔下悬崖了？沈建基彻夜无眠，终于熬到天蒙蒙亮，喊起徒弟们正准备下山寻人，只见玫瑰色的晨曦衬出了山坡上一个摇摇晃晃的人影,那个熟悉的身影似乎累得要命,每抬一脚身子都在摇晃。沈建基的眼眶湿了,冲上去摇着小弟的肩膀问他怎么回事。小弟说,回来的半道上,天暗下来了,忘了谷口的分岔路,走着走着就迷路了,七拐八拐拐进了一条山沟,只见不远处燃着一堆熊熊的篝火,有人围着篝火在唱歌跳舞,空气里弥漫着烤羊肉浓郁的香味,他循着火光走过去,被一群哈萨克族青年男女一把拽进了人群里,拉着他又唱又跳,又吃又喝。他从来不会歌舞,也不会喝酒,却像中了魔一样,在一群陌生人面前完全放开了自己,酒醉了,歌醉了,舞也醉了,他觉得自己是和从月亮上下来的仙人们一起狂欢,直至瘫倒在一个毡房里。不知过了多久,他睁眼看见狂欢的人们东倒西歪还在沉睡,急忙悄悄爬起来,就着微亮的晨曦,循着模糊的记忆,找到了谷口,终于看到了古尔丹家淡蓝色的炊烟和两顶熟悉的破帐篷。

沈建基坐在金月亮下,心有余悸地回想着这些天来的种种状况,不由笑了。哗哗的溪流声里,响起了一阵嘚嘚嘚嘚的马蹄声,不远处的云杉深处,闪出了一匹枣红马,马背上一个像是喝醉了歪斜着身子的哈萨克族汉子,在月光下一晃一晃晃到他面前。哈萨克族汉子翻下马,对着他一阵呜里哇啦,见他摇头,便用鞭梢指着孤悬在雪峰之上的月亮,又是一阵呜里呜哇,然后,晃着身子翻上枣红马。嘚嘚嘚嘚的马蹄声渐渐远去,隐入了更幽深的山林,遁入了月光的更深处。

沈建基想,他一定是在说:他是从月亮里来的,顺着涧水,月亮就是他的家。

沈建基转头看向金月亮,看到了月光下天山延绵不绝的雪线,仿佛又看见了母亲的白发。

群峰高举一个草原

◎ 李元胜

车往重庆市城口县的神田草原开，一路盘旋而上，视野里全是屏风般整齐排列的山峰，难怪我们所在的乡叫北屏。北屏北屏，叫了这么久的名字，到了白云缭绕之中，才发现取得真好。

神田还在头顶上，在所有的屏风之上，城口的人说，那是群山举起的一个草原。三个月前，我去过一次，确实就是这么奇幻。

但是已是黄昏，今天到不了神田，我们的目标是半山上的安乐村，这是陪我上山的文友子民选的地方。他知道我非常看重晚上的灯诱，这一带，还只有安乐村最适合。

白天适合看蝴蝶看花，因为很多昆虫躲在树冠上，没有翅膀的我们只能望洋兴叹。但是晚上就不一样了，昆虫有趋光性，在好的位置挂一盏灯，简直就是它们没法拒绝的武林盟主召集令。一盏灯，一块白布，昆虫界的牛鬼蛇神都会纷纷出洞，到我们的眼皮下来开英雄大会。

开着车，想到这个场面，我不禁嘿嘿笑出声来。车上的子民和文友木木，以为窗外有什么精彩的事情，都赶紧伸长了脖子四处看。

路边还真有精彩的，一丛醉鱼草花开正艳，粉红的穗子在山坡上很是显眼。醉鱼草的花是很吸引蝴蝶的，我把车停下，远远瞄了一眼，不禁心中微震。没有蝴蝶，但是有好几只天蛾在花丛中穿行，有一只翅膀似乎是透明的。

咖啡透翅天蛾！我提着相机就下车了。

"二哥,小心!"子民在身后提醒。我这才注意到,这个山坡的土石非常松软,有时候走一步会滑回来半步。

我小心地来到高大的醉鱼草的下面,仰着头仔细看了看。两只小豆长喙天蛾、一只咖啡透翅天蛾正在兴奋地享受今天的最后一餐。我找了一枝最矮的繁花,守在那儿一动不动。根据我的经验,悬停的天蛾们会围着花丛转圈,不会放过开得很好的花穗。果然,几分钟后,它们先后进入了我的镜头。

匆匆吃完饭,我们就去找灯诱的地方,在屋后找到一处,四处空旷,很适合召开昆虫的英雄大会。

一切看上去都很完美,天色完全黑下来之前,我开始准备器材,感觉会有一个忙碌的晚上。就在这个时候,我听到了雨点打在屋顶上的声音。我停下了手里的活,走到窗前,没有听错,外面真是突然就下雨了。

灯诱是没法搞了。我们悻悻地喝茶、闲聊,不知不觉,雨竟然停了。

雨后的夜探效果也会打折扣,但总比闷在屋里好,我们先到屋后的山路上去走了一圈。湿漉漉的草丛中,我找到一些蝴蝶,其中一只拟稻眉眼蝶新鲜完整,其他的都有点破旧。

感觉没有逛够,我们干脆穿过院子,沿着公路散步。走着走着,突然发现深夜的山道有着冷冷的美感——头顶有星光,脚下有云雾,身后的山庄逆光看去像发黄的老照片,我们不像是走在此时此刻,倒像是走在某部电影的角落里。

回到房间,感觉没尽兴,就把三个月前去神田拍的照片仔细看了一遍,想预习一下明天会碰到哪些植物,这次去它们会有什么变化。

上次印象最深的是在草丛中发现了开花的太白贝母,一时惊喜莫名,顾不得地上潮湿,趴下去就拍。这是一个生长极其缓慢的植物,第一年长出针状的苗,第二年才长出像样的叶,如果第三年茎叶长得齐全了,第四年就能看到花。多么不容易,等一朵花开,差不多要读完大学的时间。

然后就是木姜子和茶藨子,都在开花。前者倒是常见,后者我查出是瘤糖茶藨子,我特别喜欢它半透明的一串果实,不知道明天是否结果,希望能挑战一下它的酸。茶藨子是野外口渴时的救星,它致命的酸,一粒足以让口腔里充满唾液。如果我上山带的茶水全部消耗完,还要吃馒头作为午餐,我就会四处寻找茶藨子。如果茶水还有,我会寻找更可口的野草莓。

还有那几树山樱花,当时正狂野地开着,现在,果实期应该过了,会不会还有几粒残留枝上,让我可以琢磨一下?

第二天清晨,鸟声把我惊醒。恍惚中,突然想起,身在距离神田不远的安乐村,这正是我期待已久的一天啊,翻身就起来了。

我们匆匆吃过早饭,驾上车就兴奋地驶出了山庄。路边仍有醉鱼草密布,我减了速度,慢吞吞地往上走,这样透过车窗就可以看见有没有早起的蝴蝶。

醉鱼草上不算热闹,因为只有它们的最高处能抹上一点朝阳,仅有的一只麝凤蝶在那里逗留,拖着秀美的长尾。我停车远远拍了几张,就继续赶路。总觉得从昨天的观察来看,上山的路边常见物种多,山巅上会更精彩吧。

这点小心思,很快就被证明是多么的自以为是。在一处废弃的工棚旁,我看见一只蝴蝶闪过,赶紧停车。它轻巧地落在工棚前的地面上,离我们的车很近,我也轻手轻脚下车,把车门慢慢推回去,怕惊动了它。定睛一看,这只蝴蝶翅正面黄色,密布黑色条纹,好陌生的蝶,我表情淡定,心里却惊呼了一声。它移动着,用长长的喙左左右右在潮湿的地面找个不停,像探雷的工兵一样,专业地寻找自己想要的东西,这个过程中终于把翅膀合上了。翅反面仍然是黄色,黑色条纹却变细了,呈精致的网状,后翅的眼斑低调地列在网的边缘。原来是颜值不俗的网眼蝶,无数次看过照片,也见过标本,却从来没有在野外相遇。

拍完网眼蝶,我满意地站起来,看了一下环境。还真是个拍蝴蝶的好地方，一条纵向的沟和公路，两条蝴蝶喜欢的飞行线路交叉在这个半山上最大的平台。它还不仅是一个交通枢纽站，废弃的工棚、有人类生活史的地面，对蝴蝶来说，简直就是美食城，太值得逗留了。

我决定在这里多花费一点时间，看看还会有什么蝴蝶逗留。接下来的四十分钟时间，我观察到七种蝴蝶，都是常见蝴蝶，其中的白灰蝶和彩斑黛眼蝶，我相对见得少，多拍了几张。

我们继续往上，上午十点左右，到了群山之巅的神田草原，这已是重庆陕西交界处。

驻车后，我们三人缓缓步行，沿盘山路往里走。果然，和半山的景致区别很大。这里草木茂盛，却不高大，有点走到了川西草原的感觉，但是天更蓝，云更低，人更舒服。

看了一会儿云和天，还是忍不住低头看野花，路两边全是，五颜六色，种类繁多，我很快就被道路左边坡上一种花吸引住了，它像五只鸟组成的一个紫色灯笼，造型非常别致，花瓣和萼片都是紫色却又深浅不同，很耐看。这是我在城口多次见到的华北耧斗菜，都在海拔比较高的地方出现。如此惊艳的物种，能让人每次看到都很惊喜。

拍完华北耧斗菜，刚回到路上，就看到右边的草丛里，有一些醒目的黄色花朵，像一只只吊在草叶下的圆号，凑近一看，原来是顶喙凤仙花，此种只在重庆有分布，别的地方，就只能看别的凤仙了。

就这样左一下右一下，完全走不动路，生怕错过好看的野花，确实，好看的也太多了。比如，看到一种蓝色的花，粗看不以为意，仔细看就会大吃一惊，它的花朵稀疏而随意地组成大致是圆锥形的花序，像蓝色的圆筒形灯笼，灯笼下部花的裂片很小，收缩成反卷着的小浪花，而花柱却肆无忌惮地从浪花中伸了出来，长得精致而有趣。后来我查到，这居然是一种沙参，细叶沙参，完全颠覆了我对沙参花的印象，以前看到的沙参花都像桔梗花。仔细阅读了相关资料，原来，这不是孤案，沙参属的筒花组，其实都有着类似的花朵,只是我自己没有碰到过而已。

子民轻轻叹了口气。显然,对这样的行进速度有点无奈。子民对昆虫敏感,视力又特别好,经常发现我漏掉的东西。木木喜欢野花,倒是乐呵呵地又是看又是用手机拍,完全不着急。

走到一段相对平坦的路时,阳光更强烈,蝴蝶出现了。但这些蝴蝶仅供远远观赏,不可接近:它们有的横向掠过土路,从坡上直往沟底而去;有的沿着路纵向上山或下山,行色匆匆,似乎路边繁花,并不值得它们逗留。我目击到的蝴蝶多达十余种,其中有好几种是我肯定没见过的,但也就是擦肩而过的缘分,想要看清楚细节都来不及。我已经不会着急,甚至不会遗憾了。一条有蝶的路,至少比无蝶光顾的路好上十倍,对不对?

这些蝴蝶中,唯一和我有缘分的是藏眼蝶,它大胆地落在路中间,给了我短暂而宝贵的机会,但是很不好意思,拍下它的时候,我以为它是只弄蝶,即使整个体形很不像(它翅的反面白色上有黑斑,很像白弄蝶,而照片的角色看上去,触角的末端也仿佛带着弄蝶的弯钩状),后来在弄蝶资料里查不到它,请教了研究蝴蝶的朋友,才知道错大了,原来是一只眼蝶。特别有意思的是,在另一处灌木中,我拍到一只平摊着翅膀的眼蝶,也是从来没见过的,后来确认,这也是一只藏眼蝶,只是它向我展示了翅膀的正面。我给子民说,还不错,这两只蝴蝶我都是首次相遇,一只眼蝶,一只弄蝶,真好。蝴蝶的世界是博大丰富的,我还在它的门口徘徊呢。后来一想到这个细节,就忍不住哈哈大笑。

我们终于来到了神田草原最高处的山丘,也路过了五月曾经让我赞叹不已的开花的山樱花树。可惜,没有找到果实。翻过山丘,草原一泻而下,就像一张巨大的花毯倾斜着,罩在馒头似的小山丘上。

本来,我还惦记着那条路上的太白贝母和瘤糖茶藨子。但是路上沉醉于各种野花,按计划下午要去看神田草原的另一个山头,只好放弃了。

但是,还没有好好拍的野花还很多很多。有些物种,路上早就见到了,却一直没拍,总觉得前面还有姿态更好的,背景更好的。现在到了最高处,已无更多选择,我干脆把背包放到草丛里,从离自己最近的野花拍起。

瞿麦花像五个跳舞的紫衣小姑娘,风一吹,它被吹歪了,又像一个乱发纷飞的狂野女子。紫色的还有翠雀,像一群鸟,轻盈地停在细细的枝条上,就形态而言,它们比我见过的乌头要美,乌头花也是紫色,却像一群蒙面僧人,面目不清地端坐在一起,看久了不禁心惊。我一边拍,一边喃喃自语,这些野花远看是一个整体,一团彩云,但是你蹲下来,离它们近在咫尺,视野里只有其中一株甚至一朵的时候,它们就会像宏大的建筑,展示出设计师造物主的缜密、大胆和机智,甚至,每个物种都既是活生生的生命,又像是某部深邃天书的一个词;既是一个独立、完整的系统,又好像是理解其他更广袤生命的钥匙。我的沉思,始终跟随着镜头里目标的变幻,像一条小路,左弯右拐,在草丛深处越走越远。

不知道拍了多久,我才慢慢站起来,腰、膝盖都已经变得僵硬和麻木,我差点没有站稳,身体竟然摇动了一下。我仰起脸,闭着眼,深深地呼吸了几下,才恢复了状态。这时,子民提醒道,已经中午十二点了,我们应该下山去吃午饭,然后转移。

"好的!我抓紧。"我说了一声,又蹲了下来,我发现一些被忽略了的野花,它们单独占据镜头时,可能并不耀眼,但是当你退后,面对草原的时候,正是它们构成了草原的基础色,比如圆穗蓼,比如野葱等。我得把这些低调的野花也记录下来。

步行到山门,还需要一些时间,拍完这一组后,我们就掉头下山。烈日当空,阳光非常耀眼,我们三个人都眯着眼往前走。还是那条路,还是那些野花,但是总觉得有什么不一样。究竟是哪一点不一样呢?难道就因为眯着眼,所有的景物都发生了弯曲?然后,我就反应过来了——是蝴蝶不见了。来的时候,左左右右,高高低低,都有蝴蝶在飞,虽然我只拍到一两次,但蝴蝶们让整条路显得灵动而多姿。只不过过了两个小时,这些大大小小的蝴蝶竟然整齐地消失得无影无踪了。这又让我想到,上山的时候,这一段路我并没有拍摄和记录任何野花和别的物种,因为作为蝴蝶迷,我实在无力抗拒空中那些翩翩来去的翅膀。既然重走这条突然变得空旷的路,我就好好看看别的物种吧。

没有发现未记录又特别有趣的物种,我就选择姿态好的柳叶菜、老鹳草拍了些照片,拍着拍着,又忘记了时间。好一阵之后,我抬起头来,发现两个伙伴,躲到了不远处的林荫下。

我正打算向他们靠近,突然发现了一只蝎蛉。蝎蛉是一种奇特的昆虫,它们有着长长的喙,喙的末端有咀嚼式口器,这样的装置真是万能,不同种类的蝎蛉用它对付不同的进食目标,比如野果、小型昆虫和动物尸体。雄性的蝎蛉有着蝎子一样的尾刺,这也是它们得名的由来。

我无数次在野外遇到蝎蛉,但只拍到过它们取食野果,而眼前这只蝎蛉却在刺杀一只蝇类,它的喙已经刺穿了蝇类的腹部,整个过程中,蝇类只微弱地挣扎了一下,翅膀不显眼地振动着,随后就一动不动了。蝎蛉贪婪地吃着,喙在蝇类身体里细微地晃动着。我赶紧拍下了这难得的场景。

蝎蛉拍好后,伙伴们还得再等等我,因为蝴蝶终于出现了——一只圆翅钩粉蝶顺着道路飞过来,对路边的多数野花都表现出浓厚的兴趣,应该是一只羽化不久的蝴蝶,翅膀完好而干净,仿佛一位衣冠楚楚地享受着自助餐的绅士,每一处餐台都要去品尝一下。粉蝶中,这也是我偏爱的种类,我半蹲在地上,完成了记录,膝盖被地上的石块顶得很痛,但是感觉很值。

在神田,我最后记录的物种是一个大型菊科植物橐吾的部落,足足有几十株,它们的叶子硕大如南瓜叶,花序高过一米,非常壮观,可惜刚进入花期,还没有盛开。橐吾,还是故友郭宪在金佛山上教我认识的。要是他还在,能和我一起同游神田,记录如此壮观的橐吾部落,他一定会很开心。

北极三章

◎ 周建新

　　北极海岸,风是腥咸味儿,刮得硬朗,凌厉的刀子般,抽脸扎耳,扯衣拽发,推你远离。想要留下,须像出征的士兵,衣角当战袍,掖进腰间,鼓足力气,迎风挺立。如此刚劲的风,或者以为,偶尔为之,这便错了。此风为天风,天天如此,没有假日,顶多是换了吹法,南风变北风时,像是风神缓了口气。

　　好在我有八十公斤的体重,不至于弱不禁风,何况我是海边长大,时常任凭风浪起,稳坐钓鱼台,不惧风。然而,北极海的风,却出乎意料,无休止的强势。如同潮起潮落,风也该有起有伏,北极海之风却不知疲惫,降到四五级,等于歇息。

　　细想想地名,便也释然,冠之为北极,若无极致,岂不浪得虚名? 中国北极海,地理位置使然,直面海的风口与陆的风口。站在这里,背对北极海,张开双臂,酷一回,品尝一番被风推走的感受,在没有车的状态下,搭了一次顺风车,这辈子,记忆的闸门就无法关上。这是北极海的幸事,人就是这样的怪物,脚下的路越多,越容易忘却,很多事就成了过眼烟云,好在北极海的风能纠缠住记忆。

　　不用解释,您已明白,北极海与北极圈相去甚远。此地之极,不是地球之极,是中国海岸线的北极点,北纬 41 度,坐落于锦州小凌河入海口。站在海岸,所有的海,都在你的南面,就像站在北极点,所有的方向都是南。

　　天地万物,极只是感觉。华夏文明,极为忌,极到极致的太极,却是圆的,循环往复,找不到起始点。人生没有极致,即使化成尘埃,换一种存在方式而已,乐极生悲之说,就是告诫人们,活得要有分寸,要有尺度。所谓的北极海,也是相对而言。由此想到辽河入海口,盘锦的红海滩,只要在网上搜索中国最北海,跳出来的准是红海滩。

红海滩火热的红碱蓬,明星走红地毯般,叫火了中国最北海岸线。北极海反倒不愠不火,牢固地占据在它的纬度上,由此,便给这个世界留下争议,哪里是中国海的最北点?

有争议就好,月满则亏,留有余地,饶有兴致的争论,倒也模糊了极的概念。就像对北极点的测试,不同国家的探险队,会在不同的地点标志出自己的北极点。

从地图上测量,两者直线距离,仅 30 公里,几乎在同一纬度。我曾多次去红海滩,辽河入海处,河水汤汤,染黄海面,浩大的喇叭口,无法辨清哪里是河,哪里是海,哪里是咸水,哪里是淡水,河宽河窄,完全随着潮涨潮落。如果从喇叭口最窄处算起,最北海岸,当属红海滩,可那里的水是淡的。

北极海则不同,小凌河入海时,细若羊肠,软弱无力,海与河的分界线,一目了然。风推动着海浪,迅速撕裂了河水,于是,站在河口,品尝的便是咸水。若是用水的咸淡作评判的标准,这一票我投给了北极海。

其实,谁是中国海的最北端并不重要,重要的是,站在这一点,能感受到什么。徜徉在红海滩,很容易沉浸在明星走红地毯的幸福中,而在北极海,只收获最简单的两个字,动力。

苍天给自己留个发泄口,不分季节从这里宣泄愤怒,人类却收获了哲学。于是,能源诞生了,风力发电机组宽容地接纳了天怨,让世界变得平和。只是硕大的三叶片,智慧地退避三舍,选在了海岸线之外的山上,距离避免了伤害,也产生了美。

借助这股风力的,还有锦州机场。在习惯的留言中,朋友乘机出行,不能祝一路顺风,逆势上扬,符合空气动力学,庞大的飞机,需要驾风起飞。

所以，北极海以北的陆地上，突立出一片孤城，那就是锦州国际机场，选择这里，也是天赐。

转身向海，凭栏临风，呈现在眼前的不仅仅是海，而是 U 形，两侧皆为陆地，除非目不转睛，旁若无人，否则无法一心向海。海的右前方，白帆点点，密集如鸥。一艘艘细长的帆船或帆板，从码头鱼贯驶离，长风破浪，箭一般射过来，一个个古铜色皮肤的小伙子，摇帆转向，展示出雄健的肌肉，告诉你他们征服过全世界。

这些时代的弄潮儿，清一色的国家帆船帆板队运动员，他们刚刚驶离的码头，就是锦州帆船帆板运动训练基地。这里水深适中，风疾浪缓，天下难寻，"伯努力效应"能发挥到最大。这个新名词，上午参观时我第一次听到，直至站到北极海岸，看到他们迅速地"孤帆远影碧空尽"，才相信，生命中最快的速度是逆风而行。

站在北极海，还能看得更远，不远处，最具文化象征的笔架山岛，观察的角度变了，形状也变了，成了沙漠里的卧驼。再远些，20 海里之外觉华岛，仅仅是一朵小小的菊花，不再像渤海中最大的岛。这两座盘踞在海中的岛，任凭风吹浪打，纹丝不动。

风动，心不动，万物皆静。

文人多喜茶，亭堂阁舍，院落树下，均可品茗，天南海北地坐而论道，妙趣横生地谈笑风生，皆为茶缘。对于东北人来说，再会品茶，也是对他乡的评头品足，可望而不可即。东北无茶，天经地义，就像南橘北枳，过了淮河，非但无橘，再也不见茶园，何况遥远的东北。由此说来，河南信阳，便成了茶的分水岭。

中国最北茶，当属信阳毛尖，已成定论。

这个世界，最不确定的往往是定论，喜欢品茶的我，早被定论捆住，品茶三十载，不知有北茶。直至一天友人来访，送我一罐崂山绿茶，供我解暑，并称这是南茶北引的极限，北纬 38 度，并再三叮嘱，北极之茶，格外珍惜，不能随便送人。我却觉得，更像是警示，仿佛茶也有边界，像敏感的"三八线"，不可逾越。

盯着茶罐，我为无知而汗颜，事实摆在眼前，茶落北方，无可置疑，极点为崂山。虽然如此，绿茶，我仍喜龙井，并未改变。文友秦朝晖，也是喜茶之人，曾兴冲冲地告诉我，朝阳有茶，野生的，有绿茶之鲜，那才是中国最北茶，约我去品。秦兄有秦叔宝之义气，谈及家乡，手舞足蹈，完全丧失他所擅长的文学评论之严谨，朝阳的野生茶，不过是北方少见的乔木，代茶饮的树叶而已。你可以否认北极茶，却无法否认秦兄的热情。茶就是待客的，再好的茶，也是树叶，秦兄无错。

真正长见识的，还是庚子年的秋分。趁疫情远离，数位文友应邀赴锦州，品北镇医巫闾山的奇绝之妙。下山之后，安排了品茶歇息，我以为，去的是江南风韵的茶馆，不料，却是去看茶园，这座东北最古老的镇山之下，居然有茶千亩。茶园屋舍旁，疏朗地生长十几株百年大梨树，我们端坐在树下的石桌旁，观看江南才会有的炒茶工艺和茶艺表演。

刚炒好的茶，自然是绿茶，早上采摘，中午便是我们杯中的饮品了。茶汤清澈，叶片在水中重新舒展，碧绿如初，品之，清香之中含有浓郁的豆香。毫无疑问，这是绿茶中的极品，不逊于龙井。我有一种欲望，明年夏天，改喝闾山绿茶。一问方知，售价数千，且早就预售一空，我被价格打败，幸好无货，才留住了最后的尊严。

换茶再品，观赏到的是红茶，条索紧结，细硬如针，色泽乌黑油润。水沸泡茶，茶汤红艳、清澈，端杯细品，清香滑润，有股优雅的兰花和浪漫的玫瑰之香，含入口中，回味无穷。这一次，我没敢问价。

茶园的主人，名任辉，狂热的《红楼梦》迷，诗词歌赋，倒背如流。这个任性的老板，陷入"南茶北种"的梦想中，宁可砸出千万，也要在闾山山脚下种出大观园里品茗的茶。驯化了十几年，茶树终于适应了东北的寒冷。

由此想起闯关东的东北人，适应了，不恋齐鲁，扎根为家。事实上，东北气候也在快速地变暖，数十年前，还是"出了山海关，冰雪连着天"，现在，辽西走廊居然雪落即化，再无千里冰封。被闾山环抱的茶园，形成的小气候，自然适应得最早。而这里的病虫，却不适应茶树，不敢以茶叶为食，天赐的无公害。

天下名山，皆为寺庙占据，医巫闾山也不例外。名山不仅仅自然风光旖旎，更是精神高地，僧道抢先据之，选绝胜之地建寺筑庙，更显宗教的神圣。不过，这也恰到好处，在自然景观中增添了人文景观，成全了刚刚兴起的旅游业，造福了一方百姓，青岩寺如此，闾山其他庙宇亦是如此。天人合一，善哉。

出茶园，一路北行，迎山而去，投入闾山中段，路到尽头，三面山势陡立，唯有南面，向着平原敞开，这便是大朝阳谷。苍松翠柏间，隐现着一片古朴的建筑，叫大朝阳山城，这便是我们夜宿之地。这里，闾山如慈爱的父亲，挺直宽厚的背，遮住冬季寒风，而冬季里的阳光呢，只要醒着，就会温暖而又和煦地烘烤，善良如母。

大朝阳，实至名归。

山城之上，便是闾山国家森林公园，满眼的山，皆为黑色，茂密而又粗壮的黑松林遮蔽住了山体，这里的黑油松林，被称为"东北亚第一大"。钻入密林，我拾级而上，走索道吊桥，赏奇松怪石，听溪流潺涓，聆百鸟啼唱，看野花盛开，沐清风艳阳，憩原始木屋，在自然的状态下，享受着久违了的松弛。

进入森林，完全是文友的怂恿，当地的文化学者贾辉，我们曾有同居一室之谊，畅谈半宿之欢，他忙于接待省外作家，无暇顾我，仰首向上指点，称大朝阳山上的三清观有竹，中国最北的室外竹，可以一观。我的兴趣瞬间被撩拨起来。

宁可食无肉，不可居无竹，是一种生活境界。梅兰竹菊四君子，梅兰菊耐寒，东北习以为常，唯独缺竹。粗犷与豪放，是东北人的性格，普遍缺少清雅淡泊的品质，大概与缺竹有关。梅傲，兰雅，菊冷，唯竹最令人喜欢，虚心有节。在我有限的记忆中,生长于室外无任何防寒措施的竹子,最北竹生于老家葫芦岛,一个叫孤竹营子的乡下,只有寥寥几根,孤苦伶仃地生长。至于我居住的沈阳,除了小区的名字冠以为竹,室外未见其真容。得知山城之上便有中国最北竹,路再险,也无所谓。

三清观,我为竹来。爬天梯般的十八磴,跨淙淙流淌的溪流。喘息而至,边歇息,边浏览指示牌,得知此观建于明代,分上、中、下三院,中院和下院的崖壁之上均有"大朝阳"石刻,为清雍正御笔,大概为规避"清"字,曾更名百余载。

我所期盼的竹子,生长在最大的中院,依崖而生,细长的一片,不能称为竹林,也不够壮硕,勉强称为袖珍竹园。竹瘦方为美,就像郑板桥,清高而又坚忍。崖壁刀削般直立,在黑松的环抱中,寸草不生,显得突兀与异类。幸好有竹恰到好处的遮蔽与点染,化解了这块石头阳刚有余、阴柔不足的缺陷。大自然总是这样,自觉地寻找阴阳的平衡。

竹的品种与北京紫竹院大致相同,生长状态却不如北京,仅有一人高。对于竹的长势,我不挑剔,闾山是中温带的边界,能见到竹,已经令人欣喜。

滋润竹子的是山泉,从崖缝间汨汨流出,不紧不慢,不冷不热,乳汁般哺育竹子,得天独厚的环境,造就了独一无二的小气候,产生了中国最北竹。

道观的太极,让我顿悟,中院之竹,符合阴阳之说,闾山之阳,山泉之阴,天造地设地造化出一个奇迹,北极竹。由此想到了人,想到了第一个把竹子栽进中院的道人,没人记得他是谁,可他把奇迹留给了后人。默默无闻方是得道高人,没有他,三清观不会有如此雅致的仙风道骨。

人是流动的,也是最有情怀的,或许还会有人打破南竹北移的纪录。创造不可能,是人类最大的兴趣。

北极无极。

河流上的生灵

◎ 米 兰

　　罕见大雪扑地。自东南而西北，一列山脉被皑皑白雪覆盖。雪霁后十日，天气晴好，我决定去黛溪河上观察一番——作为私人地质学的一部分，我对这条横贯全城的河流进行了长达十几年的考察，包括自然景观和人文景观两部分，积累了一些资料和笔记，唯独隆冬季节的记录偏少，正好可以借此弥补。

　　黛溪河发源于摩诃峰，是邹平境内最大的一条内流河。作为杏花河的一条支流，黛溪河穿城绕户，又西北，至上口村西南与杏花河相汇，全程五十华里。康熙年间大名鼎鼎的布衣诗人萧亭先生躬耕山上，弹琴赋诗，隐居摩诃峰北大谷中，"肃然之阴，其东面曰大谷。谷中有二十四村，皆良田沃壤，土厚而水甘。桑柘交荫，鸡犬之声相闻。古于兹仙人、白兔公遗迹，皆在此处，盖隐逸之奥区也。吾内兄萧亭先生居之。"一代宗师王士禛折服其诗，赞其"乐府古选，尤有神解"，遴选五百首以为集，并为之序，《萧亭诗选》印本由是传留至今。"雪后峰峦古，云中梵呗幽。"凛凛寒风中，沿黛溪河徒步而上，萧亭先生散步时所遐想，我此时亦能体会一二。

　　河上结了厚厚的冰层。零下十九度的天气，对鲁中地区来说，委实过于寒冷。据气象部门统计，这也是本地四十年来的最低气温，实属罕见。河道内残存的芦苇和蒲荻颓变为灰褐色，花头弯折下来，在顶部耷拉着，看上去萎靡难振；河边植物园里那些山楂树、玉兰、紫薇、木香、木槿以及杏、梅，都是沉默的冷灰色；不大却暗中嗖嗖作响的西北风从河面上吹过来，枯黄的莎草瑟瑟无声,垂头乱作一团;夏天里经常在河流上看到的鸳鸯、小鸊鹈、绿头鸭们,都已不知去向。

走过于印水库来到叠石堆处,见三五少年在冰河上嬉戏玩耍,仿若曾经的童年时光,便驻足观看。不远处黛溪河右岸,古老的夫于村静若处子——夏商时期夫于族於陵氏的发祥地上,只有这个村庄的名字,还留存着夫于族的历史基因。举目四望,山脉、河流、大地、城郭,一片冰天雪地,冬天的阳光甫一落到河面上,即被冰雪消解殆尽。我所站立的叠石堆以巨石堆砌而成,横跨黛溪河两岸,是河坝,也是石桥。叠石碓下方这片开阔水域,是摩诃峰北麓源流与东路源流交汇处,有草甸,有水渚,有沼泽,岸上宽阔的山丘坡地,经过人工整修,浑然而成黛溪河湿地公园,不仅是鸟儿们的乐园,也是城中居民节假日经常光顾之地。

距离叠石堆下方大约十几米的一个水渚上,几棵垂柳在寒风中挺立,挤挤挨挨的芦苇从渚顶到河中央,连接成一片密密麻麻的芦苇荡。节气刚进"三九",寒冷的日子看不到尽头,滴水成冰的天气里,孩子们在叠石碓上方厚厚的冰面上骑滑车、坐滑板,但石堆下方到水渚之间一小段河面上,竟然微波荡漾而没有结冰,让我百思不得其解,最让我惊讶的是,突然有一群似鸡似鸟的小生灵,头顶白色额甲,从苇丛中颤颤巍巍跑了出来,因为盘根错节的芦苇根部满是冰碴儿,它们小心翼翼的样子就像一个人在冰上行走时一模一样,其中几只很快下到水中往来浮游,另外几只叽叽叽叽叫着,在原地打转,甚是可爱。我赶紧拿出手机,拍了一段视频发送到作家群:这是什么动物?"白骨顶。"网名小黑的文友秒回仨字。白骨顶?没等我反应过来,他又发上来一段:白骨顶,即骨顶鸡,本地留鸟,国家二级保护动物。

既然是本地留鸟,我以前怎么从来没有看到过?

一只山雀从山坡上俯冲下来,降落在一根粗壮的苇秆儿上,动听的歌声随之响起,如阳光般闪耀,一瞬间我甚至感觉春天就要来临了。在所有的寓言中,冬天总是寒冷、残酷和绝望的象征,此刻这只山雀的鸣唱与冬日阳光合而为一,却是十分美好的景象。轻捷的山雀同时带给我另外一种启示:与之相对比,骨顶鸡应该就是留鸟——以我浅薄的鸟类知识,我认为单从身体构造来看,骨顶鸡并不具备迁徙的资质,它们的翅膀不仅短,位置也太靠前,超出重心,飞起时只能悬着双腿,它们也许更适合游水或在陆地上行走——对于迁徙来说,这是远远不够的。

周一上班后,打电话给自然资源局的朋友孙雁冰,咨询他关于骨顶鸡的问题。他笑着说:你今天能看到骨顶鸡,自然是环境改善的结果。

孙雁冰在局里负责野生动物保护工作,拥有专业的鸟类知识,他用微信发给我一段文字:

> 骨顶鸡又叫白骨顶、白骨顶鸡,外形像野鸭子,是国家"三有"保护动物(即:有益的、有重要经济价值的、有科学研究价值的陆生野生动物),也是国家二级保护动物,已列入《世界自然保护联盟》二〇一三年濒危物种红色名录。骨顶鸡属于鹤形目秧鸡科的鸟类,是一种名字中有鸡而非雉类的水鸟,头具额甲,白色,端部钝圆;嘴长度适中,高而侧扁;全身黑色或暗灰黑色,多数尾下覆有白色羽毛;一般栖息于拥有水生植物的大面积静水或近海水域……

从孙雁冰那里我了解到,骨顶鸡游泳时喜欢穿梭在稀疏的芦苇丛间或在紧靠芦苇和水草边的开阔水面上,它们确实很少在空中飞行,作为强栖水性和群栖性鸟类,骨顶鸡即使在河流中游水,也不会长时间扔下其他伙伴不管。另外,骨顶鸡具有杂食性的特点,除了以水生植物的嫩芽、叶、根、茎为食,昆虫、蠕虫、软体动物等"肉类"也是它们的食物,这也是骨顶鸡格外钟情湿地和草丛的原因之一。

"大寒"节气过后,自然资源局与我们农业农村局组成一个联合工作小组,对辖区内鸟类集中分布越冬的黛溪河湿地公园、辛集洼水库、黄河沿岸区域进行了一次野生鸟类疫源疫病采样检测。我们这一组来到黄河梯子坝河段寻访鸟类踪迹。黄河流经邹平最北端,上起码头镇苗家村西北,下至台子镇北黄村东北,流经长度四十多华里。猎猎寒风中,一行人行走在浑黄的河滩区,感觉时间就像一块凝固的冰坨,"前尘后世轮回中谁在声音里徘徊?"我们像追梦人那样,四下里找寻生灵们的踪迹,却一无所获。天寒地冻,生灵们都躲到哪里去了呢?就在我们打电话与另一组人员联系,准备转身离去时,岸堤附近一团香蒲草丛里,忽然传出扑棱棱翅膀扇动的声音,没等看清它的模样,那声音就又消失在香蒲草丛中。孙雁冰说,应该是水鸭子,那家伙警惕性特高,算了,咱不打扰它们了。

这次野外作业,我们采集到样本八个,重点观察对象为:留鸟骨顶鸡、候鸟白鹭。每年夏天,黛溪河上体态轻盈的白鹭不在少数,"振鹭于飞,于彼西雍"(《毛诗·周颂》),白鹭裹一身水晶般的白色羽毛,修长而优雅,飞翔姿态气势不凡,那可真是黛溪河上一道亮丽的风景,那么,既然白鹭属于候鸟,大冬天里怎么可能得见芳容?孙雁冰解释说,白鹭一般在乔木、灌木或地面上筑起凌乱的大巢,繁育后代,繁衍生息,随着气候变暖,有些白鹭也会留下来越冬,只不过今年实在是太冷了。

我们没有看到白鹭的身影。

春节前十天,也就是二〇二一年二月二日,孙雁冰发微信说,今天是第二十五个"世界湿地日",去黛溪河看看吧,除了骨顶鸡,你也许会有更多收获。随后发过来一组数据和一枚中国国家湿地公园的标徽图案:湛蓝天空下,天鹅引吭高歌、水鸟惬意戏水、鱼儿逐波畅游、水草随风摇曳,展示着湿地"水、动物、植物"三要素。

一对大山雀在三十多天的育雏期,可消灭森林害虫 12000—14000 条;一只灰喜鹊每年可消灭松毛虫 15000 条;一对杜鹃每天可吃掉柳毒蛾幼虫 180 条;一只啄木鸟每天能消灭蛀干害虫 300 多条,一对啄木鸟可以保护

500 亩杨树不受蛙干害虫危害；一只燕子一个夏天可吞食蚊、蝇等害虫100 多万只；一只猫头鹰每年可捕食老鼠 1000 多只，相当于保住了 1000 公斤的粮食……

大山雀、灰喜鹊、燕子，都是黛溪河上常见的鸟类，作为生态平衡的积极参与者，它们为人与自然和谐共处提供了帮助。由此我们也能想到这样一条思路：关于害虫，除了用化学方法防治，实际上还有很多其他选择。

半个世纪前，以美国女作家蕾切尔·卡森《寂静的春天》一书为嚆矢，世界范围内开启了环境保护事业，包括对空气、土壤、河流、湿地以及种类繁多的野生动植物的保护。我所居住的小城，湿地总面积 2010.67 公顷，包括 42 个斑块，其中：河流湿地类 1008.16 公顷，主要为永久性河流型和永久性淡水湖型；人工湿地类 1002.51 公顷，主要为运河、输水河型和库塘型。黛溪河湿地公园离城区最近，方便观察。大年初二，我再次来到这里，拜访那群心心念念的骨顶鸡，我担心它们遭到人为攻击，人类的口腹之欲简直是个无底洞，好奇心下但缺敬畏。

节气已近雨水，气温回升，黛溪河接受了阳光的热量，冰面开始融化，凝神谛听，低沉而有力的隆隆声仿佛正从冰河底部上涌，恰如春天来临前夜那一股荷尔蒙的力量。叠石堆下方那片水域面积更大了，我欣喜地发现骨顶鸡们安然无恙，它们仍然聚在此处，有的栖息在苇丛边，有的漂浮在近水处，"比水还静，比草更低"，骨顶鸡们谨小慎微的样子，让我联想到的，只有善良、温情之类词汇。事实上，与别的鸟类相比，骨顶鸡确实胆小，它们基本不会单独行动，往往都是成群结伙，相伴而行。

元宵节那天，我看到叠石堆西首与河岸相接的石缝间，几株迎春花开了，湿漉漉的泥地上，水蕨蕨也显现出绿意。充盈的河水清澈透亮，河底水草间鱼儿们游动的身影隐约可见。众所周知，水是所有生命环链的滋养物，小到如尘埃的浮游生物，再到噬食浮游生物的鱼儿，又到小鱼被大鱼或飞鸟吃掉，生命与生命间的循环过程周而复始，无穷无尽。水质问题的重要性已然无须赘言。黛溪河沿途流经会仙山、虎伏山，一路汇集十八条山峪之水，其中雪花山四周及地下岩石构造皆为麦饭石石矿，因而黛溪河水不但清甜甘美，而且含有丰富的微量元素，既是鸟类自由徜徉之地，又是整个城区自来水源地。

黛溪河上除了两个水库（于印水库和黛溪湖），河水深度不大，河面大部分已经解冻。"春江水暖鸭先知"，可我仍然没有看到鸳鸯、绿嘴鸭们的身影。这条河上的生灵除了常见的白鹭、白头鹎、雀鹰、黄眉柳莺，也有四声杜鹃、凤头百灵、黑头蜡嘴雀以及黑头啄木鸟、戴胜、朱雀等鸟类，这时节，它们的身影也难得一见。但我这次看到的骨顶鸡群，却比上次更加庞大，它们在初开的河面上推波逐流，无惧无虑，欢快的情景感染了我，让我觉得自己仿佛也是一只水鸟，正在黛溪河上随波荡漾。

岸上一个路人扔下来一块石子，吓了我一跳，也惊扰了生灵们，十几只骨顶鸡呼啦啦飞起来，飞行高度大约二十米到三十米不等，之后陆续降落进芦苇丛中，一时间踪迹全无，四周一片寂静，似乎什么事情也没有发生过。

惊蛰那天下午，一场突如其来的风刮得昏天黑地，气温骤然下降，头午还在想着要不要换上春装，晚上出门赴约，却不得不重新找出厚厚的羽绒服穿在身上。彼时，迎春花已经开败了，梅花和杏花正开得轰轰烈烈，绿意葱茏的柳丝儿在大风中飘来荡去。我把风雪帽拉上去包住凌乱的头发，暗自祈祷刚刚出户的蜇虫们，千万不要被这股冷空气冻伤。次日，气温更低了。出门办事经过黛溪河，我把车停在路边，打算去山丘顶梅亭那里看看那片梅花怎么样了。寒意瑟瑟，冷得我浑身哆嗦，一阵狼藉中我爬上山丘。核桃园、山楂园里的树们还没有苏醒，几棵高大的玉兰树开花了，白色的花朵像一只一只小鸟在树上东张西望；步行道两边的珍珠梅和黄刺玫刚刚拱出一点点芽苞；矮小的黄杨、红叶小檗、龙柏和金叶女贞，如往日般泰然自若；梅亭东侧那一片斜坡上，凌寒独自开的梅花看上去安然无恙,美丽如初,真个是"疏影横斜水清浅,暗香浮动月黄昏。"

梅亭北边地势低洼,常年生长着苔藓和一些叫不出名字的蕨类植物。这层灰绿色的湿地上,每到夏天就会被蒲草、水稗草、水蕨藜之类野草占据,但是一到冬天,它们又会消失殆尽。梅亭以西穿过几排白蜡树,走下斜坡就是黛溪河。因为是周末,在河边玩耍的大人小孩三五成群,嘈杂的声音打破了往日的宁静。河对岸坐着几个垂钓者,身边放着水桶、茶杯、暖水壶之类物什,"严禁钓鱼"的警示牌就在不远处,可他们视而不见,手握钓竿端坐河边,旁若无人的样子简直厚颜无耻。

春天的讯息来自各种各样的事物:扑面而来的风里那一丝香甜的气味、下午六点钟还没有落到山那边的太阳、邻居家小西奶奶头上摘掉的绒线帽、白头鹎一声嘹亮的欢鸣……而且,桃花也开了。越来越多的鸟儿敞开喉咙,在树上尽情歌唱。

早春是骨顶鸡最好的交配季节。侧耳倾听,芦苇丛中叽叽咕咕的声音里既有求偶的甜蜜耳语,又有对情敌的威胁恫吓。三月里一场春雨过后,温煦的阳光,轻柔的南风,为骨顶鸡们生命的延续提供着良好的环境。

一个微风轻拂的傍晚,夕阳从摩诃山那边照射过来,河水呈橘红色映照着树木、山峦的倒影。山坡上鸟儿飞来飞去的鸣音,草丛里斑鸠的叫声,满满都是春天的消息。河岸边一片槐树林里,细碎的落叶踩上去很是松软。在一个土堆边,我看到一只麻雀僵硬的尸体,几乎与大地同色,容易被人忽视,毫无疑问却能很快引来野猫的眷顾。风一阵阵吹过来,一片片枯叶从它身边擦飞过去。它是怎么死的?那双引领它向上的翅膀紧贴在后背上,已经不能在任何地方投下阴影;那双总是在枝头上观望树林里飞行的昆虫和阳光下野花开放的眼睛紧闭着,看上去那么忧伤。在面对日出方向的土堆东侧,我用手刨了个深坑把它埋进去——彼时也许有一丝悲凉掠过心头,但我明白,这只麻雀在有生之年应是尽享其乐的——因为拥有一双自由的翅膀,大部分鸟类都比人类自由。我相信这只麻雀的灵魂将会在夜间飞来飞去,照亮槐树林里每一个角落,照亮黛溪河上鱼儿们凌空虚蹈的梦,直至黎明莅临。"恰如落叶覆盖于落叶之上,人也要代代死亡。"鸟儿们的事就如人世间的事,就如春天的事,起起落落生生死死,众生皆有归处。我更透彻地理解了活着的滋味。欢娱和不幸都在片刻之间,似水流年才是人生常态。

三月末一个大风天,我又一次来到黛溪河上,在叠石堆背风处坐下来。春日阳光照在河面上,潋滟波光碎银子一般闪闪烁烁。两只骨顶鸡从芦苇丛中追逐着飞出来,前面那只一头扎进水中,后面那只展开翅膀紧跟着飞过去。放眼望去,十几只骨顶鸡正在远处的河面上畅游。芦苇丛中一只芦莺在唱歌,一曲歌罢,以优美的舞姿向印台山方向骄傲地飞去。

春水归暖,万物归心。燕子就要回来了。

春天,在西鄂尔多斯

◎ 刘惠春

西鄂尔多斯乌兰额热额。

这里是国家级自然保护区的一部分。一九九五年经内蒙古自治区人民政府批准建立,一九九七年晋升为国家级自然保护区,总面积为 682.64 万亩。

保护区内有一片人工种植的四合木,我为此而来。

四合木是我非常熟悉的一种植物,在我出生的苏海图荒野里,它和春天的沙葱、夏天的酸溜溜、秋天的蒿籽、冬天的梭梭一起伴随了我整个童年时代。在贫瘠的童年生活中,沙葱、酸溜溜、蒿籽用来吃,梭梭和四合木用来烧火,天地万物都是重要的都是可亲的。我对荒野的认知就是这样建构起来的。

那个时候,四合木不叫四合木,它叫油柴。

荒野里的沙生植物大多水分不足,叶片几乎都是一种灰白色的干燥的绿,干干的,涩涩的,用手掐一下也不会有汁液流出来,至多只是在叶子上留下一个湿印。但油柴不一样,它的叶片嫩嫩的,绿绿的,泛着莹润的光泽,轻轻一触,绿油油的汁液仿佛就会流出来。这些油油的汁液学名叫三酰基甘油,蕴含在油柴的茎内,特别容易燃烧。因此,油柴成为荒野里最好的薪柴来源,当它还油绿鲜嫩的时候,人们就会把它砍下来,烧火,炼焦。

四合木名字来源于拉丁文,它的花是四瓣,蒴果也是四瓣。蒴果由四个不开裂的分开的果瓣聚合在一起,或许,这就是"四合木"名字的由来吧。还是油柴这个名字好，带着烟火人间的温暖，不像四合木这般令人费解。四合木还有一个形神俱似的名字，"四翅油葫芦"，这名字不但亲切而且直观，在荒野纷乱的各种草木中，你会准确地找到油绿枝杈上顶着四瓣深红色果实的"四翅油葫芦"。

荒野人家，哪个人不认得油柴呢，哪户人家没有砍过油柴，哪个孩子没有用油柴点火玩过呢？

油柴是最好的火种，只要有一点点空隙，它们就会毫无保留地燃烧起来。用铁钉把铁皮罐子下面凿开十多个通气孔，再用铁丝安个提手，里面灌满油柴，然后绑在木棍子上，一个简陋的灯笼就做成了。巷子里，山坡上，一个又一个跳跃着的灯笼。荒野上的风吹过来，一小簇四合木身体里分泌出来的火，在风中游荡，在夜空中旋转，明亮闪烁，像荒原孩子的眼睛。

四合木并不是常见的植物，它的生长之地仅在偏远荒漠草原地带。许多人对四合木的认知仅仅是植物学上的一个陌生名字，一些科研文章里也大多将它作为生物多样性起源和环境演变研究的理想样本而提及。

从全世界范围来说，四合木目前仅存有一万公顷左右，除了零星见于俄罗斯、乌克兰等少数国家，四合木主要分布在内蒙古西鄂尔多斯西缘至黄河东岸的狭长地带。

研究者们喜欢用植物界的"大熊猫"、活化石等来形容四合木，这些带着夸张的形容让这种稀有物种看起来，并不像是一个活生生的有呼吸的植物，更像是一块陈列在玻璃罩内的标本，充满广阔的想象空间，被各种猜想和假说。

四合木是落叶小灌木，蒺藜科，四合木属，是中国特有的孑遗单种属植物，蒙古高原、亚洲中部草原荒漠区特征属之一。植物学的分类非常严谨，纲目科属种以拉丁文命名，前后缀不同就是完全不同的种别。四合木的分类地位非常孤立，没有近似的种，单种属就意味着属于单独的种类，唯一幸存的种。

四合木活的时间太久了,把自己活成了孤本。

有学者认为,四合木起源于 1.4 亿年前的古地中海植物区系,是最具代表性的古老残遗植物。中生代之后,地质历史上发生了一系列的板块运动和碰撞事件。源于古地中海的四合木,告别了古南大陆,开始漫长的漂移。身边的物种不停地在消失,在变换,永恒的只有白昼和黑夜,只有不灭的星光。直至西北内蒙古——云贵高原挡住了四合木的去向,它就此栖息下来,无法选择也不能选择。它走了那么远的路,经过了那么漫长的岁月,只想要一个容身之地,没有地域的排斥,没有灭绝的可能。最终,西鄂尔多斯接纳了四合木,成为四合木最后的避难所和庇护地。

时间足以消融任何物种存在的意义。在漫长的流变中,四合木见过没有人类存在的地球,也见过人类相互倾轧的沧海桑田,见过太多的生,太多的死,见过无数的卑微与伟大。人类充满纷争熙攘的一生,只是四合木生命历程中最短小的一个篇幅。

四合木的存在,就像荒野里的时钟,自然的庙宇,物种的纪念碑,是一种确认和提醒,时间是多么空洞多么虚无的东西,人类又是多么的渺小、无知和自大。人比之于荒野上生存的草木,从不高贵或者优越丝毫。人类永远也无法真正抵达一棵四合木的心,抵达那些遥远的生物传奇,抵达时间。

四合木也许还会继续活到未来,活到时间停止或者延展成无。

那时,我们都会被遗忘。

漫长的迁移中,四合木停留在西鄂尔多斯的荒野,也许是一种偶然,坚韧地生存下来,才是必然。

西鄂尔多斯荒野自然条件极其严酷恶劣,常年干旱,寒暑之间气温巨变,年蒸发量是降水量的二十倍。自然植被为典型的荒漠灌丛,而且,植被覆盖率也是极低的,有些区域甚至为大面积的裸露沙地。

尽管环境如此恶劣,四合木还是在西鄂尔多斯荒野里生存了几千万年。

四合木的生长周期是异常缓慢的,研究员们测算过,一株生长了 21 年的四合木,它的枝条半径也只有 4.4 毫米。但是,四合木却有着强悍的生命力,这种生命力就像荒野里的动物一样,处处显露出一种粗粝的毫不掩饰的生存欲望。它能够利用自己肉质的根、茎、叶来大量储备水分,甚至仅仅靠昼夜温差的一点点冷凝水就能生存下来。遍布地下的根系就像一张密织的网,向着每一点珍贵的水分靠近,汲取。

四合木抗旱基因催生出的纯粹的巨大的生存力量,也为周边植物提供了多样联系和生存模式,因而,四合木理所当然地成了西鄂尔多斯荒野植物群落的建种群和优势群。荒野里的枇杷柴、长叶红沙、珍珠柴、沙生针茅、无芒隐子草、三芒草、冠芒草等沙生植物,纷纷向四合木靠近,像靠近它们的王。

是西鄂尔多斯荒野艰难漫长的生存环境勾勒了四合木,描述了四合木,塑造了四合木。那些生生不息的根茎,那些对周边草木的护佑,是四合木奉献给荒野的心。四合木长得并不高大,大多都只有半米高,最高的植株也不会超过一米。

每年四月份的时候,四合木的种子才开始萌芽,小小的圆圆的种子,绿色的米粒一样,密集地生在枝子上。也许是身世的遥远,也许是环境的贫瘠,不是每一棵四合木都能够开花,只有不到十分之一的植株会开花。这些幸运的花苞接住珍贵的雨水,缓慢地酝酿着,生长着,从黑暗中抽出幸福的嫩芽。

四合木的花朵小而寒素,根本无法拨动人们的心弦,甚至都无法吸引来蜜蜂这样最热爱花朵的昆虫。

比起蜂蝶喧闹的蒙古扁桃,四合木的春天要孤独得多。四合木的花朵来自苦寒的环境,味道是凛冽的,带着古地中海的冰冷和亿万年前的星光,人不会懂,蜜蜂也不会懂。你无法要求一株耗尽心力的植物还可以开出馨香艳丽的花,它们所有的力气都用在了生存上。

但是如果没有蜜蜂和蚂蚁这些传粉媒介,对于四合木这种虫媒异花传粉的植物来说,则会陷入可怕的生存危机,它的异花传粉结实率仅为50%。

当然,四合木能够生存下来,就有着人类不能低估的植物智慧。四合木在生存中不断摸索和适应,从自身挖掘一切,最终突破命运的藩篱,居然进化出"自花传粉"这样的生存模式。这一过程简直逾越了植物宿命的囹圄,进入了另一个近似于奇迹的领域。

自花传粉,无性繁殖,让开花这样美好的事情,不再是对春天对生命的一种呼应,而变成了如何有效完成生存的一种使命。尽管进化论的核心价值观就是物竞天择,适者生存,但是自花传粉终究是一种可怕怪异的自然伦理,让人伤心的进化。

四合木倾尽所能地完成生存使命,但它的自花传粉结实率也仅为15%。这样艰难得来的果实也并不都是有效的,掰开这些果实,你会发现,不是每个果实里都会有种子,许多果实空空荡荡。

四合木的一千颗果实中,也许只有一颗才能活下来。

尽管四合木的种群面临着不可逆转的衰退灭绝的危险,但仍有继续生长恢复的希望。

此刻,我就站在这片希望面前,西鄂尔多斯珍稀濒危植物繁育基地。

从二十世纪八十年代开始,人们对四合木重新进行了解读和确证,从油柴到四合木,它的物质属性被高度抽象化和价值化。当然,称谓的变化不只是代表着一个转变了的价值符号,更代表了一种深刻的生态启示,以及人类对自然的领悟。

到二十世纪九十年代,内蒙古各类自然保护区相继成立。四合木保护区主要以西鄂尔多斯荒野为核心,对植物种群进行围栏封育,努力改变整个植物群落的水分环境和植株的分布格局,维护和恢复特殊类型荒漠区的灌木林生态系统植被。

四合木从培育到种植成功,也经历了非常艰难的探索过程,花费了漫长的时间,做了大量的各种试验。

让科研人员无法理解的是,四合木这样强大到奇特的植物,经过上亿年的艰苦岁月都能够活下来的物种,却无法进行异地迁移,较好的水分条件和温差,反而会让四合木的生长和发育受到影响,它的异地种植和成株移植都没有成功。一九九九年,昆明世博园种植了四合木,最后竟然枯萎了。后来,科研人员从四合木分布区向东五百公里播种了种子,长势良好,却没有开花结果。

对于四合木的这种特性,研究者们给出的解释是,四合木在生长过程中逐步丧失了进化潜能,它只适合生存在某一特定的极端化的环境之中。

我宁愿把四合木对生存地的选择理解为,这就是四合木独具的忠直个性。四合木不是会被轻易驯服的物种,它选择西鄂尔多斯荒野的原因,是因为它自己要坚守在这里。它与西鄂尔多斯荒野之间错综复杂的关系,彼此的相互依存,远比我们想象的深刻和有意义。

四合木最懂得这片孕育它的神秘荒野,就像荒野最懂得它。是荒野给了它庇护和生存的条件,它就用它的生命来保护荒野,让荒野不会变成沙漠。

我认真辨认着每一棵四合木,试图贴近它们,重新感受童年时与荒野植物在一起的天真和力量,生命与生命的感应。

四合木近在咫尺,我才意识到自己以前从未真正地看见过它。我伸出手去小心翼翼地触摸它,却感觉自己是在触摸 1.4 亿年的时间,浩渺的生命形态,像来自宇宙间的巨大力量击中了我。一瞬间,四合木变得遥远了。我童年爱着的事物消失了,荒野上熟悉的味道消失了,童年时包围着我的温暖消失了。四合木像那些在漫长自然进化中消失的物种一样虚幻,一样不可名状,一样无根无涯。

一种时间的多重折叠感升腾起来,此时此刻,我仿佛既存在于当下的日常时间,又居于某种永恒的宇宙时间,甚至是处在充满丧失的回忆时间。那些遥远的星辰,飘荡的灯笼,夜空下的一团团火焰。它们断开又连接,它们切近又远离。

我凝视着这棵人工种植的四合木,我不知道,它的体内是否还有时间的涌流,它的生物密码是否还会显露。野生与人工,四合木被迫与自己构成了一种分离,一种新的不完整的方式。即使它的身体能够重建,能够回来,我相信也不会是真正的回来,因为它已经被移植深深地改变了。它不再是完整的,它失去了荒野的味道,失去了时间,失去了古老的星辰和海水。

　　这是春天的三月,西鄂尔多斯保护区的荒野里一片静寂,只有凛冽的大风从四面刮来。

　　我知道,一种伟大的力,生命的力,正在荒野的下面萌生,酝酿。世界上再没有比荒野更适合的地方,能够证明生命不可战胜的力量。

　　四合木平静如大海,把自己隐藏在荒野里生长,生长,通向更广阔的天地,通向自由。

向黄河顶礼

◎ 辛 茜

一

"阿布,阿布,你这么早起来做什么?又要去木格滩吗?你自己傻就傻,疯就疯,还要把儿子搭上吗?"

布加的老婆一边气喘吁吁地追赶着老伴,一边嘴里不停地叫喊着。

走出村口,天色大亮,身后的庄稼地一层曙光,明亮耀眼。布加面无表情,好像没看见似的,头也不回地向木格滩疾走,背上的柳树苗沉甸甸的。

布加是一位藏族老人,生活在青海省海南藏族自治州贵南县茫拉乡下洛哇村。我见到他的时候,他已经七十六岁,黝黑的面庞轮廓分明,纵横交错的皱纹,像小河爬满了脸。二十年前,布加身强体壮。他心里很清楚,自己不疯也不傻,他要做一件对家人,对木格滩,对后人有好处的事。

二十年前的一个春天,布加像往常一样和二儿子格日杰赶着羊群上了山。布加从小在木格滩放羊,草原、牛羊、云朵,就是他的生命,他的一切。如今,人到中年的他子孙满堂,大儿子在果洛藏族自治州甘德县工作,小儿子在更远的地方谋生,放羊的事交给了格日杰,不用他太操心,唯有迷人的木格滩,依然牵动他的心。

格日杰赶着羊群走远了,布加在阳光明媚的草地上躺下来。过了很长时间,他伸伸懒腰,翻了个身,打算重新眯上双眼,他有的是时间享受春日时光。可这时,他突然发现,离自家草场不远的地方,有一条明显的沙带,正缓缓向他靠近。他吓了一跳,赶忙站起身。前几年还没觉得黄沙头的沙子与自己的草场有关,可今天这是怎么了。回首间,他又惊出一身冷汗,遥远的天际处,不知何时冒出一座沙山,正目色坦然地与东边的沙带遥遥相对。布加心生恐惧,再过几年,这汹涌不止的沙丘会不会把整个木格滩吞了?

布加的老婆跟了上来。既生气,又心焦。二十年了,老伴一心治沙种树,害得全家人跟着吃苦遭罪受委屈,特别是二儿子格日杰和自己的弟弟柔桑。

想起老伴没跟家里任何人商量,就把自家的摩托车卖了,羊卖了,凑来的钱全买成树苗,逼着家里人上木格滩种树她就伤心。过去,通往木格滩的路是牧羊人赶着羊群踩出来的山间小道,自从老伴起了种树的念头,家里人天不亮就得扛着工具,背着树苗,赶着骡子,用一个半小时从家里走到山头,再用两个半小时从山头走到种树的地方,像不知疲倦的牛羊一样天天奔波在山路上。可这倔强的老头说:"要想挡住风沙,保住木格滩,只有种树。你们有力气的出力,没力气、没时间的出钱,谁也别想溜。"

第一年,他们没有种树经验,只是怀着跃跃欲试,一种说不出的心境,满腔热情、一把蛮力,将3万棵树苗种在了荒芜寂寥的沙丘上。幸运的是,木格滩下就是黄河支流茫拉河,只要挖到50至60厘米,沙子底下就是潮湿的,就能见水。当然,如果有水浇更好,可修灌引水是大工程,布加一个土老汉,哪有这个力量,只能靠老天爷,拼运气,天天祷告,祈盼树苗扎下根。

一个月过去了,当布加第一次看到排列成行的柠条、杨树、柳树出现在黄色的沙丘上,绿色的叶子在枝头连成了一道道屏障,他的心都要醉了。只要把苦吃到,工夫下足,种树并不是一件很困难的事,布加快乐地憧憬着。但是,这想法未免太天真。他哪知道,五月的一夜狂风,是这样的野蛮,居然把他的好多树苗吹跑了,淹埋了。布加呆呆地望着,不敢相信,昨日还朝他微笑的小树苗,怎么变得像病人般奄奄一息,在呼啸的黄风中伸胳膊露腿,无奈地呻吟着。

全家人目瞪口呆,继而是长时间的沉默。

"阿布,你已尽心了,这树咱们种不活。如果这么容易活,别人早就种了,还能把木格滩叫沙洲? "布加的老婆流着眼泪,用一双粗糙的手摇着布加的胳膊。

布加抬起头,甩掉老婆的手。

"还要种,我还要种,你们谁也别管。我就不信,连几棵树都种不活。你们别忘了,木格滩的汉文名字叫穆桂滩,传说是女英雄穆桂英战斗过的地方。海拔3000多米的高山草甸哪能不刮风,是我们事先没想到。"

布加下了山,把被子毯子抱上来,扔进帐篷里,他要和小舅子柔桑、二儿子格日杰住在山上,把这些树苗重新补种一遍。

老婆无言,柔桑、格日杰也无话。布加不知道什么是防沙林,也不清楚沙子是地球的癌症,全世界难以攻克的难题。可他知道,为了不让黄沙吞噬草场,他赖以生存的家园,只有狠下心,起早摸黑地干。

又是30天的苦战,树苗重新回到沙地里,安安静静地排成了行。这一回,布加不敢有丝毫马虎,他像一头饥饿的猛兽,带着柔桑和格日杰日夜在树林边。

一个夏天过去了,经历了狂风、暴晒的树苗终于挺起腰杆,扎下了根。为了不让父亲的心血在第一个冬天夭折,格日杰在一处能够躲避风寒的沙地,挖了一个地窝子住下来。

二〇〇三年春,布加在山上扎下帐篷,雇了一辆手扶拖拉机,雇了几个人和自家人一起种树。每天早晨,他们坐在装满树苗的拖拉机上,从贵南县城到过马营,再依次经过六队、七队、八队,走300公里上山。到了拖拉机实在走不了的地方,布加就让每个人背50棵苗子走到种树的地方。树苗越背越重,有人实在受不了,就偷偷把一些苗子扔在半路上。布加觉得不对劲,不得不重新数一遍,确保每人每天种50棵树。有时候,布加和格日杰去拉树苗,手扶拖拉机坏在半道上,回不了家,也走不到山上,只好在路边露宿。

四月的风干裂生硬,刮在脸上像刀割。正午的阳光紫外线灼人,口干舌燥,没处躲藏,每个人的脸和手像松树皮一样枯燥。可是在水里泡了 20 天的树苗不等人,他们常常连一口水都来不及喝,超负荷的劳动磨炼着他们的意志,又让他们心生向往。

木格滩上有 100 多户人家放牧,每家至少 200 只羊。很快,这些动作敏捷的家畜便发现了他们种下的一丛丛沙生灌木,趁牧羊人不注意,会钻入林子轻松地剥下树皮,啃食枝叶。为此,布加又动员儿子们凑钱,打下木桩,买来网围栏,将树苗团团围住。

一年又一年,布加种下的树越来越多,越来越美。村里、乡上、县上、国家林业和草原局都知道,下洛哇村有个治沙种树的藏族老汉,都知道他管自己种树的地方叫黄沙根。

二〇二一年的一个早春,我来到下洛哇村,见到了布加老人,他带我们一起上山,去看他那片树林。汽车蜿蜒而上,脚下是越来越深的沟壑。约莫半小时后,高天流云下的冬季牧场,出现在我眼前。禾草金黄,白云飘荡,羊群在慢条斯理地低头食草。汽车向东行驶,在一处松软的沙地旁,我跳下车,与布加深一脚浅一脚地在沙丘上艰难地行走。渐渐地,我终于看清了他老人家引以为豪的那片林子,那片在贫瘠干燥的高原沙漠上,迎着朝阳,盘枝交错的树干。从每个角度看,它们都像是遥隔时空的一片剪影,一幅版画,令人着魔。

布加毕竟上了岁数,喉咙里像安了一个风箱。他瘫坐在一棵柳树下,眼神里流露出无限的自豪和满足。他兴奋地指给我看,哪一行是杨树,哪几棵是柳树,哪一片是沙棘、柠条。也许是我的目光含了太多忧愁,他希望我能在夏天,木格滩最美的季节再来一趟,似乎在替这些于苦闷与寂寞中求得生存的树木表达歉意。

"夏天好啊,鸟儿叫,野兔子跑,绿油油的,还能见到沙狐、野鸡、旱獭。"

可是,我高兴不起来,心里有说不出的难受,难受得想哭。我曾经在山西省大同市,全国唯一以树名命名的杨树局采访,在桑干河畔,在金沙滩,在右玉县，见到过伟岸稠密、直冲云天的小叶杨，海洋般翻滚的樟子松、油松、侧柏，那声势浩大的人工防护林让我激动，让我震撼，而眼前的布加和他们全家人花费二十年心血种下的树，却是这样的孤独、苍凉、冷清，又是这样的桀骜不驯、令人心痛。

格日杰来了，他一直住在山上。一来可放牧自家的羊群；二来可以更好地管护这片树林。他穿着一件很旧的棉衣，戴着一顶绒线帽，伸出的手比树枝还干，纹路完全是黑色。他结了婚，和媳妇住在山上，成了山上的护林员。每天早晨醒来的第一件事，就是绕着树林巡查，铲掉沙子，把埋在沙土中的小树扶起来，重新固定。我要去看看他住的地窝子，他不让去，说太乱，可我执意要去。在一处避风的土台子下，我弯腰走进的这间泥屋子里，有一个泥巴砌的灶，泥巴砌的炕，看不出颜色的被褥，像逃荒者的避难所。

二

夏天，是青海最美的季节。

八月的一天，天色格外柔美，昨日下过的雨，透着一丝清凉。我和杨子一早出发去木格滩，看望布加老人。

四个小时的车程后，黑白花奶牛出现在我们周围，公路两边粗大的树干枝叶翻飞。田野里，金黄的麦捆整齐地排列在一起，笔直的公路忽高忽低，任由我们向碧蓝的天空疾驶，再向下俯冲。

过了黄沙头，前方就是下洛哇村。

布加老人像上次一样在村口等我。还是蜿蜒而上，还是越来越深的沟壑。三十分钟后，离天最近的这片高山牧场，就像莫奈笔下的油画，无比艳丽、无比清静地出现在我们眼前。没有了冬日的苍凉、冬日的粗糙，只有生机勃勃、苍翠洁净、安详平和的草地在蓝天下不断延伸。

向导周拉加早已等候。这一回，我们要去的是木格滩以西。

草原上的小路早已不见踪迹，杨子紧握方向盘，跟在向导车后，左一下右一下地七扭八拐,为的是避免高草的羁绊。

"已经有很多年没来过了。"布加有些伤感。

"今生今世,真不知还能有多少机会来这里。"

车子走不动了,我们下车,顺着山坡继续走,似乎走到了木格滩尽头。就在这时,我看见了黄河,来自雪域冰山的黄河,碧绿如玉,明艳娇美,开阔宁静,带着田野的气息与龙羊峡水库擦肩而过。

布加非常兴奋,用磕磕绊绊的汉语向我描述着他的热望、焦虑。木格滩是贵南县最大的滩地,常有沙尘暴袭击。种树头几年,条件差,没有路,吃住在山上。晚上,风沙能把帐篷吹跑。吃饭的时候,饭里都是沙子。最难受的是用骡子驮上山的饮用水,储存在汽车内胎里,味道特别难闻,难以下咽。

黄河青青,天色如海。周拉加下车,走进自家砖房,我们的车摇摇晃晃在向东行。滑动着的草场,洁白的羊群,芳香的空气,让我感到与我刚刚分别的黄河,如此亲切,动人心魄。

不一会儿,我们来到了一间小房子前,没想到居然是格日杰的新屋。虽然很小,只有一回,但好歹是间砖房,比起那个泥巴糊就的土窝子强。今天是他搬家的第一天,乔迁新居的日子,我开心地拿出布加送我们的哈达,转送给了他。一年四季住在山上管护林木真的太不容易,一万亩林地,一万五千米的网围栏,光骑着摩托绕一圈也得两小时。

遥望中,布加老人心心念念的那片树林,好似五线谱的音符在沙丘上高低起伏,牵动着瞬息万变的光影。二十年来,这些落地生根的树木,郁郁葱葱,不屈不挠,在沙地边缘升起,仿佛变幻莫测的彩虹。

比起三月里的父子俩,格日杰气色很好,人也显得精神。但是布加老人,却比上次见面时消瘦了许多。

"我阿爸的压力太大,心情不好,晚上没瞌睡。"

"有什么事让老人家睡不着觉?"

今年没种成树，他心里难受。

布加的呼吸又急促起来，说："我常对村子里的人说，我种下的这些树，不是我的，也不是你的，是留给后人的，留给木格滩的。我们大家应该好好种树，种得越多防沙治沙效果越好。"

返回路上，山路苍苍，盘旋低吟，布加老人一直沉浸在回忆中。他念念叨叨地讲述着幼年时的生活，木格滩的往事，黄昏时分，雄鹰高翔，一群群黄羊在草原上奔腾的场面。

我们把他送到了家，他用自家做的酸奶招待了我们。布加的老婆很热情，是一位性格开朗、吃苦耐劳的人。一件缀着红花的蓝丝绒大襟衣裳，让她年轻活泼了许多。她领着我去了泉边，拨开草丛让我清洗脸颊，又打了满满一桶让我带回家。她还是个极爱美的人，房前屋后种满了紫色、粉色、黄色的花，闫穗梅我认得，却不知那妖娆妩媚、大得惊人的黄花叫什么名字。她从来没从心里赞成过老伴去山上种树，但是也从未阻止过。她用一双勤劳的手，一颗让老伴快乐的心支撑着简单的日子，跟他一起，呢喃着，向黄河顶礼，在木格滩上留下了一片优美动人的生命的绿。

菖蒲月令

◎ 储劲松

三月。

确凿地记得，隔了三十余年，去年春上樱花粉白时，我特意到门前小河里去寻觅菖蒲。溯游而上复又顺流而下，徘徊多时也不见其踪迹，以为是被贪心的人连根拔去，又或者水质发生变化令菖蒲绝了种。当时痛惜久之。

今春樱花一夜又粉白，我再去河里寻找菖蒲，期望出现奇迹。孰料变戏法似的，它们都在那里，就在早年生长的地点：河湾从前乡人浣衣处一大蓬，溪头高崖的石缝里东一丛西一丛，引水的石渠边沿也萌发了几棵幼苗。真是让我喜出望外。揉揉眼睛再凝神细看，茎叶碧意凝然，随风摇荡如绿丝带，绝非幻觉。仍然不放心，蹲在石头上伸手去摸，叶子清凉顺滑如生丝，带着些微的肉感。

难道去年来时我两眼昏花，未曾看清楚？要么是错把一个虚无的梦境当作了真事？抑或菖蒲如天上仙人可隐可现？仔细想想，应该都不是。

不可解，就像前人笔记里所写的诸多幽冥之事。这些年遇到过一些事百思不得其解，这是其一。

河里的菖蒲都长得好，眉清目秀，清雅可人，河湾里的那一蓬长在页岩的褶皱里，尤其茁壮，根系发达如水竹，叶片半人高寸把阔，肥厚多汁，无风时直立若绿剑，甚有英雄气概。自幼至今好些年过去了，这些菖蒲还是旧时模样，叫我欢喜又惆怅。

有几年我在长江边的古城读书，夜半偶尔乡愁如烟起，脑子里出现的第一幅画面，就是这一蓬生意盎然的菖蒲，以及在溪边浣衣洗裳的伯祖母。童蒙时，伯祖母每天烧好一大家子的早饭，然后来河湾洗衣服，我是她的跟屁虫。她跪在垫着草蒲团的青石板上，搓揉，捶捣，漂洗，拧干，乳白色的皂荚汁液，以及石缝里渗出的深红色锈水，混合着，在水潭表面一点点洇散开来。我脱了鞋子在水里捉鱼虾、泥鳅和石蟹，有时候也采一片菖蒲的叶子当宝剑耍。伯祖母手上的棒槌一上一下，溅起水花，像沥沥小雨洒落在我头上。菖蒲的气味清芬醒脑，真好闻。

一回头，就看见朝暾从山背后起身，照在伯祖母灰白的发髻和湖蓝色的对襟褂子上，她的脸慈悲得像观音庙里的女菩萨。她的手在麻利地洗衣服，视线却一直粘在我身上，生怕一不留神我就被水鬼拉了去。当年算命先生说我四岁到十二岁犯"深水关"，不能近水。可是她又禁止不了我戏水。我的嫡祖母生下我父亲十二年后就过世了，我自然无福一见，伯祖母是我事实上的祖母。

后来长大了，一到河边，我就仿佛听到伯祖母的声音：劲松伢喂，莫戏水哟，掉到深水潭里不得结果。

算起来，她已经仙逝十七年了。晋朝的嵇含在《南方草木状》里说：安期生服食菖蒲，一朝登仙而去，只在人间留下一双鞋子。伯祖母也早就位列仙班了吧，她的鞋子不知道还在不在，但她的足迹还印在溪石上，尖尖如船头，我能看见的。

那天，我把石渠上新生的几棵菖蒲幼苗带了回来。不是我起了盗心，与其放在案头受尘世烟火熏染，我宁愿它们枕石漱流与清风明月为伴，只是石渠不久之后就会干涸，这些嫩苗无论如何也活不过夏天。我把它们分作两份，一份栽在一方收藏多年的清代方形歙砚里，一份植在青石小钵中，并在溪边山脚下采来一些绿苔，覆在盆上。青石和黑石，与菖蒲和苔藓，一阳一阴，《周易·系辞下》所谓"阴阳合德，而刚柔有体"，是天然绝配。

菖蒲其实我已经养了两盆，一盆金钱菖，一盆石菖，均是朋友所赠，都养在办公室里。它们清、静、雅、淡、和、远,古来有德之嘉草也。与之亲近,怡目又洗心,不会生邪念做恶事,以致堕入阿修罗道和畜生道。

四月。

梨花真白,又隐忍,它的热闹与人间的热闹不同,它的清寂与人间的清寂也不同。梨花姓白,一身世外仙姝气。我在河畔梨花树下坐,连呼吸也是幽细的,生怕鼻息里的浊气腌臜了仙子。《警世通言》里的白素贞也姓白,原是三尺长一条白蛇,是妖。后来坊间戏台一传再传,到了《白蛇传》里,尘间的白蛇精怪也修得了一身世外仙气,且动了萌萌春心,要与凡间男子来一场天崩地坼的恋爱。但她至多算得一个散仙,不似正仙梨花血统纯粹。

青草绵绵,草香扑人衣面;春水泛滥,泛滥里有冶荡也有天真。有人在河对岸烧纸,正是清明时节,最宜念远怀人。暮光里的河流,仿佛是案头的小景,青草都如菖蒲,河水宛如冷汤。

冯梦龙在《警世通言·白娘子永镇雷峰塔》里写许宣初到白素贞芳舍:

青青三回五次,催许宣进去。许宣转到里面,只见四扇暗槅子窗,揭起青布幕,一个人坐起。桌上放一盆虎须菖蒲,两边也挂四幅美人,中间挂一幅神像,桌上放一个古铜香炉花瓶。那小娘子向前深深的道一个万福,道:夜来多蒙小乙官人应付周全,识荆之初,甚是感谢不浅。许宣:些微何足挂齿。

数语片言,就将两颗荡漾春心写得涟漪好看。

冯梦龙一生编著无数,以小说家言、戏曲家笔,写史、道世、谈古论今之外,惯会写情写欲,写龙写凤,写龙凤配,写断袖之癖,写蕾丝边,著有奇书《情史》。当年读,在书眉批点十字,曰:满眼桃李花,朵朵是风月。

情是好风月,菖蒲风月好。冯梦龙在白素贞闺阁中预设的那一盆虎须菖蒲,抵得名将麾下百万兵,也抵得满园春色宫墙柳。必须是菖蒲,大雅之物,方能陪衬你侬我侬、蜂狂蝶浪、大荤大俗、大欢乐、牛嘶马叫之事,才见得风流里的风雅,儒雅里的风情。

我没有虎须菖蒲,有金钱菖蒲。日日置于窗前,幽独逸尘,无风无月之夜也见风月。清风明月,朗风素月,对之可以酣高楼,可以忘记人间风月。

随菖蒲而来的瓦钵系民国旧物,样貌拙古可怜,其上阴刻"春和景明"四字,行楷苍劲,所绘雄鸡花鸟篱落图,惹人烟然乡思。钵中苔藓开细小严肃的花,半寸余,数步外望过去,像数百青铜戟卫护着高贵的女王。

从故园河边石渠上采来的两盆菖蒲,入我室已有一月,风催水润,益发碧绿,益发颖秀。另一盆友人几年前馈赠的石菖蒲,则日渐萎靡命悬一线。

春已深,柳绵与松花粉齐飞,山颜水色益发可观。

五月。

夏历四月十四,据说是菖蒲生日。今年闰四月,照理菖蒲和人一样,也可以过两个生日。古人说,修根剪叶,无逾此时,宜梅水渐滋养之。我的菖蒲都还是幼苗,我舍不得把叶子齐根剪掉,也舍不得洗根,只是拾掇了一下黄叶,拔除了杂草,算是给它们理了个发。修整过的菖蒲看上去眉目灵动蛮有精神,像二月二刚刚剃过头的俊秀娃娃。梅雨季尚未到来,每日以清水浇灌之,待梅水落下,用瓦钵接了再滋养它们吧。

一时脑子里冒出一句老话:棍棒出孝子,慈母多败儿。或许我还是应当绝情一些,把几盆菖蒲的嫩叶悉数剃尽。转念又一想,娇养的儿子也有成大器的,棍棒打出的有孝子忠臣也有逆子贰臣,世上的事,又岂有铁律呢?菖蒲是隐逸君子,有山林气无富贵气,也向来为人间君子所珍,所谓"恺悌君子,佩服攸宜",定然不会辜负人的美意。养菖蒲有些年了,其情其性,其品其格,我是略知一二的。

与菖蒲为友，其实也是甘作仆役，这就如同深情者不免为情所累。添新水是日课，偶尔外出，便会再三叮咛父亲、小儿和同事代劳。菖蒲的叶子易黄，尤其是叶尖，一黄则必是元神大损。前人说，治疗之法是用老鼠或者蝙蝠的粪便壅其根。即使住在高楼之上，家中老鼠似也不缺，常于夜深在吊顶之上轰隆往来，鼠粪却不易得，蝙蝠住在老祠堂和深山漆黑的洞窟中，更是无从得见。于是以黑松的树壳作肥，兰科植物早先多生于树上，想来与之形貌相似的菖蒲也可如法沃养。

　　办公室里那一盆石菖蒲，去秋曾被烈日暴晒，蔫蔫大半年，终于在前些日子寿终正寝。赠我石菖蒲的人，与我的距离也越来越远，菖蒲似是通人意的。它的九节绿茎曾经劲健如竹鞭，它也曾在案头开过一朵温婉的花。

　　春尽了，昨天立夏。院中的樱桃眨眼就红了，山鸟时时呼朋唤侣来啄食，其鸣嘤求友之声、翅膀扑棱之音，听起来快乐得很。家人路过树下也摘几颗放进嘴里，一抿即化，果汁鲜甜微酸。梅子躲在扶疏枝叶里，匍匐在地上才能望见，青青小果羞涩安静。种梅十好几年，梅子也结了十好几茬，我却从未吃过，任其生于土归于土。五月桃已牛眼大，遍体覆着一层白毛，与梅子和樱桃比，它们生长缓慢而果肉坚密，再过一二十天，桃尖就会一点胭红如画美人的腮，如守宫砂。母亲养的三只乌骨鸡，成天在树下刨土啄食，闲庭信步。

　　在南方的山里，一岁中的佳日良辰无如二四八月。二四八月乱穿衣，有人短袖薄裙，有人棉袄加身，有人露腹打扇。祖父在世时，二四八月天，在田地里劳作一天回来，最喜欢前后甩着两只手，徘徊于门前草径之上。淡蓝色的衣衫被晚风吹动，有山人闲情，也有菖蒲风致。

母 马

◎ 王樵夫

刚下了一场小雪，贡格尔河结着一层薄冰。

贡格尔河发源于内蒙古克什克腾旗的黄岗梁山脉，从阿拉烧哈山西麓潺潺流出，向西南蜿蜒而去，最终流入达里诺尔湖。中间流经美丽辽阔的贡格尔草原，故称贡格尔河(蒙文音译，弯弯曲曲的河)。

贡格尔河也是马、牛、羊和狍子、马鹿、野猪等野生动物重要的饮水地。

每天清晨，是贡格尔河最热闹的时候。大群的马跑到贡格尔河，跳到河里，踏碎薄冰，喝完水，纷纷返回河岸。突然，马儿的欢腾让一匹老公马的落水打破了。落水的老公马的两条前腿紧紧地扒住河岸，拼命往上爬，它的身体却仿佛坠了铅一般，向水里滑落着。一次，两次，老公马筋疲力尽，它的两条前腿软塌塌的，再也扒不住河岸了。它一使劲，前腿就软了，甚至有一次，几乎马上要爬上来了，可还是功亏一篑，它栽倒在冰冷的河水里。

老公马挣扎着爬起来，河里的污泥沾在它的四肢上、脖子上，淋淋漓漓地流下来，寒风一吹，浑身打着哆嗦。岸上的马群静静地看着，突然，从马群里跑出一匹儿马子，照着老公马的脖子就咬了一口。于是，一匹，两匹，群里所有的儿马子见状，纷纷跑过来撕咬它，仿佛在发泄对它的仇恨，又好像向母马们炫耀自己的武力。老公马是一匹统领了马群多年的种公马，身材高大魁伟，威风凛凛。曾经，它是一匹出色的公马，它群里的母马最多，在草原上，拥有很大范围的采食面积。可是渐渐地，它失去了往日的威风，腿也瘸了，它身边的母马越来越少，被其他年轻力壮的儿马子抢走了。

它老了,身残力衰,残酷无情的儿马子借机向它发难,老公马只有招架之功,没有还手之力。曾几何时,它只需仰起头,抖一下鬃毛,长鸣一声,其他的儿马子马上退避三舍。河里溅起了巨大的水花,几匹马绞在一起,儿马子对老公马的伤害仍在进行。看到这个情况,牧马人挥起套马杆,打走了撕咬老公马的那些施暴者。在牧马人的帮助下,老公马终于上了岸。牧马人准备赶马群走,可是,此时的老公马一步也走不动了。尽管牧马人一再催,它还是精疲力竭地站在河岸上,一动不动。牧马人没有办法,只好决定把它留在原地,任它自生自灭。

　　马群向远处走去。忽然,马群中传出一声嘶鸣,一匹毛色发亮的年轻母马,发疯似的冲出马群,狂奔到老公马的身边,打着响鼻,急切地用嘴拱着老公马。老公马扭过头,瞅了瞅母马,又沮丧地回过头,眼睛里充满了无奈。母马围着老公马,咴咴地叫着,老公马一动不动。母马不死心,走到老公马的身后,用头使劲地拱,催促老公马去追赶马群。老公马勉强地站稳,试探着向前走了几步,身子不停地晃悠着,只好颤抖着停了下来,喘息着,望着已经远去的马群,目光绝望。母马跑到它的身前,用嘴不停地嗅着老公马的嘴巴,仿佛一边关切地问它到底怎么了,一边为它鼓劲。老公马无力地摇了摇头,它望着远方腾起的尘土,扭过头,勉强朝母马打了两声有气无力的响鼻。这匹年轻母马是唯一没有被别的儿马子抢走的母马,一直陪着老公马。

　　牧马人返回来,想把母马赶回马群。可是,母马一次次地跑了回来,依偎在老公马的身边。牧马人使尽了浑身解数,仍旧无法把母马从老公马身边赶走,只好把它留下,慌忙地追赶马群去了。

　　天气更冷了,皑皑白雪覆盖了空旷辽阔的贡格尔草原,把万物盖得严严实实,冬季的草原沉重肃杀。草原没有了生机,河水停止了流淌。

　　在广阔苍茫的天地间,一匹老公马,一匹年轻母马,和远处起伏的山峦、广袤的原野、蜿蜒的草原公路,隐没在茫茫的世界里,一切都显得那么渺小,天地间一片银白。

冰雪消融,春回草原。丹顶鹤、白鹳、大鸨、天鹅等迁徙的鸟类重新飞回了达里诺尔湖。

清晨,牧马人听到外面有动静,他急忙穿好衣服,出去一看,一匹又瘦又脏的马,站在蒙古包的外边。牧马人认了出来,是那匹母马,它陪伴着老公马,度过了整整一个严酷的冬天,直到老公马死去,它又独自找了回来。

看到这匹自己找回家的母马,牧马人急忙拿出马料,他以为母马早已和老公马一起死在了严寒的冬天。趁母马吃料之际,牧马人拿出马刷子,刷去它身上的污泥,刷了一遍又一遍。母马瘦得厉害,眼窝深陷,马毛凌乱,肋骨一根根凸起,肚子却出奇的大。

母马意外怀孕了。从此,牧马人开始精心照顾这匹瘦骨嶙峋的母马。

母马每天躲在角落里慢慢咀嚼无味的干草,它更瘦了,皮毛暗淡无光,偶尔会走一走,累了就望着荒芜的草原发呆。阳光温暖,和煦地照着大地;春雨淅沥,滋润着干渴的泥土。小草听到春风的召唤,偷偷探出了头。母马迫不及待地张开大嘴,朝它们啃去,只啃到满嘴泥土,并没有尝到青草的味道。母马失望地抬起头,望见不远处返起一片新绿。

嫩绿的小草、清新的草香刺激着母马的神经,它摇晃着跑过去,仍然不见有多少青草,跟刚才啃过的地方没什么两样。母马来不及多想,继续朝着远方的绿色跑去,它趔趔趄趄,翻过大黑山没追上,蹚过亮子河也还是没追上……

初春,贡格尔草原青草萌生,能看到绿色,闻到草香,实际上草并未长起来。牲畜就这样争逐着,跑来跑去,徒费体力,蒙古人称之为跑青。牧民在这段时间里,会限制牲畜的跑动,以减少损耗。

母马气喘吁吁,神情忧郁地站在草原上,静静地向远处凝望,眸子里满是回忆的泪光……

那是一个仲夏的早晨,天空没有一丝云彩,阳光把碧绿的草尖打亮。

微风浮动,润湿的空气里弥漫着芳草的清香。母马悠闲地漫步在草地上,这时一匹儿马子从不远处的一个斜坡上横冲过来,围着母马奔跑,时而前蹄腾起,时而摇晃着身子,尽力向母马示好求爱。母马原地打着转,将一片片花草踩在脚下。母马趁儿马子不备,撒开蹄子向远方跑去,长长的鬃毛随风飘动,一身枣红的毛发闪闪发光。儿马子紧追不舍,母马停住了脚步,回头怒视着儿马子。儿马子步步紧逼,母马向左跑几步,向右跑几步,始终找不到出路。这时只听得一声长嘶,一匹健壮的公马从天而降,两眼炯炯有神,鼻孔微微张开,一步步逼向儿马子,儿马子也不甘示弱,抬起后腿一阵猛踢,公马抬高脖子,岔开前腿,向儿马子发出猛烈的进攻。几个回合下来,儿马子的耳朵受了伤,耷拉着脑袋奔向远方。公马静静望了一眼母马,随后慢悠悠掉转头离去。受了惊吓的母马,浑身战栗,忽然醒悟了似的,跑过去,紧紧跟在公马身后。

天气晴朗的时候,公马领着母马在草地上奔跑,一前一后,蹄下生风踏起无数花香。有时它们到河边饮水,公马就领着母马到上游寻找干净的水源,痛饮一番。清澈的河水倒映着瓦蓝的天空,远远望去像是蓝色的哈达。公马母马的头紧挨着,耳鬓厮磨,水中两个清晰的倩影随波聚散,温暖祥和。

母马懒懒地趴在草地上,情绪恹恹,公马焦虑地围着它转,不时拿头拱母马,在母马身上使劲嗅着,警惕地望着四周,母马怀孕了,它们的爱情发了芽。

可是,公马逐年衰老,最终离它而去了。

淡淡的月光下,疲惫不堪的母马想着白天奇怪的青草。第二天,母马又来到草原。远处的草更绿了,它仿佛看到草浪随风起舞。母马拼命追逐,耗尽力气,还是没有追到好吃的青草。可是母马充满希望的目光,依然执着地望着远方的青草,依然在牧马人的吆喝声中,竭尽全力地跟着马群。

有一天,牧马人赶着马群,在贡格尔草原深处,看到了一具马的尸骨。

那匹母马突然冲出马群,嗅着地上凌乱的尸骨,不断发出悲鸣。当别的马试图接近时，母马一反常态，拼出浑身的力量，又踢又咬。

　　牧马人一看这情形，知道这是老公马的残骸。

　　整个下午，母马一直围着尸骨嘶鸣，到了晚上，才恋恋不舍地返回马群。

　　马群走出老远了。母马始终走在最后，不时地停下来，回过头，悲恸欲绝地遥望。

　　母马的肚子更沉了，已经接近临产。牧马人担心母马撑不到这一天，它太瘦了。牧马人每天早晨起床，第一件事，就是去瞅一眼这匹母马。母马仍旧在那里站着，眼睛眯缝着，一副似醒不醒的神情，牧马人感觉到它随时都会死去。母马毛色暗淡，鬃毛蓬乱，脊背塌陷……它的腿有气无力地抬着，使本来孱弱的身躯，在春寒料峭的风中，摇摇欲倒。马是常年站着的动物，只要它一趴下，大多就意味着死亡。

　　母马好像真的撑不住了。有几次，它摇摇晃晃地，四蹄频繁地替换着，一副即将轰然栽倒的样子。母马终于倒在了地上，牧马人吓坏了，急忙奔了过去。发现它躺在地上分娩。母马强忍着剧痛，用力地将马驹推出产道。过了好长一段时间，还是没有生出来。母马颤巍巍地站了起来，不时地回顾明显下陷的腹部，转了两圈，又躺在了地上。马驹的两条前腿出来了，正常情况下，马驹的头部伏于两条前腿上，如果母马的骨盆狭窄、胎儿过大、胎位不正，都会造成难产。马驹还是卡在母马的屁股里。母马痛苦万分，虚汗淋漓。

　　牧马人心里知道，母马身体虚弱，子宫收缩无力，无法顺利产下马驹。

　　在牧马人的帮助下，马驹出来了。牧马人撕断马驹的脐带，擦干马驹口、鼻处的黏液。如果是健康的母马，马驹一出生，母马就会舔干马驹身上的黏液。可是母马太累了，它站不起来了。

　　刚生下来的小马驹，站起时要向不同方向摔倒几次，传说这是跪拜四方诸神，然后才能站立起来。

　　小马驹大大的眼睛，毛茸茸的睫毛，和老公马一样，毛色枣红，那枣红色的身体,俊美匀称;飘逸柔顺的马尾,一直垂到脚踝。它的额头上还有一道和闪电一样的白色垂针。

它果然和它的母亲一样,是一匹好马,通人性。刚产下的马驹在出生后十五分钟到半个小时内,就会站立起来,立刻寻找母马吃第一口奶。母马再也站不起来了,它奄奄一息,甚至连闻一闻小马驹的力气都没有了。

马驹刚一出生,马上就要失去母亲。没有了母马的奶水,它怎么活呀!

牧马人喊来附近的牧民,他们用木杆子把母马架了起来。马驹钻进母马的胯下,仰起脸,叼住了奶头。母马忍着疼痛,用眼睛的余光瞅着小马驹。

牧马人举着舍不得吃的干粮,递到母马的嘴边。母马懂事地吃掉了。它知道,只有这样,它的孩子才能活下来。牧马人高兴极了,精挑细选了一把柔软的干草,希望能增加母马的体力。母马叼在嘴里,老半天努力地咀嚼一下,像是吃饱了。

马驹吃到了初乳,欢实起来了,它活蹦乱跳地围着母亲的身边玩闹。晚上,夜风习习,小马偎在母亲身边,在初夏的夜色里,听着贡格尔河边如潮的蛙声。

牧马人慢慢挼着母马的鬃毛,端详着它的面容。他发现,每隔三五天,母马就瘦下去几分。

马驹哀怜地望着母马。母马悲戚的眼睛,半天才眨一下。它什么都吃不下了。终于撤去了木杆子,母马没有力气站着,"轰"地倒下,又颤颤巍巍地站起来,不一会儿又"轰"地栽倒……母马侧着身,四肢伸开,安安静静地躺在草原上,眼睛半睁着,瞳孔里泛着幽微的光,睫毛上有泪挂着。

牧马人将马驹抱回家,交给了额吉。

牧马人情不自禁地说起母马对老公马的陪伴,说起母马对老公马生死不舍的爱情,说起母马凭着母爱的力量,顽强地产下它的孩子,直至马驹吃上奶水……牧马人说:太揪心了!说完,把帽子扣在脸上。额吉看着流泪的儿子,也掉泪了。

洛河之草链岭

◎ 杨　栎

洛源镇，距离洛南县约百里之遥，位于草链岭脚下。草链岭，名字平和，不知道的，还以为是草原上凸起的一脉山岭。殊不知，它的主峰达到2646米，是陕西洛南和华州交界处、秦岭东部的最高峰，无论岁月如何更迭，西岳华山和它相看不厌，吸引着前来探秘的人。

一进入陕西地界，秦岭如影随形，要么迎头就来，要么侧身而卧，要么凝视着你的背影——无论什么姿态，气质永远是沉郁、苍茫的。彤云下，它呈现出苍郁的深蓝；晴空下，它呈青蓝色，泛着荧光。不管深蓝，还是青蓝，都水汽氤氲，雾霭蒸腾，像海上仙山，透出一股神秘色彩，敬畏感从心坎中自然生发。

"云横秦岭家何在？雪拥蓝关马不前。"经过蓝田关，不由让人触景生情。虽然韩愈"一封朝奏九重天，夕贬潮阳路八千"的遭遇让人心生感慨，可一想到草链岭在前方召唤，心情顿时好了起来。山高路险，早上七点多，天色还未大明大亮，我们就赶到了洛源镇。洛源镇又名两岔河，是洛河主要源头——源自蓝田县的木岔沟河和源自草链岭的北源的交汇点，是刘志丹"渭华起义"失败后的休整之地。

来洛源镇之前，我们先去的木岔沟。木岔沟是蓝田县灞源乡在秦岭南部唯一的村子。此地河道不宽，水量也不大。向导说，这还算不错，如果到了冬天，一点水也没有。水不多，植被却很茂盛，触目皆绿，空气好像也清冽无比，让人心脑清明。走了个把小时，河水就发生了变化，水量逐渐大了,能看到一些溪流的汇入。到达木岔沟的竽园泉时,向导说,眼前清凉的水,当地人都把它当作洛河之源。而木岔河,从山谷流出,弯弯曲曲,却始终顺着山势蜿蜒。一路上,更多枝枝杈杈的小溪流不断在汇入。到了西源和北源的交汇处,准确说,这是一片河滩,大大小小的鹅卵石,错落在水里、岸边。高大的树木和河草,勃勃生机,完全一副天然去雕饰的模样。两条河到了此间,界限已不明显,你中有我,我中有你,两股力量搅和在一起,形成一条大河奔腾千里的雄浑元气。

而清晨的洛源镇,分外清静,看不见几个人影,只有不知名的鸟啼。河沟里是灞源镇的西源,因为来自高山,势头比较汹涌,一股股的水流在河谷里翻腾,高高低低的民居,类似吊脚楼依河而建,别有异族风情。山腰上,大缕大缕似雾非烟的山岚在缓缓流动,像裹在山体上的绸巾。早饭在一家名为"草链岭农家饭店"吃的洋芋擦擦、油条、烤饼、煮鸡蛋等。老板很热情,一听我们要登草链岭,他操着一口憨厚的陕西腔冲我们几个女士说:"多吃点,不要想着减肥,半道你们会后悔的。"老板姓梁,祖籍居然是洛阳孟津的。他乡见老乡,没有泪汪汪,却让人心生亲近。他的乡音无存,鬓毛亦衰,看见来自故乡的我们,心情也格外的好。他娓娓诉说着家族往事,我却在想,我们循河而来,他的祖上是怎么来的呢?数十年前,交通远没有如今发达,一位当家男人拖家带口,远离故土来到异乡生活,需要多大的勇气啊。老梁说,他也不清楚祖父当年为何在此安家,大约是因为这儿有山有水吧。应该是了,从古到今,人类活动的轨迹,基本是沿着河流的轨迹。此地藏风聚气,民风淳朴,物产丰厚,处于崇山峻岭之间,却也十分宜居。老梁说,他和老伴两个人经营着这家小吃店,平日不忙,却也能顾住生活,挺好。临出门,老梁执意让我们又拿了一些干粮,他并非只是普通的寒暄,让我们感受到了浓浓的乡情。

随着脚步的抬高,山势逐渐挺拔,河谷也变得狭且深了。此时,才算真正接近了草链岭。

这儿是一片净土。

眼前分明有路,分明又无路。甚好。一草一木一藤一荆棘,都在顺着自己的心意生长。想攀登一座山,必须压低身姿,趾高气扬,只会摔跟头。一丛乱树,一段石崖,都需要我们小心以对。苔藓湿滑,难免有谁冷不丁踩上,"呀"的一声惊叫,居然有了回音,仿佛自己在吓唬自己。虽然,我们经常登山,可大多是经过旅游开发过的,上时登石阶,下时坐索道,远非草链岭的原生态。向导说,草链岭植被密布,分布是随海拔高度的变化而变化。我们现在,置身于原始次森林中,既有参天古木,又有秦岭毛竹,低矮的多是灌木,比如高山杜鹃,夹杂其间。这种高约一米的常绿小灌木,生命力及其顽强,它生于山林,或匍匐在地,或挺直身躯,或多株连生,或单株独生,枝干无一不呈现出经历沧桑的美。向导说,高山杜鹃的花头,就像一把把雨伞,一朵或数朵攒在一起,别提有多艳丽脱俗。淡紫色的多,而白色的因为数量少,更为罕见。因为不是花期,我们也只能徒增羡慕,无缘得见。可据他介绍,目前所看见的,远远不及二十世纪八十年代的那般,那时候,才是真正的原始森林,莽莽苍苍的原始森林。

征服一座山,需要勇气和力气,我们不时做短暂休憩。水流却不舍片刻,哗哗流个不停,路过断崖悬而成瀑,遇到低洼则聚成潭。龙潭,就是水从葫芦状的山谷跌落,又在一处相对平缓低洼岩石碎堆里诞生的。左侧有块较为平整的石头,上镌"龙潭"二字,分外醒目。水潭深约一米,水声喧哗,撞击着岩石,许多白色浪花和水泡,如潭边盛开的花朵。向导说,这里有故事呢。说有一天,华夏文字始祖仓颉曾陪同黄帝巡游在此处歇息,见有一条龙从水潭里腾空而起,二人惊奇,不知所措之际,转眼巨龙便游弋在了崇山峻岭之中,为了纪念此事,这一方水潭因此得名龙潭。传说很离奇,很古老,却不荒唐。潜龙腾渊,在理。

山脚时,依稀还能遇到采山货挖草药的山民,或者户外驴友。龙潭之后,可谓人迹罕至,再一次感知到人类的渺小。

登上草链岭高峰,还要四个小时。山里的气候,如小孩脸,一会儿一个样。没走一会儿,天空就会落雨。雨不大,然来得骤然,看似洋洋洒洒,却能湿透衣裳。山上本无路,脚下更加湿滑,行进速度更加慢了。然而,更多的景色映入眼中。遥望草链岭主峰,它像一个巨型馒头,四周密密匝匝的云遮雾罩。透过密林,它隐隐约约,别具含蓄之美,线条柔美,不像仰望时的雄浑。腰际,层绿覆盖,绿里还不时透出一片白,光华耀眼。那是石海景观,形成于第四纪冰川时期!向导说。当地还流传着一个传说,老辈人说草链岭上的白色石头是冰石,源于窦娥冤死的那场六月雪落在了此地,常年不化的结果。

再抬眼,石海缥缈在云海间,似乎也在缓缓流动。

陡峭的地段,已被我们甩在身后,可坡度依旧不小,依旧不能直起身子。此时,我们已经耗费了大量的体力,不再说太多的话,只有一个心思,走,走,走到石海,走上草链岭。那片耀眼的白,好像就在前方,可用脚量,又花费了一个小时。终于,像凝固的浪花一样的石头横在眼前。数不清的石头,在阳光下更加耀眼,大的像奶牛盘踞,小的像绵羊群居,遍布在山阳和顶部,蔚为壮观。置身石海,人是多么的不起眼啊。又一次感叹造物主的神奇,却没有人能洞悉此间的奥秘。石头斜卧在陡峭的斜坡上,看似杂乱无章,无章法可循,依次踏石经过,却丝毫不见松动。走近了才发觉,石头不单是白色,在侧面布满了黑褐色或藤黄色石藻形状的图案,间或有翠绿的草木从石头的缝隙钻出来。眯起眼,往下俯瞰,往上仰视,层层叠叠,犹如汹涌的波涛,令人感叹。原以为这里人迹罕至,却早有人来过,并留下一个个用石头堆叠的东西。我无法形容,说它们是微型石塔,或者什么,都不准确。我不了解它们生成的意义,却非常敬畏,路过时,不敢碰落一块。

与石头共生的树,立在崖边,栉风沐雨,千百年不改初衷。站在崖边观望,四野苍茫,山势绵延,浓白的云,仿佛被某股神秘的力量所驱动,翻涌在深蓝色的山谷。看不见回路,看不见山脚的树,也看不见苍苍洛水,更不见来人。

山风又来，裹挟着雨滴拍落在我们身上——没了树木的遮蔽，雨也变得狂野。

雨中的草链岭，就像一条巨大的绿色绸带，悬在我们头顶。一年中，草链岭平均气温只有 11 摄氏度，属亚热带高寒山区，越往上气温越低。越接近山顶，植被越发低矮，最终迎接我们的是厚厚的草甸。向导说，草链岭实为草甸岭，因"甸"与"链"发音相似，久而久之，草甸岭成了草链岭。

大自然实在玄妙。从山底的原始森林，到半山的针叶林，再到石海到草甸，一路攀登，我们的心愿才算达成。七月的草甸葱郁迷人，遍布各色野花和丛丛著花的灌木。天空依然飘着雨丝，我们却像长途跋涉、到了宿营地的人，一下瘫倒在草甸上。或躺下，或坐着，青草的气息暗暗浮动，缓缓进入鼻腔，到达四肢百骸。广袤的天空，云雾里闪现的山脉，都仿佛触手可及。

在草链岭，每棵草都应该被赞颂，被铭记，被感恩。它们那么柔弱，却又那么团结。它们密密麻麻，挤挤挨挨，形成厚厚的草甸，给草链岭裹上柔韧的铠甲，防止着水土流失。它们就像一个个微观的水库，把有形无形的水分子聚合起来，存积在泥土里、岩石中。当达到一定量时，便会发生质的变化，生发成一道道溪流，一个个泉眼。最终，要么潺湲，要么恣意，以一条河流的姿态，奔流，奔流，构建起人类文明。

下山时，太阳从云层里露出笑脸，天边出现了一道彩虹，如梦似幻。回望，草链岭依旧寂然，静如处子。似乎，我们没有遇见过。

夜宿宾馆，我在手机上这样记录：探幽草链岭，风雨共兼程。山呈蓝烟色，水奏古琴声。清泉出山体，野花绕枯藤。遥望云生处，人在林间行。乱石拦路虎，小桥似彩虹。双鬓汗珠落，袖底过松风。采风不畏难，个个逞英雄。坎坷攀登苦，会师临绝顶。突落一场雨，群山图画中。若非无缘分，岂能共征程？往昔常思忆，洛源不老松。

红雁的一家

◎ 徐向光

微微的南风缓缓吹过,北国的冰雪开始悄悄融化。大地从冬眠中慢慢醒来,正抖擞着冻僵的身躯、舒展着筋骨,天地间到处泛着寒潮后的暖流。

这一天,朝霞染红了东方的山冈,天空一派清明澄澈,蓝天上飘浮的几朵白云分外醒目。红雁爸爸和红雁妈妈从遥远的南方飞回来了,"嘎嘎!嘎嘎!"的嘹亮歌声响彻了天空。红雁爸爸飞在前面奋力振翅,它用自己的力量使劲扇动着气流,红雁妈妈飞在后面节省了很多气力。它俩不停地鼓励着,伴随着翅翼的不停振动,一座座山峦甩在身后,它们不分昼夜地飞翔了半个多月,终于如期飞回了北国。

红雁爸爸妈妈盘旋着,乌黑色的双脚健壮有力,它俩仔细地观察着地面上的一切,看到了正在融化的冰湖,微微泛着绿意的森林,草地上散落的牛羊和在春寒里略显沉寂的村庄。最后红雁爸爸妈妈落在了一座高耸突兀的山冈上,山冈陡峭,崖壁直立,巨石叠垒,山巅距地面相对高度有二百多米,山冈有两个台阶,从顶端到第一个台阶处垂直距离有五十多米,这里是一处台地;从第一个台地处到地面垂直距离有一百五十多米高。山脚下是一片草地,平坦开阔,一望无际。在距离草地十几公里处有一座湖泊,如同宝石一样镶嵌在大地上。

感觉到身子累瘫了一样,它俩急促地喘着粗气,双腿和翅膀不停地抖颤着。雁爸爸走过去紧紧地搀扶着雁妈妈,雁妈妈轻轻地依偎着雁爸爸,歇了好一会儿,雁爸爸开口对雁妈妈说:"你看山岗多好呀!又高又陡,这该有多安全呀!"说完,雁爸爸又仔细环顾四周,只见山岗上面有一些乱石、一些小冰臼、几十棵亭亭玉立的白桦树,还有一片枯草丛,一切安静极了。雁爸爸的眼里释放着光芒,掩饰不住内心的激动。它起身走到一块岩石下面的小冰臼处,惊喜地叫道:"雁妈妈,你快来看呀!咱们就把家安在这里吧!"雁妈妈赶紧走过去一看,它也兴奋地跳了起来:"这可太好了!这可真是上天赐的礼物呀!"但雁妈妈转念一想,不无忧虑地说:"把家安在这么高的地方,可以防备其他动物的侵袭,可将来孩子出生后怎么下山呀?"从这么高的地方跳下去,会是什么后果……沉醉在激动和喜悦中的雁爸爸被惊醒了:"哎呀!你说得对呀!我俩能飞上飞下,可将来弱小的孩子们可怎么办呢?"它俩一时都无语了。过了一会儿,还是雁妈妈说话了:"还是家的安全最重要,没有安全就没有一切。"说完,它俩就开始动手清理冰臼里面的杂物,打扫一新后,分头寻找绒草、枯叶、细枝、干草穗等来絮巢,最底下的是细枝,再上面是绒草,最上面是枯叶和干草穗,整个巢里铺了一层又一层。

雁爸爸和雁妈妈趴在巢里,深情地对望着。这时,突然听到一阵"哗啦啦"的坠石声,这空旷的山岗上怎么会有石块滑落呢?雁爸爸急忙往崖壁下看,顿时吓得目瞪口呆、心惊胆战!原来有一只灰色的狐狸正夹在峭壁缝里往上攀爬呢。雁爸爸展翅高飞,在空中一个盘旋后,径直刺向了狐狸。雁妈妈迅速和雁爸爸一道朝着狐狸的藏身处冲去。原来狐狸住在山下的窝里,在漫长的冬季里,它的肚子已经饿很久了。当雁爸爸和雁妈妈飞来时,看见两只肥硕的红雁,它开始垂涎欲滴。狐狸猜想,红雁肯定累得虚弱不堪,说不定现在早已睡着了,因此,它精心谋划搞一次偷袭。虽然小心谨慎,但还是不慎踩落了几块碎石。红雁爸爸的尖喙像刀和剑一样锋利,双爪像铁钩般能刺穿皮肉。面对两只红雁的轮番攻击,狐狸叫苦不迭、哀号不已。它一面左躲右挡,一面又紧贴着崖壁提防着脚下,这种情境下如果稍有不慎就会跌落百丈悬崖,摔得粉身碎骨。狐狸早已吓破了胆,浑身汗淋淋,赶紧逃往山下去了。

天气暖得很快,只半个多月,山顶上的积雪渐渐地融尽了,小草悄悄地从石缝中睁开了眼睛,散发出清香和欣喜,天空澄澈得纤尘不染,春天已铺天盖地地走来。雁爸爸和雁妈妈不分昼夜地劳作着,这些日子,它俩在山下的草地里采集草籽,又从远处的湖泊里采集水藻和水草,捕捉小鱼和小虾,从山崖的峭壁间采集苔藓和地衣,还从桦树林间捕捉些小昆虫,采集些嫩叶。很快,它俩的巢里已经堆满了丰盛的食物。雁爸爸又特意采集了许多干爽的苇絮,它把这些苇絮啄成一片片、一丝丝、一缕缕,它要用这些碎絮给未来的雁宝宝们做棉被用。

春风吹来了四月,雁妈妈产下了六枚椭圆形、淡黄色的雁卵,它已经耗尽了全身的能量。这些卵就是它们的孩子呀!雁妈妈腿麻了,翅膀软了,但目光坚定有力、温暖无比。雁妈妈只有一个信念,无论如何都要把孩子孵育出来。雁爸爸的眼里满是关怀和慈爱,它绕着雁妈妈一圈圈地不停走动,给雁妈妈以信心和激励。

这天午后,外面的阳光热热的,天地间没有一丝风,雁妈妈已经连续孵卵一个月的时间。它早已精疲力竭、瘦弱不堪了。雁妈妈一边孵着卵一边睡着了。雁爸爸心疼地看着熟睡中的雁妈妈,轻手轻脚地来到巢外,外面好热呀!它站在山巅四下里望,一眼就看见了远处闪着粼粼波光的湖泊,它想去湖里捉一条鱼,给雁妈妈补补身体,它想象着自己叼着一条大鱼来给雁妈妈一个惊喜。想到这儿,它早已忘记了警戒的事了,展开翅膀箭一样朝着湖泊飞去。

山顶上突然飞上来一只岩隼,全身暗褐色,它的嘴巴倒钩着,像是锋利的尖刀。它瞪着凶恶的目光,一步步朝着红雁的巢走去。一想到那大大的、圆圆的雁卵,它便口舌生津。今天,它终于看见雁爸爸飞向远方的湖泊了,它知道,机会来了,不顾一切地飞上来,从雁妈妈的巢中夺卵。

雁妈妈睡得正香,岩隼心中喜出望外,它将雁卵一点点地挪至巢外,然后用双脚牢牢地抱紧雁卵，猛地展开双翅，就在万分危急的时刻，空中炸雷一样传来了愤怒的叫声，原来是去湖中捕鱼的雁爸爸回来了。它飞到湖泊后很快就捉到了一条大鱼，便匆匆地飞了回来。当它刚飞到山巅时，惊讶地看到一只岩隼正钻进巢里，它便一个旋风俯冲下来。岩隼吓得它浑身颤抖，心一慌，腿一软，这枚雁卵掉在了巢里。岩隼吓得急速拍翅潜逃，雁爸爸冲过去一翅就撞击在岩隼的肩上，把岩隼撞得一连翻了几个跟头，连羽毛也被雁爸爸撕啄去一大片，岩隼痛苦不堪地跌落下山崖。

北国的五月，阳光明媚，几场春雨后，便是碧草萋萋、百花盛开。草原到处都洋溢着花香，流淌着清风，飘荡着鸟鸣。雁卵已经都孵化成熟了，六只小红雁先后破壳而出，金黄色的羽毛，毛茸茸的身子，晶亮的小眼睛，甜甜的、稚嫩的叫声，每一只都可爱极了。这些日子，可把雁爸爸给忙坏了，它给雁妈妈捉来了肥大的鱼儿，也给小红雁们捉来了新鲜的小鱼、小虾和碧嫩的水草。雁妈妈一边精心哺育着小红雁，一边快速地恢复着自己的体力。它每天都给小红雁梳洗羽毛，又采集来野花和香草熏蒸屋里，小巢里到处都是山野的清香。很快，小红雁们的叫声越来越响亮，翅膀越来越有力。只经过一个月的时间，小红雁们的小翅膀已经能来回扑扇了。雁妈妈跟雁爸爸商量道："孩子们慢慢长大了，应该把孩子们带到外面去了！"雁爸爸说，"早晚它们都要学习飞翔，到了它们锻炼技能的时候了。"外面的阳光照在小红雁的身上，清风吹拂起它们那美丽的羽毛，一只只小红雁兴高采烈、欢蹦乱跳。山顶上的石块不大不小，有各种冰臼和岩洞，还有树木和花草覆盖着，在山顶的边缘就是悬崖和峭壁，稍不留神就有可能跌伤。因此，雁妈妈和雁爸爸对孩子们寸步不离，一刻也不敢放松。

一开始的时候，它俩让孩子们自由自在地活动，尽情地玩耍和跳跃，接着，它俩先教孩子们跑步和跳跃，再教孩子们振翅和抖羽毛，最后教孩子们攀爬和飞行。它俩让小红雁站在冰臼边往下跳，然后再一只只驮上来，再让小红雁站在大石块下面往上面飞。小红雁们一次次跌倒，一次次爬起；一次次摔伤，一次次痊愈。在爸爸妈妈的教导和鼓励下，六只小红雁个个勇敢无比，争先恐后地比着赛练习，没有一丝一毫的胆怯，它们越练越坚强、越练越勇敢。雁妈妈和雁爸爸还教会了雁宝宝们如何采食山顶上的各种食物，如绿叶、嫩草、苔藓、树籽等。

　　小红雁们身体长得更大了，身板硬朗了，体格也强壮了。眨眼间已到了七月初，雁爸爸对雁妈妈说："我们一家不能老住在山上呀，毕竟这里的食物太短缺了！"雁妈妈连声说："是呀！我们总得要飞下山的。"但它看着脚下的百米深渊后，不无忧虑地说："虽说孩子们摸爬滚打了一段时间，但这么深的悬崖要跳下去太危险了！"雁爸爸无奈地说："为了生存，没有办法呀！"雁妈妈默默地皱着眉头说："我们只能狠狠心了，希望苍天能保佑我们的孩子们平安着陆了！"

　　这天清晨，火红的朝霞在东方升起，空气中弥漫着花草的清香。雁爸爸和雁妈妈把六个孩子叫到一起，走到一处悬崖边，雁爸爸斩钉截铁地说："孩子们，今天我们全家就要从这里下山了，这座山有两级台地，从山顶到第一级台地有 50 多米高，从第一级台地到地面还有一百五十多米高，我和妈妈要带头从这里跳下去，然后你们也都要跟着跳下去，那里有更丰盛、更美味的食物，有无边无际的青草，有数不尽的灿烂鲜花，你们都要克服恐惧，勇敢地跳下去，但在下跳的过程中也有智慧，因你们还不会飞翔，但你们在下跳时要尽力展开翅膀，这样可增加空气阻力，延缓降落时间，也能更大限度地确保你们的安全！"说完，雁爸爸就展开翅膀，一个纵身就跳了下去。随后，雁妈妈展翅纵身也跳了下去，站在台地上翘首高呼着孩子们。这时，六只小红雁一个个紧绷着身体，扑展开双翅，虽然它们的双腿都在抖颤，心中还有不少胆怯，但鼓足勇气，一只只"嗖嗖"地跳了下来。雁爸爸和雁妈妈心中满是幸福和甜蜜，它们不停地拥抱着孩子们。红雁一家稍稍歇口气，雁爸爸对雁妈妈和雁宝宝们说："我们要再接再厉、一鼓作气，再跳一次就能到地面了，但这次距离太高了，大家可要多加小心。"说完，又纵身跳了下去，只见雁爸爸身体打着旋，如一朵彩云从天而降，优美、飘逸、勇敢。六只雁宝宝在爸爸妈妈的示范引领下，也都一次次飞跃跳下。看着那些参差突兀的怪石，看着那些长得横七竖八的枝杈，它们每跳一次，雁爸爸和雁妈妈的心都悸动着，生怕孩子们出现任何闪失。终于，红雁一家胜利地在大山脚下团聚了，雁爸爸和雁妈妈的眼里流出了喜悦的、激动的、心酸的泪水。

　　山下的青草真多呀！又嫩、又甜、又香。小红雁们总是好奇地东望望西看看，边吃边玩，一个个开心极了。这时，一只小红雁看见远处有一丛黄色的金莲花，好奇心驱使着它不知不觉间就远离了爸爸妈妈。它快步向前要去仔细看个究竟。它来到近前一看，这简直是一片花的海洋呀！除了金灿灿的金莲花外，还有蓝色、白色、粉色等五颜六色的鲜花，鲜花上有蜂蝶飞舞着，这里太美了！它出神地看着，沉醉其中。但不知此时此刻正有个危险在朝它偷偷袭来，因为在草丛的深处正有一双贼溜溜的眼睛在盯着它。原来在花丛边的土堆下住着一只猫鼬，当它发现这只小红雁时，大喜过望，它悄悄地埋伏在草丛中，趁小红雁不注意，猫鼬"噌"地蹿出来，一口就咬住了小红雁的脖子，小红雁疼得大声尖叫着拼命地挣扎着、扑打着，大声地呼喊着爸爸妈妈。小红雁的呼救声惊醒了远处的雁爸爸和雁妈妈，雁爸爸"啪"地展翅飞过来，一口就啄向猫鼬的眼睛。猫鼬吓得大吃一惊，急忙躲闪，但不忍心放弃到嘴的食物，雁爸爸一口啄在了猫鼬的头上，猫鼬痛得"哎哟"一声，松开嘴里的小红雁，"哧溜"一声就钻进窝里去了。这野地里表面上看风平浪静，但实际危机四伏，看到这一幕，红雁宝宝们都知道，再也不能离开爸爸妈妈半步了。

　　时间过得真快！红雁一家已经在草地上生活一个多月了，红雁宝宝们学会了如何选择食用植物、药用植物，如何躲避天敌攻击，如何鉴别有毒的各种食物。八月的金秋已经来到了草原，草原的草更茂，草原的花更艳，草原的香更浓，许多植物已经结下了丰硕的种子。雁爸爸跟雁妈妈说："该叫孩子们到湖泊里去学习一下游泳和潜水的本领了。"雁妈妈高兴地说:"好呀! 这样不仅能学会在水中生存,还能吃到水中新鲜的鱼虾和水草呢! "

　　红雁一家高高兴兴地走了几十里路,来到了一处偌大的湖泊前,这里雁鸥翔集,碧波荡漾,芦苇和蒲草一派苍苍,浪花不停地拍打着岸边的石块和细沙。雁宝宝们见到水波后都异常兴奋,但被浪花溅到后又都吓得打着冷噤往后退。见到此情景,雁爸爸和雁妈妈率先跳到湖水中,用两只脚掌飞快地划着水,只见清亮亮的湖水把它俩轻悠悠地兜了起来,看起来悠闲自在、扬扬得意。它俩深情地呼唤着孩子们快点下水。接着,雁宝宝们也一只接一只地跳进水里,它们用力地划着水,开心地唱着歌,金黄色的羽毛像是兜在水面上的花朵,飘飘摇摇,像是一个个小精灵。红雁一家在水里快乐地嬉戏着,雁宝宝们不停地用翅膀拍打起水花,寻觅着水里的鱼虾,把头深深地扎进水底,吃泥里的水草,又把整个身子全部潜入水中,比赛看谁在水中潜水的时间最长。很快,它们便从湖边畅游到湖心。湖心有一座小岛,小岛上长满了树木和杂草。雁爸爸和雁妈妈领着孩子们纷纷上岸休息。可有一只雁宝宝在水中还没有玩够,根本就没上岸,一个转身就朝水深处划去了,它觉得在水中太自由自在了。就在大家都没太注意它的时候,忽然从岛上的岩隙处钻出一条灰白斑纹的水蟒来,它快速钻进水里,朝着落单的小红雁游去,很快它就追上了正在向前划水的小红雁,只见它张开大口咬住了小红雁的翅膀,然后就用它那绳子一样的身体把小红雁一圈圈地缠绕起来,它想着把小红雁窒息后再溺死。小红雁惊诧地呼救着,痛苦地哀号着,眼见就要坚持不住了。它的叫声被岛上的雁爸爸、雁妈妈、雁宝宝们听见了,它们很远地便看见了在水中拼命挣扎的小红雁,看见了那条扭曲着身子正在祸害小红雁的恶蟒,雁宝宝们吓得大喊大叫,雁爸爸和雁妈妈气得浑身发抖,它俩抖地飞起,然后直插水中,它俩分别对着水蟒的头部和八寸处猛烈啄去。只一口下去,水蟒的肚皮就被啄出个大洞,鲜血直流,巨蟒疼得"哎呀"一声就松开了嘴,然后身子也松绑开,

"哧溜"一声就潜到水下溜走了

　　经过这次磨难,雁宝宝们都被敲了一记警钟,警惕性比从前都大为提高。有了水中丰富的食物和充足的营养,雁宝宝们长得很快。经过八月、九月两个多月水中的生活,雁宝宝们已经长得跟爸爸妈妈一样高大健壮了,一家八口在一起,仅从外表上看,已看不出谁是爸爸妈妈、谁是雁宝宝了。雁宝宝们在水中学会了游泳和潜水,在天空中学会了飞翔,在搏击中学会了战斗,在静立中学会了警戒和防备。

　　红雁一家和和美美、其乐融融。一场冷风过后,十月的晚秋就到了,眼看着天气一天比一天冷,秋风一天比一天劲吹,秋草一天天泛黄,湖水也越来越有冰冻了。到了十月下旬,湖畔冻了厚厚的一层冰,只在湖中心还有不大的水面没有完全封冻。这天,雁爸爸对雁妈妈说:"雁妈妈,现在已经是深秋了,眼见寒冷的冬天就要来临了,我们该返回南方老家了呀!"雁宝宝们都充满了希望和期盼,连声问南方的老家是什么样子的。雁爸爸雁妈妈慈爱地看着孩子们说:"那里的冬天也是温暖的, 可飞回南方要走很遥远的路途,路上还会面对各种艰难险阻的。"雁宝宝们听后,异口同声地说,"有爸爸妈妈在,再大的困难我们也不怕,我们一定能平安回到南方老家的!"雁爸爸欣慰地听着,它平静地说:"你们都长大了,以后,我和你妈妈我俩还要依靠你们的关心和照顾呢!"听了这话,雁宝宝们的脸上都露出了自信的、骄傲的神气。雁妈妈的脸上呈现满满的幸福光泽。

　　这天凌晨, 天气更加寒冷, 北国的天气已经不容许红雁一家再驻留了,红雁爸爸妈妈和孩子们商量好一起南飞了。红雁一家飞起来后,在湖泊上面和山岗上面盘旋了一周后便朝着南方飞去。它们刚飞出不远,就见眼前远远地有一道黑影像暗箭一样朝它们射来,那暗箭越来越快,目标也越来越大,直朝着雁阵中的雁妈妈袭来,大家大吃一惊。雁爸爸正飞在雁阵的最前面,它定睛细看,原来是一只气势汹汹的金雕挡住了它们前行的道路。原来,这只金雕这些天一直在偷偷观察红雁一家,它早就在打红雁一家的主意,它梦想着打下一只雁来留作自己过冬的食物。但在地面上,它知道自己不是对手,红雁一家的力量太过强大了,它便想着在空中战胜红雁。它经过分析判断,知道红雁爸爸健壮强劲,不好对付,六只雁宝宝年轻力壮、血气方刚,怕是斗不过,就把目标锁定在红雁妈妈身上。它知道,红雁妈妈最老、身体最弱,它想,只要我在空中将雁妈妈的翅膀给撞折了,那它就走不了了,只能在这里等着死了,其他的雁再强壮也没有办法了。它猜测这几天红雁一家一定要飞回南方去,因此,它就昼夜盯着红雁的动静。这天清晨,它看见红雁一家飞到天空中在与大地和湖泊告别,它就知道红雁们要离开了,就远远地飞到空中等着拦截和撞击。

由于雁妈妈是飞在雁阵后面做保护,所以当金雕冲向雁妈妈时,大家一时没反应过来,当金雕已经撞向雁妈妈时,只听见雁妈妈痛苦地大叫着,并拼命去啄金雕的眼睛。这时,雁爸爸和雁宝宝们也都奋起冲向金雕,很快就把金雕打得伤痕累累。金雕落荒而逃,空中还飘落着它被啄下的羽毛和痛苦的惨叫声。

虽然金雕被打败了,但是雁妈妈的小翅却被撞折了,它不停地痛苦地呻吟着,再飞几下就飞不动了。眼看雁妈妈就要跌落下去了,只见雁爸爸迅疾地飞到雁妈妈身下,用自己的身体使劲地驮起了雁妈妈,奋力振动翅膀,继续往南飞去。当雁爸爸累得气喘吁吁快要坚持不住的时候,六只雁宝宝就勇敢地向前轮流驮起雁妈妈,背着妈妈飞翔、飞翔……

雁妈妈的眼里蓄满了泪水,一滴滴从空中滑落,落在飞跃过的高山峡谷、旷野平川、森林湖泊……在无情的秋风中,在纷飞的黄叶里,在岁月的旅程中,这一幕成了秋天里最美最温馨的画面,永不老去。

那一抹海天之蓝

◎ 龙仁青

一

青海湖到底有多蓝？在藏语中有一句形容青海湖的赞词，时常挂在环青海湖地区草原上牧民的口上：融化的蓝天滴落在大地。我曾写过一首歌词，写青海湖的，叫《大地上的蓝天》，便是因为这句赞词的启迪有感而发写下的：

> 大地上的蓝天，
> 有着蓝天一样的容颜，
> 那是浩渺的青海湖，
> 荡漾在人间，
> 如梦如幻
> …………

后来，我国著名音乐家吕远先生为这首歌词谱了曲。

说起我和这位音乐泰斗的合作，还有一些不为人知的旧事渊源。

早在二十世纪五十年代，一位名叫朱丁的上海大学生响应号召，来到了青海，在当时的《青海日报》做了一名记者。有一次，朱丁前往青海湖畔湖的牧区采访，来到了金银滩草原，在这里，他第一次听到了藏族情歌"拉伊"，经当地通晓汉藏语言的干部为他翻译，他搜集到了一些"拉伊"的唱词,并在一篇新闻报道里引用了其中的一些内容。这篇报道发表后,远在青岛的著名音乐家冰河先生读到了,他被其中的"拉伊"唱词打动了,认为这些唱词干净朴素,散发着毛茸茸的民间生活的色彩。于是,便给唱词谱了曲,一首歌就这样传唱开来,这首歌就是《金瓶似的小山》。

最早演唱这首歌的,当属我国著名抒情男高音歌唱家朱崇懋先生。

朱崇懋,我国蜚声中外的著名歌唱家。他演唱的《草原之夜》,等抒情歌曲风靡几代人。

二

几年前,我去了可可西里,在它东缘的一片沙砾中,看到了一枝多刺绿绒蒿,它孤傲地站立在那里,在荒芜的四野中,显得亮丽鲜艳,湛蓝无比。好似是因吸吮了蓝天的颜色而变得与天同色,抑或是对上古时期高山隆起之前,对这里的蔚蓝古海洋的思念和记忆。

在这枝多刺绿绒蒿的周围,间或也能看到一些野花,它们有一个共同的特点:低低地匍匐在地上,这是因为它们要随时面对从高地吹来的劲风。自然法则让它们学会了生存的真理,那就是,低下头,低到尘埃之中,让风不能得逞。然而,唯独这里的多刺绿绒蒿,总是挺拔地站立着,让自己的身躯高于周边的花草。

我走近这枝多刺绿绒蒿,在它的身边坐下来,仔细地看着它。它的茎脉坚硬,被一身细小的尖刺裹拥,让人不能随意碰触。据说它的根系深扎在土地里,皆在 20 厘米以上,它便是以这样的生存方式,向这个世界表达着它的坚韧,使它有一种凛然之气。

这样的凛然之气,让我想起了我第一次走进可可西里,站在索南达杰自然保护站前时的情景。那是一个冬日的午后,天气晴朗,阳光呈现出温暖的橙色。我们静静地站在保护站的红房子前,向着这座兀自出现在这里的人类建筑行注目礼。是的,在当时,在这广袤的荒野,它的出现显得有些突兀,但它是人类开始注目可可西里野生动物生存状况的第一只眼睛,抑或,它是一座凝固的纪念碑。阳光照在红房子上,一种感动在我的心中流溢,我看到阳光的红与红房子的红相遇,一种暖暖的红色渲染在这里的天地之间。我知道,这是太阳的赤橙黄绿与人类的无私善念相遇的结果。

就像我们来时一样,我们又静静地离开了这里。但那天的情景成了我脑海中一个永不褪色的记忆。我便想,或许,那座红房子也是一枝多刺绿绒蒿吧,但它的蓝,是红色的,它以一种坚毅的姿态站在这里,成为治多县西部工委和杨欣志愿者团队在可可西里这片天地之间,以保护自然生态、保护藏羚羊为使命,书写的一个惊叹号!

从这枝多刺绿绒蒿所在的地方极目远望,便是广袤辽阔的可可西里,它似乎就像是站在这里,远望着可可西里,向往着那里,它知道,那是一片像蓝天大海一样宽广的土地。

三

在海拔 4000 米以上的三江源区,多刺绿绒蒿在众多的野花中算得上是"高大"的花卉了,尽管如此,它的植株也就只有十几厘米的样子。在可可西里边缘、唐古拉山山顶,在黄河源头的牛头碑下,我都目睹过它的芳容,并端着相机,匍匐在地上,把它们定格在我的相机里。但当我第一次看到它被画在纸上,依然被它的"高大"所震撼。

在高原,在三江源区,绿绒蒿也不单单是蓝色,全缘绿绒蒿的金黄、红花绿绒蒿的鲜红,都那样艳丽地点缀着这片高地。居住在这里的藏民族,热爱生活,喜欢用鲜艳的颜色装点自己,他们身上的饰品,也因此鲜艳无比:金黄的蜜蜡,鲜红的珊瑚。有人说,绿绒蒿的色彩,恰好对应了这些饰品的色彩,比如全缘绿绒蒿与蜜蜡,红花绿绒蒿与珊瑚,那么,多刺绿绒蒿呢?在藏族人身上的饰品中,似乎鲜见蓝色。

我便想,如果必须有一种对应,那么,多刺绿绒蒿的碧蓝,对应的是高原民族的那双眼睛吧。如果你走上高原,在行走的路上看到一个牧民,无论他是男人还是女人,老人或者小孩,你会发现,他们的眼睛是那样的澄澈、明亮,让你不由想起明丽的天空和大海。

而多刺绿绒蒿吸吮着蓝天的颜色,把这片高地隆起之前的古海洋留存在自己的花瓣上,从它的蓝里,依然能看到天空的高远、海洋的深邃,当它定格在一幅画里,它的蓝,依然是高远的、深邃的,有着生机盎然的动感。

四

安静、随和、不事张扬,人们往往会把这样的词儿与羸弱、被动联系在一起。

比如微孔草,总是生长在高寒草甸、林地、灌丛和次生植被中,混杂在诸多一年生或二年生的野生植物群落中,一旦有新物种入侵,它即刻退却,不愿与之为伍。它微小、低调,不引人注目,但它却耐寒、耐旱,是高原山地次生植被中的生态适宜花种。

成书于公元八世纪中叶的《宇妥本草》是前宇妥·云丹滚波所著,是藏医学本草经典之作,对生长于青藏高原地区的诸种药用植物的生地、形态、性味、功效等有详细论述和记载,其中也专门提及微孔草,并以七言形式留下了一例药方:

生于草甸微孔草,
叶片粗韧贴地面,
长短五指或六指,
蓝色花朵成密集,
根际生有细茸毛,
治疗疮伤之良药。

看到这个药方，我心里不由微微有些波动。这微弱的花儿，却如此坚韧，还有着一副慈悲怜悯的利他心肠，看到别人的伤痛，便毫无顾虑地牺牲自己，赴汤蹈火，宁愿把自己研磨成一抹药粉，熬制成一口药汤，去为他人疗伤。这胸襟，也是像蓝天大海一样雄阔，却容纳在那么小的花冠里。

微孔草的小花只有四五毫米，米粒大小，躲藏在繁盛的枝叶间，不露声色。说它不事张扬，它却为自己的花瓣选择了鲜亮的蓝色，决然与高原常见的野生花卉艳丽的金黄和粉红错开了颜色，显示出了个性，与多刺绿绒蒿、蓝玉簪龙胆站在了同样的审美标高上。

每次看到微孔草，我就会想起一首诗，这首诗，是清代诗人袁枚的《苔》：

　　白日不到处，青春恰自来。

　　苔花如米小，也学牡丹开。

但微孔草只是随和和低调，却没有苔花的卑微。它不会开在没有白日的阴暗潮湿的角落，强光照射才是它的不二选择。

或许，微孔草曾经是天上的星星，天地翻覆的造山运动中，也曾被浸泡在古海洋的蔚蓝里，因此，它有着星星的样子，古海洋的颜色。

五

有个司机，为一家旅游公司开车，他的工作就是把游客从西宁拉到青海湖景区，等游客游玩了青海湖，再把他们拉回西宁。在青海的夏天，在旅游高峰期，他几乎每天都要去青海湖，有时候，一天还不止一趟。一年下来，少说也要跑近百次。他告诉我，天天跑青海湖，他烦透了。他说："到了青海湖，我从来就不下车，等客人下了车，我就在车上睡觉，一直睡到他们回来，拉着他们直接回西宁！"听了他的话，我有些疑惑，也有些意外。我出生在青海湖湖畔，看着青海湖长大，每天在它的身边放牧牛羊，看到它，比那个司机看到的多得多。那时候，它几乎是我眼睛里唯一的风景。这风景，与季节，与天气，与白天黑夜，与上午下午，与一朵云、一株花，与一阵呼啸而过的风达成了某种默契，它因此瞬息万变，它的每一朵浪花，每一滴从浪花间飞溅而起的水滴，都是特立独行的，我对它充满了好奇，从来也没有过哪怕是一丝的厌烦。我说这话，并没有"月是故乡明"的故土情结。我只是想说，美一定不是一成不变的，只要用心，就会发现它每时每刻都有着不一样的新奇。美国著名作家梭罗面对着山顶上的一朵云，感叹说："这是我所看到的最伟大的事物，它是历史上从未有过的，也是别的国家所看不到的！"他的话，道出了美的真谛。

青海湖，是亿万年前古海洋退却后最后的遗留，它以自己的性命与这个世界沧海桑田的巨变相抗争，把一抹古海洋的蔚蓝留在了这个世界，它抗争时的浪花四溅，洒落在这片高地上，每每夏季来临，它们就开成了花，多刺绿绒蒿、蓝玉簪龙胆，还有微孔草，就是这浪花的变种，在它们身上，依然能看到青海湖的样子，更有着蓝天大海的样子。

昆虫八宝宴

◎ 东　珠

眼下是二〇二〇年九月十二日,昆虫们已一连饿了三整天。

连饿三天,又长久不见,难免出现不和谐。台风过后,在仅剩下的一桌五米长、半米宽的八宝宴上,一只大黄蜂与一只食蚜蝇首先打起来了！这都是昆虫的拟态惹的祸。拟态是术语,用通俗语言翻译就是"乱穿衣""达人模仿秀""山寨"。胡蜂科、蜜蜂科、食蚜蝇科这三科的昆虫,自古就在争夺同一件外衣:它们迷恋黑黄相间的紧身衣,迷恋黑黄相间的条纹状肚套。这种执着,东北大地上常见的一种草本植物中华苦荬菜可以解释清楚:它们的管状花正是黑黄相间的小炮仗捻的样子。有一次,我看到几只食蚜蝇落在上面哄吃,居然可以化入其中、难分彼此。大小、轻重、色调再合适不过。当时特别惊喜:原来你们是一对啊！

中华苦荬菜是典型的根蘖型草本,对昆虫其实并不是很依赖,种子只不过是生育备胎罢了。因此,它的花朵,用手抚上去轻柔得就像小黄鸭或小白鹅腹部的羽毛,似有似无。东北大地上常见的就是黄、白两种花色。食蚜蝇它就钟情黄色花。那白色花让它冷落得真是洁白无瑕啊。

而且,中华苦荬菜那小太阳似的花朵,在太阳面前,保持着相当谨慎、谦虚的作息:它几乎成了太阳是否赏脸的天气预报。阴天下雨,它的花朵会提前闭合。如果连下一个月,它也会连闭一个月。任何一种再普通的植物,悄悄过起小日子,都有着自己固定的老相好和内心敬畏的老神仙、总指挥。这几乎全都仰仗昆虫的多样性来传宗接代了。昆虫传粉的优势一直长盛不衰：靠风传粉的风媒传粉植物、靠水传粉的水媒传粉植物，种类到目前一直没怎么增加。因此可以揣测出胡蜂科、蜜蜂科、食蚜蝇科这三科的昆虫，它们的祖先是把情感和身家性命寄托在开黄花的菊科植物上而发家致富的。只不过，到今天，胡蜂科、食蚜蝇科的好名声，还全都指望着蜜蜂科。

即便没有台风，中华苦荬菜的花朵这时也早就力不从心了。最后一批冰激凌状的头状花序正在成为标本。它要等到来年的春天，接替荸荠金黄的花期。黄蜂隶属于胡蜂科。八宝宴上，它与食蚜蝇开战，这是今天遇见的特别残忍的一件事。也是我第一次见到肤色雷同、种类不同的昆虫血拼。黄蜂的个头太大了，简直像没有王法，专击头颅。因为争夺餐盘，它发狠要把食蚜蝇弄死。它简单粗暴，又稳又准又狠，先是一把抱起食蚜蝇把它转晕，再用嘴巴直接去戳对方的头，一下比一下重，一下比一下快，一下比一下粗鲁。没几下，食蚜蝇就不行了。它的奋力反抗更像投怀送抱。我本能地抓起相机，马上又觉得这样太残忍。可是，等我以最短的三秒钟把自己的心理斗争折腾完上阵搭救时，已经太晚了，被黄蜂狠狠摔到水泥台上的食蚜蝇已经奄奄一息了。

粉嫩的花盘上，饥饿的昆虫们依旧匆匆择食，有时迫于家风家教、军事的不对等，偶尔礼让一只花碗，表面称兄道弟。又想起一个闺密的问题："谁是昆虫的医生？"多年前，她还问过我："给牛看病的人叫兽医，给花看病的人用专业术语怎么称呼？"这些我都答不上来。一旦咬文嚼字，才发现到处都是语言的死胡同。昆虫，这些像纸片、石子、米糠、花布条、饼干渣、头发丝、小竹枝一样的小生命，当它们战胜台风，睁眼便迎来粮仓极度紧缺时，该怎么走出食物的末日时光？也就是十分钟前，我高高兴兴来到这里，刚一驻足，就听到巨大的暴躁的带着血音儿的嗡嗡声。已经听出情况不妙，因为昆虫们用餐时，如果心情足够舒畅，多是没有多少声响的。它们多是在更换餐盘或起身飞向下一朵花时才发出预警性的嗡嗡声。我循声定位找了好半天,最后才在离花盘半尺高的地方捕捉到了一团乱哄哄的鸡油样飞影。只觉得很奇怪:颜色怎么这么黄?个头怎么这么大?根本认不出是谁,速度实在太快了,它们整个飞动起来,就是一个黄色球体在飞转。

由于这不和谐的一幕几乎超脱到只打扰到了我:它几乎全部在空中完成。因此,扔下那具尸体,抹掉台风背景,回忆它们抱在一起腾空起飞时的镜头,又像极了没有柄的橘子味的棒棒糖,让甜味极力拯救着带有蜂毒的苦难。

台风海神仅在长春停留了一个下午。但这是百年不遇的一个下午。在它到来之前两天、之后一天共计三天时间里,气温骤降,雨点到处乱撞,树叶腾空像麻雀,学校不得不宣布停课。我特意以我的方式迎接台风海神:就在它到来的那个下午,扔掉雨伞,一个人步行 90 分钟回家。虽然有几次连人带衣服差点被台风拧成拖布,但浑身热乎乎的,越走越勇敢,很快掌握了方法:心定则风定。当然,不建议大家这样体验台风。我的初衷是:人与其他生命之间,需要尝试着在同等困境中扔掉一些过于舒适的人类文明保护伞裸奔一次,才更能相互敬畏。一如我半夜脱掉棉袄、裸露后背蹲在村路上感受积雪下只有指肚大的葶苈到底经历了怎样的寒冻。那一夜,北斗七星高悬,口中呼出的哈气像洁白的纱一样不愿离去。一旦专注呼吸、调教呼吸、领悟呼吸,七星便会随着心境眨动,与根根睫毛对接。来自北山上星际的湿意与来自身边玉米地叶尖的湿意仿佛等距,天、地、人的概念在向我独门独授,人在这时醒来何等重要!

还有,一个人如果足够细心去倾听民间和整理民俗,就会发现人与其他物种之间的角色互换一直在进行着,并像蜂毒一样让人一时难以招架。过去的一年里,我记得山里的一头牛因病提前被宰杀而拼尽全力客串到主人身上,通过各种提示告诉我一个珍贵信息,因为我当时正在研究英文 Cow 的来历及其与东北的一种开花植物的渊源。记得一只被宰杀的公鸡客串到一个更年轻的女人身上,要亲手用镰刀剁了宰杀者。而整个过程早已被记录在某个人的日记里。记得一个人因吃了一只养殖的雁亚科禽类之后的异常反应。当然有人会辩驳,出现这种事情皆因当事人身体原因。然而,恰恰身体欠佳之时,显现出了人的脆弱属性和各物种之间短半径因果结算的迅疾,也恰恰是这时懂得了紧贴黑土地求生的人们究竟经历了什么和各种自然信仰的起源之因。

独自台风中步行,会明白后背光滑如纽扣的甲壳类昆虫的好处,也能体会到鞘翅目、半翅目昆虫的灵活两样。更觉得落汤鸡实在是科学严谨的民间比喻,没有什么比台风中的翅膀更难堪的了。

这是阳光决定的,昆虫的八宝宴就安排在二〇二〇年的九月十二日这一天。

只有阳光能把处于黑暗之中的昆虫像拔火罐一样拔出来!这是白露过后的第六天了,悄悄掀开八宝宴的桌子一角,百余只异色瓢虫的集体出动瞬间让交通瘫痪。这群黄豆豆瓣大的光之子,因台风到来,在地下足足憋闷了三整天,此刻,正叽里咕噜地从两棵榆树的根部出发,沿着树干向上喷洒,直奔树梢。撞车的样子跟人类一样,一旦追尾剐碰,气性大者会专门踹上一脚油门再使劲撞一下,直到打上一架才罢休。异色瓢虫是个统称,它们的变异性极大,就连生物学家也没有办法。就像紫堇属的植物一样,叶子变化至少达十几种。它们前胸背板上的图案几乎没有重样的。这等随意散漫的遗传,使得基因到处丢失,野心却越来越强大。英国将它引进,它靠着每年扩张 100 公里的速度,几乎把当地的土著瓢虫全都替换了。现在想想,我也有好多年没有看到标准的七星瓢虫了。闭上眼睛回忆一下,满脑子几乎都是这杂七杂八的杂色家伙。背上标准的七个星的瓢虫,正渐行渐远。通体橘色的异色瓢虫稍好辨认:其头顶上的图案,正观是M,反观是W,这就是重要标识。这多符合英国生活啊!

异色瓢虫的最大特点是喜欢在树根下或石头缝里聚集性群居。今天,它们其实很难抵达八宝宴。因为没有一朵花会像野生毛百合的花冠内部那样布局：与它生有一样的斑点、一个色调。它们对伪装格外重视，将之看作兵家秘钥、生存利器。仔细观察，这两棵榆树的主干上，也生满了很多橘色的斑点、条纹。工艺讲究，均匀分布，色调统一，不像是榆树自发张贴。这是我不想验证的：交通事故已经变味转向了，一只异色瓢虫正在啃另一只的臀部，出手就像大黄蜂抓起食蚜蝇。这再一次让我措手不及。以前有一个昆虫专家说过，它们除了会把卵喂养幼虫之外，成虫的异色瓢虫之间向来也有同类相食的情况。这一次，好在两只都足够彪悍，几个回合下来，受攻击的那只掉头猛掐，一顿神拱，终于保住了自己的臀部。

那么，避免登上大雅之堂的它们，还能吃什么呢？今天真是幸也不幸，糟糕的答案随时奉送，每一个树杈都在酝酿吃货直播：转眼就见一只橘色的异色瓢虫正在生吞一只蠓科的昆虫。我甚至捕捉到了它空中擒拿的一瞬间。我从没有想到瓢虫那短哈哈的六肢可以这样灵活精准。猎物实在太小，实在看不清。只是一直盯着它：它大吃了好半天，章法娴熟，没有表情。这是我有生第一次如此近距离、不借助任何仪器看到它嘴里的肉。它打开了昆虫饮食的又一奇异景象：回到八宝宴上，原来，一只黄纹细腰蜂那一对橙色的触角，居然还可以像扁担一样端平，触角的末端居然还可以像黄瓜的须蔓一样向内卷起半个圈。它是多么自律、多么珍惜每一只花碗，它的触角过于长，生怕自己吃得忘情了弄脏了别的花碗。不远处，数只尾巴上带着长刺毛的寄蝇，个个清透可人，生存技巧培育着赴宴素养，根本看不出它们都是通过自小寄生在别的昆虫那里而全部变成后妈养大的孩子。一只椿象，则悄悄坚守在几乎是仅剩下的未开放的一小盘八宝花盘上，悄悄吃那刚刚解封的蜜意。

没有饿着的，就是小灰蝶了。到哪里也不能缺少小灰蝶。这个小玩意儿，任何时候，它总能给饥饿者难看的吃相救场！它像是上天的限额派送，只有一两只。它色彩多变，跟人实在太熟络了，往往苜蓿花开的时候，胃口极小的它，会慷慨地扔下美食，顶着毒日头，专门立在你眼前给你表演搓翅膀玩。它会反复揉搓很多遍，直到你看清动力原理。有时可以大胆地做一个试验：试着跟它说话，然而你会发现，它仿佛能听懂你的语言。在夏天，在开花的一大片苜蓿地里，这种试验我已经做过多次了。眼前，这个讨人欢心的小魔术师，翅膀立起来是灰色，猛然间打开，居然像炭一样黑！无论在什么地方，纯黑色、没有任何波纹的小灰蝶并不多见。它特别喜欢热乎乎的水泥台面，飞起来忽闪忽闪的又跟小闪电一样迷人。让人很难相信，它是怎么抵挡住那么大的台风而活到今天。今天的它特别调皮，独自玩起行为艺术，飞落到一截与自己体色相同的枯枝上，再也不离开，就像枯木逢春开了一朵小花，秀色可餐。

其实，只有在昆虫的用餐时间，我们才有机会近距离欣赏它们。几乎是唯一的机会。无论昆虫进城还是留守山林，但凡喜欢立在花盘上的，都偏爱伞房花序的植物。次之是伞形花序、聚伞花序。以上三者，称谓上仅一字之差，但建筑学上的实用性和差异性，昆虫早就研究透了。伞房、伞形、聚伞，这三种花序的主语都是伞。但是，只有伞房是平顶，而伞形是圆顶，聚伞是几个分散的圆顶。景天科的八宝就是伞房状花序。在中药文化十分发达的中国，它全草药用，有清热解毒、消瘀散肿的功效。这都与昆虫无关。狼毒花有毒，冰清绢蝶照样在上面吃饭。菊科的琥珀千里光有毒，它却是朱砂蛾的专宠。面对叶片紧凑、极具支撑力的植物八宝，昆虫们喜欢的是它的花碗的实用性、耐用性、固定性、不轻易褪色。我们跟踪昆虫，当它把丝针一样细长的口器呈 90 度角插进八宝的花碗时，我们会看到，八宝的粉色花碗碗底虽然很深，但由于花瓣的开放尺度足够大，很能保证阳光对其进行全面消毒、产生阳光的甜味。

以人那好色的眼光看，在这地皮上、膝盖下的色彩越来越潦草的九月中旬，黄钩蛱蝶醒目的身影实在是延缓了季节的衰老。它们立在花盘上，韵律忽闪，等距列阵，像是给花盘安上新的花朵。它们的用餐时间特别长，吃相特别优雅。它们有一个特点,当亲眼看见自己的花碗被别的昆虫占领过以后,就绝对不再吃了,会悄悄换地方,非常大气。这次台风到来之前,也就是白露之前,它们大约从早上十点开始用餐,一直吃到下午的三点,一天就这一顿饭。前提相当严苛:明亮的太阳必须当头照,阴天哪怕半晴半阴都是不可以的。台风过后,首次开宴,它们把用餐时间延后了近一个小时。像一切的蝶类一样,无论多么饥饿难耐,一定要等待阳光。每年,只有等到八宝宴成为主厨时,黄钩蛱蝶才是最放松的,一次性出行的数量也是最多的。放松到可以将翅膀平铺在花盘上,悄悄卷起它们那淡绿色的虹吸式口器。我有幸见到那精彩的一幕,它们的口器可以像一盘蚊香一样向内卷起,每次它要反复卷起三次以上。我观察了很长时间,才知道那是在对口器维修保养,它最在意的就是身上的这个部件。

　　黄钩蛱蝶可以说是蝴蝶中的数学家,它的翅膀就是珍藏版的数学课本。翅膀以多边形著称。当它把平铺的翅膀从花盘上收拢立起时,我们会看到一个醒目的白色的数学符号√(对号),或者字母V。这就是它的名字的来历之一。之二之三呢?一定藏掖着某段难以言说的往事,一如勾股定理与中国与毕达哥拉斯之间的关系,一如毕达哥拉斯的数学教学像极了中国的某一位高僧的教学。而这两个人并未生活在同一时代。数学之殇也是民族之痛,一如蝴蝶的英文单词以中国的赫哲族、鄂伦春族、达斡尔族为摇篮,一路缭绕北欧文明到达波罗的海沿岸,才得以最终让这个单词成形,让单词里的蝴蝶从此有了飞起来的意象。念着这个英文单词,一些人为了它背后的那段历史,几乎颠生覆死。因为蝴蝶至今在东北的乡下,在一些百姓的土语中,还叫"胡狄"。但凡迷恋蝴蝶的人,因果十分明了,必然迷恋花朵。谈到蝴蝶,我想很多人都很难做到不动情!

　　在东北,黄钩蛱蝶几乎满足了我对蝴蝶境界的高配奢望:收起翅膀,立起来,就是枯叶蝶的样子。希望再也不要发生这样的事:也因为它把翅膀进化成这个样子,以前有人曾拿它的翅膀模仿落叶松的树皮来制作艺术画。

这些年来,除了八宝宴上,我曾在葡萄架下见过它,那时它正把口器扎进掉到地上的几粒葡萄上,它是我目前见过的最爱喝果汁的蝴蝶。它总是独自喝。也在正午干热的白沙地上见过它,像它喝果汁时一样,它喜欢步行一粒粒数沙子。还在开花的稠李树上见过它,但它只是停留,对花朵并不太感兴趣,也很不般配。前不久在篱笆上的丁香叶片上见到它时,恰逢阴天,它正在与捆绑篱笆的一窝拳头大的花布条对视,整个下午都没有动,那布条与它的翅膀几乎一个色调。它一旦离开花朵,就显得特别孤独。感观上,它与翅膀同是豹纹的灿福蛱蝶、老豹蛱蝶很像,但后两者遇人时逃逸的速度却比之快出很多。后两者非常警觉,几乎不相信人。而黄钩蛱蝶这高科技的翅膀,让它有了遗世独立的底气,以数示人的正信和在人来人往中孤独穿行的无畏。遗憾的是:我从没有见过黄钩蛱蝶的婚飞时光、蜜月时光,因此我总怀疑它们没有妻子或丈夫。

已是四十分钟过去了,漫长的花盘上,好像什么都没有少。那只饿疯了、恶魔一样的大黄蜂,情绪终于稳定下来了。先前它气得发抖,它有着傲人的霸气,多么清贫的季节也能吃出霸王餐的气场。它一战成名,吸引着我的眼珠。我发现,它到哪里,哪里肯定有昆虫马上腾地让座,哗然而空,独独剩下它。它一点也不在乎。它让那个可怜的小东西一大早挨了顿揍。到现在,那个可怜的小东西还躺在水泥台上。除了我,没有一只昆虫前去吊唁。特别有人情味的蚂蚁也没有到来。它像是睡着了侧身躺着。就在我刚要离开的一瞬间,我发现它突然动了一下。这真让人好奇,它好像活过来了!我再次上前,确信那不是风吹的假象。这是多么好的事情!这样我就真的不太愧疚了。因它,我一直在自责:假如我出手快一点怎么样?

这次真的没有错,它真的活过来了。它足足用了漫长的四十分钟苏醒。它引导我跟踪它的新生。

这只食蚜蝇的后背,在翅膀根处,图案是一座黑色的小凉亭,配上尾部三道山水相间的黑色海岸线,简直就像海景房。而今天这只大黄蜂的后背,也背着一座与其同等大小、同等样式的黑色小凉亭。这一次,我抓起了相机,拍到了一只食蚜蝇收拾破碎的自尊心、抖动翅膀艰难苏醒的一刻,也拍到了它再次沉稳如有抱负的少年般的起飞之姿。它学会了寻找自己的领地和精神独立,不再盲目去冒犯。同时,民间提示我,它也在代替人体验着、宣传着胡蜂科的胡蜂毒的特殊疗效。此处省略两百字药理说明书。说说民间吧!在东北,假如森林里有人被胡蜂蜇过,一通痛苦的哀号过后,往往心里是很高兴的,逢人便夸耀:此生可以免除大病的光顾了。更让我舒心的是:刚才那只脾气火辣、一大早就动粗的黄蜂,它居然在更幼小、只有粳米粒大小的婴儿食蚜蝇那里显现出了长者的温情。它像是领着邻居家被争斗吓坏的小孩,耐心地示范着,还时不时回头看看……

遇见树

◎ 琬　琦

社公木或者教堂

在我们村,传说历史上头一个进村的人,是看到了一株大树的蓬勃生机而决定定居于此的。那时的大树尚年轻,周围有水塘坡地而荒无人烟。那时大片大片荒地无名无姓,等待主人前来认领。人们渐渐聚居于树和水塘周围,开荒耕种,娶妻生子,建起房屋,渐渐形成了村落。

我曾经为这样的传说骄傲,直到我知道,类似的传说到处都是。类似的树都被称为"社公木",社公牌位也设在树下。社公掌管保佑着所有的村民,相当于土地爷。每每有新娘过门、婴儿出世,都要去拜社公,算是一种告知。

社公木通常树冠浓密宽大,站在树下抬头,但觉遮天蔽日,沁凉无比。因被赋予了神性,村人一般不敢伤害其一枝一叶。它也就得以自由成长,长个六七百年不在话下。

邻村的神树是两棵"龙鳞松"。黑褐色的树干上,一片片凹凸不平的粗糙树皮,确实有几分像龙鳞。七八丈高的树干笔直,几乎没有枝丫旁逸斜出。树冠高高在上,是小而浓密的一团。下方有几枝已然干枯的枝条弯曲伸出,像龙爪曲张着,要将空中的云朵抓过来,垫于其下。这使得村人坚信,树是龙的化身,村子是龙脉所在,出达官贵人势所必然。

大多数神树都老朽了,一眼望去便是数百年沧桑的模样。它遭遇过台风、暴雨、闪电、雷劈、地震,有些甚至被雷火烧过。它的树干庞大龟裂,满是皱纹和瘢痕。鸟在树冠上做窝,黄蜂、虫蚁也来咬噬它。有些树微微歪斜,一副大厦将倾的样子。村人仍不愿放弃,用砖头封堵树身空洞、用铁杆支撑树冠,想方设法地挽留它们。

在某村,我们发现了一棵空心"神树"。树高达数十米,树身直径最大处应有一米多宽,一条条隆起凹下,如同山脊起伏。原本褐色的树皮上爬着驳杂错综的青苔。树皮上有不少裂缝,最大的裂缝呈狭长的三角形,人可侧肩矮身进入。这便是树洞口了。

进去之后,眼前一暗,整个人陷入了潮湿腐朽的气味当中。空间比较逼仄,大概也就两个平方米左右。用手摸一下树洞内壁,但觉触手微润,木质有点软朽。若是用力一戳,恐怕会把它戳出一个洞来。植物学告诉我,一棵树若是空心还能存活,多半是木质层空了,维持着养分、水分输送的树皮、韧皮部还能正常工作。就在那些青苔覆盖的下方,水分从泥土里源源不断往上输送,一直输送到枝叶之上。绿叶吸收的营养则往下运输。它们繁忙的程度不亚于一条高速公路。

生命的到来和成长其实是没有岁月静好的。即使是一棵不会说话的树,内在也有着极其复杂的生命活动,也无时无刻不在进行着物理的、化学的、生物的变化。掏空一棵树的到底是什么呢?虫蚁?小兽?人为?抑或仅仅是漫长的时光?

下意识抬头看,树洞越往上越狭窄,就像一座尖顶教堂。头顶上方的树皮还裂成一个菱形空洞,一个恰到好处的窗户。一缕阳光照进来,将幽暗的尖形穹顶照出了某种庄严。数不清的小东西在那一线光影里浮游挣扎,不知道是灰尘,还是小生物。

西谚说:人人都需要树洞。那些难以启齿的心事,不能轻易告诉别人的秘密,都可以对着一个树洞诉说。树洞是接纳,是包容,是到此为止。我站在树洞的微光里,想,有没有人来这里倾诉呢?若有,这树洞便成了告解室。这树已失去记录自己成长历程的年轮,如能收藏很多人内心的软弱、惶恐和骄傲,也是另一种丰富吧。

这两个平方米的小小"教堂"里没有壁龛和神像,没有雕花玻璃,也没有神父。与西方的一神教不同,中国人是泛神论的。我们相信,天上有玉皇大帝,地下有阎罗王,而人间万事万物,小到一块石头、一棵树、一条蛇,甚至一个去世的亲人,都可能成为冥冥中守护我们的神。

受刑

有时候到山里去,常要从玉桂林里穿过。玉桂树在山坡上排列得整整齐齐的,修长光滑的叶片呈现一种均匀的碧绿色,两三根淡绿的叶脉自叶柄流畅地伸向叶尖。空气里净是玉桂树特有的香气。但活着的玉桂树香气是不浓郁的,只是淡淡地、若有若无地随风飘荡。

只有死了的玉桂树才会散发浓烈的香气,香气的最精华之处,并非枝叶,而是它的树皮。这树皮还得趁树活着的时候剥,不能把它砍下来再剥。剥的时机也有讲究,得春天的时候剥。春天的时候,树皮柔软,水分充盈,比较容易剥离树体,不会影响树皮的品相。要知道,一卷完整的玉桂树皮与残缺的边角料相比,价值简直有云泥之别。

多大的树才能剥皮,也是有讲究的。遇上行情好的年份,刚刚达到剥皮标准的小玉桂树就被剥了皮。被剥掉外皮的玉桂树裸着黄白色的木质层,像一群半大的孩子挽起了裤腿,露出大腿小腿在山坡上站立着。那白生生的树干,看着都叫人心疼。

有一次,我们去山上看人剥玉桂树。那株玉桂树长在密林深处,许是被人遗忘了,一直放肆地长啊长啊,长得很高,枝叶们齐刷刷地伸向蓝天,树干的直径有一尺多宽。在此地,它可以称得上玉桂树王了。但是终于有一天,它还是被发现了。主人约了好几个帮手,抬着梯子、锯子、胶带、长凳来剥它的皮了。

风吹着它的枝叶,带起一阵阵战栗:这还是春天,万物生长的季节,它命中必须承受的酷刑,到底还是来了。风吹着它因年岁已大而略显斑驳的树皮,令主人一阵皱眉:再不剥,这树皮的品相就不佳了。

于是就开始剥了。从露出地面的树根开始。这些只能剥成碎片的树皮也不能放过,毕竟都是钱呀。被剥了皮的树根像八爪鱼的触须,依旧紧紧地扒在地上。接着按适合运输的尺寸,先用锯子绕树锯成两米高的一段,再用介机竖着切开一道裂缝。几个大汉用小刀沿着裂缝一点点地撬起树皮,然后将手指伸到树皮下面,慢慢地将树皮掀起来。他们工作得很认真,时不时停下来检查力度,生怕破坏了树皮的完整性。

整块厚厚的树皮缓慢地、一点一点地被剥了下来。桂树不能出声哭喊,也不能反抗,只能安静地受刑,眼睁睁地看着自己的皮被剥下来,放在地上。那树皮还保持着围合成一个圆筒的样子。在其后的日子里,这树皮还将被放置于烈日下暴晒。它将缓慢地失去水分,浓缩的香气会从它日渐干燥的树皮细胞里释放出来。它还将蜷缩得更细,仅有的绿色消失,它会变成深褐色,像一卷神秘的著作,记录着一棵树漫长的生长和喜悦,以及这所有的生机在一个短暂的上午突然终结的恐惧和悲伤。

但人们只会拿起这干燥的树皮,凑近鼻子,发出惊叹:"真香!"

被剥光了皮的桂树,树干呈现出一种无辜的洁白。这洁白将一天天失去润泽,变黄,变枯,变黑。最后,这曾经的桂树王将彻底地死去。

树太高,梯子已经架起来了。为了固定梯子,黑色的胶带也缠上了树身。各种寒光闪闪的刑具都亮了出来。受刑的玉桂树是一个被五花大绑的犯人,我和四周的树木都是看客。我们原本带着一丝事不关己的好奇,但最终却慢慢地沉默下来。

连鸟儿也不叫了。只有风吹着树林青绿的叶片,带起微弱的簌簌声。空气里桂树凄厉的香气越来越浓,充彻着整个春天的山坡。

草原上的事物

◎ 海勒根那

云雀与蒙古百灵

在草原上，有两种鸣禽我总是分不清，一为云雀鸟，一为蒙古百灵，它们体形相像，都麻雀般大小，叫声却千回百转，非同寻常。从冰融雪化的春天，一直到行行大雁列队南迁，云雀鸟和蒙古百灵的啁啾是草原上最嘹亮悠扬的音符，听到它们的鸣啼就知道草原近了，万物复苏了，草长莺飞了，一岁枯荣了。

为了分辨它们，我曾经细心地观察过辽阔的天空上那一只只小小的身影。如果没出错的话，我以为那些总停留在空中鸣叫的小家伙应该是"额勒"（蒙古语：云雀），它们以天为幕，喜欢在大庭广众抛头露面。特别是求偶的季节，它们上下翻飞，一会儿高过云际，在流云的缝隙里，在目力几乎不及的浩渺的深空中尽情歌唱，一会儿又降落到某个制高点，像一枚小小的钉子一动不动地钉在天上，一成不变的是它那热烈而高亢的、繁复且起伏跌宕的歌喉，有时真让人担心，它小小的身体会因为激动，因为歌声用力过猛，而烈焰成一缕灰烬。

蒙古百灵则略有不同，它们很少像云雀那样堂而皇之悬停空中，更多时候，它们探头探脑地隐匿于草丛沙地，不需要什么舞台，只要一个土包就够了，就可以振翅而歌，只要它们愿意，随随便便就能模仿各种鸟儿的叫声，甚至蛙虫之鸣，当然包括云雀。当一只额勒在天上动情婉转时，草地里若有另一只热忱呼应，那不一定是它的伴侣，更有可能是惟妙惟肖的

"百灵学舌"。它激情四射，妙语连珠，翻唱好一通草原原住民的各种曲目，某一刻却突然闭上嘴巴，好像什么都没发生，然后疾步啄食草籽或昆虫而去。接下来，填饱肚皮的三两只蒙古百灵会贴着草坡和丘壑低飞，像无所事事的孩子那样东边捉捉迷藏，西边丢丢手绢，四处播洒它们曼妙的歌声。

我以上说的这些，其实只是蒙古百灵惯常的情形，千万不要以为它们不会展翅高飞，一旦来了兴致，小家伙们便像子弹那样弹射到空中，进而一飞冲天，我们甚至来不及看清它是怎样做到的，就已直上九霄云外。此时，令我们惊奇的事情发生了：连影子都见不到的它们，竟然将嘹亮的啼鸣传到了地面，"空山不见鸟，但闻鸟语响"，那声音的穿透力也像一颗颗子弹，瞬息击中我们的心灵。

每次到草原去，我总会长久地仰望天空，寻找云雀和蒙古百灵的影子，我想看到它们高蹈于天空上的样子，向往它们与日月星辰那么接近，那是何等的逍遥与自由，何等的欣悦与欢喜，却是人类所不能及……这样想着，我以为它们更有可能是上天的使者，为了窃听草原的秘密，所以派出这些小精灵，用心模拟了草原的声音，然后带到了天上去。

草原上的马群

来呼伦贝尔之前，我从未见过那么多马，它们分群而栖，随处可见，有的十几匹，有的数十上百不等，大多处于半野生状态。当地的牧人，无论巴尔虎族人、布里亚特族人、达斡尔族人、鄂温克族人还是汉族人，都有养马的习俗，养马并非为了买卖和发家致富，而是出于喜爱。牧主人除了优胜劣汰地处理掉一些老弱病残之外，一般都任其繁殖。养马也较其他牲畜省事，一年四季野外放养，主人只需隔三岔五去寻寻它们的踪迹，或春天产驹、丰收节给马打烙印时才把它们圈回家里。所以，呼伦贝尔草原上的马群还野性未泯，保持着原始族群关系，肆意游走于草原林海、湖河溪畔，冬啃霜雪，夏饮甘泉，自由自在，宛若天之骄子。家畜与万物同等，只要少了人类的干预与奴役,就会显出大自然所赋予的美丽天性,焕发出生命该有的勃勃生机。

如果说云雀和蒙古百灵是草原的音符,那么成群的骏马就是草原的魂魄。一片草原上若没有了马,那只会是一片没有灵魂的荒野,会缺乏俊美、高贵、飘逸,甚至奔腾和勇气。所以,我到草原去,总要探望这些马儿,就像探望隐于大野的至亲。我在任一马群的旁边坐上一会儿,看它们突突地打着响鼻,扬鬃甩尾拍打蚊蝇,偶尔三两匹顽皮嬉戏,你追我咬咴咴嘶鸣。夜晚将至,我就仰躺草地,举望它们高出大地的山脊般的马背剪影,静静地倾听它们嚯嚯捋草的声音,那窸窣的错齿声被习习晚风吹送,让我心醉神迷,只想躬下身来,像马儿那样去用嘴唇热吻大地母亲……

一个马群大体会由一匹大公马统领。公马一般正值壮年,膘肥体健,毛色油光锃亮,生龙活虎,在马群中十分打眼。作为一家之主,公马对自己的马群负有引领、维护、捍卫的职责,所以,它往往兼具勇敢,坚韧,智慧和明辨危险、是非的品格。

有一次在鄂温克草原,我为了拍摄一个大马群想靠近它们一些,一匹健壮的公马远远地向我跑来,它把我当作了入侵者,冲我突突地打鼻警示,闪转腾挪,向我展示它绸缎样的皮毛,瀑布般的长鬃隽尾,石磙似的肌肉,和一身高超的武艺。我与它对峙了片刻,它的眼神炯炯,却没有敌意,而是充满了星辰般的明亮和善意的劝阻,那一刻我退却了,为了它这份温良的警告。

是的,这些人类驯养下的马群,还保留着那份无拘无束、无畏无惧的秉性,这是大自然最后的尊严,是人类永远不可践踏的尊严。

芬芳的牧草

到了呼伦贝尔,你才知道什么叫天高地阔。那一碧千里的沃野,起伏跌宕的山峦,纵横蜿蜒的河流,共同绘就了草原的大美之境。这是天然形成的优良牧场,没有人工播种,也不需要谁来浇灌,只得大自然的慷慨赠予。我迷恋这片草原，更沉醉于牧草的芳香。也许有人会诧异牧草的香气，我想说，那是你没有到过内蒙古最北部的这片净土，尽管近几十年里她曾遭受过种种矿业、农耕和人为的侵蚀，却纯粹依然，芬芳依旧。那清香是庄稼地和蔬菜田所没有的，是城市草坪和公园绿植所不具备的，那是自然牧草的清香，醍醐灌顶，沁人心脾。特别是几场春雨过后，群山返青，遍野吐绿，你站在呼伦贝尔草地，会发觉迎面扑来的不是风，是万顷草香，而置身其中的你正醺醺欲醉。

为了弄清这香气的来源，我曾仔细地研究过这些野草。六月末的一天，在陈巴尔虎的一片放牧场，我细数了一米见方的野生植物种类：节节攀高的是针茅草和冰草，开着大尾巴紫花的是马鞭草，枝叶繁茂的是野苜蓿；娇艳火红的萨日朗与黄灿如金的野罂粟竞相比美，绿莹莹的香蒿和密密匝匝的碱草你围我绕；再下面是矮墩墩的车前子，多肉植物和害羞的小草蘑……还有很多叫不出名字的野草，方寸之间竟然有二十几种，但这还只是被牲畜天天啃食的稍有退化的草场。今年盛夏，我到鄂温克草原去，真正见识了古诗句"风吹草低见牛羊"的情景——因为雨水丰沛，留作秋季打草的草场一片榛莽，草深处接近腰际，那比麦地还要繁茂不知多少倍的草地，用"百花盛开"形容绝不夸张，那是怎样一片争奇斗艳的七色花海呢——除了我刚刚提到的马鞭草、萨日朗等，铺天盖地的还有粉色凤毛菊、野火球、野麦花、红车轴草，摇曳如海的枣红色地榆果，紫色的石沙参、穗花、野苜蓿也使出浑身解数，盛开出繁星点点的小紫花来；密如繁星的还有小黄花北柴胡、小白花防风草和石头花；同样开细碎白花的还有高过所有野草的草中"骆驼"——叉分蓼（酸浆草）；而一枝独秀的野百合花，像花中的皇冠王后，傲然独立在万千花间；低调而寂寞的车前子此时都不甘落后，纷纷抽出了绿色的长穗……那数不清的草种啊，那大野茫茫的草海、花海啊，无边无涯，一直连绵到天的尽头，那是天地怎样的恩泽与造化，赋予大自然如此的富饶、美丽和繁盛。

呼伦贝尔的牛马羊和野生动物就这样渴饮泉水，饥食百草，百草中不乏赤芍、黄芪等名贵的中草药，牲畜和鸟兽各取所需，愈病健体，这是天地赐予它们的口福，而牧人尽心经管牲畜，以其为食，这就是草原千百年来的和谐与共，万物因此而生生不息。

立秋时节，牧人们开始收割了，就像牧草们知道天凉了一样，打草机过处，那些没过膝盖的野草便滚到一起抱团取暖，一捆捆一垛垛，星罗棋布在草原上，仿佛是它们写给大地秋天的一行行排列整齐的诗句。那新刈过的草地，草香竟然愈发浓郁，原来它们的体液也是香的，此时正随着打草机肆意流淌，流成一条条看不到摸不着的香河，只有鼻息能够感知，能够触摸到它们的流向，那香气直至呛出人的眼泪，那是被草香感动的泪水……

在这篇散记结尾时，我恍然记起一年冬季去伊敏苏木采风，闲时帮助牧主人为牛羊添草，我打开一捆牧草，把它摊拨开，一股草的陈香随即扑面而来，让我不由得惊诧，原来草的香气一直被打包在里边从未散去。我问牧主人，这牧草储存多久了，牧主人很随意地告诉我，大概有两年了吧，前年的草丰收了，一直留存到现在。

哦，原来干枯的草也是香的，可人的皮囊却不能。我摘了一根枯草放在嘴里嚼一嚼，却是盛夏草原的味道……

草原夜色美

傍晚将至的时候，草原也变得宁静起来，昆虫们不再躁动，纷纷躲到草丛里去，云雀刚刚还在天空迎着落日和最后一抹夕光炫舞，这会儿就像一块石头一样，直直地砸向地面，瞬息不见了踪影。夏日的夜来得足够晚，太阳在七点半以后徐徐落到天边去，先是把一大片云霞的边缘熨红了，接着，暗淡的山岗也被它点燃起来，照这样下去，它会烧毁一切，可地平线太厚重了，像巨大的不可动摇的铁板。晚八时许，太阳终于将身下这块铸铁融化出一条缺口，它开始陷落，像一位辉煌的大师谢幕，幕布拉下来，大师隐身了，可它的余晖还在，还要持续影响后世，它身后留下的那些晚霞得它的光辉照耀，还要火红到很晚很晚，周遭的天际也在感受它的余温，变成空蒙的紫色。与渐暗的大地相比，西面的天空至晚九点左右还显澄明，那清澈的光比白日里的任何时刻都显得深邃，显得弥足珍贵。当头顶上泼墨般的流云渐渐消隐于黑暗，最后一条木炭似的晚霞也燃成了灰烬，星星们开始在天空登场，它们倾巢出动，只要抬头，就会看到它们若隐若现的身影。一小块月亮原来是在南面的天空悬着的，它该是夜的主角，不过因了前主角的掌声迟迟不息，它一直被忽略，现在终于显露出来，原来它也是一位妙不可言的美人，晶莹剔透，矜持而娇羞。这时的夜空方显圆满，变得愈发动人起来，你在草原的随便一处，都会感受到它的端庄秀美，它的沉静雍容，而地球上肃立的你仅渺小如一只淹没在黑夜里的蚂蚁。

草原的夜风也是迷人的，无论白天多么炎热，待夜幕四合，夜风便会送来沁人的凉爽。这当儿，归圈的牛羊正细细反刍，马群埋在夜色里响鼻食草，此时清凉的夜风多么重要，会替牲畜梳理皮毛，刮去它们一身的汗水，更会适时轰走嗡嗡乱转的蚊虫。不远处，隐隐约约的蒙古包上歪斜着一缕炊烟，那也是夜风的杰作，似把牧人的乡愁拉长，吹远……侧耳倾听，风吹草动，沙沙如细雨飞蚕；风吹星动，空茫似大音希声；风吹心动，那是热泪盈眶的我在感恩上天，让自己有幸见此美景，来这世上走过一遭……

草原的晚会排序井然，日落前是鸟们的即兴和声，日落之后，舞台转场，表演者从水泡和湖泊涌现，宛若一群倒映在水面的星子，它们的合唱有点匆忙，有点迫不及待，那一池池不太整齐的蛙鸣此起彼伏，震荡着风的耳鼓。待到夜色黑透，真正的繁星乍现时，蛙们就乖乖地闭上了嘴巴，像处子般静止不动了。晚十点，草原只剩下了皎月之光，只剩下了星星的窃窃私语，只剩下了无法言说的静谧……

这一切要一直延续五个小时之久，待那位辉煌的大师魔法般地再次从东方驾临，一时间百鸟齐鸣，昆虫群舞，蚂蚁出洞，夜色才像蜷缩在蒙古包前的黑犬那样，不紧不慢地摇着尾巴追赶早起的牛羊群去了……而享用了一晚美丽夜色的我，这时却要倒头睡去，沉入草原今世的梦中……

风云变幻的草原

在呼伦贝尔，风和云比谁都要常见，迎面是风，抬头见云，风和云是草原的常客。牧人也最关心风云，有云有风才有天气预报，电视广播里一般都把云多云少放在前面说，然后说风——今天到明天，牧区多云，×级西南风……预计明天到后天阴，有小雨，西北风×级（"阴"是云多得把太阳都遮挡了的意思）……所以风云在草原相当重要，相当于两位贵客，关系到牧草的长势，牧人的牛马羊是否肥壮。这两位贵客非比寻常，都身怀绝技，善于魔法，会七十二变。但牧区的老人不这么说，他们说，草原的天是小孩子的脸，老人说的和我说的都差不多，都在形容天上的风云多变，多变到什么程度呢，我这么说吧，变幻莫测，乱七八糟，一塌糊涂，都可以形容它们。这么说来，它们更像小孩子的涂鸦，胡乱画，天马行空，想象力丰富，有时画成一团死黑，一团乌墨，然后用衣袖随便一抹，再重新画。

夏秋时节是风云最起劲的时候，如果你出门看到天空如洗，一碧万里，太阳甩开膀子一顿炙烤，到处看不到风和云的影子，不要着急，那是风和云去别处串门了，此时也许在贝加尔湖玛利亚大婶家的上空，或者大兴安岭鄂温克驯鹿营地里，抑或日本海、黄海的捕鱼船甲板上，待不了两天就转回来。说着说着就风起云涌了，它们从哪面来要看风向，要看它们高不高兴，有时你以为是西南风，可不一会儿就变了，变成了东北风。原来风也分团伙，看谁压倒谁，谁能占上风，谁就可以裹挟着云跑，像"挟天子以令诸侯"那样，号令天下云团。云听到了集结号，不到半天的工夫，千军万马齐聚而来，好家伙，那阵势真像把大海搬到了天上，铺天盖地的。此时集团军还没有接到进军的指令，各自为政，南边一大片马鸣萧萧，北边一大群紧锣密鼓。太阳光还没有被完全遮挡，见缝插针，从层层乌云里泻下的光格外辉煌,像从空中射下的一捆捆熠熠生辉的箭镞。就这么波涛汹涌了好一阵子,有的军团挨不住寂寞,开始私自行动,四面望一望就知道了哪块云朵开小差了,哪儿与地面雾气腾腾地连成一片,哪儿就在下雨。有时东边日出西边雨也是常有的事儿。

我在草原见过最大的一场风雨是在一个夏日午后。那天天空有着明显的假象,几乎看不到什么闲云,可牧民大叔却说要来雨了,他指着西南方向的一片云给我看,我只感觉那里的天很暗,有山那么大的一片云,因为距离甚远也没看出它的端倪。也就是半个小时的时间,突然狂风大作,沙尘四起,那座大山黑压压而来,气势汹汹,转瞬间天就黑下来,黑得真像一大口黑锅底,让人毛骨悚然,以为来了什么妖魔鬼怪,或者世界末日降临了一般。我们在伸手不见五指的黑暗里奔逃,还没跑出几步远,暴雨倾盆而下,倾盆也不准确,应该是把大海直接倒在了头顶,我们只有在海水里拼命游泳的分儿。

雨晴之后的天空,风息了,云也折腾累了,退出一大片天蓝给草原。此时的云,有的像水墨画大师任意而为的泼墨,色彩绚烂;有的蹲在天边,犹如洁白而高耸的雪山,其实用雪山也无法形容,那是一群比大象高出一万倍的白色天马,正漫天打滚,横空踢踏。此刻,一条七色的绚丽彩虹作为最后的表演,它要为这场风雨盛宴添上神来之笔,直至升华到神奇壮丽的意境——当它慢慢爬上云梢,大自然的交响乐便由远及近徐徐奏起,先是云雀鸟的独自歌喉拉开序幕,接着蚂蚱、蟋蟀,各种不知名的昆虫振翅而鸣,布谷鸟、百灵、灰鹤、天鹅都加入进来,且歌且舞,牛群羊群开始和声;牧草拉的是小提琴,风吹奏着长笛,伴着云际里远去的雷声隆隆……这瑰丽壮阔的诗篇非天堂才有,更常在人间草原……

待到明天,风和云又会去别处沐浴大地,恩泽生灵,但总会有一些散兵掉队,余下一些闲云为牧人遮阴避暑。那些闲云团团簇簇,雪白如棉,更似牧人把羊群放牧在了天上……

树的荫凉宽容而纵深

◎ 葛水平

一

古树是崂山的守护神。历近千年,树根不光深深地扎进了地心,还在土里向四面八方伸展开来。或许书中描写的古树,大部分是苍老的,承载着浓厚的历史风尘的,古树总是被人看成受过历史磨难的、深沉的模样,其实在我的印象里,崂山的古树不是像人们说得那般沉重,充满了风尘,古树总是睿智的,充满生机的,坚毅的。

与时间有着类似的质地常用来相互喻义的物质是流水。海,浩浩荡荡地裹挟着时光一往无前,而往事总是像沙砾般在竭力挣脱和沉淀下来。

崂山的古树名木是编了号的,由 1 株到 231 株,主要分布在太清宫、上清宫、太平宫、华楼宫、明霞洞、华严寺、蔚竹庵等庙宇周围。

生长在太清宫三皇殿的汉柏"凌霄"、耐冬"绛雪"、三官殿的千年银杏、仰口白云洞的白玉兰等许多珍奇古树名卉都是珍稀的植物资源。这些古树名卉不仅是悠久的历史和文化的见证,也是研究地区气候、保护生态环境的重要依据。

崂山的古树名花大都与宫观寺庵相依共存。崂山是中国道教发祥地之一,佛教历史也很久远。道教与佛教在建设、修复庙宇的同时都喜欢栽植树木和花卉,接下来的时光中,相当多短龄树种相继死亡,部分长寿树木得以保留,与宫观庙宇相伴至今。

尤其是佛教传入中国,改变了早期佛教持钵化缘的苦行僧的生活方式，僧人们建寺而居，置地自种。

寺院常建在山势奇特、林深木茂之处。魏晋以来，佛教兴盛。寺院建在幽静的山林之中，有利于僧人修行。又由于文人与僧人交游往来，过一种闲云野鹤般的、适意会少的生活，又可以超脱"红尘"，有利于文人"澄怀观道"，甚至还包括希冀延年益寿的生理需求在内。

道教，更讲究人与自然的融合关系。道士们常常沉浸在青山白云、流水清泉之中，领悟生命的真话。修道人，以天地为庐、四海为家，到处都可以住。这棵树下，既可以避雨，又很凉爽，所以在树下住；可是每一棵树底下住，不能超过三天，只可以住两宿。为什么不可以超过三天呢？因为真正修道的、清净的修性人，不希望有缘法，不希望有人认识他，而来供养他，所以在每一个地方，住两宿就走了，不求任何人的好供养。

二

太清宫有两株树龄 2100 余年的圆柏，是西汉建元年张廉夫在初创太清宫时亲手所植；三官殿西侧树龄达 1100 余年的糙叶树"龙头榆"是三皇殿初建时栽植；三官殿二进院的两株树龄有 1000 余年的银杏是宋代太清宫修建时栽植。位于上清宫、华楼宫等地的银杏树均为初建宫院时所植。

还有的庙宇建置时间较晚，但因早期就有道人在此修炼并栽植一些树木，所以树龄远远高于建庙的时间。白云洞、明道观的银杏树龄就比建庙的时间长。

在不少庙宇中，某些古树与该庙宇历史上出现不定期的著名宗教人物有关，后人出于对这些名人的崇敬和仰慕，对他们亲手栽植的树木倍加爱护，这类古树名木未受人为伤害，寿命得以延长。崂山古树就属于这一种。

以树接引众生，"一为山门添景致，二为子孙树榜样"。

无论道士还是僧人，都有云游习惯，这在很大程度上促进了各地树木花卉的交流,对珍贵、稀有树种的传播和奇异花卉的引种起到了积极的推动作用。如崂山太清宫和明霞洞树龄700到800年的小叶黄杨、上清宫树龄200余年的桂花等多属此类。崂山的古树有一部分非人工栽植,属于自然野生植物,起初并不被人注意,长到一定规模后才引起人们的重视。

在青岛近海诸岛上分布着中国山茶自然分布最北端的原生性古山茶群。山茶原生地为亚热带,因携带山茶种子的鸟常在青岛周边无人居住或人烟稀少的海岛上进食、排便、栖息,加之对山茶生存有利的海岛自然条件,所以山茶得以存活与生长。

崂山的古树名木除少数原生性形成以外,几乎都与不同历史时期人类社会活动息息相关,因此又具备了特定的文化内涵,构成了与其他遗产类物种相近而又不相同的文化积淀。

崂山的山茶,是隆冬季节青岛地区唯一能在野外露地开花的常绿树种,又称耐冬。据传明朝以前,青岛市区和崂山山中没有山茶,它们都是明代著名道士张三丰从海岛上移栽后慢慢繁衍而成的,现已成为崂山各庙宇冬季观花的主要树种。太清宫的古山茶因为蒲松龄的《聊斋志异·香玉》篇中的红衣花仙而有了一个独一无二的名字——绛雪,随着《聊斋志异》被列入世界文学宝库,红衣花仙——绛雪的名字已走向世界。

崂山的许多山峰上都有高龄野生古树,因地处高山难以攀登,只能远望而不能近观,山里流传着许多关于它们的美丽故事。

崂山棋盘石景区有一座海拔981米的山峰,山高势险,当地人称"天茶顶"。山峰东侧悬崖石缝中生有一株数百年树龄的山茶。遥看此树,葳蕤如初,似得天助,人们称它为"天茶",也有人称其为"神茶"。崂山的部分古树名木在生长过程中,有的得益于特殊地理条件,形成独特的形状,有的则与周围环境相互配合,形成了奇妙的自然奇观。如太清宫的"逢仙桥"旁,有一株榆科植物——糙叶树,树高约19米,树冠极大,主干虬曲,结节凸出,形状极似龙头,故又被称为"龙头榆",此树是五代时期崂山著名道士李哲玄在建造太清宫"三皇殿"时亲手栽植,树龄已有 1100 余年的历史。

三

　　七八月份的崂山,老树上寄居的蝉鸣声此起彼伏,那真是一场宏大的叙事。

　　正午的骄阳被挡在外面,爬在古树角落蝉儿发出的鸣声,给漫长夏日增加了无穷诗意。蝉被人们视为高洁象征,它餐风饮露,成为盛夏不可多得的宝物。

　　"一花一世界,一叶一春秋""有声听音,无声听己""弱水三千,只取一瓢饮""同船不同路,渡人亦渡己"蝉鸣能给人带来野趣、宁静和凉意。那抑扬顿挫的蝉鸣声,还往往会使人追忆儿时的情景。

　　夏季, 当一阵雷雨过后, 在树根周围的地面即可发现一些圆圆的洞穴,这就是蝉儿出土的地方,碰上好运气,还能抓到没有蜕壳的蝉儿。蚱蝉又叫知了、鸣蝉,有些地方叫大妈妈、妈唧妞。

　　伏了蝉到夏至时才登台歌唱,"伏了、伏了"地连声不停,伏天刚到,它便迫不及待地告诉人们"伏了"。也许它是好意,提前告诉人们伏天就要结束了,请做好气候变凉的准备。

　　寒蝉,体长约 2.5 厘米,头胸淡绿色,因它在深秋时节叫得欢,故又称秋蝉。寒蝉入秋才开始鸣叫,它们的歌唱才是这场"蝉声系列音乐会"的压轴曲。不过它们只是"吱吱吱"地一个音符,唱得太单调,其艺术水平实在不堪担负压轴的重任。

　　蝉之所以能鸣叫,是因为它的腹部有一对鸣器,由盖板和鼓膜组成,当膜内发音膜收缩时,便产生声波,发出嘹亮的声音。不过别忘了鸣器只雄蝉才有,雌蝉是"哑巴"。

　　"居高声自远,非是借秋风。"蝉声远传,一般人往往以为是借助于秋风的传送,由于"居高"而自能致远。这种独特的感受蕴含一个真理:立身品格高洁的人，并不需要某种外在的凭借（例如权势地位、有力者的帮助），自能声名远播，正像曹丕在《典论·论文》中所说的那样，"不假良史之辞，不托飞驰之势，而声名自传于后"。这里所突出强调的是人格的美，人格的力量。两句中的"自"字、"非"字，一正一反，相互呼应，表达出对人的内在品格的热情赞美和高度自信，表现出一种雍容不迫的风度气韵。

历史上，唐太宗曾经屡次称赏虞世南的"五绝"（德行、忠直、博学、文词、书翰），诗人笔下的人格化的"蝉"，可能带有自况的意味吧。沈德潜说："咏蝉者每咏其声，此独尊其品格。"（《唐诗别裁》）这确是一语破的之论。

张潮《幽梦影》中云："春听鸟声，夏听蝉声，秋听虫声，冬听雪声。白昼听棋声，月下听箫声，山中听松声，水际听欸乃声，方不虚此生耳。"方不虚此生，言下之意，"夏听蝉声"，乃人生快事之一也。

崂山听蝉，从一早开始，树木密集葱茏，夏蝉云集之地，天光发白，一蝉鸣响，众蝉呼应，此起彼伏，阵阵如雨，假如用"蝉雨"二字来形容，不仅不给人聒噪感，而且还送人一份清凉透爽、温润熨帖的快意。

太清宫的老树苍苍，古意盎然；夏日里，枝叶纷披，浓荫匝地，落满了蝉。如若是你站在某个至高点上，蝉声响起，小巷幽深，那蝉声蜿蜒而出，如溪水潺潺，一路行走，一路蝉声，蝉声，就有了一种婉约、杳渺之美。蝉声并不密集，疏疏落落的，那份疏落，自生一份悠然的闲适；有时候，一蝉独鸣，如古筝独奏，嘶嘶悠悠，那份吟唱，便不免生发出一份地老天荒的苍凉感。蝉盛时节，粗粗细细的干枝上，都踞满了蝉——满树熙攘。看树上的蝉，蠕蠕而动，蝉的鸣叫，是极有规律的，总是一蝉鸣响，众蝉呼应，叫一阵后，就缓缓地停下来，进入一种近乎死寂的状态，如此循环往复着。有时候，也会出现众蝉鸣响的情况，那声音，就特别的嘹亮而悠远。

崂山南北没有高山阻隔，东西又与海洋相连，降雨量大，空气湿度高，特殊的地理环境，加上人工引种栽培结果，使崂山植物种类繁多。这里是植物的南北过渡地带，因此也是一个南北引种实验场所，是植物南移北迁的驯化地带,种子繁育基地。在过去的一段时期内,青岛引进了大量的物种,崂山在青岛外来物种引进过程中占据着重要地位。根据野外调查研究和对大量文献资料的整理分析,崂山有意和无意引种植物约有232种,分属于72科。

夜晚时分,232种林木,枝柯疏朗,月光透过树枝间的缝隙,落在地面上,斑驳细碎,迷离醉人。皎洁的月光照在树上,时常惊得蝉哗然鸣响。真是想象不出崂山有多少蝉儿,蝉声哗然而起,惊人、拥挤,仿佛角角落落,旮旮旯旯都是蝉声,蝉声弥漫崂山,无处不在。

四

历史上引进崂山林木的人是崂山的功臣。

耐冬,在崂山赢得更长的时间。早在距今600年前的明朝永乐年间,道人张三丰从沿海岛屿采回耐冬,在山中居民庭院中种植,后繁衍开来,成为历史上最早引进崂山里的花木。据《即墨县志》记载,早在清朝康熙年间,即墨知县康霖生派专人来崂山教种花椒,从一六七〇年至一六七二年,用了三年时间,足见其决心之大,从此崂山有了花椒树。

十九世纪末德国占领青岛后,为了绿化青岛的山,引进了刺槐。至今山里人还叫它德文名"卡齐"。这种树易活,繁殖快,耐贫瘠。

二十世纪六十年代,历史上曾声名远播的崂山窝梨因沙大酸重质量差而断了销路,树也快被砍光了。为了利用闲置的大量山坡地,并让崂山人秋冬两季有水果,政府帮助农民引进了苹果树。

二十世纪五十年代初期,由于日本松干蚧危害严重,崂山赤松纯林几乎被毁。为此,崂山林场提出了引进优良树种,改造赤松次生纯林的方针,通过营林措施除治松干蚧的危害。但由于缺乏科学指导,盲目引进,结果全部失败。

后来,通过普查崂山树种资源,分析自然条件,查阅引种历史,发现崂山曾有人种过落叶松,现长势较好,经过采种育苗观察、育苗试验和十几年的反复实践,引种获得了成功,掌握了一整套从播种、育苗到幼成林抚育技术,从一九六四到一九七四年间,进行了大面积生产性造林,十年间共植落叶松三万两千亩,基本上完成了对松干蚧危害致残的赤松纯林的改造。

二十世纪七十年代,在冬无严寒、夏无酷暑,被称为"小江南"的下宫林区,作为南方树种引驯区,自一九七四年开始,先后从国外、国内其他省份引进140多个树种,经过育苗和扩大栽培试验,日本花柏、檫木、鹅掌楸等已获成功。另外在冬季气温较低、积雪多、冰期长被称为"小关东"的北九水林区,作为北方树种引驯区,先后从东北引进红松、樟子松、冷杉等耐寒树种,均获成功。

崂山地处暖温带与亚热带北缘交汇点上,西接华北,南濒黄海,处于温带大陆季风区,受海洋气候影响较大,因而崂山植物组成既有华北植物区系的植物,又有东北地区及亚热带的植物,同时还有与日本、美国相近的植物成分。且由于地形复杂形成不同的小气候区,直接影响着树种的分布类型。

温暖类型区,主要在崂山南麓的下清宫至崂山头一带,为亚热带树种。这一分布区间,长绿阔叶树种山茶(耐冬)、锦熟黄杨、棕榈、洋玉兰、竹叶椒、大叶胡颓子、红楠、络石、金丝桃、南天竺等,与多样落叶阔叶树种相伴生,构成多姿多彩的林木空间。同时这里还是国内外引育树种的引驯基地,引进树种的母本来自日本、欧洲、北美及国内的安徽黄山、福建等地。

阴湿类型区,主要在崂山后坡北宅街道的卧龙以东至北九水,王哥庄街道的石人河以东至青山一带。

原有树种赤松曾有大面积的纯林,还有多种伴生树种及大面积的人工林,引进树种有日本黑松、日本落叶松、刺槐,构成独特的植物群落。

干旱类型区,在流河、登瀛、沙子口、汉河一带山地阳坡及王哥庄街道的大标山、二标山东坡。山麓平原区,常见有杨柳、榆、刺槐、国槐、楸树及欧美杨等用材林树种和苹果、葡萄、杏、桃、梨等经济树种。

滨海岛屿区,常见乔木有刺槐、绒毛白蜡、旱柳、白榆,灌木有棉槐、柽柳,偶见单叶蔓荆。

我在海岛长门岩看到大面积的野生树木耐冬、大叶胡颓子、扶芳藤、刺榆、野花椒等,形成特有的群落树种。也许,事物总是阴阳相补的,因为孤独,长门岩的耐冬开得灿烂,并且,向上生长的树和向下蜿蜒伸展的根,两极生长,互相支持(根还有支撑作用),在四季繁茂生命的激烈竞争中获得生存空间。发达的根须,则保持着易于流失的水土,也让生活其间的人,灵魂和肢体得到双重的安顿。

长门岩岛上的树木靠天水生存,天水成就了姹紫嫣红的小岛。行走于古树名木之间,深感树木不愧是贮水器和空气净化器,枝叶间缓缓释放的水分,净化并滋润了生命的空间,好山好水,花草虫鸟,也和树木相映成趣,构成一条有序完整的生命链。树木与我们一样,都是大地上的生命伙伴,只不过生命的形态不同而已。所以宋人张载说:"民吾同胞,物吾与也。"人与物的差别只在同胞与朋辈间,而与我们最亲近之物,无疑就有树木。它为我们调节气候、提供生活所需,也提供慰藉心灵的情感思绪。

长门岩岛上的年轻战士们,守着灿烂的盛开,守着四围的浩茫,我为生活在长门岩上的所有生命鼓掌。这个世界是生机无限,丰富而有趣味的,面对长门岩上的年轻生命和盛开的花朵,有些热闹真是应该隐退。孤岛上生活的守海人,他们的使命永远是凝固的历史与活着的生命相拥的奇迹。

水虫记

◎ 韩开春

水黾

水黾:昆虫纲半翅目黾蝽科大黾蝽属水生昆虫,又名水马、水蜘蛛、水母鸡、水板凳、水蚊子、水蟆子、火叉子、水坦克等。

我是在门前小汪塘那儿发现它们的。

初夏时节的一个清晨,我带着小玻璃瓶去门前的小汪塘边捉蝌蚪。前一天傍晚天擦黑的时候,我跟妈妈去汪塘边抬水,发现了它们。多可爱的小家伙们啊,圆圆的大脑袋,细长的尾巴,全身上下黑乎乎的,没有一点杂色,就像我们课本上的小逗号一不小心跌进了水里,立刻就泡大了好多倍。我想把它们带回家去,听说青蛙、蛤蟆就是它们变成的,我想看它们怎么变。可妈妈不让我捉,说天快黑了,赶紧抬水回家,并警告我不许一个人来水边。我知道她是怕我掉进水里,如果凑巧没有人发现,那么她可能就没有了儿子。可是小蝌蚪圆圆的脑袋一直在我脑袋里晃来晃去,晃得我一夜没睡好觉。天一亮,我看妈妈扛着锄头下地了,也跟着溜下床来,拾起一个玻璃瓶,直奔小汪塘而去,我把妈妈的警告扔到了脑后。

汪塘前面有片草地,太阳刚刚从东边露出它的半个脑袋,每片草叶上就有了它的半边脸。有几只脑袋尖尖的青的、灰的蚂蚱在沾满露水的草丛里跳来跳去,跟它们一起跳跃舞蹈的还有几只拖着尾巴的小指头般大小的小青蛙,也是青的、灰的,它们起床了,小蝌蚪肯定也醒了。果然,在靠近岸边的地方,有一窝黑色的小可爱在快乐地游来游去。我把手伸进它们中间,轻轻往上一抬,明明好几只都在我手里,等我手掌离开水面却只剩下一只了。等到我好不容易捞上来第六只的时候,再也够不着它们了,这群小蝌蚪大约意识到了危险,四散而去,游向汪塘深处。我不甘心,蹲在塘边,我在等,等它们重新回到水边。

就是在这个时候,我看见了它们:光滑如镜的水面上,几只高腿细脚的褐色小虫子在走来走去。说它们在走其实有些不太恰当,我甚至看不到它们的脚在动,只见它们一会儿在东一会儿在西,有点像在水面滑行。起初我以为它们是大蚊子,可仔细观察了一下感觉不是,它们的个头比蚊子要大许多,虽然有蚊子一样细细长长的腿,但却更挺直,身体也是直的,看上去有点像一节小竹枝,或者一根枯树枝,只是很细很细,肚子也没有蚊子那么大,更重要的是它没有蚊子那样张开的翅膀。我惊诧于这样的一只小虫子能在水面上行走自如,定定地在水边看了好久,并没有发现它们的脚有什么特别之处,甚至没有像鸭子那样宽宽的蹼,而且它们的脚并不是浸在水里,纯粹是站在水面上。我对它们产生了兴趣,想弄一只上来看看,无奈离我太远,它们仿佛知道我居心不良,只在水塘中间游弋,我只好把带它们回家的心思暂时折叠起来。在水塘边定定地看了它们好一会儿之后,我拎着那只装了六只小蝌蚪的玻璃瓶回家了。

发现它们会飞是在后来。那以后的日子,我天天都去塘边看它们,看它们在水面上滑来滑去,像个冰坛高手。终于到了水暖和得可以下去的那一天了,我和几个小伙伴密谋捉它几只上来,好好看看它到底怎么就有那样的本事,可以在水面上行走。当几个脱得赤条条的小子下到水里之后,才发现这种小虫子比想象中敏捷得多,瞻之在前,忽焉在后,不要说捉,就连靠近它都很难。我后来在一份资料上看到,这些家伙的反应极其灵敏,运动速度又极快,一秒钟可以在水面滑出超过身体一百倍的距离,是名副其实的水上运动健将。不知道金庸武侠小说里的那个铁掌帮帮主"铁掌水上漂"裘千仞的轻功是不是跟它学的,反正我感觉它的轻功棒极了,可以做任何一个想学这门武功的人的师傅。经过几次失败之后,我们明白这样空手逮它实在是痴心妄想,得想个法儿。好在水塘不大、不深,我们回家后取来面盆,一字儿排开,从汪塘的东面下水,把它们往西面赶,西面是一片开阔地,其他几面都是芦苇。等到它们终于无路可走的时候,一起用盆把水往岸上戽,希望用这个办法让它们束手就擒。但我们的如意算盘还是打错了,就在我们很有把握捉住它们的当儿,它们居然从水面上跃起来,从我们头顶飞过,落在我们身后。好在我们还是有收获,终于有几只被我们戽到了岸上,可还没等我们爬上岸来,它们一连几跳又跃入了水中。有一次,我们终于捉住一只,才发现它并没什么特别之处,四条大长腿因为过于纤细,落到我们手中的时候还断了一条。我们最终也没有弄明白它为什么能有那样的本事。

我们都不知道它叫什么名字,问过大人,大人告诉我们它叫"卖盐的",至于怎么会叫这样一个奇怪的名字,没有人能说得清,大人们说,他们也不知道,老辈人就是这么说的。

好长一段时间,我都弄不清那样纤细柔弱的小生命怎么就有这么奇怪的一个名字,莫非它们也会做生意?如果它们真卖盐,那么它们把盐卖给谁?它们把盐又藏在哪儿呢?

直到有一天,跟一位也对昆虫特别感兴趣的朋友聊小时候玩过的虫子,说到这种昆虫,朋友叫它"卖油郎"或者"打酱油的",我感觉跟我老家人叫它"卖盐的"有几分相像,便问他为什么这样叫它,朋友说它的身上有一种类似于酱油的馊味,你要是用手拿它,这种气味就会沾在手上。哦,原来如此。这样一说,我觉得它在我老家叫作"卖盐的"好像也找到出处了,酱油和盐一样都有咸味,可能是我老家给它起这个名字的那个人觉得它身上的这种气味和卖盐人身上的气味差不多,才这样叫它的。之所以现在好多人都说不清楚它这名字的来历,是因为他们没有机会和它零距离接触,手上沾不到它身体的气味。虽然我曾经有过这个机会,可是由于当时正在玩水,可能这点气味立刻就被水冲洗掉了,所以虽然那么近地接近真相却还是错过了,想想都有点遗憾。

后来,我在中央电视台的"科技之光"节目里,得知被我老家人叫作"卖盐的"的这种昆虫原来学名是"水黾"或者"池黾",它还有个比较形象的名字叫"水马"。也有人叫它"水板凳"或者"水母鸡",这些名字也很形象。

它并不是没有翅膀,只是平时叠在背上,不遇到危险不轻易张开。它也不是只有四条腿,我们看到的那四条纤细的大长腿是它的中后足,末端有大量微观疏水结构,可以借助水面的张力,把自己的身体撑在水面上,并能快速灵敏地移动,像个身有绝顶轻功的武林高手,在水面上如履平地。它的另外两条腿之所以常常被人忽略,是因为它们本身就比中后足要短小许多,平时又喜欢折叠在头前,只有在捕猎或者求偶时才伸展开来。

水蜘蛛

水蜘蛛:蛛形纲蜘蛛目水蛛科水蛛属节肢动物,又名银蜘蛛。

我喜欢的作家汪曾祺先生是里下河地区高邮人,他的老家离我的老家泗阳很近,直线距离也就一百多公里,算是我老乡。高邮和泗阳许多的风俗习惯都相同,包括对一些动物的称呼,比如都把黄颡鱼叫昂嗤鱼或者昂刺鱼,把苍鹭叫作青桩等。

但对水黾的称呼却不同,我们叫"卖盐的",高邮人叫"水蜘蛛",汪老在他的名篇《受戒》里就提到过这种动物:"芦花才吐新穗。紫灰色的芦穗,发着银光,软软的,滑溜溜的,像一串丝线。有的地方结了蒲棒,通红的,像一支一支小蜡烛。青浮萍,紫浮萍。长脚蚊子,水蜘蛛。野菱角开着四瓣的小白花。惊起一只青桩,擦着芦穗,扑噜噜飞远了。"

有人考证过，汪老说的水蜘蛛就是水黾。

把水黾叫水蜘蛛，也不能说完全没有道理，起码它和蜘蛛在外形上是有相似之处的，都有长长的腿，又在水面上生活，乍看上去，真像是一只蜘蛛趴在水面上。但你要是仔细看，又会发现，它和我们平常见到的真正的蜘蛛还是有明显区别的：首先蜘蛛的身体明显地分成了头胸部和腹部两部分，头胸部和腹部相接的腰很细，有个圆溜溜的大肚子；而水黾的身体是直直的一条，看不出腰来，像根小树枝。其次是腿的数量，水黾有六条腿，两条小短腿折叠在头前，四条大长腿撑在水面上；蜘蛛的腿则要多一些，有八条，而且都落地。

我今天写的水蜘蛛并不是汪老说的那种模样有点像蜘蛛的水黾，而是真正的蜘蛛，一种生活在水里的蜘蛛。

你不得不承认，蜘蛛这家伙还是蛮有本事的，天上地下都有它的地盘。最常见的是在空中织大网的那种，它自己蹲在网的中央或者躲在网的外面一个阴暗的角落，靠一根连接在网上的蛛丝来感知网上的动静；还有一种把网织在低处，平铺在地面或者植物的身上。虽然网的位置不同，但目的都只有一个——捕捉猎物。有个谜语：小小诸葛亮，独坐中军帐，摆成八卦阵，专抓飞来将——说的就是它，它织的这张网是一张猎网，我很怀疑成语"天罗地网"是不是也跟它有关，我猜可能是古人看到它这样捕猎才想出了这个成语。

现在，蜘蛛又把它的势力范围扩大到了水里，真是世界之大，没有它去不了的地方。

高邮人把水黾叫作水蜘蛛，不知道水黾会不会有意见，但要是水蜘蛛有思想的话，我猜它八成是不会很开心的，它可能会觉得这样未免太小看了自己：你水黾算个什么东西？不就是会在水面上滑来滑去地跑跑马吗？这个技能我也会，没什么了不起！但是我会的你就不一定会了，你能在水底下盖房子吗？能在水底下生活吗？这些你都不会，凭什么要叫了我的名字？坏了我的名声！

大凡学过点生物知识的人都知道，动物的呼吸方式一共有四种：一种是皮膜呼吸，如水蛭、蚯蚓等；一种是气管呼吸，如昆虫等；第三种是鳃呼吸，如大多数的软体动物、甲壳动物和鱼类等；第四种是肺呼吸，如两栖纲、爬行纲、鸟纲和哺乳纲动物等。

这是它们的生活环境不同造成的，用鳃呼吸的动物能把氧气从水里解析出来，而用肺呼吸的动物则能把氧气从空气中解析出来，要是换了位置，把水生的动物放到陆地上，或者把陆生的动物放进水里，时间短还好说，时间一长就会有生命危险，不是被憋死就是被淹死。

我们小时候不知道这些，误以为昆虫的呼吸器官也和我们人类一样，是长在头面部的，我和恒超、恒杨还有我二哥陈坠子曾经做过试验，把蚂蚱的头按在水里，看它能撑多久，实验的结果让我们很惊讶，我们惊奇地发现，蚂蚱居然淹不死，这可太神奇了。我们不知道它的"鼻子"其实是长在腹部的，只要把它的腹部浸在水里，用不了多久，它就会一命呜呼。

水蜘蛛虽然不是严格意义上的昆虫，但它也和昆虫一样用气管呼吸，虽然生活在水里，骨子里却还是和陆生动物一样的，它的呼吸器官分布在腹部各处。一般来说，陆生的昆虫在水里待不了多长时间，长时间不换气它们会被憋死，水蜘蛛却是特例，它甚至可以在水里待上一整天，不露头都没事呢，这可不是一般的陆生昆虫能够做到的。要知道，它并不是像我们小时候用蚂蚱做实验那样只把头埋进水里，而是全身都浸泡在水里。

这到底是怎么回事呢？水蜘蛛到底有什么过人的本领？其实只要你稍微用点心就会发现，身在水下的水蜘蛛浑身上下白亮亮的，像是镀了一层银，怪不得它还有个名字叫作银蜘蛛。这个名字的由来在岸上看不出来，一到水里就很明显了。

它的这一身白亮亮的好像银甲一样的东西其实是空气，是一层空气的壳。蜘蛛的腹部和肢体上布满了浓密纤细的防水绒毛，当它们从水面潜入水底的时候,这些浓密的细毛就裹挟着大量空气随之一起进入水底,这些空气进入水中以后就变成了细密的水泡,附着在蜘蛛身体的周围,像是给蜘蛛的身体裹上了一层空气罩,由于光线在水中发生折射,这些水泡就变得白亮亮的,看上去就像是在蜘蛛身体的外面镀上了一层亮晶晶的银。

所以,不要说水蜘蛛,就连普通的蜘蛛也能轻松地在水里待上几分钟甚至十几分钟而毫无压力,这些气泡里储藏的空气足够它在水里待上一段时间。但气泡并不是很大,所储存的空气很有限,不够它一小时甚至半小时用的,更不用说在水里待上一天都安然无恙了。

这就是水蜘蛛的过人之处了,它不同于其他蜘蛛的特性就在这里显现了出来。它也织网,但它织网并不是为了捕猎,而是为了安家,说得更加直白些,就是为了储存空气。

我们都听过一句俗话:竹篮打水一场空。蛛网的眼比竹篮的缝隙更大,空气比水的密度更小,竹篮都盛不住水了,蛛网又怎么储存得了空气?这话听着有点玄乎,但事实就是如此。

如果是在陆上,蛛网确实留不住空气,但到了水里,这一切就变成了可能。

水蜘蛛先是潜到水底,寻找适合安家的处所,地点选好后,就开始在水生植物或者水下的石头间吐丝结网。网结好以后,水蜘蛛就会重新回到水面,利用腹部的绒毛把空气搬运进水底并设法装进网袋中,由于蛛网本身黏附性大,加上网眼又比较细密,本来在陆上不容易抓住的空气到了水里变成气泡就很容易地挂在了网壁,乖乖地成了蛛网的囚徒。等到水蜘蛛上上下下几次之后,网袋里的气泡越来越多,终于成了一群,而此时,原本开展的蛛网也因气泡的加入而改变了形状,变成了钟罩形,像是一个袋子,又像是一个小型沉箱。

这个储满空气的网袋的神奇之处在于,它不但可以储氧,还可以制氧——能不断地从气泡周围的水中吸取氧气,科学家们把这个装置称为水蜘蛛的"物理肺"。

无脊椎动物专家罗杰·塞穆尔教授和斯蒂凡·赫兹博士曾经做过一个实验,他们从德国的艾德河中采集了水蜘蛛,在实验室里模拟了水蜘蛛的生存环境——一个杂草丛生的死水池塘。通过观察和仪器的测试,科学家们发现了一种气体交换机制,这种机制与一些动物在水中用鳃呼吸的机制类似。塞穆尔教授解释说,当蜘蛛从气泡中消耗氧气时,气泡中的氧气浓度降低。当气泡中氧气含量低于水中的溶解氧含量时,气泡就会从水中吸收氧气。蜘蛛产生的二氧化碳当然也会排出并溶解于水中,永远不会在气泡中积聚。与其他通过鳃部进行氧气和二氧化碳交换的动物不同的是,水蜘蛛不得不解决空气中的其他气体问题。塞穆尔教授继续解释说,当你从一个密闭气泡中的气体混合物中吸收一种气体时,其余气体的浓度肯定会升高。由于氧气从气泡中被吸收,而二氧化碳又没有积聚,这就必然导致气泡中的氮气浓度升高。随着氮气被排出气泡,气泡就会破灭,但这个过程是缓慢的。根据科学家的实验结果,这一过程持续时间大约为一天。塞穆尔教授表示,在非常酷热的天气里,虽然新陈代谢比通常要快,但如果水中氧气充足,蜘蛛可以一直待在水中。这就意味着蜘蛛不需要频繁返回水面,也大大降低了被水面捕食者攻击的风险。

有了充足的氧气,水蜘蛛在水下的生活就变得很容易了。于是,在水里蜕皮、成长、谈恋爱、成亲、生育后代,一切都成了可能。

对于水蜘蛛来说,这个储满空气的网袋就是它最重要的东西,是它赖以生存的基础,没有了它,一切都将成为泡影,所以,水蜘蛛对这个家格外重视,除了时常补充空气之外,还特别留意周围的动静,一旦发现有什么危险的苗头,就会拖着网袋搬家,直到找到安全的地点为止。

也有人把水蜘蛛水下的家称为它的"潜水艇",也很形象、贴切。

乌兰布和草木

◎ 孙改鲜

沙枣

关于乌兰布和,想说,捧着一颗心来,不带半棵草去。然,终究未能做到。

在乌兰布和边缘,吸引我的是柳树。其次,便是沙枣树了。那是我记忆中的树,是曾经为了它的消失一再抱怨的树。

爬上一个沙梁,站在它的最高处,四望,视线里全是绵延的沙丘。仿佛世界就是翻不完的沙丘,疲倦消耗着继续下去的豪情。有一些黑色的甲壳虫在流沙上活动。不知道它的学名,在我的小镇,我们叫它沙牛牛。歇息的人坐了看一会儿沙牛牛,精力恢复了,继续。

前面走着的那人,很快上到一个沙丘,又下去,消失不见了。后面的跟随者有一些着急,回头催促呼喊同伴们。欢笑中,起先是拉拉扯扯地,后来就各自奋力向着沙丘高处而上。就这样相互打气,相互扶持着或拉一把,有户外经验丰富的指导着怎么走可以快一点,更有效一些。上到高处,看见最前面的那个,已经在攀行另一座沙丘。环顾一圈,那磨叽着不走的也跟上来了,甚至渐渐走在了前头,一群人,远远近近地,一个也没落下。

问了一下,乌兰布和的名字是"红色的公牛"。狂风起的时候,黄风蔽日,天昏地暗,那种时候的太阳也不过一个光斑。是这个光斑带着隐隐的红色引逗公牛发狂,继而风沙漫天吗?

好在,还有沙枣树。当偶见的洪水将一些泥土冲刷进沙漠边缘地带,那地带就会出现一点点泥土地,地上很快就会长出一些荒草,也会有沙枣树长起来。

夜里,点燃篝火的时候,去沙枣树林捡了一些掉落的干枯树枝。很快,风里就有了香味。是沙枣树枝的香。它有好几个和香有关的别名,七里香、香柳、桂香柳等,香不是吹的。还不是沙枣花开放时节,若是沙枣开花了,那香,拦都拦不住,几里地外就闻得见了。若有风,会传播得更远。

坐在不远处一棵伏地的沙枣树的树干上,看着他们围着篝火舞蹈。不知怎么就神思恍惚,想起妈来,想起我的故土来。

在我家乡的小镇,曾经有一片沙枣林,每到五月,每闻到它的香味儿,就醺醺然昏昏然不知所以然,一心想着奔那一片林子而去。林子里的香味浓郁了,就找尽借口在它附近的路上一遍遍穿行。花是香的,果实成熟季树林里也是香的,就算平日里钻树林,树林也是香的,只不过比起花朵和果实,浅淡许多。小时候食物匮乏,沙枣就是绝好零食之一,青色的果子刚刚带上一点黄红韵味,我们就急切踅摸上了。那时候还是带着涩味的,等涩味儿淡了,它也熟透了。熟透的野生沙枣吃在嘴里是干粉的,含着甜。也不是全部熟透的沙枣都不涩了,只不过香甜让涩味清淡到可以忽略。一年又一年,无数遍地品咂,有经验的孩童在树下转一圈儿,就知道哪一颗沙枣味道最好,香味甜味最纯,没有涩味。

对有心的孩子来说,吃剩的沙枣核也不会随手扔掉。他会把嘴里的枣核嗑得干干净净,一颗一颗收起来,积攒的数量大了,交付家里的母亲。母亲会在闲暇将那些枣核用鱼线穿成一长串,一串一串累积够了,就可以做一个门帘了。讲究的,会把清洗得干干净净的枣核晾干后涂上一层清漆,再在每一串枣核下面坠一个小小的螺母,帘子就不轻飘飘了,有了实用性。所坠螺母也拿油漆处理过,不容易生锈。这当是自然赋予人的生活美学。

多年以后,我在五月回到我的小镇,闲暇的首要任务是去看我的沙枣林。结果发现,它们已经消失了。那一片地域不再荒凉,附近有了居民,也有了许多建筑。问周围的人，许多人都不知道曾经有过沙枣树。终于有个知道的，说，早就不见了。问怎么消失的，回说，不知道。当时以为是经济利益驱动，被全部砍伐了。后来，说到水的匮乏，说到当地的水井越打越深，水也越来越不好喝时，才突然间明白，让那些沙枣林消失的，是水。没水了，人可以打几百米深的机井取水，树不能。地下水位下降迅速，它们失去了生命之源。

此后，我在我的家乡还会见到沙枣树，但都是零星的几棵或一两株，再也没有见到成片的沙枣树林。曾经的沙枣树林消失得干干净净，仿佛从来没有存在过，渐渐成为一个人心中的臆想，不能流畅说出。

沙漠里的天亮得早。晨光毫无阻拦地进入帐篷亮在眼皮上时，其实太阳还未升起。听见有早起的人在帐篷外说话，就是懒得动弹，还想再眯一会儿，说话声走动声鸟鸣声都在耳畔，再不能睡去，但就是不想睁眼，不想起来。夜来梦里有娘，有沙枣树。这样的梦不曾有过，我想继续。可是被打断的梦怎么还能继续呢，起吧，起来看看日出吧。终于起来了，也收拾停当了。雨来了。

乌兰布和干旱少雨，季风强劲。御风是料想之中的事儿。我们偏偏遭遇一场雨，还稀稀拉拉一直下。一些户外项目改在帐篷之内，活动的顺序也因此做了调整。这一次，我改变了自己的行为模式，借着出去方便的时间，往有沙枣树的地方去。

头一天曾看见地上有许许多多黑色颗粒混在沙土中，我想知道那是什么，是不是羊粪球。

接近沙枣树的路上是羊粪球，树的附近，是沙枣核。那么多的果核落在地上，还是第一次见到。诗人李建军告诉我说，羊倌会把他的羊群赶到有沙枣树的地方来，春夏吃叶，秋冬食果。沙枣成熟季，羊倌会将沙枣打落，给羊吃。沙枣是优质饲料，能够让羊长得更加健壮，后代基因更好。

沙枣是浑身皆宝的树种，果、叶、根都可入药。树皮性酸，微苦，凉，清热凉血,收敛止痛。用于慢性气管炎,胃痛,肠炎等;外用可治烧烫伤,止血。果实性酸,微甘,凉,健脾止泻。用于消化不良。枝叶对治肺炎、气短有效。与其他中草药结合,能治疗痔疮等疾病。树根煎汁可洗恶疥疮和马的瘤疥。

捡了一把枣核。想了想,又全部留在了原地。看树上还有旧年的果子,摘了两颗,慢慢品咂。枣核没扔,揣在了衣服兜里。

下午,雨停了一会儿。一群人徒步乌兰布和。这一次,沙漠被雨水浸过,稍稍好走一些。说是好走,风还是很大,沙漠也不过湿了地表一层而已。脚上用得劲儿大了,就是一个个沙窝,沙线乱了,举步维艰。

走着走着,风刮起来,雨丝又飘起来。风,细雨,夹杂一点点细沙,是沙漠给予的另外一种体验。连绵的沙丘,望不到头。有一些冷,裹紧身上衣服。心想,若是置于沙漠中心地带,一个人得费多大的劲儿才走得出沙漠,走得出孤单无助。

好在,还有沙枣树,在沙丘停下流动的荒漠区域候着。沙枣树告诉我,此地地下水位尚好,应该十几米深就能出水。这不难理解,我们这一次身处之地是位于内蒙古乌海地区的乌兰布和沙漠部分,它的好处是与黄河漠水相连。

雨中沙漠像是静止的画卷,雨声和风声是给这画面所做的配音。有被风折断的沙枣树倒在沙地上,以为枯死了,树干上却生出绿芽来。

沙枣树生长在绿洲与荒漠的边缘,像是一种平衡。这平衡展示一种希冀和坚韧,它是缓慢的也是自然的。我说我不带一棵草走,可又忍不住,想捡一大把沙枣核带走。但最终,我只收了两颗,做此行的纪念。那些树下的枣核会不会长出新的树木来,会长出多少?我不知道,我也不想探究和干预。是谁说的,自然的交给自然,自然说了算——那就让一切自然而然地来或去。

离开时,停了半天的雨又零星滴答起来,雨中再一次回头望那些沙枣树,那是一种带着灰白之色的绿,它们的背景呈现黄色,那是乌兰布和沙漠,那里有我们刚刚穿行过的痕迹,雨会抹掉它们。等雨洗刷痕迹?雨还是慢。其实就算下着雨,只要一点点风,那些痕迹很快就消失。

这是沙漠的魅力,顷刻间,所有美好和不美好都逝去,不露痕迹。

诸葛菜

在乌海湖旁边,再次看见二月蓝。这是我第一次见就喜欢上的植物,想要收它的籽种许多年了,一直未能成行。进入春天的时候,换季收拾衣服,从衣服兜兜里翻出一包籽粒。想不起来是什么,用塑料桶剪了两个盆,一盆种它,一盆种了二月兰。心里最期待的是后者,去年特意收的种子,结果没见出苗。

四月初出去的时候隔着汽车的车窗见路边一丛丛蓝色花,疑是二月兰开了。下车后第一件事便是寻它。果真是。

二月兰又叫二月蓝,属耐寒植物。一两年生草本,若任它自然生长,一两株就可以衍生一个花群,继而成为一片花区。在北方一些地区可以越冬,早春和夏天赏花,秋冬赏绿。在鄂尔多斯,这几年才见,感觉是随着草坪从黄河南北两岸而来。

它的中文名叫诸葛菜。为什么叫诸葛菜呢,说是和诸葛亮有关。据传说,诸葛亮用兵时,为解决刘备十万大军粮草短缺问题,用二月兰茎叶做菜补充军粮,因而得名。但有人考证,二月兰属于野菜,苦味明显又受季节限制,不适合做主粮。智慧的诸葛亮不会推广野生蔬菜的种植,二月兰不是真正的诸葛菜。真正的诸葛菜应当是蔓菁,蔓菁茎叶可食,根块也能食用,生吃烹调皆可,还利于保存,完全可以解决食品问题,利于蜀人。单从食物的角度来看,它显然比苦涩而易变的二月兰更适合广泛生产种植。它们都是十字花科植物,属一个家族,而基生叶也是大头状花序的,所以古人把二月兰误认为是诸葛菜。久而久之,真正的诸葛菜反被湮没。这说法说得通。二月兰至今都是野菜，虽然可食，但有苦味，得拿水焯过再浸过，淡化苦味才可以吃。做军粮，太不方便了。

喜欢它的花色，也喜欢它的花期长。我生活的小镇本来有一片，在野刺玫的花树下，年年看着开花，蛮不赖。前年在它的盛花期间，那片地重新绿化，都被刨掉了，铺作草坪，从此不见。去年可惜一年。这也是我起念自己种的缘由。还想着再补种一次，野地里已是花期。

人与花，真的也有个缘分的。能够再次见到二月兰，并且是一大片开花的二月兰，真是有缘。徜徉这一片紫蓝色的海洋中，心情真的是好。

英国谚语中用"海里的鱼多的是"表示天涯何处无芳草，我是不是可以借用此意，用"地上开满了二月兰"来诉说人与人的缘分是很奇妙同时也是绵绵不绝的？

总感觉，乌海的二月兰也是因为城市绿化，随着草坪铺设从他处而来。你看，植物的脚步多快。一个不经意间的行为，一小块草皮里的一棵小苗或者一粒种子，就能让一个物种从一处走到另一处，随后，延展成一大片。看到它们的人若是不专门铲除，几年之后，它就有可能成为本地居民，安家落户，繁衍后代了。

蹲在地上拍二月兰的时候，看见一只带着食物行走的蚂蚁，小小的身子只有它所带食物的四分之一大。它在二月兰的脚底，快速移动。不小心把食物弄掉落了，又急急返回来，带着食物继续前行。二月兰的行走，有没有蚂蚁的功劳？这很难说。谁敢肯定蚂蚁曾经搬运的，不是二月兰的种子，这种子在地下当作粮食储备被存储。阴差阳错就发了芽蹿出了茎秆，成为紫蓝色的一团云烟。

据说二月兰的名字由来是因为它在农历的二月开花，花蓝紫色，才"兰""蓝"不分。在温暖湿润一些的北方，它可能二月开花，在边远的寒冷的北方，它就迟了一些，农历二月末到三月初才是它的花期，有时候，进入六七月，还能见它开花。你看，植物也会自行调整它的生物钟。这一调整，正好让我们遇见。

　　还是回到它的正名,诸葛菜。它的成名或许和孔明先生有关,但它的惹人喜爱,却源自它自身。你看它有世俗的热闹,又不喧嚣,自带一种娴静悠长的气息。这样的气息,体现在人的身上,最适合做事儿。一个踏踏实实做事儿的人,我是愿意跟随的。就这样一个人影响另一个,继而带动更多的人,便是二月兰的花海了。我把它看作是,诸葛之缘,君子之交。

　　四月,诸葛菜给我的启示是,一个人可以走得很快,一群人才可以走得更远。

隐居在大自然里的中世纪小村

◎ 棉　棉

从罗马出发，喜欢丛林探险的朋友可以经过岩石山峰、连绵起伏的平原、高地、陡峭的悬崖、森林、"地狱"峡谷、牧场、河流、洪流……我住的村庄叫 Castel di Tora（托拉古堡），它被包括在 Navegna 和 Cervia 山脉的自然保护区内。保护区除了有各种类型的森林，还有着种类繁多的动物，甚至还有狼、石貂、狐狸、野猪，偶尔还有鹿，以及被认为有灭绝风险的较小的犀牛——当然，这些动物在我散步的路线中并没有出现过……

大概从二○一四年开始，我频繁往返于城市和"某处位于大自然里的房子"之间，在浙江、云南、普罗旺斯、荷兰的泽兰地区……这之间我还在柏林、悉尼短暂地住过，并且重回洛杉矶和纽约，二○一八年我在离罗马一个半小时车程的自然保护区租了一套小公寓。最初我还是在城市里浪费了很多时间，总有人找我谈这样那样的"文化项目"，感觉快"崩溃"时，我就找最便宜的机票来罗马（疫情之前我们可以这样）。那时我还不会坐火车，也不会在欧洲坐地铁，我通常是坐出租车直接从机场到达图拉诺湖边的公寓。这听起来非常奢侈，其实仍然比生活在上海的成本要低。我住在大自然里，不是为了寻找灵感，也不是为了奇遇，更不是为了挑战自己，我其实只是为了休息。随着我的内心生活越来越像一部科幻小说，我早已不需要特地去什么地方来为写作寻找灵感了。事实上，写作越来越成为一件奢侈的事情。我需要找到一个家，我的灵感来自这个地方的空气、声音、人、人与动物的关系、水、植物、大自然的颜色、食物、寂静……我说的"灵感"并不是指创作灵感,更多指的是有关"活着"的灵感。进入二〇二一年,我关闭了朋友圈和博客,并且问自己为什么才做这件事?

Castel di Tora 建于一〇三五年,它坐落在海拔 600 米左右的地方,被那些照亮我心灵的树林、峡谷、湖泊环绕,它是意大利最美村庄协会的会员,被誉为 Lazio(拉齐奥)的奇迹!这里的大自然色彩壮丽,壮丽中有一些甜美,跟我去过的瑞士、法国南部、英国的乡村不一样。虽然我一直叫它"小村",但其实它是一个市镇,登记人口只有一百多人。"意大利最美村庄协会"的成立是为了保护人迹稀少的古老村落。小村比我在上海见过的大部分的小区都小,它既不荒凉,也不热闹,每户人家门口都有鲜花,几乎是沉浸式中世纪乡村建筑,至今仍保留着古老的城堡、木屋顶或砖瓦屋顶的石屋、特色小巷拱门、岩石洞穴,中世纪的城墙……各种遗迹混合着意大利慢生活场景,某些时刻,这样的一种观望会给我带来奇妙的乡愁,那种"一切美好的事物依然美好的"乡愁。

无论是沿着数不清的小径徒步,寻找壮丽的瀑布,还是寻找小村对面已成废墟的宫殿遗址,这片领土都拥有丰富的古迹,但是住在这里成为这里的村民是一种非常独特的经验……英语里有一个说法叫"把我自己放在一起",这句话代表"休息、振作"的意思,现在我知道我首先需要在大自然里,把散落在各处的"自己"放回中心。这其实是一个漫长的过程,并不是几张明信片般的与大自然的蜜月生活就能解决的,也不是一篇文章两篇文章就能说清楚的,而且我还需要继续返回城市,在城市中急躁和灰心的时刻,有时会觉得所有的"修补工作"顷刻付之东流——是啊,我们怎么可能在一夜之间修补所有的情况呢!

我的公寓在 Turano(图拉诺)人工湖岸边的山坡上,这套两层楼的公寓,一边对着中世纪的居住场景,还有一边对着湖,可以看见变幻莫测的湖泊景色,湖的周围环绕着以 Navegna(纳维尼亚)山为主的茂密的树林,Turano 湖位于海拔 536 米处,长约 10 公里,周长约 36 公里,它建于一九三九年。透过我的窗口,可以看见遥远湖岸上古老的村庄和城堡倒映在清澈的湖水中,那些房子就像是温柔和希望的象征。以前我住在上海的北外滩每天看着黄浦江和浦东的天空,现在我每天看着图拉诺人工湖,有时它会让我想起那首 Miles Davis 的 Blue in Green。小村附近的 Salto(萨尔瓦托)湖也是人工湖,这两个人工湖通过一条九公里长的地下隧道连接,它们一起为水电站提供水源。我听说是墨索里尼当时为了武器工厂发电而造的人工湖和水电站,你绝对不会想到这么梦幻的湖泊景色其实是来自战争的需要。

我的公寓门口的五角塔楼建于大约公元一〇〇〇年,属于军事建筑,无数次我经过它,无论从哪个角度看它,它都那么精致和雄伟,尤其是在晚上。小村有着在我看来世界上最小最美的广场,它到底有多小呢?它小到感觉就只能停五六辆车的样子。广场上有建于一八九八年的喷泉 Triton Fountain 和 Chiesa di San Giovanni Evangelista 教区教堂,中世纪起源,成立于十一世纪,于十七世纪进行过翻修。广场上还有一个小酒吧和小卖部,小卖部位于村庄的一处进口,进口处有古代人们进村时拴马的地方,从某些角度看就像黑白电影《王子复仇记》开头的部分。去年圣诞的时候,非常冷,Rosanna 女士站在风中请商店门口的村民喝咖啡,尽管她已不在商店工作了……以前每次在店里看见 Antonio 先生时,都看到他穿得很讲究,他总是对我微笑,努力通过各种手势与我交谈,有时我看着他就觉得希望自己永远可以住在这里……今年已是我租下这湖边隐居公寓的第四年了,也许我还没能足够安静下来向自己描述一朵花、此时窗外的鸟叫、邻居的聊天声、远处的狗叫……但我知道,住在这里是我人生最宝贵的经验之一,我完全无法想象,如果没有这些经验我现在会怎样。比如,以前我不太会做饭,但是现在我甚至都会做蛋糕和果酱了。虽然这里只有一家小卖部,但是小卖部里的食材都很好,在自己开始做饭以后我才发现,有的加工食物吃了会令我沮丧和忧郁,而这里的素食到目前为止还没有让我忧郁过;也是在自己会做饭以后,我开始变得尽量不去浪费食物了。我一直在构思一个故事,故事里有两个中国女孩,想尽办法在意大利乡村小卖部有限的选择里变出各种中国菜的做法,她们一边做饭一边探索周围的大自然和邻里关系,但是她们谈的最多的还是对发生在国内的各种人际关系的困惑。

这里的邻居们十分友好,但并没有好莱坞电影里那种夸张,也没有我住过的大部分欧洲地区的疏离感。我在所有地方碰到所有的人(包括游客)都会微笑地说"Ciao",我居然挑了最简单的一个意大利词来问候……最初,只有村口无与伦比的面包房 Forno Orsini 的主人 Maria 会说英语,而我只会说意大利语的"你好(再见)、鸡蛋、面包"……时间一下子就到了第四年,今年大家看见我也开始不约而同地对我说"Ciao",而以前他们说的是稍微复杂一点的问候语。阳台外,在各种声音中经常出现一个甜美的嗓音,这位女士总是牵着一条很乖很乖的小狗,二〇一九年圣诞节前两个星期,她就为我准备好了圣诞礼物,她给我礼物是因为她很慈悲,她一定是想到我是单独一人在这里过节,而她提早给我礼物是因为她不会在小村过节。当时她在小卖部门口跟我说话时我没有听懂,我们请了路过的其他村民做翻译,她说她会把圣诞礼物送到我家门口。后来,我也为她准备了圣诞礼物,那是一包我在巴黎买的糯米球,我在小卖部门口跟她说我有圣诞礼物给她,又过了一些日子,圣诞节前几日,我听见她就在我阳台下,可是那时我的礼物还没有包装好,而且那一刻我很自闭,尽管我感觉她是来看我的……再后来,我见到她时已是疫情暴发的大半年以后了,我重新给她准备了一套从淘宝买的兔毛毛袖套,我想她可以戴着它们遛狗……我看见她高兴地拿着我的礼物自言自语,前几日我去小卖部时看见她正在跟站在教堂门口的牧师聊天,那是我第一次跟牧师互相问候,我听见那位甜美的女士跟牧师说了很多有关我的情况,尽管我听不懂。但是我都一直没有问她的名字……昨天我正式开始思考我应该学习几句意大利问候语,这样可以让村民们觉得我在做一些努力。我想这并不仅仅是语言的问题,刚来这里时我实在是太累了!想了一阵子之后我又觉得,其实现在这样也没有什么不好，在这里一切都是很自然的，没有压力，也不会觉得大家有太多文化上的不可沟通性。

介绍我来这里并帮我找到房子的，是我在罗马的好朋友 Andy，他是一个 IT 天才，他和我一起去过玉树，我听说一起去过藏区的人之间会有更坚固的连接，Andy 一直无私地照顾我，有很多事情其实我不懂，在上海时我们真觉得自己什么都懂。Andy 说很多住在罗马的人都不知道 Castel di Tora 这个地方。他的好朋友 Davide 在这里有房子，他是一个电影制片人，村民们通过 Davide 了解了我是一个作家。Andy 和 Davide 带着太太和孩子们一起把我送往这里时，Andy 跟我说：湖是你最新的"美剧"。当时 Davide 的儿子坐在我身后的儿童座驾上，他正在学唱一首歌，他看着我唱道：你乱七八糟的你乱七八糟的！

有一次在机场接我的司机也告诉我，大部分住在罗马的人并不知道这个离罗马这么近的小村，他说很多玩摩托车的人知道这里，因为这里有很多弯道。摩托车的声音确实是我们这里比较日常的一种声音。

刚来这里的时候，小卖部只能使用现金，这里没有取款机，没有超市，这里也没有出租车，每次出门需要安排，山路让我晕车，每次都得贴晕车贴。幸运的是，我总能找到需要的帮助……我找到了可以接送我的邻居，面包房的 Maria 会派人给我送吃的挂在我门上，住在罗马的 Antonella 每年夏天都会回到小村，她会带我去附近古堡、山顶看演出，这些演出都是"沉浸式"的，就像这里的生活，神奇和日常互相作用。疫情以后，我在这里居然找到了最好的发型师！去年从罗马搬来了一对夫妻，Melina 是罗马美发学校的老师，她真的很会剪我的头发，我在意大利小村遇到了最会剪亚洲人头发的发型师，这是比较典型的会发生在我身上的戏剧性情节。Giampaolo 先生会说英语，他们装修了几处这里的房子放在 airbnb 上出租。上星期我第一次寄走了一封邮件，这里的邮局和小卖部都有固定的时间，不是一直开着的。邮局里的女孩一会儿戴口罩一会儿摘口罩，她看着我说了很多很多,我当然听不懂,但是也把信寄走了。我确实应该学意大利语,但是我其实甚至还没有准备好向自己描述这里的一朵花……我说到的邻居和小卖部、邮局都离我几分钟的距离,这里非常小,这是我最喜欢的小村的特点之一。这里的人很实在,说什么就是什么,比如我说好了要一起去附近古堡看演出,然后又说不想去了,接着邻居 Antonella 会说:对不起,恐怕你必须得跟我去!

这里虽然没有超市和取款机,但是这里起码有九家餐厅,我刚来这里经常去村口的餐厅 La Riva del Lago。老板是 Ilaria 和 Floriana 夫妻,先生长得很像《黑道家族》里的男主角,他们对我特别好。对于我这个上海人来说,住在这里就像住在前世。夏天的时候,我喜欢看见孩子们在小巷之间跑来跑去,听见邻居们在楼下喊着彼此的名字;我也喜欢冬天的 Castel di Tora,尽管那时大部分的餐厅都关门了,那时村里只有很少的几位居民,我喜欢那样一种寂静,在寂静中依然有着最真实的生活(我几次听说小村的居民由于政治观点不同而彼此不喜欢对方),我也喜欢这里的雨天,而且我经常在雨天看我带来的希区柯克的影碟,我有一部淘宝买的"步步高"放映机。我带来了很多影碟和书,但是渐渐地我不怎么看了。这里的生活像一个梦,但同时又很真实,很安全,既不被打扰,又是被尊重和被保护的。

无论是怎样的季节,我都很享受散步去 Cascata delle Vallocchie 瀑布,在不同的季节它的颜色和气味是不一样的,五月是最绿的时候,从村口走下去,沿第一条岔路上去,途中我会喂猫,有一只猫跟我关系特别好,它其实一直要炫耀我对它并且首先对它好,只是我一直不敢摸它(因为我的洁癖),有时它会陪我在泉水边坐一会儿,有时它会送我一直送到它觉得不能再送的地方,它是一只黑白花纹的瘦瘦的猫咪,我叫它我在上海的猫咪的名字咪咪。我家隔壁有一个流浪猫聚集点,我还是保持在上海午夜出门倒垃圾的习惯,在这里午夜出门倒垃圾时,常常会有一群猫在月光下陪着我走,小村的猫脸都比较圆,这里的猫有时吃意大利面……在这里不断地上坡对我这个上海人来说是很好的锻炼。隐居太长时间了有时自己都觉得自己像一个在躲什么的人了，要知道上一次我去大超市是一年前……其实每个人做过的想过的不善良的事情和念头都是无法躲掉的，在大自然里隐居其实就是让自己可以有力量深深地反省这一切，这也就是我说的"我们不可能在一夜之间修补所有的事情"，比如有时我会一个月不出门散步。事实上，在大自然里住着非常容易被如此美好的环境"宠坏"而不珍惜。每次到达瀑布附近我会坐下，我总是看同一本书，Taras Grescoe 的《项美丽与海上名流》(*Shanghai Grand*)，这本惊心动魄的书充满细节，就像是我的另一个前世。散步的途中我会固定见到一些动物和邻居，有的在种菜，有的是做奶酪的，我经常停下来从各种角度看远方的小村，和与小村互相守望着的 Antuni。偶尔有一次遇到了两只从未见过的年轻的小狗，它们互相依偎着，一路跟着我、领着我、等着我，我们一起去了瀑布边，中途我居然迷路了，中途它们碰到了它们的朋友，我也等它们跟朋友打招呼，在我到达瀑布边开始看书时，它们等了一会儿就走了。五月以后游客开始越来越多，我不再能够独自享受整个山谷和瀑布，于是我就经常去湖边，据说湖水下降时可以看见 Cornito 中世纪遗址。在湖边我看的是我的朋友格桑卓玛编著的《喜马拉雅童话》，那些故事里有海龙王，有湖、大海、鲜花，在图拉诺湖边读喜马拉雅童话故事美妙而自在！那些童话跟欧洲的童话不一样，那些童话的世界不是一个封闭的乌托邦，在大自然里读这些故事，我会觉得这些童话就是现实，是过去、现在和未来，所谓人间本来就是这样，是神奇也是平凡的生活都遵循着善恶因果的道理，那些故事里常常有孤注一掷的男子骑着马儿在路上……这里有时也会看见漂亮的意大利男子骑着高高的白马缓缓走过……

我读到的佛经，总是先说一段故事，最后才说到"最重要的部分"，而"最重要的部分"往往只是一句或几句"真理"，但实际上我渐渐地明白，所有的一切都很重要，所有的一切都相连……

植物呼吸，动物奔跑

◎ 王　族

　　胡杨与戈壁、骆驼与沙漠、桑树与丝绸之路、牦牛与雪山，甚至猎人用以投毒时开着美丽花朵的草乌，被神化为在夏天是草、在冬天是虫的冬虫夏草，等等，这些近乎传奇的植物和动物，以其脍炙人口的奇闻轶事，成为中国西部的典型生物。

　　生物是指具有鲜明生命体形或功能，在自然环境中能够展示自我的生命个体。简言之，就是说在自身功能或者外部事物刺激下，具有明显生命反应的物体。人们通常说的生物，是指与非生物相对的植物、动物和微生物。其元素包括：在自然条件下，通过化学反应生成，能够生存和繁殖的生命物体。通常情况下，人们习惯把生物称为"兽""树""草""菌"等，它们的谱系十分丰富，亦颇为复杂，即使进一步细分如"马""胡杨""麻黄""蘑菇"等，仍然不是明确的分类，而是"兽""树""草""菌"等动植物的具体称谓。

　　因为东方与西方不同的文化观念，人们对生物世界的探索各自不同，又意趣横生。中国人很早就尝试对生物给予定论。譬如《礼记·乐记》说："土敝则草木不长，水烦则鱼鳖不大，气衰则生物不遂。"《荀子·礼论》又说："天能生物，不能辨物也；地能载人，不能治人也。"认识事物本质并从中总结道理，中国人在这方面做出的贡献有目共睹。在西方世界，人们也孜孜不倦地去探求和总结生物。譬如莎士比亚在《哈姆雷特》中说："我们必须能够辨别老鹰与苍鹭的不同。"可见，认知动物必须严格区分。而科林·塔奇在《树的秘密生活》中说："农田和森林一直被看作是不能两全的竞争对手。森林被砍伐，林地被改成农田，这种情况至今依然在发生……"则道出了植物的生存现状，亦让人看到某种忧患。

植物是机遇下的产物，一场风刮起，一粒种子被卷入眩晕的流浪中，只要风一停就会落进土层，获得水分和泥土滋养生长出幼苗。虽然植物生于一地必死于一地，却充满灵气，让人常常触手可及却不忍打扰。人与植物的关系，常常体现为依赖的方式。譬如，人依赖庄稼、森林、果树等为生，而植物却只挨着植物，像是用根抓着大地，用枝叶望着天空。

在大地上，每一种植物都找到了自己的位置，并且以静止状态创造出诸多传奇神话——因为菩提给了释迦牟尼灵感，他故而在那棵树下开悟；一棵看起来毫不显眼的小紫杉树，也许还能活两千年；椰树上结出的椰子，是植物最大的种子，它们能够漂洋过海，是走得最远的植物水手；沙漠中没有树木，仙人掌却能够长成一片沙漠森林；王棕树即使长到三十米高，也仍然是一棵小树；榕树从枝条上垂下根须，扎入土层又长出一棵棵榕树，但即使是庞大的榕树家族，一棵与另一棵也只是邻居而已……

在中国西部，常常能见到胡杨、骆驼刺、红柳、柳树、槐树、芨芨草、杨树、葡萄、松树、枣树、杏树、白桦和榆树等植物。西部的地域开阔辽远，有时候你停下脚步不打算再往前走了，前面却仍是绵延至天边的绿色——草原、牧场，或者长着密集树木的森林。这些生长在辽阔之地的植物证明了一个道理——悍然出现的生命就那样逼视着你，要让你明白有些植物穿越了时间，在这里等着你，也等着世界。

西部的动物则具有更明显的繁殖、生长、行动和死亡特征。动物有一定的思维和行为能力，它们受到刺激后更容易体现出具体反应。动物的这一特征与人颇为相似，所以人们悉知动物的习性，与动物构成更密切的关系。譬如有的动物被人驯服后，成为专门为人类服务的家畜；有的动物成为猎物，被长期以狩猎为职业的猎人追逐、围捕和杀戮；还有的动物难以进化，数亿年沿袭古老的方式生存，成为地球上最古老的物种。如果仔细区分,就会发现更多的动物在生存环境和生存模式影响下,压抑着它们天生的兽性。譬如供人骑乘的马,不能按照它们的意愿奔跑;耕地的牛,哪怕骄阳似火,绳子已经勒进了肉里,它们也不能自己做主停下;还有一些动物虽然很自由,但是它们知道接近人类很危险,譬如陷阱、猎枪、捕兽器、含毒的诱饵等等,都会让它们丧命,所以它们始终与人类保持着距离。其实,真正自由的只能是想象的动物,在现实中很难见到。苏格拉底的弟子色诺芬(雅典人)对此有过精彩的论述:"埃塞俄比亚人说他们的神祇鼻子扁平、皮肤黝黑,色雷斯人则说他们的神祇长着一双蓝眼睛和一头红发。倘若牛马也像人类一样有两只手,并打算用双手绘画或者制作艺术品,那马匹也会仿照自己的模样来绘制它们的神像,牛的神像自然也一定像牛,它们都会依自身的模样塑造神祇的身体。"

　　西部孕育出的长江和黄河,是悬在高处的"水塔"。这两条江河的名字广为人知,无论是中国还是世界历史学家,都乐此不疲地叙述这两条江河,从而使它们名扬四海,但是,很少有人关注这两条江河对植物和动物的影响。一棵高大的树,或者一簇低矮的野草,它们其实都是附生植物,其根须都在从地底下吸收水分,让枝叶从空气中获取湿气,从而得以生存下来。但是,如果缺水导致空气质量下降,无论是植物或动物都会受到影响。塔里木河边的一棵胡杨,因为河水断流便在短时间内枯死、腐朽和倾倒在地,用活生生的例子否定了"生三千年不死,死三千年不倒,倒三千年不朽"的胡杨神话。再譬如草原因为缺水便严重沙化,连狼那样的肉食动物,也不得不放弃草原上的牛羊,在夕阳尽头悄无声息地消失。至于接近水域的动物,则与江河有着密不可分的关系。青藏高原上的黄羊在下大雪的前夜会下山喝水,以确保大雪封山时不至于被饥渴折磨;新疆虎因为塔里木盆地气候变化,沿着塔里木河离去,它们的依靠是河流,但不知它们在最后倒毙于何处。那些直接依赖于江河生存的动物,譬如水獭、鱼和水鸟,甚至那些两栖动物,则更敏感于江河的变化,哪怕水质发生不太明显的变化,也会改变它们的命运。水对动物的恩泽,以及造成的灾难,甚至导致它们消失的原因,似乎都是极难解释的,谁也不知道,水还会给植物和动物带来什么样的命运变化?

在历史中,植物和动物留下了诸多传奇故事。从西域传入中原的葡萄、核桃、枣椰、菩提、娑罗、郁金香、那伽、佛土叶、水仙、莲花、青睡莲、紫檀、桐木、檀香、乌木等植物,曾让中原王朝的王公贵族和寻常百姓都喜不自胜,并由此运用到他们的生活中。至于动物进入中原后,则留下更多的趣事。西域人把马、牛、驼驼、绵羊、驴、骡子、犬、大象、犀牛、狮子、豹、黑貂、白貂、羚羊、土拨鼠、猫鼬、鼬鼠、白鼬、鹰、鹤、孔雀、鹦鹉、鸵鸟、频伽鸟等带入中原,换取丝绸、食物和茶叶。西域的一个游牧民族派使者给中原皇帝敬献了一头狮子,令文武百官唏嘘不已,他们从未见过那样威风和高大的动物。曹操带兵征伐匈奴,经过白狼山时遇到一头大狮子。曹操命令士兵去杀那狮子,结果狮子凶猛扑抓,致使士兵伤亡甚多。曹操带贴身护卫百人再次去杀,狮子哮吼而起,贴身护卫因为惧怕不敢向前。危急时,一只狸从林中跳到曹操车轭上,狮子扑来,那狸又跳到狮子头上,狮子便一动不动,乖乖就范。曹操命人将狮子杀之,捉得一幼狮带回。到了都城,三十里鸡犬皆伏,不鸣一声。

植物和动物在古代没有确切的生物概念,也没有被重视和深入研究,但它们却与人们的关系密不可分,一直延续至今。有一些游牧民族敬树木为神,认为自己是狼是天的儿子。他们以西域典型的动物励志,又逐水草而居;边塞诗人的诗歌中,植物和动物常常成为边地光芒;李时珍尝遍百草,遂知晓其中可用做药材的种类;乾隆皇帝留下的文字中,也多提及植物和动物,尤其是当时北方的诸多物种,让他为之着迷;生长于塔里木河流域的罗布麻,成为对人体极为有益的茶叶,传入西方后被称为"东方的叶子";生长于新疆的无花果,因为果肉太甜,被人们称为"树上的糖包子";生长于四川的大熊猫,因其数量稀少成为中国的国宝;雪域高原的牦牛,成为西藏人无所不用、无处不见的生活帮手;新疆阿尔金山的普氏野马,从中国辗转于欧洲,后又回归并恢复原有生殖本性;古尔班通古特沙漠中的长眉驼,因其长眉覆面,且有三层眼帘,被誉为"动物中的美人"……诸多植物和动物的趣事,曾在历史中占有重要的位置,在今天,依然以鲜活的生命,影响和改变着人类。

它们是大地之子。

被雪藏的故乡

◎ 周荣池

　　我曾经认真观察过村庄的雪。那还是在饥寒交迫的年代,纯白的颜色一下子将南角墩全部掩藏起来——当然,其实我也可以说这是一种安慰或者统一,但是我清楚地知道这种覆盖之下无可回避的贫困和不堪。南角墩是我村庄的名字,我就像了解自己一样对她了如指掌。我也是她的一个瘦弱的孩子,是她现实中一代人的标本。

　　所以当仔细观察雪铺天盖地般隐藏村庄的表象之后,我也明白这其实也只是一种幻象或者说隐喻。因为无论是富庶还是贫困都难以掩饰,尤其是顽固而透彻的贫困。当然,当贫困被逐步离开或者说改善甚至改变之后,人们发现被村庄和子孙亲自丢失的一切也并非一无是处。为此,我又去观察了很多村庄的出入口。在被高速的节奏所裹挟的现实呼啸而过的时候,很多村庄的入口似乎成了现实与过往的分界点。这种界隔看似非常普通甚至虚弱,但是随着村庄出口的衰败,真实的隐藏在席卷而来,这比起大雪的幻象和隐喻来得更深刻且显著。

　　村庄也在努力抵抗着遗忘和消失。那些已然离开村庄的孩子,虽然我们自诩曾经或者永远是农民的儿子,但面对泥石流一般的掩埋和消失,所有的抵抗显得毫无招架之力。有些人如我在纸上做着困兽之斗,但纸上的抵抗再真诚与深切,也并没有太多现实作用,甚至这本身也在催化着遗忘和丢失的发生与进展。为了让这种抵抗显得并不孤立无援,我们还努力地保护着一些物象和证据,这些被安放在城市中的记忆成了村庄最后的倔强。

事实上，当村庄的一切进入城门口的时候，就意味着这并不是强化了记忆，而恰恰是加快了掩藏和埋没。但是，这种形式上的收纳与珍藏也并非毫无"意义"，至少说它保存了村庄的一些有趣的"意思"，它们寓含着被雪藏的故乡肉身与精神，让或许已然残余的秩序、规矩或者美不至于无枝可栖。

村庄里，一个母亲的日常是锅边到桌上的距离之间的努力与操持。也就是说解决"巧妇难为无米之炊"是一个女人要维持的基本生活秩序——吃饱是一个家庭最基础的哲学。所以她们起早贪黑地在围绕着锅台琢磨，这里就是她们的生产现场，锅碗瓢盆就是她们的生产工具。因为残疾和病痛，母亲为了不让别人看见她的艰难，总是很早就起来做饭，以至于我们捉襟见肘的三餐都会很早，早得令人感觉到草率，但这样可以避免让人看到锅中碗里的为难。

所以，我总是忘不掉她一早起来刮锅的样子。那些简朴的过程，简直就是生活里的庄重仪式。

铁锅就像是满身灰垢的老人一样顽固。锅里有一种未洗干净的油腻被叫作"锅蚂蚁"，那是味水的残余。烧热的水不能下手，帚子是母亲们变长的手臂，在油污的刷洗中日子清爽起来。锅刷不干净，色如蚂蚁的油垢就会"爬"到菜上。当然，那种邋遢婆娘的日子养出来的孩子照样壮实。三五十日，锅底的灰厚了，烧起来"不快"，便要"刮锅"。锅稍热一下端出来倒扣在地上，用刀刮去草木燃烧时留下的灰烬。刀在锅底光顾的声音，就像是与过去的时光作尖锐的诀别。因为"过去"总让人觉得倏忽易逝，像骏黑的锅墨灰一样令人遗憾。

刮锅是一件声音尖锐而内质神秘的仪式。初一十五二十五不刮锅，又有亡人"三七"的日子也忌讳。原因无从考证，但人们就这么约定俗成却不究原因才让这件事情变得神秘。说出来之所以然的事情，也许更就没有秘密可言了。草木墨灰沿着弧形的铁壁落在地上，在清晨的村庄形成一个神秘的正圆。这个圆圈完成后，一定要在其间画一个"十"字，并用扫帚将灰烬扫去以破其邪魅。据说有人从圆上走过，便"汤"了神晚上走夜路便不能辨别方向——迷了路成为乡村版本的"鬼打墙"。扫下来的锅墨灰倒在栀子花的根边，日后满树的白花会开得热烈而欢快。日子到底是不浪费毫末的，草木们也能感受到生活的冷暖，自觉而尽力地完成自己的开放。哪怕只是生活灰烬的一点赠予，也总能开放出不同色彩的奇迹。也许燃烧的只是光阴和形式，一种顽强的力量还深藏在细末般的灰烬里，隐匿形式的力量更加的强大。

生活的冷暖其实就是一口锅通过一把帚子传给人们的温度。不管是丰歉与贫富，那些日子还不都先是在"忙一张嘴"。除此之外，无论农活如何艰苦，总要留点时间给扫帚，家里屋外扫个地也是一个母亲的日常。屋舍与地面是一个家庭的脸面，洒扫庭除是每一个日子的开端和延续。扫帚在泥土上的磨砺，将光阴变成秃头的扫把——正是这种周而复始的执守，贫穷的日子才得以生生不息。

无法追溯的突然间，塑料代替了草木制作的工具，让简省充斥在村庄的每一个角落，快速的变化让南角墩人心惶惶。老人的惶恐是手艺被技术打败，少年人惶恐的是他们通过洋气的塑料看到了城市更为时髦的生活。好在有些老人识相地去世了，他们的子孙代表村庄慢慢地接受那些洋气的工具，并且还有随时要放弃村庄的势头。也还有懂得那些古老手艺的，但终于懒得出手制作一个用于生活，哪怕只是留下一点点的纪念。他们和城里人一样住进了恒温的空调房间里，也不再知道"冷暖"这个词的意思和意义——那些哈着手在黑暗早晨起来洗碗抹盆扫地的日子是清冷的，其实也才昭示热气腾腾的温暖。

某年，父亲专门扎了一把刷锅的帚子，被我放在了书房的博古架上。这把芦稷穗头扎成的帚子，是一种搬家时寓意吉祥仪式的道具。性格暴躁的他也并不熟悉太多的旧规矩，但他和很多村里人一样会胆怯而敬重。我知道即便是今天我们体面地住进了城市，这些古旧而神秘的规矩还是很有点"市场"。这些规矩经年累月地留存下来，归隐在简朴平凡的日子里，这让生活多了很多的念想和滋味。

村庄并没有总是哀伤，它也在细节中充满了幸福感。

这种幸福感并不是因为富足，而是信任和依赖土地的满足。富足和满足并不是一回事，就像一生病痛的母亲也常在镜子中看见自己的微笑，这大概也是一个女人坚强面对生活的一种仪式，它某种程度上支撑了一个家庭有安之若素的情绪。她有两面镜子，一面铁架圆形的镜子，一面是镜箱中的方镜。这些镜子并没有让我清晰地记得母亲年轻时的笑容，因为她每天在很早的凌晨就起来梳洗，然后按部就班地开始周而复始的日常。我理解母亲早起的原因是勤劳也是倔强，她不想村庄看到她残疾身躯中的羸弱，所以样样事情都力所能及地提早，以免让任何人看见她吃力的样子。她梳头的时候搽一种梳头油，这种装在玻璃瓶中的油水有一种非常馥郁的味道，把匮乏的日子一下子烘托得很丰赡，让她并不是为了打扮的举动变得充满了仪式感。只是日后却再也没有见过这种油水，就像再也不见母亲曾经年轻的面庞。

母亲有一段时间是幸福的，或者说她清醒着的时候是幸福的——她会劳动而且会讲故事，讲一些我后来寻遍典籍也没有找到过的故事。比如她说有个人家的女人总是深夜起来梳头，家里人总是不解，于是便偷偷地观察，原来那女人是把头颅拿下来墩在桌上梳理的。这是一个我一直没有忘掉的恐怖故事。

一面镜子对于村里的女人而言，真正不是什么稀奇的事情，但一直的满足才是最可珍惜的。很多人家有更大的镜子，比如"三门橱"上的镜子大得让人生怕摇摇欲坠，梳妆台上的镜子洋气得令人羡慕，当然，即便是铜质的古镜也未必能照出一个女人本来没有的幸福。在村里，我见过太多无奈的母亲，她们有的风姿妖娆，有的木讷愚蠢，有的勤力能干，但这些似乎都没有改变一种令人揪心的命运。不喜欢人们用一种很愚蠢的词来形容或者掩饰苦难——那就是"时代",这是一个非常空洞且缺乏人性的词语。不管是伟大的时代还是糟糕的时代,都是由人组成的,没有人生来就理所当然地要为这个词付出无人珍惜的代价。

那时候女人"请死"的非常多,多到这个词非但不悲壮或悲伤,反而显得非常的戏谑。人们总是"随嘴一概"地说:没有办法就请死去,大河并没有加盖子。"概"是个日常的口语,就是用筷子一拨,或者随处一口痰那样的动作,可见人们对于死是多么轻慢与冷漠。除了病死或者意外的亡故,听说过很多凶恶的死去,大多数都是被迫无奈亲自下手,这样似乎也可以不连累任何人,而这样的人大多都是苦难的女性。

你不知道一双眼睛的背后究竟暗藏着多么大的绝望,这种绝望在剧毒的农药进入村庄之后爆发得更加淋漓尽致。"喝药水"竟成为一种更加简便且"流行"的方法,让人们已经记不得到底有几个女人没有举过农药瓶。当人们眼睁睁地看着剧毒的农药将人像牲畜一样折磨得死去活来的时候,总是有人问:为什么不把药水藏起来?为什么喝了很多次还不知道害怕?人有求死之心的绝望,哪里是隐瞒和痛苦可以抵挡的呢——这个道理大家都懂,只不过日子并不是按照道理去过的,不讲道理才是村庄日常的道理,所以人们也常常无奈地对死亡报以轻慢。

镜子里的面貌再姣好,也难免一场破碎。母亲比之于其他的女人,也许正是因为残疾的自卑带来顽强和知足,除此之外,她所受到的苦楚也并不比任何母亲要少。她离开之后,我还留了一条她用过的毛巾,那柔弱的质地上抚摸不到任何的温情。也许我学会再多可以炫耀的语言和技法,也不敢昧着良心说什么岁月温情。

我后来将母亲的那个镜箱也弄丢了。那个小巧的镜箱非常的精致。莩荠红的漆色稳重柔和,上面的喜鹊登梅画得也很传神。那铜质的锁扣非常精致,这些后来都被顽皮的我拆掉了,只剩下反面带着灰色涂层的镜子也破碎了。这些物事即便珍藏也改变不了令人感到艰难的记忆，它们再也烛照不到过去那些令人心疼的事实。

对于村庄而言，美并不是什么踏实的词语。尽管很多城里人不远千里地钻进许多原始的村庄去探索和惊叹那些桃源般的美景，但如果真是村庄的子孙，是不会用美这样的字眼去形容村庄以及村庄里的生活。那不仅显得有些隔岸观火，更会让人觉得他对现实一知半解。如果村庄里真有美，那只能是生长本身。生长是一个村落以及所有现实的基本，也是所有美好的源头和本身。所以，很多人不能理解进城的农人在阳台上种上草木甚至庄稼。这当然不能改变现实丝毫的状况，但足能够证明真正的农民对于生长这个词语的理解和敬重。

村庄最迷人的地方当然是四处铺陈的生长，哪怕是被厌恶的杂草也努力得令人感动，就像顽皮而倔强的孩子。当然，最为动人或者说最被关注的首先是庄稼的生长。这大概也是所有村庄和农民的现实主义，没有这种生长，所有的浪漫主义也必将荡然无存。所以，我们也常常将自己比作一棵拔节的谷物，即便是已然进城入市，也常常自况像庄稼一样生长。很多农村的孩子乐于将庄稼带入城市森林中，在阳台上表达一棵庄稼所寓含的倔强与诗情。

很有趣的是，我们的孩子在遗传骨血基因的同时，也一样亲近这种生长，并且在高楼的阳台上种下了本属于村庄和土地的庄稼。这让人感到非常欣慰，比他们读了很多的书，了解了很多知识，掌握很多的机遇更令人安心。几粒麦子在拘束的花盆里发芽，但它们生长的势头就像我们饱满的情绪一样激越，没有任何的胆怯和克制，它们快活地拔节乃至于疯长。麦子的生长带着一种古老的情绪，大概至少可以从《诗经》中的"芃芃其麦"中就实证了这种蓬勃的生长。几千年后，这种生长改变了沃野千里的环境，就像是农家子弟背井离乡了，但它们的生长依旧生机勃勃。在各种珍奇古怪花木的包围中，它丝毫都没有胆怯，自顾蓬勃地生长，表现出比名贵还要珍贵的气质。这让一处阳台有了乡愁，也让一个农村子弟有了情感的交代，就像是村里飘散的"依依墟里烟"一样动人心弦。

麦子长成之后，我们又将其束之高阁，定格在博古架上的笔筒里，这样它还可以在表述乡愁的时候继续生长。莫要说书房，即便是再高级的书籍和思想，哪一个不是这蓬勃的粮食所养活的呢。粮食养活的不仅仅是农民，最终是城市以及这个世界的一切。失去了这种生长，一切都是无稽之谈。这大概也是农村人自豪的地方，我们不仅可以反问那些衣着光鲜的城里人：回去翻翻户口簿子，往上看三代谁还不是粮农户口——我们也可以这样说：即使你祖祖辈辈都是"十指不沾泥，鳞鳞居大厦"的话，那你们依旧还是土地养活的。所以说"昨日入城市，归来泪满巾，遍身罗绮者，不是养蚕人"，这是一种伤感又何尝不是一种自豪呢——江上往来人，但爱鲈鱼美，君看一叶舟，出没风波里——没有水土上的劳作和生长，你莫要说吟风弄月的诗意，就连肚皮的生意也难以保全了。

所以说，一切浪漫主义的根基是现实主义，一切现实的生长是最大的浪漫主义——一把粮食是最暖人心的浪漫主义。把庄稼种进城里，也就是把最优质的浪漫主义带进了城市的土壤——当然，村庄也有自己纯粹浪漫主义的生长，比如说平原上曾随处可见的漫天芦花。

我见过最美的芦花并不是在南角墩，尽管我见过那里每一处芦花的纵情开放。一段时间，我在湖畔的一个古村落里盘桓很久，我的本意是寻找一些散落在时间深处的故事。我所说的湖人们只按位置叫它西湖，比如平原上各种绚烂的花都被统称为野花。西湖的西边的平原叫作湖西，是里下河平原的上游，形式上如平原一样平凡和安静。这些地方没有什么神秘之处，就如一束普通的芦花，又如我们嘴边常说的老家。老家叫什么名字也是没有人计较的。一个人怎么会为自己的家计较个什么名称呢？那只有是读书人做的不切实际的风雅事。

我在湖边不期而遇地碰见了一丛银白色的芦花，这是从来没有过的惊艳遭遇。我狂奔着从起伏的草丛向前，几乎是争夺般将那些陌生的花穗带离了它们的地盘。它们进了我的书房，在最重要的地方安放进瓷瓶里——我之所以觉得这个地方重要，是因为我把自己自以为是的作品也搁在这里。如果说一个写作者也爱慕虚荣，那么故乡和故事就是我们最好的奖章。但大概并不是里下河平原上的芦花，到底是有些隔膜的，后来它们散落了一地，暴露出令人不安的情绪。也许有些事也并不全是唯物主义就能解释或解决的，我便以一个写作者的平和心态让它们离开了我的书房。后来想想，又回村子里薅了几枝回来，果然安心得很，好多年安然在顶楼的书房里静静开放。

岂止是新近的好多年，其实芦花从来安详地在村庄边开放。它是平原诗性的实证，它们野性的生长补足了庄稼生长在情绪上的不足。对于所有村庄和生长而言，诗意并不是什么首要的事情。但是对于平原的精神内质来讲，这一点诗意实在又是要紧的事情。艰难或者繁华的生活，总是需要一点哪怕是虚拟的诗意，这是土地生长出来的野生哲学。长在庄台远处的芦苇，不能像树木和庄稼一样参与村庄的实际意义的生长，但是它们张望着近处的村庄和远处的诗意，是村庄能够到达远方的实证和依托。

城市也在生长，这种生长有自己的秩序和规律，这种生长的来源也是基于村庄的供给和老去。城乡共生在我们的土地上是割裂不开的，在日常中我们也还珍藏这种相互安慰的细节。某件用具上寓含的秩序，几张桌椅摆布的规矩，谷子上记录的生长，石头上凝聚的乡愁，或者芦苇花上飘出的诗情——故土的骨血从来没有断流过，即便今天或者以后被束之高阁在楼房或者纸本中，甚至雪藏于现实之外，也一定是生活最可靠的来源和依据。

我行走，我感动

◎ 张　炜

文学与自然的关系是提及频率最高的一个话题，就写作而言，也有描述不尽阐释不尽的丰富资源。但可能也正是因为如此，有人既专注于表达这个主题，这种题材和领域，同时又非常警惕。一方面肯定其凸显的价值，另一方面又会自我设问：我们能够做些什么？已经做了什么？未来还应该做些什么？

在文学的创作与记录中，歌颂自然、表达人类对大自然的爱，具有崇高的意义。就世界自然环境来看，呼吁人类保护自然尤为紧迫和必要。无论是审美取向，还是社会层面的倡导，似乎都是正确无误的。但真正意义上的文学写作，也会从中感受所潜伏的危机。因为如果一个作家的文学表达不能够超越公文、新闻式写作，不能超越这些层面的意涵及呈现方式，彰显自己的不同和异质，就容易走入另一种表面化和概念化，流为一般意义上的社会性言说。这就成为泛泛的非文学的文字连缀，甚至是更平面化的重复和衍生，无益无害或多少有害。

当代文学特别需要表述人类与自然的关系，我们所处的时代环境，也特别需要那些呼吁保护自然的文学，这里不是嫌其多而是嫌其少，不是嫌其呼喊的分贝太高，而是希望进一步提高声音。然而如果从更高的艺术的诗性的要求，就会发现专门化和类型化的文学写作，在这样的领域里会更容易呈现普遍化的状态。就诗性的探究过程看，无论类型化的表现多么的生动强烈，甚至看上去多么诚恳感人，也还是会隐藏了流于平庸的遗憾。

由于题材本身就成为一个标签,它具有极高的辨识度,但这一切并不能够替代文学的审美价值,正如同仅仅是拥有好的价值观也仍然不能够替代审美一样。正确是一种美,诗性的美却不止于正确,它还需要包含更复杂的元素和特质。这二者之间有关系不可以混淆。所以社会上有一种批评话语,其中传递着长长的流脉,就是以一般意义上的社会或道德观念来代替审美。"自然文学"的创作就现在的情势看,必须回到个人、细节、审美,如果不能回到这个层面,就是可以被忽略的文字。因为这一类篇什实在是太多了。

无论是历史还是现实中,呼唤人类爱护自然的人与文多到数不胜数。如果只是一味慷慨激昂的呼号、言说和痛陈,也就成为千人一腔千篇一律,就会使阅读者产生一种疲惫感,而且所获单一。不是丝毫未能触及心灵,而是这种触及的性质是直接和单薄的,是没有其他余地和略显笼统的、非个人化的群声。这时留下的记忆或者震动只是一时的,是统一归置过的内容和情绪的记忆,缺少永远不忘的形象和心灵,没有这样的诉说和回告。所以关于人和自然的关系、关于大自然题材的写作,我们所面临的一个重要任务,就是粉碎大词和概念,回到个人的沉默思悟中,在沉浸中与表述对象有一番心灵的共振。由此,进入个人的生命体验。我们仔细回顾就会发现,古今中外所有扣人心弦的景物描写,都是人类面对大自然这个最大的生命背景而发生的个人感动、心弦的叩响,这种响与动是一次性的,与生命本体不可剥离,更无法取代和被他人重复。

谈到大自然的描摹和抒发,我们首先会想到横跨欧亚大陆的俄罗斯,那里所诞生的一些伟大作家,像契诃夫、屠格涅夫、托尔斯泰、肖霍洛夫、阿斯塔菲耶夫等,还有欧美的雨果、哈代、普鲁斯特、马克·吐温、福克纳和海明威等后古典主义和现代主义作家。他们作品中充满了描写大自然的华美片段,这些令人始终难以忘怀的文字可以记忆、背诵,然后融入自己语言艺术的血液中,不自觉地流淌在个人的脉管中。这样动人心魄的所谓的"景物描写"，实在是太难以学习和模仿了，它们出自灵思一闪，出于物我交融之境。现在的文章练习中，许多人可能认为没有比景物描写更容易的事了，只需将河流山川、鸟兽虫鱼、绿树云朵的色彩、情状来一番花拳绣腿的叹赞即可，然后也就成功了。这种自初级训练开始酿成的文学病毒会一直侵害下去。这里没有提醒写作者的是灵魂的地场和进入。

一种简单化程式化的认知，最容易操作的技巧和技艺，往往掩藏着最大的危险。那些大量肤浅的关于"景物"的渲叙已经让人受够了。表面化，无痛痒，成了写作中可有可无的调味品。那些廉价而庸俗的比喻与象征，也腐蚀了文学的品格与情操，不仅浪费了纸张，还浪费了我们的情感和时间。我们需要呼唤对自然的热爱，表现它无可比拟的美，但是廉价的敷衍和声嘶力竭的大言实在是太多了。

我主张行走和实勘，虽然未能一直坚持下来。《你在高原》的写作花费了二十二年的时间，它伴随着我对山东半岛，特别是胶莱河以东半岛的行走和寻找。那是一次次重复的访问和探究，它让我对这片老齐国的故地一再地投入心力体力和情感。主人公宁伽是一个地质工作者，也是一位地理学家，他从地质与地理的角度，忠实地考察和记录了那个半岛的地形地貌、山川草木，而且是把个人经验、民间称谓与学术表达结合起来。在自己的心里，我给这片山川大地画上了等高线，尽管这是旷日持久的劳作。比如说它几乎写尽了半岛上特有的植物品类和山川形貌，特别是关于植物的记述，都是拉丁文转译的学术命名。这种客观基础性的展现和录取很容易流为程式，成为再现而不是表现，所以这其中就埋藏了陷阱。尽管主人公是一位地质工作者，他的身份需要学术层面的再现。行走、描述、记载，一切属于人，人的体温和情感个性，他的爱和趣和恨和其他。

这是一个大自然的工程，一首关于它的诗篇。这种认识存在于整个写作中，完成得如何是一回事，建构这样一个框架拥有这样一种理念是必须的。生命与其生存的大背景要有一种关系，个人的关系。人、故事、社会事物,都是山川大地所包容和赋予的,是由它孕育和塑造的。它是人类活动的基础和前提,而不是一个点缀,更不是以人为中心的外涉之物。人与自然相依相存和血脉贯通讲得太多,人在这其间的渺小讲得还不够。

有大量的自然描述是很冒险的,因为特别容易与一些纪实文字混淆。各有不同,二者在质地上不能统一。这就像一个内涵丰富的生命,往那里一站自有不同。从群体里发现个体,是因为个体的特异。写作即追求特异性,朴素的差异。苏东坡有一句常被引述的名言:"腹有诗书气自华",说的就是现在人们愿意讲的"自带光芒"。人可以这样,大自然更是如此。山川大地才是自带光芒的,文学写作说到底,不过是让其显露出这样的光芒,如此而已。我们再现自然景观,让每一块岩石、每一道山梁、每一条河流、每一株植物、每一朵花,都能闪烁自己,这就非常困难了。我当年有一个小小的野心,一个目标,就是让这部长达四百五十多万字的行走之书、大地之书,它所涉及的所有动物、植物、河流、山脉,一概呈现出自身的光芒,这闪耀须来自它们自己,来自主观对于自然万物的极其精准的认定和注视。

我一直忘不了阅读托尔斯泰的短篇小说《袭击》的感受,那是一种神奇的精神经历、一次怦然心动的领悟。它写的是作家年轻时候在高加索山区当兵的经历,那一段不凡的岁月。托尔斯泰极其精微地描写了这片山地特有的风物,高山、岩岭、植物、河流和晚霞,细腻地描绘出月光下大山的轮廓,让人觉得每一笔触都精准确切、简洁而直接,这来自特异敏感的眼睛,更有捕捉微妙的心灵。这片山地有灵魂有气度,有尊严,有不怒自威的强大内力,有拒绝和冷静。这时候高加索自然风光的魂魄统摄了一切,让人产生出一种不可替代的感动和敬畏。在文学写作中,客观准确地摹写山形水色相对容易,然而以极少文字且无点染无夸张地写出它的神采,却是难而又难。山川的严整气概,浑然沉默,与人的不成比例的对视和对峙,写来一丝,都是很难的。这所有的,在《袭击》中让我们全部感知了,并有一种说不出的余绪缠绕心头。

托尔斯泰在那个时刻的主观观察、感受,除了准确再无其他,这个时候他笔下的山地,也就是平时说的大自然,的确是自带光芒的,这光芒照亮了许多年之后的我们。这部伟大的自然诗篇,具有所有美好的关于大自然的写作的典范意义。我们能记住那"光芒",即记住了一切妙处,并可以寻找它的根源。这当然来自彼时彼刻的托尔斯泰,他的天才的慧目冲破了俗障的屏蔽,粉碎了平庸的大词。文学创作呼唤的其实不过是这样一种力量,它把人拉出普遍性的人云亦云,防止流入廉价的倡导和呐喊。一定要回到个人心的深处,回到生命情态和细节中。

专门书写大自然的篇什已经太多,它们要陈旧起来是很快的,因为它们是这样难以出乎预料,这样地正确和积极。它们独享一种安全和太平,所以格调也就不可避免地下来了。它们不得不安于现状,而文学却又天生是不安的躁动的。一些忠厚的好心人会帮助我们,和我们一起倾吐自己所看到的大自然被伤害的哀痛,可是他们说出来的,仍然与写作者诉求的诗,有一大段距离。语言艺术是在日常生活的细节里,在司空见惯的人与人、人与社会的关系中,当然包括人与自然的关系中,绽放和生发出来的异样笑容,诡谲、温暖、灿烂、陌生。我们不认识这笑容,不,我们经常见到这样的笑容。这神色有时候不给我们舒服和安慰感,有时还有刺伤的痛。但这笑容的深刻善意,会留在更长久的时光中,让我们一直记住,常忆常新。

这是我对自己的期待,也是那些榜样的启发之下,对当代文学如何表现大自然、热爱大自然的一个期待。